시체 옆에 피는 꽃

시체 옆에 피는 꽃

초판 1쇄 인쇄일 2019년 05월 03일
초판 1쇄 발행일 2019년 05월 10일

지은이 공민철
펴낸이 양옥매
기획 한국추리작가협회 출판부
디자인 송다희 임흥순

펴낸곳 도서출판 책과나무
출판등록 제2012-000376
주소 서울특별시 마포구 방울내로 79 이노빌딩 302호
대표전화 02.372.1537   **팩스** 02.372.1538
이메일 booknamu2007@naver.com
홈페이지 www.booknamu.com
ISBN 979-11-5776-732-8 (03810)

이 도서의 국립중앙도서관 출판예정도서목록(CIP)은
서지정보유통지원시스템 홈페이지(http://seoji.nl.go.kr)와
국가자료종합목록시스템(http://www.nl.go.kr/kolisnet)에서 이용하실 수
있습니다. (CIP제어번호: CIP2019017135)

시체 옆에 피는 꽃

한국추리문학선 4

공민철 소설집

책과나무

/ 차례

낯선 아들

1

 툇마루에 누워 있다가 한순간의 정적에 문득 주위를 둘러 봅니다. 매미가 울음을 뚝 그쳤군요. 귀를 기울이면 아련히 들리곤 했던 파도 소리도 잠잠합니다. 흡사 무성영화를 보는 듯한 착각이 듭니다. 한 호흡을 내쉴 찰나 툭, 슬레이트 지붕에 빗방울 떨어지는 소리가 유독 크게 울립니다. 이윽 고 세상을 집어삼킬 듯 세찬 비가 내리기 시작합니다. 아무 래도 제가 또 멍하니 생각에 빠져 있었던 것 같습니다.

 점점 거세지는 빗소리와 더불어 마당에도 물이 고이기 시 작합니다. 제 의구심도 점점 불어납니다. 어머니. 요즘 저 는 하루에도 몇 번이고 그날 있었던 일을 떠올립니다. 마당 에 소리 없이 눈이 쌓이던 날, 그 남자는 예고도 없이 너무 도 당당하게 현관으로 들어왔습니다.

 저는 남자에게 얻어맞아 바닥에 나뒹굴었습니다. 남자는 체온이 오른 듯 입고 있던 점퍼를 벗어 제 얼굴을 향해 집어 던졌습니다. 지독한 술 냄새가 코를 덮쳤습니다. 위험한 남 자였습니다.

 "어머니, 경찰이요! 전화기를 들고 112를 누르세요. 빨리요!"

어머니는 쓰러진 저와 그 남자의 얼굴을 번갈아 쳐다보셨습니다. 역시 상황을 인지하지 못한 듯 보이셨습니다. 남자는 어머니의 멱살을 잡았습니다. 어머니는 공중에 들려 두 다리를 버둥대셨습니다.

"돈 어디 있어? 죽여 버리기 전에 당장 내놔!"

어머니는 컥컥대며 고통스러워하셨습니다. 남자는 제정신이 아니었습니다. 그리고 저 역시도 제정신이 아니었습니다. 저는 벽을 짚고 부엌으로 향했습니다. 개수대 밑 서랍을 열고 식칼을 꺼냈습니다.

남자는 바로 등 뒤까지 접근한 저를 알아차리지 못했죠. 그때 어머니와 눈이 마주쳤습니다. 어머니의 눈이 순간 매섭게 번뜩였습니다.

"안 된다! 그만둬라!"

어머니는 목소리를 쥐어짜며 절규하셨습니다. 숨도 제대로 쉬지 못하던 어머니께서 어디서 그런 힘이 나온 걸까요. 남자가 뒤를 돌아보려 하는 찰나, 저는 허리를 튕기며 남자의 등에 칼을 꽂았습니다. 칼끝이 무언가에 닿는 느낌이 들었습니다. 저는 멈추지 않고 온 힘을 다해 찔러 넣었습니다. 남자는 한 번 크게 몸을 떨더니 바닥에 고꾸라졌습니다.

온몸이 주체할 수 없을 정도로 떨렸습니다. 집을 떠야 한다고 생각했습니다. 시간이 없었죠. 저는 허겁지겁 방으로 향해 가방에 짐을 챙겨 넣었습니다. 옷을 보니 남자의 피가 묻어 있더군요. 저는 새 옷으로 갈아입은 후 방을 나왔습니다. 피 묻은 옷은 그냥 아무렇게나 바닥에 벗어 놓았죠. 현관에서 신발을 신을 때 어머니는 저를 다급히 불러 세웠습니다. 그리고 신발장 안쪽 서랍 깊숙한 곳에서 가방 하나를 꺼냈습니다.

"가지고 가거라. 멀리 멀리 떠나서 다시는 돌아오지 말거라."

저는 내용물이 무엇인지도 모르고 가방을 받아 들었습니다. 그날 새벽, 저는 남자의 시신을 뒤로한 채 가방 두 개를 둘러메곤 무작정 밤거리를 걸었습니다. 나중에 확인해 보니 어머니께서 주신 가방에는 현금 5만 원짜리 열 뭉치가 들어 있더군요. 5000만 원이었습니다.

어머니는 그때 왜 저를 도망치게 두신 걸까요? 왜 제게 돈을 건네주실 생각을 한 걸까요? 답은 알 수 없습니다. 그래서 저는 종종 이렇게 어머니에게 말을 붙여 보곤 합니다. 혹시나 꿈결에라도 대답해 주실지 모른다는 기대를 품고서요. 물론, 어머니를 직접 찾아가서 묻고 싶지만 제가 도무지 그럴 수 없는 상황입니다. 또한, 어머니께서 과연 저를 알아보실지 의문입니다.

어머니. 저는 지금 전남 여수의 어느 작은 마을에서 지내고 있습니다. 그 사건 이후 벌써 반년이 흘렀습니다. 아직까지는 경찰에 꼬리를 밟히지 않았습니다. 지난 반년간 외부와의 연락은 모두 끊고 죽은 듯이 숨어 지낸 덕일까요. 솔직히 지금 세상에 무슨 일이 일어나고 있는지도 모르겠습니다.

여기까지 흘러들어온 건 어머니의 영향이 아닐까 생각합니다. 어머니께서 때때로 말씀하시곤 하셨죠.

"태우야. 난 어릴 때 바다가 내려다보이는 집에서 살았어. 뒷산에는 고구마밭이 있고 늦은 오후에 밭에서 고구마를 캐다 보면 새빨간 해가 바닷속으로 떨어졌지. 그 모습이 얼마나 예쁜지 몰라. 언젠가 네게도 보여주고 싶어."

"그래요? 기대되네요."

저는 적당히 맞장구치며 어머니가 그런 장면을 어디서 보았을까 생각해 보았습니다. 어머니께서 정말로 그런 곳에서 지낸 적이 있으신지도 모릅니다. 하지만 신뢰감이 떨어지는 건 어쩔 수 없습니다. 어머니는 자신이 태어난 고향을 정확히 기억하지 못하셨습니다.

"저는 강원도의 깊은 산골 자락에서 자랐어요. 공기가 굉장히 맑은 곳이었어요."

어머니는 제게 종종 존댓말을 쓰기도 하셨죠.

"어머니는 전남 바닷가 마을에서 태어나신 거 아니었어요?"

"아니에요. 바닷가에는 가 본 적이 없는걸요."

어머니는 고개를 갸웃하셨죠. 시치미를 떼시는 건지 정말 기억을 못 하시는 건지 알 수 없었습니다. 치매라는 것은 칠십 넘도록 산 노인의 삶을 이렇게 깊숙이 바꿔 놓을 수 있구나, 하고 저는 신기함과 두려움이 반반 섞인 감탄을 하곤 했습니다.

이곳은 정말 조용한 곳입니다. 깨닫고 보니 사십 중반인 제가 마을에서 가장 젊은 나이더군요. 제가 사기, 그리고 절도죄로 몇 번이나 교도소를 드나들었다는 것을 알면 이 사람들은 어떻게 반응할까요? 아마 제게 내어 준 이 집에서 쫓아낼지도 모릅니다. 지금은 그저 조심스레 사람들과 신뢰를 쌓아가는 중입니다.

어머니. 얼마 전 중복이 지났습니다. 무더위 와중 예상치 못하게 찾아오는 비는 반갑기 그지없군요. 사실 전 요즘 어머니께서 종종 저를 찾아오시는 건 아닐까 생각합니다. 집에 홀로 있다 보면 수상쩍은 인기척을 느끼곤 하죠. 가끔 제법 커다란 소리가 나기도 하더군요. 한밤중에는 방 바깥에서 그림자 하나가 후다닥 달아나는 기척도 느껴집니다. 저는 저도 모르게 "어머니?" 하고 묻습니다. 곧 그럴 리가 없다는 것을 깨닫습니다. 하지만 어머니와 함께 지내며 든 습관 때문일까요? 저는 몸을 일으켜 당장 그 자리로 향합니다. 확인해 보면 바람이 창문을 흔드는 소리거나 도둑고양이가 부엌을 뒤지는 소리일 뿐입니다. 묘한 느낌입니다. 어디에도 없지만 조금만 주의를 기울이면 어머니는 언제나 곁에 계십니다.

바다 저편의 하늘이 차즘 밝아집니다. 구름을 비집고 금줄 같은 햇살이 내려옵니다. 빗줄기가 어느덧 약해져 있군요. 아무래도 지나가는 비였나 봅니다. 저는 처마 바깥으로 발을 뻗어 빗방울이 발등을 간질이도록 가만히 내버려 둡니다.

어머니와 함께 지내는 동안 저는 이웃의 중요성을 알게 되었습니다. 먼 친척보다 가까운 이웃이 낫다는 말이 백번 옳더군요. 지금 생각해 봐도 옆집 새댁은 정말로 마음씨가 고왔던 것 같습니다.

작년 10월입니다. 3년의 복역을 마치고 어머니의 집을 찾아간 그 다음 날의 이야기입니다. 어머니께서 기억하실지 모르겠군요. 전날 저녁에는 그렇게 저를 반가워해 주시던 어머니께서 그날 아침은 이상했습니다.

아침에 일어난 저는 집 이곳저곳을 둘러보고 있었죠. 부엌 식탁 한구석에 쌓인 우편물도 무심하게 살펴보았습니다. 보험안내서, 가스난방비, 전기요금고지서 등이 있더군요. 가장 밑에는 치매 예방센터에서 발송한 '노년기 인지증 자가 검진테스트'라는 종이가 있었습니다.

사건에 대한 기억이 희미하다, 특정인의 이름이 기억나지 않는다, 익숙한 길을 헤맨 적이 있다, 날짜와 요일을 헷갈린다, 기념일을 잊는다, 가스 불이나 전깃불을 켜 놓고 잊은 적이 있다, 이야기 도중 말문이 막혀 머뭇거린다, 최근 몸이 나른하고 피곤하다 등등.

어머니께서는 삼십여 가지가 넘는 각 항목 옆에 동그라미 표와 가위표로 표시를 해 두셨더군요. 어떻게 봐도 동그라미가 가위보다 많았습니다. 그때였습니다.

"다, 당신, 누구세요?"

방을 나오신 어머니께서는 저를 보고 기겁하셨습니다.

"어머니. 왜 그러세요? 잠이 덜 깨신 거예요? 저예요. 어머니 아들 태우요."

"무슨 소리 하는 거예요? 당신이 어떻게 내 아들이에요?"

저는 등골이 서늘해지는 것을 느꼈습니다. 지난밤 어머니의 치매 증세를 꿰뚫긴 했지만, 어머니께서 그날 아침 그런 반응을 보일 줄은 몰랐습니다.

"어머니. 어제 일 기억 안 나세요? 도대체 왜 그러시는 거예요?"

저는 어머니를 안심시키려 애썼습니다. 하지만 한 번 혼란에 빠지신 어머니를 말릴 수는 없었습니다.

"가까이 오지 마요!"

어머니는 제 손을 뿌리치시고 등을 돌려 집을 뛰쳐나가셨죠. 저는 곧장 뒤따랐습니다. 반응을 보니 여차할 경우 어머니 앞에서 그대로 사라져야 할지도 모른다는 생각이 들었습니다. 맨발로 옆집 정원을 가로지른 어머니는 현관문을 두드렸습니다. 도와달라고 울부짖으셨죠. 어머니는 문을 열고 나온 젊은 여자에게 매달려 자초지종을 이야기하셨습니다.

"저 사람이 갑자기 내 집에 들어왔어. 자기가 내 아들이라잖아."

저는 잠시 망설였습니다. 그대로 모습을 감추면 되레 수상쩍은 사람이 될 것이 분명했습니다.

"알겠으니까 할머니. 일단 우리 집에 들어가 계세요."

여보, 할머니 좀 잠깐 봐 드려요! 집 안에 그렇게 외친 새댁은 신발을 신고 제 앞까지 걸어왔습니다. 저는 새댁과 이야기를 나눌 수 있었습니다.

"당신이 할머님 아들인가요?"

저는 그녀의 눈을 피하지 않고 천천히 고개를 끄덕였습니다. 이웃집 아들의 복역 사실까지 알 정도면 어머니는 그녀와 제법 살가운 사이였던 것 같습니다.

"당신은 확실히 살인죄였다죠? 정말 끔찍한 사람이네요.

분명 출소까지 몇 달 더 남았던 거로 기억하는데……."

저는 새댁에게 '난 적어도 살인자는 아닙니다.'라고 말하려다가 입을 다물었습니다. 새댁은 스물 후반, 서른 대 초반으로 보이는데도 제법 강단이 있어 보이더군요. 눈앞의 사람을 살인자라고 여기면서도 기가 죽는 기색 하나 없었습니다. 괜스레 싸울 필요는 없었죠.

"당신은 할머니가 얼마나 당신을 생각하는지 몰라요. 할머니는 뭔가 오해가 있어서 당신이 옥살이하고 있다고 말씀하셨어요. 그게 오해든 아니든 당신이 해야 하는 일은 할머니를 잘 돌봐드리는 거예요. 할머니는 아주 아프세요."

새댁의 말에 따르면 어머니께서 이상 증세를 보이기 시작한 것은 두어 달쯤 전이었다고 합니다. 어머니께서는 가스레인지 불 위에 냄비를 올려놓곤 외출을 하셨다고 하더군요. 창문으로 새카만 연기가 나오는 것을 본 새댁 덕에 다행히 큰 화재로 이어지지는 않았지만, 불행의 전조로서는 충분했던 것 같습니다. 어머니께서는 어느 날 '그것' 좀 나눠달라면서 새댁의 집을 찾았다고 합니다. 멸치볶음을 하려는데 그게 다 떨어졌다고요. '그것'이 간장이라는 것을 어머니는 끝내 기억하지 못하셨다고 합니다. 또 어느 날 저녁, 새댁은 골목에서 가로등 밑에 쭈그려 앉은 어머니를 발견했다고 합니다. 말을 붙여도 어머니께선 초점 잃은 눈으로 대꾸도 없었다더군요. 결국 새댁이 직접 어머니를 집까지 모셔다드렸다고 합니다. 그런 자잘한 이야기를 듣다 보니 끝이 없었습니다.

일이 있고 몇 시간 뒤, 저는 새댁의 집에서 잠든 어머니를 업고 집으로 돌아올 수 있었습니다. 놀랄 만큼 가벼워서 깜짝 놀랐던 기억이 납니다. 다행히도 어머니께서 잠에서 깨어나셨을 때는 다시 저를 알아보셨습니다.

"태우야. 배고프지? 밥 차려 줄게."

어머니께서는 저를 '아들'이라 부를 때도 있었지만 '태우'라는 이름으로 부르기도 했습니다. 승현이, 도윤이, 민준이 등등 가끔은 전혀 다른 이름으로 부르기도 하셨죠. 특별히 정정할 필요성을 느끼지 못했습니다. 저를 아들로 생각해 주신다면 그것만으로도 안심할 수 있었습니다.

그도 그럴 것이 아찔했던 일은 몇 번이나 있었습니다. 그 두 달 동안 어머니는 종종 저를 보고 기겁하시며 도망치시거나 물건을 집어 던지시거나 당장 나가라며 저를 위협하기도 했죠. 실제로 경찰에 신고하신 적도 있었고요. 어머니의 치매증상을 설명하느라 진땀을 뺐습니다. 옆집 새댁이 거들어 주어서 경찰도 수긍하고 돌아갔죠. 새댁의 도움이 컸습니다. 다행히도 어머니가 그렇게 갑자기 돌변하시는 빈도는 점점 줄어들었습니다. 보름쯤 지났을 무렵, 한 번 크게 열병을 앓고 난 이후에는 완전히 사라졌습니다.

어머니. 저는 지금 옆집의 노부부의 집으로 향하고 있습니다. 두 사람 다 어머니와 비슷한 연배가 아닐까 짐작해 봅니다. 평소에는 마른 흙먼지 냄새가 풍기는 시골길도 방금 비가 온 탓에 질척거리는군요. 대신 공기가 한결 시원합니다. 먹구름이 지나간 하늘은 청록빛을 띠고 있네요. 여름 해는 아직도 먼 바다 귀퉁이에 떠 있습니다.

노부부는 지금도 저를 굉장히 신뢰하는 듯 보입니다. 올 봄의 일 때문이죠. 제가 이곳을 찾아 이장 어르신 댁에서 잠시 지내고 있을 때군요. 무료로 온천관광을 시켜 준다는 두 명의 남자가 마을을 찾았습니다. 그들은 종종 이곳을 찾았는지 마을 사람들과 제법 친분이 있더군요. 마침 제가 이장 어르신의 부탁을 받아 노부부의 집을 찾았을 때는 거래가 성사되기 직전이었습니다. 일당 중 한 명이 조곤조곤하니 노부부를 설득하고 있더군요.

"할아버지. 건강 때문에 아들 내외한테 늘 미안하시다고 말씀하셨잖아요. 분명 잘 사셨다고 좋아할 거예요. 아, 이 참에 자녀분들한테 선물도 해 주시면 어떠세요?"

저는 잠자코 그들이 가져온 카탈로그를 훑어보았습니다. 만병통치약이라는 온천수부터 시작해 적외선치료기, 정수기와 공기청정기까지 소개되어 있었습니다. 노부부는 서로의 얼굴을 힐끗 쳐다보더군요. 그들의 언변에 넘어가는 듯 보였습니다.

저는 그들이 사기를 치기 위해 얼마나 공을 들였을지 짐작해 보았습니다. 아마 몇 번이나 마을을 찾아왔겠죠. 자비도 아끼지 않았을 것입니다. 저는 잠시 고민해 보았습니다. 그대로 모른 척을 할 수도 있었죠. 하지만 가만히 생각해 보니 그들을 물리치는 것이 거꾸로 제게 도움이 될 것 같다는 생각이 들었습니다.

"이봐요, 당신들. 거기까지만 합시다. 어디 순박한 어르신들 꼬드겨서 사기를 치려고 하십니까? 그만 돌아가 보시죠. 경찰에 신고하기 전에."

저는 낮게 으름장을 놓았습니다. 그들은 가벼운 욕지거리를 내뱉으며 마을을 떠났죠.

두 노부부는 제게 몇 번이나 고맙다고 말했습니다. 기분이 썩 나쁘진 않더군요. 하지만 어머니. 제가 그 사기꾼들을 비난할 자격은 없습니다. 저 역시도 본질은 그들과 같으니까요.

제가 복역을 마치고 곧장 어머니의 집을 찾은 것은 오로지 돈 때문입니다. 어머니는 돈을 은행에 맡기지 않습니다. 현금을 집 안에 보관해 놓으시죠. 외환위기 때 크게 덴 적 있는 노인들은 때때로 은행을 믿지 못하더군요. 은행이 또 언제 파산할지 모른다고요. 어머니도 같았습니다.

그 사실을 아는 것은 오직 가족뿐이었습니다. 저는 어머니께서 안방 장롱서랍장 안, 옷상자 아래에 현금 뭉치를 넣어 둔다는 사실을 알고 있었습니다. 한밤중에 집에 몰래 들어와 그곳을 뒤져 보았죠. 하지만 돈은 없었습니다. 심지어 어머니께 들키고 말았습니다. 어머니께서는 저를 반갑게 맞이해 주셨지만요.

생활이 보장된다는 이유도 있었지만, 제가 두 달여간 치매에 걸린 어머니를 모시고 산 가장 큰 이유는 바로 돈입니다. 돈을 찾을 때까지 집을 떠날 수 없었으니까요. 그 낡은 이층집 어딘가에는 상당한 양의 현금이 숨겨져 있는 것이 분명했습니다. 저는 집 안을 샅샅이 뒤지고 또 뒤졌습니다. 그러나 어떠한 흔적도 발견되지 않았습니다. 기묘했습니다. 마치 집 안이 꿈틀대며 스스로 모습을 바꾸는 것 같다는 착각마저 들었습니다. 어머니께 돈이 있는 장소를 들을 수 있었다면 제가 집을 떠나는 건 조금 더 빨랐을 것입니다. 그 끔찍한 일이 벌어지기 전에 어머니를 내버려 두고 떠났겠죠.

만약 어머니 정신이 온전했다면 어땠을까요? 저는 그 점이 아쉽기만 합니다. 가령, 어머니. 저는 앞집의 노부부가 어디에 돈을 숨기고 있는지 알고 있습니다. 사기꾼 일당이 노부부를 찾아온 날 눈치를 챘죠. 부부의 집 거실 한쪽 벽에는 커다란 부채가 장식되어 있더군요. 그들의 이야기를 들으면서 노부부는 왜인지 가끔 부채를 향해 눈을 흘기더군요. 물건을 살까, 말까 고민하는 와중 무의식적으로 시선이 향한 것입니다. 분명 부채 뒤편에 공간이 있고, 그곳에 돈이든 통장이든 패물이든 값이 나가는 뭔가가 있을 터입니다. 세상사 무슨 일이 일어날지 모르는 일 아니겠어요? 혹시 모를 경우를 대비해 일단 기억은 하고 있습니다.

이렇듯 어머니께서 제정신이었다면 저는 눈치로라도 돈의 위치를 짐작할 수 있었을 것입니다. 하지만 어머니께서는 돈을 감춰 뒀다는 사실조차 기억하지 못하셨습니다.

노부부 집에서 저녁을 먹고 나오니 해가 바다 저편으로 떨어지기 직전이군요. 이 무렵의 노을빛은 유난히도 짙습니다. 적색으로 반짝이는 바다를 가만히 보고 있자니 어느 순간 차츰차츰 등 뒤에서 몰려오던 어둠이 바다 저편까지 쭉쭉 뻗어 갑니다. 붉은 기운은 수챗구멍에 물이 빨려 들어가듯 수평선 아래로 태양을 쫓아 사라집니다. 세상은 삽시간에 암흑으로 뒤덮입니다. 이 광경을 볼 때마다 저는 종종 어머니의 치매증상을 떠올리곤 합니다.

단풍잎이 하나둘 떨어지기 시작하는 가을날이었죠. 어머니는 열이 아주 많이 났습니다. 안쓰러울 정도로 끙끙 앓

아누우셨습니다. 사람이 아플 때 어떻게 간호를 하는지 알 수 없었습니다. 저는 병원을 가기 위해 어머니를 들쳐 업으려 했습니다. 하지만 어머니는 저를 보고 기겁을 하셨습니다. 또다시 저를 낯선 침입자로 여겼죠. 저는 어머니를 내버려 둘 수밖에 없었습니다. 할 수 있는 건 물수건을 적셔다 어머니 이마에 올려놓는 것뿐이었습니다. 어머니는 저를 빤히 쳐다보았습니다. 자신에게 무슨 일이 일어났는지 모르겠다는 얼굴이었습니다. 어머니는 그대로 스르르 정신을 잃듯 잠이 들었습니다. 무려 이틀 동안 자다 깨다를 반복하셨습니다. 다시 일어난 어머니께서는 상당히 많은 기억을 잊어버리셨습니다.

노부부가 차려 줬던 밥상은 정성이 가득했습니다. 밥과 버섯 된장국, 가지무침, 열무김치, 각종 쌈 채소와 된장, 그리고 화덕에 통으로 구운 오징어 몇 마리가 상에 올라왔습니다. 특별히 신경을 써 준 것으로 생각합니다.

저 역시도 식탁을 차리곤 했습니다. 물론 할 수 있는 일은 냉장고에 있는 반찬을 꺼내다 접시에 더는 게 전부였지만요.

처음에 어머니는 아들이 왔다며 직접 밥상을 차려 주셨습니다. 하지만 열병을 앓은 그날 이후부터는 부엌에 서서도 한참을 무엇을 해야 할지 알지 못하셨습니다. 어머니는 아무것도 기억나지 않는다는 사실을 두려워하셨습니다. 하지만 시간이 지날수록 공포심마저도 희미해지는 것 같았습니다. 무엇을 두려워하는지에 대한 인지조차도 사라진 것입니다. 그것은 아마 저라는, '아들'이라는 안심할 수 있는 존재가 옆에 있었기 때문이었을 것입니다. 긴장의 끈을 스스로 풀어 버린 것이겠죠.

어느 날 저녁이었습니다. 어머니는 밥상 앞에서 이렇게 말씀하셨습니다.

"고마워요. 늘 이렇게 챙겨 줘서."

멍하니 TV를 보던 저는 눈을 돌려 어머니를 보았습니다.

"갑자기 왜 그러세요?"

어머니는 잠시 말이 없으셨습니다.

"그럼 저한테 가지고 있는 돈이나 전부 주세요. 그래야 제가 여길 나가죠. 대체 어디 숨기신 거예요?"

저는 아무렇게나 툭 내뱉었습니다. 어머니의 행동은 항상 예측할 수 없었습니다. 전에는 식사 도중 갑자기 식탁을 박차고 일어나 집을 뛰쳐나간 적도 있었으니까요. 제가 아들이 아니라면서요. 이번에도 종잡을 수 없는 변덕이군. 저는 그렇게 생각했습니다. 하지만 다음 순간 어머니의 입에서 튀어나온 말은 예상 밖이었습니다.

"당신이 이제 다시는 나쁜 짓을 안 한다고 약속한다면요."

어머니는 눈도 한 번 깜빡이지 않았습니다. 강렬한 시선

이었습니다. 안구 너머에서 섬광이 번뜩인 것 같은 착각이
들더군요. 어머니께서는 돈을 숨겼다는 사실조차 기억하시
지 못했습니다. 그렇다면 정신이 돌아온 것인가? 저는 긴장
했습니다.

다시 어머니를 쳐다보았을 때, 어머니는 씹던 반찬을 입
에서 뚝뚝 흘리고 있었습니다. 재차 물어보았지만 어머니께
서는 불과 몇 초 전 한 말도 기억하지 못하셨습니다.

만약 어머니께서 그때 돈의 위치를 알려 주었더라면 어땠
을까요? 저는 진즉에 어머니의 집을 나왔을 것입니다. 어머
니를 그 집을 홀로 내버려 두었겠죠.

밤벌레의 울음소리에 리듬을 맞추며 발걸음을 옮깁니다.
어머니의 고향은 참으로 좋은 곳입니다. 전 언제까지 이
곳에서 지낼 수 있을까요. 아직 경찰은 코빼기도 안 보이
는……

빌어먹을. 본능적으로 등골이 오싹합니다. 대문 앞에 낯
선 두 사람이 기웃거리고 있습니다. 저는 자리에 우뚝 멈춰
서고 말았습니다.

두 사람이 한 번 시선을 교환하더니 잰걸음으로 다가오는
군요. 저는 반사적으로 등을 돌려 달아납니다. 그들에게 잡
히면 저는 정말로 살인자가 되어 버립니다.

2

무덥고 습한 날씨 탓에 유독 불쾌지수가 높은 날이었다. 서울시 강동경찰서 형사과에 전화 한 통이 걸려왔다.

"선배님. 수배 중인 하대현의 위치가 확인되었답니다."

"하대현? 잠깐만. 그게 누구더라?"

조금 전 외무를 마치고 서로 복귀한 강 형사는 에어컨 앞에 서서 땀으로 흠뻑 젖은 옷을 말리고 있었다. 분명 어디선가 들어 본 이름이었다.

"기억 안 나세요? 작년 연말에 치매에 걸린 할머니가 자기 아들을 칼로 찔러서 살해한 사건이요. 그 할머니는 사건 직후에 목을 매서 자살했고요. 그 사건에 연루된 놈이잖아요."

후배 이 형사의 설명에 강 형사는 손가락을 튕겼다.

"아, 그 사건. 떠올랐어. 조금 찜찜한 구석이 남는 사건이었지."

기억 저편에서 단번에 끄집어낼 수 있을 정도로 다소 묘한 사건이었다. 강 형사는 작년 12월 말 강동구의 한 주택가에서 발생한 살인사건을 복기해 보았다.

최초 신고자는 피해자 옆집에 사는 부부였다. 제법 큰 눈이 왔는데 집 앞에 쌓인 눈을 치우지 않았다는 점, 집 안에 불은 켜져 있었지만 인기척은 없다는 점을 이상하게 여긴 부부는 경찰에 신고했다. 경찰은 문을 따고 들어갔고 집 안에는 사망한 지 닷새가 지난 두 구의 시체가 있었다.

피해자 박태우(49)는 오랫동안 살인죄로 복역하다 작년 말에 출소했다. 본래라면 그는 올해 봄이 되어야 형기를 마칠 수 있었지만 크리스마스 특사로 선정되어 보다 일찍 출소할 수 있었다. 그가 복역한 교도소 측에 따르면 박태우는 어느 순간부터 진심으로 죄를 뉘우친 듯한 모습을 보였다고 한다. 그것이 사면을 받은 이유였다. 박태우는 출소 직후 어머니를 무작정 찾아갔다. 하지만 불운하게도 치매 증세가 있는 노부인 조명숙(74)은 아들을 낯선 침입자로 착각한 것처럼 보였다. 조명숙은 박태우의 등을 부엌칼로 깊게 찔렀다. 이후 조명숙은 식탁을 밟고 올라가 천정의 환기구에 포장용 노끈을 연결해 목을 매달았다. 어머니가 아들을 살해하고 스스로 목숨을 끊은 것이다.

과연 노인이 등 뒤에서 칼을 박아 넣을 수 있었을까? 수사 초기에 몇몇 형사는 이런 의문을 제기했다. 그러나 부검 결과 박태우의 체내에서 알코올이 검출되었고, 조명숙의 몸에서 폭행을 당한 흔적이 발견되었다. 또한 조명숙이 최근 치매증세를 보였다는 인근 주민들의 증언도 있었다. 아들을 알아보지 못하고 생명의 위험을 느낀 노인이 상상 이상의 힘을 발휘했다는 의견 쪽으로 기울 수밖에 없었다.

무엇보다 조명숙의 지문이 흉기 손잡이에서 검출되었다. 또한 박태우의 혈흔과 더불어 조명숙의 혈흔이 칼날에서 검출되었는데, 이는 조명숙이 부엌칼로 박태우를 찌를 때 미숙하게 칼을 쥔 탓에 손가락이 칼날에 닿은 것으로 보였다. 실제로 조명숙의 손가락에 베인 상처가 확인되었다.

조명숙은 왜 자살을 했을까? 이 질문에 대해선 치매에 걸린 조명숙이 아들을 죽인 직후 정신을 되찾았을 것이라는 의견이 지배적이었다. 조명숙은 아들을 죽였다는 죄책감을 견딜 수 없었던 게 아닐까?

수사는 그렇게 종결되는 듯 보였다. 하지만 강 형사는 조사보고서를 마무리하던 중 최초신고자인 옆집의 부부에게 황당한 이야기를 듣는다. 부부는 언론에 보도된 내용을 듣고 찾아왔는데, 부부 중 아내는 강 형사에게 아들 박태우가 12월 말에 출소했다는 것은 있을 수 없는 일이라고 말했다.

"할머니 아들이 12월에 출소를 했다니, 아니에요. 형사님. 말이 안 돼요. 왜냐면 할머니는 아들과 벌써 두 달 전부터 함께 산 걸요."

부부뿐만이 아니었다. 재탐문 결과 인근 주민들은 모두 조명숙의 아들이 두 달 전 출소를 한 것으로 알고 있었다.

형사들은 사건을 조사하며 집 안 곳곳을 수색해 보았다. 하지만 조명숙 이외의 동거인이 생활한 흔적은 발견되지 않았다. 두 달 동안 같은 집에 함께 살았는데 이렇게 흔적이 없을 수 있는 걸까? 칫솔 하나라도 더 발견되어야 정상이었다. 하지만 그 어떤 흔적도 발견되지 않았다. 10월부터 12월까지 두 달 동안 노부인 조명숙과 함께 생활한 40대로 추정되는 남자. 그는 대체 누구인가. 증언을 토대로 몽타주를 제작하고 데이터베이스를 통해 얼굴을 분석해 본 결과 경찰은 그의 정체가 사기, 절도 전과 8범의 하대현이란 것을 알 수 있었다.

젊은 부인은 끝내 눈물을 흘렸다.

"할머니는 종종 무섭게 질려서 제게 도움을 청하셨어요. 낯선 사람이 집 안에 있다고요. 세상에나, 그게 정말이었다니."

결론은 명확했다. 아무래도 하대현은 치매에 걸린 노인을 속여 그녀의 재산을 갈취한 것으로 보였다.

"하대현이 조명숙에게 어떤 위해나 학대를 가하는 모습을 본 적 있습니까?"

젊은 아내는 잠시 곰곰이 생각하다가 천천히 고개를 저었다.

"그런 건 없었어요. 두 사람은 진짜 모자지간처럼 보였을 정도니까요. 그 남자도 할머니를 어머니라고 부르며 극진히 모셨어요."

강 형사는 하대현의 대담함에 혀를 내둘렀다. 조명숙은 하대현과 동거하는 중 몇 번이나 기억이 되돌아온 것 같았다. 다행히도 위기를 넘긴 모양이지만 그것은 운이 좋았을 뿐이었다. 자칫 잘못하면 또다시 형을 살지도 모를 일이었다. 그런데도 하대현은 위험을 무릅쓰고 두 달여간 조명숙의 집에 기거한 것이다. 이 살인사건과 하대현 사이에 어떤 연관이 있는가? 수사본부는 이 부분을 알 수 없었다. 찜찜한 구석을 없애기 위해선 하대현을 구속할 필요가 있었다. 수배령을 내릴 이유는 충분했다.

"그래서 하대현은 지금 어디 있는데?"

잠시 지난 사건을 되짚어 본 강 형사는 이 형사에게 물었다.

"전남 여수에서 목격되었답니다."

"여수? 그동안 못 잡은 이유가 있었네. 그렇게 잘 도망 다니던 놈을 용케도 찾았어."

"여수 경찰서에서 노인들을 상대로 방문판매 사기를 치는 일당을 검거했답니다. 그런데 사기꾼 일당이 서에 붙어 있는 수배 전단에서 하대현을 알아봤다고 하더군요. 하대현이 틀림없으니까 당장 가서 잡으라고 방방 뛰더랍니다."

무슨 일일까? 사기꾼들 사이에서 영역다툼이라도 있던 걸까? 강 형사는 고개를 갸웃했다.

"뭐, 좋아. 그 쪽에 연락해서 하대현의 신병을 확보해 달라고 전해."

"네, 알겠습니다!"

이 형사는 당찬 대답과 함께 책상 위의 수화기를 들었다.

3

"당신, 결혼은 언제 할 생각이에요?"

"결혼이요? 글쎄요, 이미 늦은 것 같아요. 나쁜 짓을 하도 많이 해서……."

"부모님은 어디에 있어요?"

"오늘은 유난히 꼬치꼬치 캐물으시네요. 바로 제 앞에 있 잖아요."

사실 저는 태어나서 누군가를 어머니라 불러 본 적이 한 번도 없습니다. 인생 최초의 기억은 보육원에서부터 시작 됩니다. 하지만 두 달여간 당신을 어머니라 부르다 보니 이 젠 어머니라는 호칭이 입에 붙어 버렸군요. 제 삶에서 잠시 나마 그렇게 부를 수 있는 사람이 생길 줄은 꿈에도 몰랐습 니다.

어머니. 저는 끝내 도망치지 못했습니다. 결국 이렇게 유 치장 안에 갇히게 되었습니다. 붙잡혔을 때는 다 끝났다고 생각했습니다. 살인죄로 오랫동안 복역을 할 생각을 하니 눈앞이 캄캄해졌습니다. 하지만 저는 저를 붙든 경찰관에게 놀라운 말을 들을 수 있었습니다. 불법주거침입? 절도? 사기? 제 죄목은 그러한 것뿐이었습니다. 이게 도대체 어떻게 된 일일까요?

선풍기 목이 회전하는 소리가 끼익 끼익 어둠 속에서 울립니다. 마치 비웃는 소리처럼 들리는군요. 천장에서 희미하게 빛나는 취침등은 은은하기보다 마치 안개가 낀 듯 자욱한 느낌을 줍니다. 저는 차라리 가만히 눈을 감고 딱딱한 장판 위에 드러눕습니다. 온몸에 힘을 빼자 어둠이 조금씩 몸으로 스며드는 것 같은 기분이 듭니다. 생각을 정리하기에 딱 좋습니다.

작년 여름의 일입니다. 교도소에는 한 달에 한 번 외부에서 죄수의 머리를 깎아 주는 이발사가 들어옵니다. 저는 대기실에서 이발 순서를 기다리는 중 박태우와 한 죄수가 나누는 대화를 엿들을 수 있었습니다. 박태우는 큰집 꽈배기도 못 해먹을 짓이라며, 이곳에서 나가기만 하면 탄탄대로라며 큰소리를 떵떵 쳤습니다.

"우리 집 할망구는 은행에 절대 안 가. 돈은 무조건 현금으로 보관하지. 보나 마나 또 안방 장롱 서랍 안에 넣어놨겠지. 그 돈이 얼마가 될지는 모르겠지만 내가 없는 동안 쌓인 연금까지 합치면 상당할 거야. 그 돈만 있으면 한동안은 걱정 없어. 할망구는 어쩔 생각이냐고? 죽든 말든 알 바 없어. 부양할 생각은 단 한 번도 한 적 없거든. 그 사람은 나한테 돈만 준비해 주면 그만이야."

박태우는 제가 귀 기울여 듣는 것도 모른 채 옆의 죄수를 향해 떠들었습니다. 저는 이 기회를 놓칠 수는 없다고 생각했습니다. 금액만 지불하면 조사를 해 줄 이는 충분했습니다. 저는 출소준비를 하며 바깥의 지인에게 박태우라는 사람에 대해서 조사를 부탁했습니다. 박태우의 모친, 즉 어머니의 집을 아는 것은 어렵지 않았습니다. 부친은 오래전 사망했다고 하더군요.

10월 초, 출소를 한 저는 지체 없이 어머니의 집으로 향했습니다. 캄캄한 밤이었습니다. 저는 담을 넘고 배관을 타고 2층으로 올라갔습니다. 테이프를 바르고 조심스럽게 창문을 깨뜨렸죠. 무사히 2층으로 침입한 저는 살얼음 위를 걷듯 발소리를 죽이고 계단을 내려갔습니다. 그런데 1층에 내려온 저는 가슴이 철렁했습니다. 어둠 속을 배회하는 작은 그림자가 있었습니다. 그림자가 순간 제 쪽으로 돌아섰습니다.

"태우니? 아들 맞지?"

어머니는 와락 제 품에 달려들었습니다. 어머니의 몸은

마르고 딱딱했습니다. 저는 그 가녀린 몸뚱이를 뿌리칠 수 없었습니다. 상황을 이해하기 위해서 머리를 최대한 굴리고 있었으니까요. 그렇군. 이 사람은 나를 박태우로 착각하고 있어. 그렇게 이해했을 때쯤, 희미한 온기가 전해져 왔습니다. 어머니의 눈물 한 방울이 제 손등에 닿았습니다. 손등이 타들어 가듯 뜨거웠습니다.

저는 어머니의 치매를 이용할 수 있겠다고 생각했습니다. 그리고 아들인 척 당분간 당신과 함께 지내기로 했습니다. 설마 다음 날 아침, 어머니가 기억을 되찾고 집을 뛰쳐나갈지는 상상도 못 했지만요.

어머니가 저를 아들로 착각한 이유가 있더군요. 어머니는 밤이 되면 환각증세가 유독 심해졌습니다. 이상한 사람이 집을 기웃거린다거나, 누군가 자신을 지켜보고 있다거나, 그런 이야기를 자주 하곤 했습니다. 그럴 때마다 저는 어머니를 얌전히 재우기 위해 손을 꼭 잡아 주었습니다.

저는 사실 어머니가 어찌 되든 상관없었습니다. 두 달여간 어머니를 모시고 지낸 것도 완벽한 모자지간으로 보이기 위한 연기였을 뿐이지요. 하지만 어머니가 자살하셨다는 경찰의 이야기에 조금 충격을 받았습니다. 그리고 충격을 받은 저 자신에게 놀라고 말았습니다.

저는 박태우를 죽이고 어머니 집을 나온 이후로 신문이나 뉴스를 보진 않았습니다. 무사히 하루가 지나갔다는 위안만으로 그날그날을 버텼습니다. 꼭꼭 숨어서 지내기 바빴죠. 하지만 두려워할 필요가 전혀 없던 것이었군요. 살인죄는 어머니가 뒤집어썼으니까요.

그 집에서 치매에 걸린 어머니를 속이며 지낸 것은 맞지만 박태우가 찾아오기 전에 집을 나갔다. 경찰에게는 그렇게 진술할 생각입니다. 그렇게 거짓말을 해도 될 것 같습니다. 일단 살길은 확보된 것 같군요. 운이 좋았습니다. 이제야 안도할 수 있습니다. 하지만 더는 생각할 필요 없다고 스스로 되뇌어도 '왜?'라는 의문이 또다시 머릿속에 곰팡이처럼 피어납니다. 지워내도 지워낼 수가 없습니다.

첫 번째 의문입니다. 어머니의 치매증세는 날이 갈수록 심해졌습니다. 어머니는 스스로 목숨을 끊는다는 인지조차 할 수 없는 사람이었고요. 어머니와 함께 지낸 저이기에 확신할 수 있습니다. 그런 어머니가 어떻게 자살을 할 수 있었던 걸까요?

두 번째 의문입니다. 치매증세가 나타날 때의 어머니는 돈의 개념조차 이해하지 못했습니다. 돈을 숨겼다는 것 역시도 떠올리지 못하셨습니다. 그런 사람이 어떻게 숨겨둔 돈을 단번에 찾을 수 있었나요? 또 왜 제게 왜 돈을 건넨 것일까요?

마지막으로 세 번째 의문입니다. 그 집에는 제가 미처 챙기지 못한 생필품들이 있었습니다. 또한 저는 박태우를 죽인 후 피 묻은 셔츠는 방에 적당히 던져두고 나왔습니다만, 들은 바로는 그 역시도 경찰에게 발견되지 않았다고 합니다. 제 흔적은 어디로 사라진 걸까요?

논리적으로 생각해서 어머니는 제가 박태우를 죽인 순간, 혹은 그 이후에 기억이 돌아온 것입니다. 하지만 그렇게 생각하면 또 이상합니다. 제게 돈을 건넬 때의 어머니는 제가 당신의 아들 박태우가 아닌 것을 알았을 것입니다. 또한 제가 박태우를 찔러 살해한 것도 아셨겠죠. 그런데도 왜 어머니는 제게 그 큰돈을 건네준 것인가요? 게다가 어머니는 제 흔적을 지운 것도 모자라 살인을 뒤집어씁니다. 어머니는 어째서 그런 행동을 한 건가요?

12월 말, 박태우는 현관문의 비밀번호를 너무나 쉽게 열고 집 안으로 들어왔습니다. 느닷없이 찾아온 박태우를 마주한 저는 깜짝 놀랐습니다. 설마 박태우가 특별사면을 받을 줄이야. 생각지도 못했습니다. 어디선가 기분 좋게 취해 돌아온 그는 저를 보곤 휘둥그레 눈을 뜨더군요. 곧 얼굴이 무섭게 굳어 갔습니다. 저를 알아보고, 제 목적을 알아차린 것이겠죠.

저는 그에게 흠씬 두들겨 맞았습니다. 그는 또한 고함을

지르며 어머니를 마구 때리기 시작했습니다. 주먹으로, 발로 어머니의 온몸을 무차별적으로 때렸습니다. 당장 돈을 내놓으라면서요.

"안 된다! 그만둬라!"

제가 박태우를 찌르는 순간 어머니는 외쳤습니다. 그건 분명 당신의 아들을 죽이려는 제게 한 말이겠죠. 그 순간 어머니의 정신은 그 어느 때보다 또렷했겠죠.

문득 정신을 차려 보니 창가가 희미하게 밝습니다. 결국 한숨도 자지 못했군요. 조용히 새벽이 밝아 오나 봅니다. 저는 생각합니다. 어쩌면 어머니의 정신도 이렇게 소리 없이 돌아오곤 했던 것은 아닐까요?

어머니는 종종 저를 보곤 까무러치게 놀라셨습니다. 그러나 한 번 크게 열병을 앓고 난 이후부터는 단 한 번도 그런 적이 없었습니다. 저는 단순히 어머니의 치매 증세가 극심해졌기 때문이라고 생각했습니다. 하지만 어쩌면… 어머니는 연기를 한 건 아닐까요? 낯선 타인인 저를 아들이라 부르면서 저와 함께 웃으며 대화를 나누고 밥을 먹고 외출을 하고 TV를 보는, 그런 연기를 말이죠.

저는 그 이층집을 처음부터 끝까지 다 뒤져 보았다고 생각했습니다. 하지만 돈은 어디에서도 발견되지 않았습니다. 그런데 어머니는 종이봉투에 든 돈을 신발장 밑 가장 깊숙한 서랍 안에서 꺼내 주었습니다. 도망치기에 급급해서 몰랐지만 지금 생각해 보면 이상합니다. 그곳은 10월 초에 제가 몇 번이나 살펴보았습니다. 그곳에 돈을 넣어 둘 수 있었던 사람도 역시 한 사람뿐입니다.

어머니. 당신께 묻고 싶습니다. 언제부터 그렇게 저 몰래 돈의 위치를 이곳저곳 바꾸신 건가요? 단순히 돈을 빼앗기고 싶지 않아서였을까요? 저는 당신 앞에서도 종종 말하곤 했습니다. 돈만 찾으면 이런 집은 볼 일 없다고요. 그렇다면 어머니가 돈을 숨긴 이유는…….

당신이 이제 다시는 나쁜 짓을 안 한다고 약속한다면요. 어느 날 밥상에서 어머니는 제게 그렇게 말했습니다. 그때의 어머니는 도대체 누구였나요? 치매증세가 나타난 사람이었나요? 아니면 당신의 아들을 죽인 제게 돈을 건네주고, 제 뒷일까지 봐 준 사람이었나요?

"당신이랑 같이 있으면 참 좋아요. 외롭지 않거든요."

햇살이 따사로웠던 어느 날 어머니께서는 정원에서 빨래를 너는 제 등을 향해 이런 말씀을 하셨습니다. 팡, 팡. 물기를 허공에 터는 소리에 묻혀 잘 들리지 않았던 말입니다. 햇빛을 받아 공중에 흩날리며 반짝이는 작은 물 알갱이들. 어머니의 눈가에 고인 눈물. 괜스레 가슴 안쪽이 부드럽게 흔들려 듣고도 모른 척했던 말입니다. 매를 맞아도 아파하지 않았던 저입니다. 하지만 이상한 일이죠. 치매에 걸려 자신이 무슨 말을 하는지도 모르던 당신의 목소리가 더 따끔했던 것 같군요. 그렇지만 어머니. 죄송하게도 천성은 버릴 수 없나 봅니다. 저는 살길을 마련하기 위해 또다시 거짓말을 해야 할 것 같습니다. 당신의 노력을 헛수고로 만들 수는 없으니까요.

어머니. 지금은 저도 생각해 봅니다. 만약 박태우가 집에 찾아오기 직전에 어머니께서 제게 돈을 건네주셨더라면 어땠을까요? 저는 치매에 걸린 당신을 버려두고 매몰차게 그 집을 떠날 수 있었을까요?

이러한 의문 역시도 답을 알 수 없습니다. 하지만 반대로 제 머릿속은 점점 맑아집니다. 이제야 좀 잠들 수 있을 것 같습니다. 저는 대자로 뻗어 기지개를 피며 눈을 감습니다. 문득 차츰 밝아 오는 저편에서 누군가가 기웃거린 듯한 착각이 듭니다. 묘하게도 조금 반가운 기분입니다.

/

엄마들

1

알람 소리에 눈을 뜬 소현은 가장 먼저 식탁을 차린다. 잠이 덜 깬 채원이는 입만 뻐끔뻐끔 벌려 소현이 떠먹여주는 아침을 받아먹는다. 칭얼대는 채원이를 씻기고 옷을 갈아입히고 머리를 빗기면 어느덧 유치원 버스가 올 시간이다. 소현은 씻을 새도, 아침을 먹을 새도 없다. 채원이의 손을 잡고 서둘러 현관을 나선다. 시간은 늘 아슬아슬하다. 유치원 선생님과 인사를 나누고 채원이를 배웅하면 소현의 정신없는 아침 일과는 끝이 난다. 버스가 모퉁이를 돌아 사라질 즈음 소현은 가벼운 현기증을 느꼈다. 벌써 사흘이나 지났다. 오늘 아침도 어제와 다르지 않았다.

채원 엄마, 안녕하세요. 누군가의 목소리에 소현은 흠칫 목을 움츠렸다. 소현은 카디건 앞섶을 굳게 여미며 천천히 뒤를 돌아보았다. 아이들을 배웅한 네 명의 엄마들이 길가에 서서 담소를 나누고 있었다. 사실 소현은 채원이를 바래다주면서도 그녀들에게 시선을 주지 않았다. 그녀들, 특히 준기 엄마와 마주치고 싶지 않았다.

"안녕하세요." 소현은 그녀들에게 짤막한 인사를 건넸다.

가볍게 미소 지으려 했지만 굳은 뺨이 파르르 떨렸다.

"어머, 채원 엄마. 안색이 나쁜데 괜찮아요?"

"그럼요. 괜찮아요."

소현은 허둥지둥 답했지만 자신을 걱정해 주는 여자의 이름을 제대로 기억해 낼 수 없었다. 분명 유하 엄마였던가. 언젠가 엄마들끼리 서로 자기소개를 한 적이 있다. 그러나 소현은 그녀들의 이름을 금세 잊어버리고 말았다. 유하 엄마, 은수 엄마, 수영 엄마, 준기 엄마. 이렇게 누군가의 엄마로만 기억하고 있다. 그녀들은 종종 함께 밥을 먹거나 쇼핑을 한다고 들었다. 소현은 그녀들과 어울린 적이 없었다. 기껏해야 지금처럼 잠깐씩 이야기하는 게 전부였다. 그녀들 사이에서 소현은 늘 '채원 엄마'였고, 소현 역시 그게 편했다.

"참, 모두 그 이야기 들었어요? 이 동네 땅값이 또 뛰나 봐요."

은수 엄마가 비밀이야기를 하듯 갑작스레 목소리를 낮추었다. 소현은 그녀의 남편이 부동산 관련 일을 하고 있다는 사실을 새삼 떠올렸다. 종종 듣곤 하는 그녀의 정보는 늘 틀리지 않았다.

어쩜 저리 좋아할 수 있을까. 무서운 사람이라고, 소현은 활짝 웃는 준기 엄마를 보며 생각했다. 집값이 오르는 게 그렇게 기뻐할 일일까. 그런 일조차 용서받을 정도로. 그러나 준기 엄마뿐만이 아니었다. 유하 엄마도, 수영 엄마도, 말을 꺼낸 은수 엄마도 모두 웃고 있었다. 이 자리에서 웃고 있지 않은 사람은 소현뿐이었다. 소현은 저도 모르게 시선을 뚝 떨어뜨렸다. 그녀들의 웃음이 귓속에서 윙윙 울렸다.

"저는 먼저 가 봐야겠어요."

누군가한테 한 말이 아니었다. 도저히 견딜 수 없어 허공에 던진 말이었다. 소현은 도망치듯 자리를 떴다. 그녀들의 시선이 등가에 눅진하게 들러붙었다. 누군가 다음에 보자 인사를 했지만 대꾸하지 않았다. 지나가는 사람들 모두 자신을 샅샅이 훑어보는 것 같았다. 얼른 집으로 돌아가자. 청소를 하고 빨래를 하고 점심을 준비하고 채원이를 맞이하자. 소현은 걸음을 서둘렀다.

까악. 작은 비명이 울려 퍼진다. 아이들은 하얀 주차선 위에서 술래잡기를 하고 있다. 규칙은 간단하다. 술래도, 나머지 아이들도 모두 주차선 위를 벗어날 수 없다. 나란히 이어진 여섯 개의 직사각형을 따라 빙글빙글 돈다. 아이들은 그렇게 차가 빠진 오후의 주차장을 놀이터 삼아 뛰어놀고 있다. 소현은 경비실 옆 벤치에 앉아 아이들을 가만히 바라보았다. 그 중심에는 채원이가 있었다.

어쩜 저렇게 예쁜 소리를 내는 걸까. 마치 휘파람처럼 맑은 소리다. 소현은 그런 즐거운 비명을 지른 적이 단 한 번도 없었다. 학창시절 또래 친구들과 좋아하는 연예인에 열광한다거나, 유원지에서 놀이기구를 탄다거나, 그렇게 행복하고 기쁘고 참을 수 없이 즐거워서 목소리가 뒤집히도록 소리를 내질러 본 적이 없었다. 생각해 보면 그런 건 누군가와 함께할 때나 낼 수 있는 소리였다.

소현은 자신의 인생이 전부 '그 여자' 때문에 뒤틀렸다고 생각했다. 겨우 다섯 살이었다. 채원이보다 한 살 어린 나이에 소현은 엄마라는 이에게 버림받았다. 하얀 눈이 하염없이 쏟아지던 날이었다. 소현의 기억 속에서 그 여자는 웃고 있었다. 눈발 속에서 소현에게 부드러운 미소를 지어 보였다. 보육원에 자식을 버리며 그 여자는 어떻게 웃을 수 있었을까. 홀가분해서? 소현은 삼십여 년이 지난 지금도 이해할 수 없었다.

자신이 어떤 삶을 살아왔건 이제는 상관없다. 가끔 어린시절의 광경이 예고도 없이 불쑥 찾아왔지만 이젠 외면할수 있었다. 절대 혼자 두지 않을 거라고, 소현은 자신을 올려다보는 채원의 눈동자를 바라보며 늘 생각한다. 빛과 물기를 함께 머금은 촉촉한 눈동자. 그 눈으로 늘 당당하게 세상을 바라보며 살게 해 주고 싶었다. 고개 숙이고 다른 사람

들의 눈치를 보는 삶을 살게 하고 싶지 않았다. 내 딸은 나
와 똑같은 고통을 겪게 하지 않을 거라고, 소현은 하루에도
몇 번이고 하는 다짐을 다시 한번 되뇌었다.

어느덧 술래가 된 채원이는 활짝 웃으며 아이들을 쫓아간
다. 하지만 채원이의 종종걸음으로는 아이들을 잡을 수 없
다. 채원이만 계속 술래를 하는 건 아닐까. 소현은 딸아이
의 마음이 상할까 봐 걱정이 되었다. 하지만 소현은 도와줄
수 없다. 아이들에게는 아이들만의 규칙이 있다. 어른들이
개입해서 그걸 깨 버리는 순간 채원이만 더 곤란해진다. 앞
으로의 놀이에 끼워 주지 않을지도 모르니까.

그때였다. 채원이를 피해 도망가던 여자아이가 갑자기 제
자리에 멈춰서 발을 동동 굴렀다. 채원이는 틈을 놓치지 않
고 여자아이의 등에 가볍게 손을 대었다. "이제 네가 술래
야." 채원이는 까르륵 웃으며 주차선을 되돌아 도망간다.

신기한 광경이었다. 끝까지 달렸으면 여자아이는 잡히지
않았을 것이다. 저래선 마치 채원이에게 일부러 잡혀 준 것
같다. 소현은 가슴이 뭉클했다. 아이들은 서로 배려하는 것
이다. 이기적인 어른들과는 다르게.

"괜찮습니까? 얼굴이 창백하시군요."

갑자기 누군가의 목소리가 들렸다. 아까부터 대비로 아파
트 주변을 쓸던 경비원이 어느새 소현 곁에 다가와 있었다.

소현은 백발인 그의 나이를 쉽게 짐작할 수 없었다. 몸집이 크고 빈틈이 없어 보이는 사람이었다. 이 남자도 사흘 전 사건에 개입하고 있는 걸까.

위험한 남자라는 생각이 들자 저절로 몸이 움직였다. 엉거주춤 벤치에서 일어나자 한순간 머릿속이 아득해진다. 소현은 경비실 벽에 손을 짚었다. 지난밤 새벽녘까지 잠을 설친 탓일까. 아니, 어제뿐만이 아니다. 소현은 그제도, 엊그제도 제대로 잠을 이루지 못했다. 모두 그날의 일 때문이다.

"아이는 어떻게 된 거죠?"

돌연 입이 제멋대로 움직였다. 순간 아차, 싶었지만 차라리 잘 됐다는 생각이 앞섰다.

"무슨 말씀 하시는 거죠?"

"사흘 전 일 말예요."

"글쎄요. 무슨 말씀이신지 잘 모르겠는데요."

경비원은 소현과 대화하면서도 아이들이 있는 주차장 쪽에서 시선을 떼지 않았다. 소현은 그 시선이 두려웠다. 마치 아이들 쪽을 노려보는 듯하다.

어쩌면 이 남자는 나를 주시하고 있었는지도 몰라. 내가 경찰에 신고할까 봐.

머리가 띵 하고 울렸다. 소현은 고개를 들어 주위를 살펴보았다. 아파트 베란다에서 그림자가 언뜻언뜻 스쳤다. 수

많은 눈동자가 화살처럼 쏟아져 내렸다. 알 수 없는 시선에 짓눌릴 것만 같다.

식은땀이 흘렀다. 소현은 아이들 쪽으로 고개를 돌렸다. 채원이가 보이지 않았다. 눈동자를 굴려 다시 한번 채원이를 찾아보았지만 마찬가지였다. 채원이는 어디에도 없었다. 소현은 아이들을 향해 달렸다.

"너희 채원이 못 봤니? 아까 여기서 너희랑 같이 놀던 여자아이 있었잖아!"

발작하듯 목소리가 튀어나왔다. 아이들은 깜짝 놀란 듯 보였다. 입을 반쯤 벌리고 소현을 쳐다본다. 소현은 다시 한번 목소리를 차분히 가다듬었다.

"애들아, 어디로 간 줄 아니? 말해 줄 수 있지?"

아까 저쪽으로 갔는데요. 방금 전 채원이에게 잡혀 준 여자아이가 팔을 뻗었다. 맞아요. 좀 이상한 냄새가 난다고 저리로 갔어요. 아무 냄새도 안 나는데. 그치, 그치? 아이들이 너도나도 맞장구를 쳤다. 3동 뒤편이었다. 소현은 고맙다는 말을 남기곤 서둘러 뛰기 시작했다.

설마 무슨 일이 생긴 것은 아니겠지? 채원아. 기다려, 채원아.

아파트 뒤편으로는 뒷산으로 이어지는 작은 산책로가 꾸

며져 있다. 징검다리처럼 이어지는 바윗돌을 따라가면 어른 키만 한 정원수와 아이 손바닥만 한 풀꽃들이 번갈아 나타난다. 소현은 종종 채원이와 이 길을 걷곤 했다. 사흘 전도 그랬다. 그런 일이 생길 줄도 모르고…….

소현은 제자리에 멈춰 숨을 몰아쉬었다. 채원이는 잔디밭 한가운데서 파란 하늘을 움켜쥐듯 손을 뻗고 있었다.

"김채원!"

소현은 헐레벌떡 달려 무너지듯 딸아이를 끌어안았다. 축축한 습기가 무릎에 스며들었다. 따뜻한 숨결이 귓가에 닿았다. 소현은 가슴 가득 느껴지는 체온에 안도의 한숨을 쉬었다.

"왜 말도 없이 사라졌어. 엄마가 얼마나 걱정한지 알아?"

"비행기 보러 온 거야. 그런데 오늘은 없어."

소현은 그제야 주변을 둘러볼 수 있었다. 산책로에는 아무도 없었다. 사흘 전 잔디 위에 떨어져 있던 색색의 종이비행기들은 어디에도 보이지 않았다.

"엄마, 저거. 저거 내려 줘. 엄마!"

갑자기 채원이가 바짓자락을 흔들며 옆에 있는 나무를 가리켰다. 나뭇가지에는 연두색 종이비행기가 걸려 있었다. 소현은 까치발을 들고 종이비행기를 내려 주었다. 채원이는 비행기를 한참이나 들여다보았다. 접힌 부분을 펼쳤다가 다시 접기도 했다.

"엄마. 나 이거 알아. 선생님한테 배운 거야."

"채원이 너 또 거짓말 아니지? 엄마가 거짓말하면 나쁜 아이라고 했잖아."

"거짓말 아니야. 나도 이거 만들 수 있어."

채원이는 폴짝폴짝 뛰며 온몸으로 항변한다. 얼굴에는 웃음기가 가득하다. 최근 들어 채원이는 이런저런 작은 거짓말이 늘었다. TV에 나오는 장소에 가봤다는 둥 방금 아빠한테 전화가 왔다는 둥 금세 들통 날 이야기를 지어낸다. 그것이 부모의 관심을 끌기 위함이란 걸 소현은 알고 있다. 어떤 말을 해도 웃어 줄 것을 알기에 채원이는 안심하고 거짓말을 하는 것이다. 어른과 달리, 아이의 거짓말은 어쩌면 이렇게도 순수할까. 소현은 채원이의 거짓말조차 사랑스러웠다.

넌 거짓말을 할 필요 하나도 없어. 종이비행기를 날리고 종종걸음으로 쫓아가는 채원이를 보며 소현은 생각한다. 부디 솔직하고 착한 아이로 자랐으면. 모두에게 사랑받는 아이로 자랐으면.

이런 내가 채원이를 지켜줄 수 있을까.

남편이 곁에 있었다면 걱정 말라 위로해 주었을 것이다. 소현은 남편의 따뜻한 품이 그리웠다.

소현의 남편은 반년 전 리비아로 출장을 떠났다. 이곳으로 이사를 오면서 남편이 자원한 일이었다. 덕분에 이사로 진 빚을 어느 정도 갚을 수 있었다. 떠나기 전 남편은 말했다. '엄마는 강하다고 하잖아. 채원이를 잘 부탁할게.' 그러나 소현은 자신이 없었다.

또다시 등 뒤에서 묘한 기척이 느껴진다. 가위에 눌린 듯 온몸의 근육이 뻣뻣이 굳어진다. 그 자리에 있으면서도 없고, 다가올 것 같으면서도 다가오지 않는. 아니, 다가와 있다. 바로 등 뒤까지!

숨을 내쉴 수가 없었다. 가슴 가득 숨을 머금고 소현은 몸을 휙 돌렸다.

채원이가 물끄러미 바라보고 있었다. 채원이는 이상하다는 듯 눈썹을 찡그렸다. 맥이 풀린 소현은 숨을 길게 내뱉었다. 채원이를 안심시키기 위해 굳은 표정을 풀고 힘없이 웃어 보였다.

"엄마. 나 아까 그 언니 봤어."

잠시 아무 말 없던 채원이가 입을 열었다.

"응? 누구?"

"어, 어, 있잖아. 저번에 노란색 옷 입은 언니. 아까 여기서도 놀았어."

머릿속에 그날의 광경이 천천히 떠오른다. 노란 옷을 입은 아이. 확실히 채원이도 그날 여기에 있었다. 채원이만은 그 광경을 보지 말았으면 했는데…….

"엄마가 거짓말하지 말라고 했잖아. 이상한 이야기 하지 마."

침착하려 해도 목소리가 주체할 수 없이 떨려왔다. 채원이는 분명 봤다며 배를 쭉 내밀고 가슴을 폈다.

"어떻게 그래. 그 아이는,"

가슴 속에서 뜨거운 무언가가 치밀어 올랐다. 순간 목구멍이 콱 막혀서 아무 말도 할 수 없었다. 그 아이는, 죽어 있었잖아. 도저히 그 말을 꺼낼 수 없었다. 한마디라도 덧붙였다간 눈앞의 딸아이가 어딘가로 사라져 버릴 것만 같았다.

2

사흘 전의 일이다. 소현은 채원이와 아파트 뒤편으로 산책을 나섰다. 봄볕이 부드러운 오후였다.

"엄마, 엄마. 누가 비행기 놀이 하나 봐."

산책로를 따라 3동 뒤편을 지날 무렵이었다. 하늘에서 종이비행기 하나가 천천히 떨어져 내렸다. 어느 집 아이가 장난을 치는 것 같았다. 채원이에게 저런 행동은 나쁜 행동이라고 말해 줄 찰나였다. 채원 엄마, 하고 누군가 소현을 불러 세웠다. 준기 엄마였다. 그녀는 오른손에 종이비행기 몇 개를 뭉쳐 쥐고 있었다. 준기 엄마는 3동 대표니까 3동 뒤쪽에 누가 장난을 치는지 보러 나왔나 보다. 소현은 그렇게 이해했다.

"어느 집 애가 이렇게 못된 짓을 하나 몰라요. 아이 엄마는 뭘 하고 있는 걸까요."

"그러게 말이에요. 분명 주의를 줬는데……."

준기 엄마는 조금 화가 난 것처럼 보였다. 무언가 실수라도 한 걸까. 소현은 괜스레 주눅이 들었다. 그녀는 앞으로 나가며 근처에 떨어진 종이비행기를 하나씩 주웠다. 소현도 허리를 숙여 종이비행기를 주웠다. 이야기를 나누며 걷다 보니 소현은 어느새 자신이 꽤 많이 걸어온 것을 깨달았다. 뒤를 돌아보자 채원이는 아까 준기 엄마를 만난 그 자리에 쪼그려 앉아 꽃구경을 하고 있었다.

채원이와 너무 멀리 떨어지는 것 같았다. 채원아, 이리 와. 그렇게 부르려던 참이었다. 돌연 시야에 무엇인가 나타났다. 빨간 종이비행기였다.

소현은 종이비행기를 멍하니 바라보았다. 잠시 시간이 정지한 것 같았다. 왠지 모르게 눈을 돌릴 수 없었다. 바람을 타고 천천히 날던 종이비행기는 어느덧 소현의 머리 위를 휙 지나쳤다. 소현은 비행기를 따라 몸을 돌렸다. 손으로 차양을 만들고 비행기를 끝까지 바라보았다. 어느 한 점으로 빨려 들어가듯 비행기는 점점 매끄럽게 가속했다. 이윽고 소현의 눈에는 노란 원피스를 입은 여자아이가 들어왔다.

작은 비명이 울렸다. 소현은 분명 보았다. 바위더미 위에 걸터앉은 여자아이는 갑작스럽게 얼굴로 날아온 비행기에 깜짝 놀랐다. 아이는 고개를 숙이며 몸을 뒤로 확 젖혔다. 기댈 곳은 아무 데도 없었다.

픽, 하는 둔탁한 소리가 났다. 소현은 꼼짝할 수 없었다. 바람이 앞머리를 간질였다. 풀잎이 서로의 몸을 비비는 소리가 들렸다.

먼저 움직인 건 준기 엄마였다. 한달음에 달려간 그녀는 무릎을 꿇고 아이를 안아 들었다. 그녀의 품에서 아이는 축 늘어졌다. 머리에서 흘러내린 한줄기의 피가 뺨을 타고 목으로 떨어졌다. 원피스의 하얀 프릴이 붉게 물들었다. 마치 뜨거운 것에 덴 듯 준기 엄마는 손을 확 떼었다. 아이의 고개가 목 뒤쪽으로 풀썩 꺾였다. 준기 엄마의 손에 피가 흥건했다.

소현은 자신이 어느 정도 죽음에 익숙해져 있다고 생각했다. 옛 친구나 선생님의 부고를 받으면 가슴이 아팠지만 곧 담담하게 받아들일 수 있었다. 하지만 죽음을 이토록 생생하게 느껴 본 것은 처음이었다. 새빨간 피. 잔디 위에 떨어진 스케치북. 흩어진 크레파스. 분홍색 가방. 더 이상 움직이지 않는 아이. 사색이 된 준기 엄마. 심장 소리에 맞춰 눈앞의 광경이 사진처럼 한 장 한 장 뇌리에 박혔다.

그때였다. 준기 엄마가 핸드폰을 꺼내며 다급히 외쳤다.

"여긴 제가 알아서 할게요. 채원 엄마는 얼른 들어가세요."

"네?"

소현은 곧바로 이해할 수 없었다.

"채원이가 보기 전에 빨리요. 빨리 가라고요!"

준기 엄마는 목소리를 낮추고 강한 어조로 다그쳤다. 소현은 그제야 딸의 존재를 기억해 냈다. 튕기듯 뒤를 돌아보자 채원이는 심상치 않은 분위기를 느꼈는지 멀뚱히 이쪽을 바라보고 있었다. 소현은 채원이를 향해 달렸다. 채원이에게 이런 광경을 보여줄 수 없었다.

"채원아. 우리 그만 집에 가서 만화 보자. 간식도 먹어야지."

무어라 칭얼거리는 채원이의 작은 손을 잡아끌며 소현은 슬쩍 뒤를 돌아보았다. 준기 엄마는 굳은 얼굴로 어디론가 전화를 걸고 있었다.

아이는 정말 죽은 걸까. 아이 가족들은 얼마나 슬퍼할까.

만약 아이를 먼저 발견했다면, 아이를 바위 위에서 내려오게 했다면 구할 수 있었을지도 몰라. 수많은 생각이 소용돌이쳤다. 소현은 새삼 아이가 늘 예기치 못한 위험에 노출된다는 사실을 깨달았다. 그리고 저도 모르게 죽은 아이가 채원이가 아니라 다행이라고 안도했다. 동시에 적잖은 충격을 받았다. 엄마란 이런 존재인 걸까. 아니, 이런 엄마라도 괜찮은 걸까.

소현은 거세게 고개를 가로저었다. 어찌 됐건 아파트가 한바탕 소란스러워질 것이었다. 경찰이든 기자든 아파트 주민이든 누군가 당시 상황을 물으러 올지도 모른다는 생각이 들었다. 소현은 마음의 준비를 하고 있었다. 하지만 저녁을 먹고 동화책을 읽고 TV를 보고 9시가 가까워 채원이가 꾸벅꾸벅 졸기 시작할 때까지 찾아오는 이는 아무도 없었다. 무언가 이상했다. 고개를 갸웃거리며 무심결에 채원이를 본 소현은 반사적으로 몸을 움찔 떨었다.

채원이는 게슴츠레 눈을 뜨고 잠들지 않으려 있는 힘껏 버티고 있었다. 눈꺼풀이 떨렸고 하얀 이마에 찡긋 주름이 잡혔다. 평소라면 웃음 짓게 만드는 그 모습에 소현은 온몸의 털이 거꾸로 일어섰다. 실눈을 뜬 채 죽은 그 여자아이의 얼굴이 채원이의 얼굴과 겹쳐졌다. 소현은 마른침을 삼켰다.

돌연 핸드폰 벨소리가 정적을 깼다. 준기 엄마였다.

"채원 엄마. 혹시 낮에 본 일 다른 사람한테 말하셨나요?"

"아니요. 저도 너무 무서워서……."

"그럼 지금 좀 만나요. 할 말이 있어요."

준기 엄마는 아파트 관리사무소로 와 달라고 부탁했다. 그녀는 꼭 와 달라는 말을 남기곤 일방적으로 전화를 끊었다. 대체 왜 보자고 하는 걸까. 소현은 준기 엄마의 속내를 알 수 없었다. 가슴이 묵직하게 뛰기 시작했다.

잠시 집을 비우는 게 걱정이었다. 혹시 잠에서 깬 채원이가 자신이 없는 걸 알고 울음을 터뜨릴지도 모른다. 하지만 소현은 채원이를 침대에 눕히고 조용히 나갈 채비를 했다. 준기 엄마의 목소리가 마음에 걸렸다.

엘리베이터를 타고 1층으로 내려가 아파트 현관을 나섰다. 경비실에는 '순찰중'이라는 팻말이 걸려 있었고 거리에는 아무도 없었다. 어둠을 헤치고 주홍빛 가로등 몇 개를 지나 관리사무소 건물에 다다른 소현은 잠시 주변을 서성였다. 건물 창문에는 짙은 자색 커튼이 쳐져 있었다. 커튼 사이로 희미한 불빛이 새어 나왔다. 준기 엄마는 저 안에 있는 걸까.

문득 건물 입구에서 센서등이 켜지더니 낯선 남자가 불쑥 튀어나왔다.

"이소현 씨?"

"누, 누구세요?"

소현은 한 발짝 뒤로 무르며 남자를 경계했다.

"3동 대표님이 불러서 오신 거죠? 이쪽으로 오시죠."

무언가 이상했으나 소현은 어쩔 수 없이 남자의 뒤를 따랐다. 도착한 곳은 밖에서 볼 때 커튼이 드리운 그 방이었다.

방 가운데는 기다란 회의용 테이블이 있었고 주변으로 철제의자가 몇 개 놓여 있었다. 앉아 있는 이는 아무도 없었다. 남자 넷과 여자 셋, 일곱 명의 사람들이 테이블을 빙 둘러서 있었다. 소현은 눈동자를 굴려 그들의 얼굴을 훑었다. 준기 엄마를 제외하곤 모두 모르는 얼굴이었다. 등 뒤에서 소현을 안내한 남자가 문을 막아섰다. 딸깍, 문을 잠그는 소리가 작게 울렸다. 어느덧 손에 짙은 땀이 배어났다.

"오셨군요. 저희가 긴히 드릴 말씀이 있습니다. 들어 주실 거죠?"

소현은 눈앞의 상황이 이해되지 않았다. 자신을 관리소장이라고 소개한 중년 남자는 소현의 대답도 듣지 않고 멋대로 이야기를 시작했다.

"저희 아파트가 내세우는 슬로건 아시죠? 도심 속 아이들이 살기 좋은 아파트입니다. 아파트 입구에도 현수막이 붙어 있는 거 보셨을 겁니다. 아파트 뒤편으로 비싼 돈 들여 산책로를 조성한 것도 다 그 사업의 일환이에요. 요 앞쪽 논이 없어지면서 도로가 확장되는 이야기 들으셨나요? 도로변을 따라서 건물들도 많이 생길 겁니다. 유동인구도 많아지겠죠. 저희들은 정말 노력했습니다. 그 동안 들인 수천만 원의 광고비, 그리고 앞으로 얻을 수억의 이익을 생각해 보세요. 저희 아파트가 이번에 경기도 살기 좋은 아파트 2위에 선정되었어요. 정부의 공공주택기금사업의 혜택을 받기로 확정이 났고요. 지금이 딱 호조를 보이고 있는 거예요. 그런데 아파트 산책로에서 아이가 죽어 버렸습니다. 3동 대표님 말로는 바위 위에 핀 꽃을 그리려다 실수로 떨어져 죽은 것 같다는데, 이게 소문이 나 봐요. 지금까지 쌓은 이미지가 한순간에 박살나 버립니다. 손해가 이만저만이 아니에요. 그래서 이소현 씨, 한 가지 부탁이 있습니다."

관리소장은 잠시 말을 멈추곤 다른 사람들과 눈빛을 교환했다. 그의 눈은 매섭게 빛났다.

"부탁이라니, 무슨……."

"낮에 본 일은 비밀로 해 주셨으면 합니다."

소현은 순간 관자놀이를 한 대 얻어맞은 것 같았다. 목이 콱 막혀 아무런 소리도 낼 수 없었다. 다리가 부들거려 주저앉을 것만 같았다. 소현은 비틀거리며 테이블을 짚었다. 관리소장은 아랑곳 않고 말을 이었다.

이 자리에 있는 회장, 총무, 그리고 각 동의 대표들만이 아는 사실입니다. 경비원 몇몇도 모두 알고 있습니다. 소현 씨는 그냥 입만 다물어 주면 돼요. 이게 다 아파트 주민들을 위해서 하는 일입니다. 그 점 알아주셔야 합니다. 아파트 값이 오를수록 손해 보는 일은 없을 겁니다.

관리소장은 낮고 걸걸한 목소리로 그런 것들을 차근차근 설명해 주었다. 소현은 머리가 묵직해졌다.

"결국 집값 때문에 아이가 죽은 걸 모른 척하겠다는 건 가요?"

"그동안 저희가 쌓아올린 걸 한순간에 잃을 순 없어요."

"아니, 어떻게……."

갑자기 눈물이 날 것 같았다. 여기 있는 사람들 모두 한통속이었다니. 소현은 자신을 불러낸 준기 엄마가 원망스러웠다.

"알아서 하겠다는 게 이거였나요? 지금 아이 엄마가 얼마나 걱정하겠어요? 당신도 엄마 아닌가요?"

소현은 준기 엄마를 노려보며 소리쳤다. 준기 엄마는 팔짱을 낀 채 한숨을 내쉬었다.

"물론 저희는 잘못된 행동을 했어요. 하지만 채원 엄마. 이상하지 않나요? 사고가 난 지 반나절이 지났어요. 그런데 아파트 안이 너무 조용하네요. 어쩌면 말예요. 그 부모는 자기 자식이 어떻게 됐는지 지금까지도 모를 수 있어요. 관심도 없을 수 있어요."

소현은 순간 할 말을 잃었다. 만약 채원이가 실종되면 소현은 온 동네를 뒤지고 다닐 것이다. 집집마다 찾아다니면서 딸아이의 행방을 물을 것이다. 한밤중이라도 상관 않고 있는 힘껏 채원이의 이름을 부를 것이다. 준기 엄마의 말대로 아파트는 너무 조용했다. 마치 아무 일도 없다는 듯이.

충분히 가능한 일이라고, 머릿속에서 누군가 속삭였다. 자식을 버리는 부모는 존재한다고.

잠시 정적이 흘렀다. 관리소장은 "그럼 받아들인 걸로 하겠습니다."라고 말하며 자리를 파했다. 소현은 숨이 턱턱 막혔다. 한시라도 빨리 이곳에서 벗어나고 싶었다. 등을 돌려 밖으로 나가려 하자 관리소장이 막 생각난 듯 소현에게 말을 건넸다.

"아 참, 이소현 씨. 남편이 외국에 나가 있고 딸이랑 단둘이서 지낸다죠. 따님이 또래 애들보다 훨씬 똑똑하다면서요? 참 부럽습니다."

무슨 뜻이냐 물으려 했지만 입이 떨어지지 않았다. 입술이 바들바들 떨렸다.

"너무 노려보지 마세요. 한배를 탔으니까 잘 해 보자는 말이에요."

문을 가로막고 있던 남자가 관리소장의 눈짓으로 순순히

길을 내주었다. 소현은 도망치듯 관리사무소를 뛰쳐나왔다. 준기 엄마가 소현의 뒤를 쫓아왔다.

"채원 엄마는 아무것도 몰랐던 거예요. 다 잘 처리했고, 다 잘 풀릴 거예요. 그러니 부탁드릴게요."

무엇을 어떻게 잘 처리했다는 건지, 무엇이 어떻게 잘 풀릴 거라는 건지 소현을 알 수 없었다. 머릿속으로 그 무엇 하나 정리가 되지 않았다.

준기 엄마, 돈이 그렇게 중요한 건가요?

그렇게 물으려 했지만 그녀는 이미 건물 안으로 들어간 뒤였다. 소현은 옆을 홱 돌아보았다. 누군가 자신을 쳐다본 것 같았다. 돌아본 곳에는 아무도 없었다.

3

세상의 모든 추악한 일이 딸아이가 없는 곳에서 이뤄졌으면…….

채원이를 유치원에 보내고 부랴부랴 집으로 돌아온 소현은 자신이 본 모든 것을 경찰에 말했다. 전화를 끊기 전 수화기 너머의 남자는 물었다.

"왜 나흘이나 지난 지금 와서 신고를 할 마음이 든 거죠?"

소현은 선뜻 대답하지 못했다. 자신도, 딸아이도 알 수 없는 괴이한 무언가를 보고 느낀다고, 대체 누가 그 말을 믿어줄까. 하지만 설명할 길이 없었다. 낮에는 그나마 견딜 수 있었다. 밤이 되어 어둠 속에 몸을 누이면 검은 눈동자가 방 한구석에서 소현을 아주 유심히 지켜보는 것 같았다. 소현은 채원이를 꼭 끌어안고 어서 빨리 밤이 지나가길 바랐다.

신고를 한 뒤 소현은 줄곧 베란다를 서성였다. 초조해서 자리에 앉아 있을 수 없었다. 혹시나 장난전화로 여기는 건 아닐까 불안했다. 그 때 경찰차 한 대가 아파트 단지 안으로 천천히 들어왔다. 소현은 겨우 안도할 수 있었다.

심장이 빠르게 뛰고 얼굴이 화끈거린다. 관리소장이 왜 자신에게 삿대질을 하는지, 자신이 왜 이런 따가운 시선을 받아야 하는지 소현은 알 수 없었다. 조사가 끝났으니 관리사무소로 와 달라는 전화를 받았고, 모든 걸 끝내기 위해 이 자리에 왔을 뿐이다. 거꾸로 죄인 취급받으려 온 게 아니다.

"대체 지금 무슨 소리 하시는 거예요. 거짓말이라뇨."

"거짓말이 아님 뭐야? 이봐요, 당신 나 알아? 언제 봤다고 그 지랄이야?"

관리소장은 목에 핏대를 세우며 소현을 몰아붙였다. 경

찰복을 입은 남자 두 명이 서로 알 수 없는 눈짓을 주고받았다. 살집이 있는 중년 남자와 날카로운 인상의 젊은 남자다. 젊은 경찰 쪽이 작게 어깨를 으쓱하며 팔짱을 꼈다. 소현은 더욱 애가 탔다.

"분명 저한테 그러셨잖아요. 여태 쌓아올린 게 있으니까 비밀로 해 달라고요."

"이 여자가 정말 미쳤나. 왜 굳이 번거롭게 그런 짓을 하냐는 거야. 막말로 사람 하나 죽었다고 해도 어차피 집값은 오르게 돼 있어."

소현은 방 안에 있는 사람들을 둘러보았다. 모두들 같은 눈빛을 보내고 있다. 거치적거리고 애처롭다는 눈빛. 아파트 임직원과 동 대표들, 그리고 준기 엄마까지 모두 그날 저녁 이곳에 있었다. 테이블에 둘러서서 소현에게 공범이 되어 줄 것을 부탁했던 사람들이다. 소현은 눈앞이 흔들리는 걸 느꼈다. 누군가 부축을 해 주면 좋겠다고 생각했지만 곁에는 아무도 없었다. 비트적거리며 뻗은 오른손이 허공을 갈랐다. 소현은 가까스로 다리에 힘을 주고 버티었다.

관리소장은 여전히 씩씩거렸다. 젊은 경찰이 "거친 행동은 삼가시죠."라 말하며 관리소장을 저지했다. 소현은 울먹였다. 일그러진 얼굴로 애원하듯 말했다.

"경찰 아저씨. 제가 분명 말했잖아요. 그날 전 분명 봤어요."

기가 막혀 미칠 노릇이었다. 가슴이 끓는 듯 타올랐다. 왜. 왜. 왜 모르는 거예요? 이 사람들이 시체를 숨겼다고요. 이 사람들이 죽인 거나 마찬가지라고요! 그렇게 소리를 질러 버릴 것 같아서 두 손으로 입을 막았다. 소현은 주저앉으며 고개를 푹 숙였다.

실내가 쥐죽은 듯 고요해졌다. 슬며시 고개를 들자 사람들 모두 이상하다는 듯 소현을 바라보고 있었다. 동대표 중 누군가는 혀를 차며 고개를 절레절레 흔들었다. 어느새 다가온 준기 엄마가 "채원 엄마, 괜찮아요?"라고 물으며 소현을 일으켜 세웠다.

"준기 엄마. 그날 저희 함께 봤잖아요. 아이는 확실히 죽었잖아요. 갑자기 종이비행기가 날아왔고 돌담 위에서 떨어져서, 종이비행기를 피하다가 죽었다고요!"

준기 엄마는 대답 대신 곤란하다는 표정으로 두 경찰을 쳐다봤다. 중년의 경찰은 깊은 한숨을 쉬었다. 그는 턱짓으로 신호를 보냈고, 젊은 경찰은 품속에서 작은 수첩을 꺼내 펼쳤다.

"이소현 씨는 윤민주 씨랑 같이 있었다고 하시는데, 윤민주 씨는 이소현 씨가 산책을 했다는 시간에 자택에 계셨습니다. 그걸 증명해 주는 사람도 있고요. 민정화 씨, 정은혜

씨, 주보미 씨는 아이들을 데리고 윤민주 씨 집에 놀러와 있었다고 합니다. 그 세 분이 직접 말했습니다. 윤민주 씨는 집 밖으로 나간 적이 없다고요. 그런데 어떻게 이소현 씨랑 같이 아이가 죽는 걸 봅니까?"

소현은 젊은 경찰의 입에서 흘러나오는 이름이 낯설지 않았다. 분명 들은 기억이 있다. 아, 그래. 그녀들은 다름 아닌 유하 엄마, 은수 엄마, 수영 엄마였다. 하지만 그녀들이 왜? 그녀들이 왜 준기 엄마의 알리바이를 증언해 주는 걸까. 설마, 그녀들도 이 사건에 개입되어 있는 것일까. 그녀들 역시 돈 때문에 아이를 숨기고자 한 것일까.

"이소현 씨. 허위신고는 공무집행방해죄입니다. 징역을 살 수도 있다고요. 얼른 이분들한테 사과하세요."

젊은 경찰의 다그침에 소현은 움찔 몸을 떨었다. 그러나 인정할 수 없었다. 바닥을 내려다보며 고개를 천천히 저었다. 하얗게 핏기가 사라진 주먹이 부들부들 떨렸다.

"이소현 씨. 아까 전화로 귀신을 본다고 하셨죠."

"제가 아니에요. 직접 본 건 제 딸이고요. 저는 다만 이상한 느낌만 받아서……."

"저희는 그 허무맹랑한 이야기만 믿고 여기 있는 사람들 다 잡아갈 수가 없어요."

중년 경찰은 고집 부리는 아이를 타이르듯 천천히 말했

다. 소현은 고개를 들고 그의 얼굴을 빤히 들여다보았다. 그리고 이해했다. 그는 묻고 있는 것이다. 죽은 아이의 시체가 어디 있는지. 증거가 어디 있는지.

"내가 미쳤다고 생각하는 거죠? 그렇죠? 그런데 미친 건 여기 있는 사람들이에요. 내가 정말 이상한 거예요? 준기 엄마. 대답 좀 해 봐요. 저 그날 준기 엄마랑 만났잖아요. 아니에요? 분명 저한테 비밀로 해 달라고 했잖아요. 아닌가요? 저는 그날 분명 봤다고요!"

눈물이 뺨을 타고 흘러내렸다. 몸 한가운데 휑하니 구멍이 뚫린 것 같다. 방 안을 가득 메운 침묵 속에서 소현은 깨달았다. 아무리 떠들어 댄다고 해도 바뀌는 것은 없다는 것을.

목소리가 안 좋은데 괜찮아? 당신이 건강해야지 채원이도 건강하지. 무슨 일 있어? 나한테 얘기해 봐. 또, 또 그런다. 당신은 어려운 일 있어도 꼭 얘기를 안 하더라. 혼자서 끙끙 앓지 말라고 했잖아. 늘 고마워. 나도 보고 싶어. 얼른 집으로 가고 싶다. 채원이 엄마. 채원이를 잘 부탁해. 다시 전화할게.

며칠 만에 들은 남편의 목소리에 소현은 또다시 억장이 무너져 내렸다. 저쪽은 아침 6시 정도일 것이다. 남편은 소현에게 전화를 하기 위해 아침 일찍 일어난다. 채원이가 유치원에 간 정오시간이 소현에게 가장 여유롭기 때문이다. 소현은 남편의 그 마음이 고마웠다. 사실은 남편의 곁에 있고 싶었다. 채원이를 데리고서라도 먼 이국의 뜨거운 태양 아래 있고 싶었다.

어제 자신에게 벌어진 일을 남편에게 얘기할 수도 있었다. 시체를 유기하고, 비밀에 부쳐 달라 협박하고, 경찰마저 속이고 소현을 정신병자로 몰아간 사람들. 소현도 얘기하고 싶었다. 외롭다고 칭얼거리고 분개하고 도저히 못 견디겠다고 호소하고 싶었다. 하지만 부풀어 오르는 마음을 짓눌러야만 했다. 사실을 말하면 남편은 회사 일을 팽개치고 한국으로 돌아올 것이다. 가족을 위해 희생하는 남편에게 더 이상 큰 짐을 지게 할 수 없었다.

그날 신고를 했다면 상황은 달라졌겠지. 소현은 준기 엄마의 냉정한 판단에 혀를 내둘렀다. 소현은 채원이를 데리고 현장을 빠져나가기에 급급했다. 머릿속에 채원이에 대한 생각만 꽉 들어차 다른 생각을 할 여유가 없었다. 소현은 정말로 진절머리가 났다. 더 이상 그들과 엮이기 싫었다.

슬슬 시간이 되었다. 정오에서 30분이 지나면 소현은 채원이를 마중 나간다. 유치원 버스가 멈추는 곳에서 소현은 또다시 준기 엄마와 마주한다. 유하 엄마, 은수 엄마, 수영 엄마와도 만난다. 몸서리를 칠 정도로 불편해도 소현은 나가야만 했다. 내가 무너지면 채원이를 지켜 줄 사람은 아무도 없어. 소현은 자신을 채찍질하며 집을 나섰다.

아파트 밖으로 나오자 며칠 전보다 한층 완연해진 봄 햇살이 온몸을 감쌌다. 기운 내자. 반짝거리는 나뭇잎들을 바라보며 소현은 스스로를 다독였다. 그런데 아까부터 묘한 시선이 느껴졌다. 목을 조르듯 오싹한 그 시선과는 조금 다르다. 이 느낌은 대체 뭘까.

소현은 무심결에 고개를 돌려 보았다. 분리수거장에 있던 아주머니들이 황급히 시선을 피한다. 소현은 자리에 서서 그녀들을 쳐다보았다. 아주머니들은 딴청을 피우더니 곧 자리를 떠난다. 아마 저들끼리 무어라 수군거리다 입을 다문 것 같다. 소현은 그 내용을 짐작할 수 있었다. 어제의 일이다. 화가 났지만 소현은 이내 체념했다. 그런 시선은 차라리 무섭지 않았다. 최근 정말 무서운 게 무엇인지 알았으니까.

버스는 아침에 채원이를 바래다 준 곳과 같은 자리에 정차한다. 아이를 맞으러 온 다른 몇몇 엄마들이 슬쩍 소현을 보더니 또 무어라 수군댄다. 소현은 가슴 한쪽이 아렸지만 애써 상관없는 척했다. 얼마 뒤면 버스가 도착할 것이다. 채원이를 데리고 얼른 집으로 돌아가면 되었다.

"설마 순순히 사과할 줄은 몰랐어요."

어느새 홀로 다가온 준기 엄마가 넌지시 말을 걸었다. 소현은 그녀의 어깨 너머로 유하 엄마, 은수 엄마, 수영 엄마를 보았다. 세 엄마들은 입을 다문 채 이쪽을 바라본다.

어제 소현은 사람들 앞에서 머리를 조아렸다. 거짓 신고를 한 죄로 미안하다고 사과했다. 근거 없는 장난에 얼마나 많은 사람이 고생하는 줄 아세요? 경찰은 그럴 줄 알았다는 듯 소현에게 핀잔을 주었다. 소현은 눈물이 핑 돌았다. 치욕스러웠다.

"이제 속이 시원한가요? 당신들 정말 무서워요. 설마 유하 엄마랑 은수 엄마, 수영 엄마까지도 가세할 줄은 몰랐어요. 줄곧 함께 있었다고요? 그놈의 돈, 돈! 도대체 얼마나 많은 사람들이 연관돼 있는 거죠?"

넋두리하듯 시작한 목소리가 점점 높아졌다. 가슴 밑바닥까지 꾹꾹 눌러놓은 울분이 또다시 꿈틀댔다. 어느새 소현은 아파트 주민들 사이에서 양치기소년이 되어 있었다. 각오를 하고 신고를 했는데도 경찰은 소현의 말을 끝내 믿어주지 않았다.

"채원 엄마. 알고 계시죠? 채원 엄마도 연관되어 있는 거예요. 채원 엄마도 공범이에요. 진실이 알려지면 함께 벌을 받아요. 채원 엄마한테 무슨 일 생기면 채원이는 어떡해요. 잊어버리면 돼요. 아무것도 못 본 거예요. 그럼 모든 게 다 잘 풀리는데 왜 자꾸 일을 벌이세요. 이번이 마지막 기회예요. 저희는 그냥 이대로 덮으면 되는 거예요."

마지막 기회라는 말이 협박처럼 들려 소현은 아무런 대꾸도 할 수 없었다. 준기 엄마를 쏘아보는 것이 전부였다.

산들바람이 불어왔다. 준기 엄마는 시선을 피하지 않았다. 앞머리가 헝클어졌지만 그녀는 한순간도 눈을 깜박이지 않았다. 애절한 눈빛이었다. 문득 세상에 단 둘밖에 남지 않은 것 같은 기분이 들었다.

소현은 주위를 둘러보았다. 바람이 그치며 주변의 소리마저도 싹 사라진 것 같았다. 거리의 시간이 멈춘 듯했다. 오직 한 여자가 사람들 사이를 오가고 있었다. 주변이 조용해진 건 여자가 뿜어내는 묘한 기운 때문일까. 파리한 얼굴의 여자는 금방이라도 쓰러져 버릴 것 같았다. 그녀는 엄마들 사이를 돌아다니며 손에 든 전단지를 한 장씩 나눠 주었다.

이것 좀 봐 주세요. 감사합니다.

마치 마른 걸레를 쥐어짜 내는 듯한 목소리다. 여자는 소현과 준기 엄마에게도 전단지를 건네곤 등을 돌려 사라졌다. 소현은 그녀에게서 눈을 뗄 수 없었다. 그녀는 지나가는 할머니에게, 아주머니에게 고개를 숙이며 전단지를 건넨다.

뭘까. 고개를 떨어뜨려 전단지를 보았다. 아이를 찾습니다, 라는 문구가 가장 먼저 눈에 들어왔다. 소현은 문구 밑에 있는 사진으로 시선을 옮겼다. 순간 머릿속에 불꽃이 번쩍 일었다. 저절로 미간에 힘이 들어갔다. 이 아이. 소현은 이 여자아이의 얼굴을 알고 있다. 수줍은 듯 미소 짓고 있는 사진 속 주인공은 분명 그날 죽은 여자아이였다.

소현은 화들짝 고개를 들어 준기 엄마의 얼굴을 보았다. 준기 엄마의 표정은 싸늘하게 굳어 있었다. 이 아이 본 것 같아. 저 멀리 떨어진 엄마들 중 누군가 호들갑스레 말했다. 더 이상 바람이 불지 않는데도 준기 엄마가 손에 쥔 종이는 매섭게 흔들렸다.

4

'지난 5년 동안 아파트 관리비 및 보수유지비용을 빼돌린 경기도 K시의 모 아파트 관리소장과 입주자대표회장 등이 잇따라 경찰에 붙잡혔습니다. 경찰은 아파트 관리비 수천만 원을 빼돌려 사용한 혐의로 A씨 등 2명을 구속하고 5명을 불구속입건했습니다. 이들은 아파트 단지 관리·감독이 취약한 점을 악용해 관리비를 개인 은행계좌에 넣고 관리하며 생활비 등으로 사용한 것으로 드러났습니다. 또 관련 서류

조작을 통해 자신들이 내야 할 관리비 300만 원도 내지 않은 것으로 확인됐습니다. 이에 경찰은…….'

이윽고 화면이 바뀌고 모자이크 처리된 여자 주민의 얼굴이 나왔다. 여자는 분통이 터지는지 수다스럽게 불평을 털어놓았다. 변조된 여자의 목소리와 욕설 대신 들어간 삐, 소리가 굉장히 거슬렸다. 더 이상 뉴스를 보고 있을 수 없어 소현은 채원이가 좋아하는 만화를 틀어 준 뒤 방으로 들어갔다. 머릿속이 복잡했다. 횡령이라니.

관리소장은 소현에게 말했다. 막말로 사람 하나 죽었다고 해도 어차피 집값은 오른다고. 소현은 내내 궁금했다. 그렇다면 그들은 왜 굳이 시체를 숨기는 번거로운 행동을 한 것일까. 왜 굳이 공범이 되어 줄 걸 부탁한 것일까.

그 답은 뉴스를 보고 짐작할 수 있었다. 아파트 임직원들은 경찰의 개입을 두려워했던 것 같다. 여자아이의 사고를 확인하다가 혹여 자신들이 저지른 비리로 눈을 돌릴 수 있다고 제 발 저린 게 아닐까.

장을 보며 귀동냥으로 얻은 동네 아주머니들의 이야기에 따르면 신고를 한 것은 다름 아닌 3동 대표였다고 한다.

'경찰도 처음에는 긴가민가했대. 왜 얼마 전에 우리 아파트에서 누가 장난전화 했었잖아. 같은 아파트에서 이번에는 관리소장이 아파트 돈을 빼먹고 있다고 신고가 들어왔으니까 경찰도 헷갈릴 만하지. 그런데 3동 대표가 아주 조목조목 말하더래. 굉장히 자세히 알고 있었나 봐. 경찰도 움직일 수밖에 없었던 거지. 그 여편네가 왜 자수했냐고? 자수했으니까 자기 죄만 좀 가볍게 봐 달라는 거 아니겠어?'

무심한 척 아주머니들의 대화를 엿들으며 소현은 준기 엄마를 원망했다. 어째서 하필 이 타이밍일까. 여자아이가 죽기 전에 좀 더 일찍 자수했더라면 적어도 이 지경까지 오진 않았을 것이다. 하지만 소현은 고개를 갸웃거릴 수밖에 없었다. 준기 엄마는 죽은 아이를 두고 먼저 아파트 임직원들에게 도움을 청한 사람이다. 도통 아귀가 맞지 않았다.

채원이는 더 이상 노란 치마를 입은 여자아이에 대해 말하지 않았다. 전단지 속 여자아이의 사진을 보여줘도 누군지 알아보지 못했다.

"채원아, 잘 봐 봐. 정말 모르겠어?"

"몰라, 몰라."

채원이는 온몸을 크게 뒤뚱대며 고개를 흔들었다. 정말로 모르는 듯했다. 그럼 이 여자아이와 함께 놀았다는 건 거짓말이었을까. 대체 왜 그런 거짓말을 한 것일까. 알 수 없었다. 그래도 소현은 다행이라고 여겼다. 딸아이는 자신처럼 알 수 없는 시선에 사로잡혀 있지 않은 것 같았다.

경찰에게서 도망치기 위해 시체를 유기한 사람들. 그들이 이렇게 침몰하다니.

뉴스에서는 아파트 임직원들이 시체를 유기했다는 말이 나오지 않았다. 경찰도 그것까지는 밝혀내지 못한 듯싶었다. 아마 그들은 끝까지 입을 열지 않을 것이다. 지금 와서 말해 봤자 죄만 더 무거워질 테니까. 소현은 깊은 한숨을 내쉬었다. 이제 아이의 시체는 영영 발견되지 않을 것이다.

다만 소현은 한 가지가 마음에 걸렸다. 준기 엄마는 사건을 덮어 버리자고 소현을 설득했다. 그런 그녀가 아파트 임직원들에게 등을 돌리면서까지 자진신고를 한 것이다. 길을 걷다 갑작스럽게 튀어나온 돌부리에 걸린 느낌이었다. 그녀에게는 스스로 구렁텅이로 걸어 들어갈 이유가 하나도 없었다.

잠깐만······.

심장이 크게 두근거렸다. 갑작스레 지난 며칠 동안의 기억이 휘몰아친다. 변하지 않은 일상도, 자꾸만 들러붙는 알 수 없는 시선도 모두 한데 섞인다. 죽은 여자아이, 준기 엄마, 유하 엄마, 은수 엄마, 수영 엄마, 전단지를 건넨 여자, 관리소장, 경비원. 소현이 만난 모든 이들이 머릿속에서 뒤엉킨다. 소현은 머리를 감싸 쥐었다.

카메라 플래시가 터지듯 짧은 순간이었다. 소현은 질끈 감았던 눈을 살포시 떴다. 머릿속이 고요했다. 눈앞이 확

밝아진 기분이다. 소현은 잔해처럼 남은 한 가지 생각을 가만히 들여다보았다.

5

채원이는 홀로 주차선 위를 따라 달린다. 하지만 이내 심심한 듯 작은 돌멩이를 공처럼 차고 놀기 시작한다. 소현은 경비실 옆 벤치에 앉아 그 모습을 지켜보았다. 어느새 약속 시간이 가까워졌다. 소현은 하고 싶은 말이 있다며 준기 엄마를 불렀다. 곧 그녀가 나올 것이다.

"엄마. 나 저기 가서 놀다 올게."

채원이는 팔을 들어 어딘가를 가리켰다. 4동 앞 편의 주차장이었다. 한 무리의 아이들이 모여 있었다. 주차선을 따라 술래잡기를 하려는 듯 보였다. 마침 준기 엄마가 3동 현관에서 걸어 나왔다. 채원이는 준기 엄마를 보더니 "안녕하세요." 하고 배꼽인사를 한다.

"조심해서 놀다 와. 엄마가 보고 있을게."

채원이는 힘차게 고개를 끄덕인 뒤 아이들 무리를 향해 달려갔다. 준기 엄마는 잠시 머뭇거리다 소현과 조금 떨어져 벤치 끄트머리에 앉았다.

"요즘 경찰 조사를 받고 계시죠. 힘들지는 않으세요?"

"아뇨, 견딜 만해요."

무거운 정적이 흘렀다. 소현은 눈동자로 채원이의 등을 쫓았다. 먼저 놀이를 시작한 아이들은 이미 주차선을 따라 뛰어다니고 있다. 채원이는 발만 동동 구르며 아이들 옆에 서 있다.

"왜 자수하신 거예요?"

준기 엄마는 아무런 대답도 하지 않았다. 그것이 다음 말을 양보하는 것처럼 느껴졌다. 소현은 깊게 심호흡을 한 뒤 입을 뗐다. 이제 자신의 생각이 맞는지 확인하는 일만 남았다.

"준기 엄마. 전단지 기억하세요? 전단지에 적힌 아이의 특징이요. 생머리에 나이에 비해 체격이 작고 그림 그리는 걸 좋아해서 종종 멀리까지 간다고요. 이 초등학생 2학년 여자아이는 세 정거장 옆에 있는 아파트에 살고 있었어요. 아이가 죽은 날 아파트 안은 조용할 수밖에 없었어요. 저희 아파트에 사는 아이가 아니니까요. 저는 준기 엄마가 왜 신고를 했을까 생각해 봤어요. 준기 엄마는 실종 전단지를 받은 직후에 신고를 했어요. 준기 엄마는 무서웠던 거예요. 아파트 주민들 중 누군가 아이를 봤을까 봐. 그 전단지를 가지고 경찰에 신고할까 봐."

"저뿐만이 아니에요. 함께 일을 꾸민 관리소장님, 회장님, 총무님, 다른 동대표들까지 모두 겁이 났을 거예요."

"물론 그 사람들도 두려웠겠죠. 하지만 그 사람들과 준기 엄마는 무서워하는 부분이 전혀 달라요. 그들이 숨기고 싶어 하는 건 아파트 관리비를 횡령한 사실이에요. 저는요. 준기 엄마가 돈 욕심이 아주 많은 사람이라고 생각했어요. 눈앞에서 죽은 아이를 숨길 정도로 말이에요. 아마 아파트 임직원들을 설득하기는 굉장히 쉬웠을 거예요. 당신들은 몇 년간 공금을 횡령하고 있었으니까요. 하지만 준기 엄마는 시체가 발견되는 게 더 무서웠어요. 그래서 경찰에 자수를 했어요. 먼저 선수를 친 거죠."

소현은 입 안 가득 고인 침을 한 번 삼켰다.

"지금 아파트 주민들은 모두 분개하고 있어요. 모두 이 횡령사건 이야기만 해요. 혹시나 전단지 속 여자아이를 본 사람도 지금은 사건에 대한 분노 때문에 제대로 기억을 더듬지 못할 거예요. 제 말이 틀린가요? 그것뿐만이 아니에요. 지금 경찰 조사를 받는 사람들은 시체를 유기한 사실을 절대 말하지 않을 거예요. 혹시 미리 입을 맞췄을지도 모르겠네요. 자기가 지은 죄에 또 다른 죄를 추가할 수는 없으니까요."

채원이는 아직도 놀이에 끼지 못한 채 아이들 주변을 서성이고 있다. 여섯 살짜리 채원이는 지금 얼마나 외로울까.

소현은 가슴이 아팠다. 엄마도 힘낼 테니까 채원이도 힘내.
소현은 고개를 돌려 준기 엄마를 쳐다보았다.

"유하 엄마, 은수 엄마, 수영 엄마가 입을 모아 경찰에게
말했다죠. 그날 준기 엄마는 집 밖으로 나간 적 없다고요.
세 엄마들은 아파트 임직원이 아니에요. 공금횡령과는 전혀
관계가 없어요. 그런데 왜 그런 거짓말을 했을까요? 세 엄
마는 정말 집값이 떨어지는 게 두려웠을까요?"

준기 엄마는 잔뜩 인상을 찌푸리며 입술을 잘근잘근 깨물
었다. 멀리서 아이들의 웃음소리가 들려왔다. 그 속에 채원
이의 웃음소리는 없었다.

"준기 엄마. 그날 기억하시죠. 그날은 종이비행기가 떨어
져 내렸어요. 준기 엄마는 그날 분명 제게 이렇게 투덜댔어
요. 주의를 줬는데도 비행기를 날린다고요. 그런데 신기한
게 뭔지 아세요? 채원이도 그 비행기 접는 법을 알고 있었어
요. 유치원에서 배웠다고 해요. 보셨겠지만 평범한 종이비
행기와는 달라요. 끝부분을 조금 뭉뚝하게 접어요. 혹시라
도 아이들이 놀다가 다치지 않도록 유치원에서 그렇게 가르
쳐 준 모양이에요."

깍지 낀 손에 힘을 주는 걸까. 그녀의 손가락이 부르르 떨
린다. 손등에 푸르스름한 핏줄이 돋아난다.

"그날 준기 엄마 집에는 엄마들, 그리고 아이들이 모여 있

었어요. 엄마들은 아이들이 뭘 하고 놀든 신경을 쓰지 않았을 거예요. 집 안이니까 무슨 일이 일어날 리 없다고 생각했겠죠. 그날 네 명의 아이들. 준기, 유하, 은수, 수영이는 유치원에서 배운 종이비행기를 접어 베란다 밖으로 날렸어요. 아닌가요?"

소현은 머릿속으로 그날의 상황을 그려 본다. 엄마들은 아이들이 종이비행기를 날리며 노는 모습을 발견하곤 아이들을 제지시킨다. 준기네는 아파트 15층이다. 산책로에 종이비행기가 얼마나 떨어져 있는지 잘 보이지 않았을 것이다. 결국 준기 엄마가 대표로 상황을 살피러 내려오게 된다. 하지만 아이들의 장난은 쉽게 그치지 않는다. 다른 엄마들의 감시가 소홀해지자 아이들은 다시 비행기를 날리기 시작한다.

"준기 엄마랑 저는 똑똑히 봤어요. 빨간 종이비행기가 여자아이의 얼굴로 날아들었어요. 네 명의 아이들 중 한 명이 날렸을 종이비행기가. 만약 준기 엄마가 그날 산책로에 혼자 있었다면 경찰에 신고를 했을 거예요. 종이비행기에 대한 이야기는 쏙 뺀 채 눈앞에서 사고가 일어났다고 말했을 거예요. 하지만 그날 제가 준기 엄마와 함께 있었기 때문에 준기 엄마는, 아니, 엄마들은 이런 계획을 세운 거예요. 여자아이가 어떻게 죽었는지 밝혀지는 게 두려워서요. 아이들이 살인자가 되는 게 두려워서요."

"그만 하세요!"

한줄기 바람이 뺨을 스치고 지나갔다. 겨드랑이 밑이 서늘해졌다.

"채원 엄마. 상상력이 지나쳐요. 제 죄는 관리비 횡령에 가담한 것뿐이에요. 채원 엄마의 말, 아무도 믿어 주지 않을 거예요."

그녀는 끝까지 숨길 셈일까, 사색이 되어 식은땀을 흘리면서도. 고통스럽게 일그러진 그녀의 표정이 모든 것을 말해 주고 있었다. 사실 소현은 누군가에게 말을 꺼낼 생각조차 들지 않았다. 확실히 준기 엄마의 말대로 그 누구도 믿어 주지 않을 것이다. 그저 소현은 마지막으로 한 가지 묻고 싶었다.

"준기 엄마. 그냥 솔직히 털어놓지 그랬어요. 너무 안타까운 일이지만 사고잖아요. 아무것도 모르는 아이들을 누가 비난하겠어요? 시간이 지나면 누가 기억하겠어요. 꼭 이렇게까지 했어야 하나요?"

소현의 말에 준기 엄마는 가볍게 코웃음을 쳤다. 입 언저리가 살짝 뒤틀렸다. 당신은 아무것도 몰라. 분명 그렇게 말하고 있었다. 준기 엄마는 그만 돌아가 보겠다며 자리를 박차고 일어났다. 소현은 그녀를 붙잡지 않았다. 그녀의 뒷모습이 얼마 전의 자신과 굉장히 닮았다고 생각했다.

"엄마!" 하고 울음 섞인 외침이 들려왔다. 채원이가 벌게진 얼굴로 훌쩍이며 이쪽으로 달려온다. 아이들은 결국 채원이를 놀이에 끼워 주지 않은 모양이다. 소현은 벤치에서 일어나 딸아이를 맞이했다. 소현은 바닥에 쪼그려 앉아 채원이와 눈높이를 맞췄다.

"채원아. 울지 마, 뚝. 왜 그래? 쟤네가 안 끼워 준대?"

"쟤네들 엄마가 나랑 놀지 말라고 했대."

"뭐라고?"

소현은 자신을 보며 수군거리던 아파트 주민들을 떠올렸다. 그 영향이 딸아이에게까지 전해진 걸까. 갑자기 눈시울이 붉어졌다. 걷잡을 수 없이 눈물이 쏟아졌다. 울음을 참으려 했지만 입가에서 끅끅 신음이 새어 나왔다. 채원이는 당황한 듯 작은 손으로 소현의 눈물을 계속 닦아 주었다.

"엄마, 슬퍼? 울지 마. 나 괜찮아. 그런데 나 별로 놀기 싫었어."

변덕스럽게 말을 바꾸는 채원이 덕에 소현은 피식 웃음이 나왔다. 나는 괜찮아. 나는 괜찮아. 그 울림이 가슴을 포근하게 적셨다. 소현은 눈물을 흘리며 미소 지었다. 이런 자신을 웃게 해 주는 딸아이가 기특했다. 소현은 채원이를 끌어안으며 지그시 눈을 감았다. 그때였다. 눈꺼풀 안쪽에 어느 광경이 스르르, 아주 천천히 떠올랐다.

증오와 원망 속에 깊숙이 묻혔던 오래전의 기억이다. 보육원에 소현을 버린 그 여자. 소현은 그녀의 웃음을 지난 삼십여 년 동안 이해할 수 없었다. 그러나 지금은 알 수 있다. 그 여자가 왜 미소 지을 수밖에 없었는지.

'그 여자가 나를 버리는 줄도 모르고 힘든 표정을 짓는 그 여자를 안심시키고 싶었어. 그래서 내가 먼저 웃은 거야. 어린 내가 웃었으니까 그 여자도 따라서 웃었던 거야.'

소현이 늘 채원이를 지켜보는 것처럼, 채원이도 늘 엄마를 지켜본다. 그래서 노란 치마를 입은 아이와 놀았다고 거짓말을 한 것이다. 소현은 따스한 빛 덩어리를 품안에 안고 있는 것 같은 착각이 들었다.

6

사건이 일어난 지 보름이 지났다. 일상은 여전히 반복되고 있다. 알 수 없는 시선은 여전히 심장을 옥죌 정도로 오싹하다. 소현은 도망치고, 또 도망쳐야만 했다.

채원이를 유치원에 보내고 장을 보던 중이었다. 잠깐 괜찮으세요? 누군가 그렇게 물었다. 유하 엄마였다. 그 길로 근처 커피숍으로 향했다. 소현은 유하 엄마에게서 준기 엄마의 이야기를 들을 수 있었다.

준기 엄마는 초등학교 때 친구를 죽였다고 한다. 장난을 치다가 친구를 계단에서 밀쳐 버렸다. 그 친구는 식물인간으로 몇 년을 누워 있었고 끝내 숨을 거두었다. 비극적인 사고였다. 그러나 친구의 엄마는 사고를 인정하지 않았다. 준기 엄마를 살인자라 말하며 학창시절 내내 준기 엄마를 괴롭혔다. 등하굣길을 쫓아다니며 준기 엄마를 주시했고, 분을 참지 못하고 덤벼들기도 했다. 횡단보도에 서 있는 준기 엄마를 떠밀기도 했다. 저주의 말이 가득한 편지를 보냈고 교실에 숨어들어 준기 엄마의 책상을 부숴 놓기도 했다. 준기 엄마는 학창시절을 죄인으로 살아야 했다. 이사를 하고 이름도 바꾸며 살인자라는 딱지를 떼 버리기 위해 안간힘을 썼다. 하지만 친구의 엄마는 또다시 준기 엄마의 앞에 나타났다. 도망치고 또 도망치고, 몇 번을 도망쳐서야 준기 엄마는 겨우 그녀를 떨쳐 버릴 수 있었다.

준기네 가족은 주민들에게 쫓겨나듯 다른 어딘가로 떠났다. 오히려 준기 엄마가 바라던 바가 아니었을까. 커피숍을 나오며 소현은 유하 엄마가 왜 준기 엄마의 과거 이야기를 꺼냈는지 곰곰이 생각해 보았다. 그녀는 준기 엄마의 이야기를 통해서 간접적으로 부탁을 한 것이 아닐까. 당신도 엄마라면, 조금이라도 이해한다면 여자아이의 존재를 끝까지 비밀에 부쳐 달라고.

집으로 돌아오던 소현은 잠시 아파트 주차장 앞에 멈춰 섰다. 소현은 한동안 주차장을 응시했다. 아이들은 늘 이 3동 앞에서 술래잡기를 하곤 했다. 주차장이 가장 넓고 주차선이 선명하기 때문이다. 하지만 어느 순간부터 아이들은 4동 주차장 앞에서 술래잡기를 하게 되었다. 그게 언제부터였더라. 그래. 분명 그 사건이 일어난 직후로 기억한다.

소현은 하얀 주차선을 따라 시선을 옮긴다. 마치 자신이 술래잡기를 하듯 주차선을 보며 뛰어다니는 상상을 한다. 그런데 주차선이 살짝 비뚤어진 부분이 있다. 마치 길이 끊어진 모양이다.

아, 그래서 3동이 아닌 4동 주차장으로 장소를 옮긴 것이다. 어려운 답이 아니었다. 그러고 보니 전에 채원이도 여기서 술래잡기를 한 적이 있다. 그때 함께 논 여자아이가 술래인 채원이에게 일부러 잡혀 주었다. 그건 양보나 배려가 아닌, 단지 도망치는 길이 끊어졌기 때문이었다.

맨홀뚜껑. 그 위를 지나는 주차선이 살짝 틀어져 있다. 맨홀뚜껑은 명백히 움직인 흔적을 남기고 있었다. 소현은 맨홀뚜껑을 가만히 들여다보았다. 여느 때처럼 알 수 없는 시선이 느껴졌다. 그 시선이 등 뒤가 아닌, 이처럼 정면으로 쏟아진 적이 있었던가.

아니, 그럴 리가 없어. 벌써 보름이나 지났고, 만약 저 안에 아이의 시체가 있다면 썩는 냄새가 진동할 거야. 소현은 그렇게 생각하며 고개를 천천히 흔들었다.

옆에서 인기척이 느껴졌다. 백발의 경비원이었다. 경비원은 늘 그렇듯 소현에게 가벼운 목례를 했다. 소현은 저도 모르게 눈길을 돌렸다. 이 사람은 왜 늘 불쑥불쑥 나타나는 걸까. 마치 파수를 서는 것처럼.

"무슨 일 있으신가요?"

"아니요. 아무것도……."

소현은 경비원을 지나치려다 다시 그를 쳐다보았다. 그리고 손가락으로 맨홀을 가리켰다.

"저, 혹시 여기 뭔가가……."

거긴 아무것도 없습니다. 경비원은 아주 낮은 목소리로 그렇게 중얼거렸다. 이제, 라는 단어가 들린 것도 같았다. 소현은 덜덜 떨리는 다리를 억지로 옮기며 아파트 현관 쪽으로 향했다.

등 뒤를 핥듯이 달라붙는 시선이 경비원의 시선인지, 또다른 누군가의 시선인지 알 수 없었다. 소현은 걸음을 재촉했다. 모든 것이 해결되어야 이 지독한 공포에서 벗어날 수 있는 걸까. 그러나 소현은 자신이 없었다. 그 엄마는 실종된 딸아이가 차라리 어딘가에서라도 살아 있으면 좋겠다고 생각하겠지. 그렇게 두는 게 나을지도 몰라. 그렇게 생각했을 때였다.

엄마, 하고 누군가 등 뒤에서 소리쳤다. 너무도 간절하고 애처롭게.

채원이는 지금 유치원에 있다. 그럼 이 목소리의 주인공은 누구일까. 발걸음이 떨어지지 않았다. 돌아봐야 할지, 무시해야 할지 소현은 알 수 없었다.

4월의 자살동맹

◆

안녕하세요. 김원종 씨.

한 달 전 오빠가 죽었어요. 자살이었어요. 당신에게만
큼은 이 소식을 전하고 싶어요. 분명 당신의 탓도 있을
테니까요.

저는 유성민의 동생 유연주예요. 봉투의 발신인 이름
을 본 당신은 곧바로 저를 기억해 내셨을까요? 만약 그
렇다면 제 편지를 읽지 않고 봉투째로 버리셨을 거예요.
2년 전 당신은 제게 다시는 찾아오지 말라 말했으니까
요. 부디 당신이 이 편지를 보셨으면 좋겠어요.

당신의 행방을 찾기는 그리 어렵지 않았어요. 예전에
살던 동네로 찾아가 묻고 물어서 결국 당신의 가족들에
게 닿았죠. 주변 사람들은 당신을 어둡고 음침한 사람이
라고 기억하더군요. 친구라 부를 수 있는 사람이 한 명도
없다니, 심지어 요즘 같은 시대에 SNS계정도 하나 없다
니. 당신은 참… 오빠 같은 사람이라고 생각하고 말았어
요. 고등학교 졸업 후 진학한 대학을 반년 정도 다니다가
자퇴하고 작년 말 군 입대를 하셨더군요. 설마 제가 군대

에까지 편지를 쓰게 될 줄은 몰랐어요.

저는 당신을 찾아간 적이 있어요. 중학교 3학년 여름이었죠. 당신은 고등학교 3학년이었고요. 찾아간 이유는 순전히 홧김이었어요. 오빠와 말다툼을 했거든요.

아시다시피 오빠는 나쁜 짓을 저질렀어요. A빌라에 불을 질렀고, 사람이 죽었어요. 그런 주제에 오빠는 아무런 반성하지도 않았어요. 오히려 나쁜 건 당신이라 말했어요. 김원종이 나를 배신하지만 않았으면, 하고 중얼거리는 게 오빠의 입버릇이었어요.

그때 저는 당신에게 오빠가 중3 때 무슨 일을 저지른 건지 정확히 알고 싶다고 말했어요. 하지만 당신은 되레 물었죠. 오빠가 어떻게 지내는지요.

오빠는 중학교 자퇴 이후 방 안에만 틀어박혀 지낸다. 한 집에서 살고 있지만 얼굴도 보기 힘들다. 아무런 미래도 없다. 앞으로도 그렇게 아빠엄마에게 폐를 끼치는 쓰레기 같은 인생을 살 것 같다. 가끔 한밤중에 울분을 참듯 당신의 이름을 부르기도 한다. 저는 이렇게 말했어요.

그 이야기를 당신은 반짝반짝 눈을 빛내며 듣더군요. 고개를 끄덕이며 추임새도 넣었죠. 만족스러운 웃음도 지었죠. 그리고 말했어요. 유성민은 계속 그렇게 살라고 해. 그게 어울리니까, 라고요. 붙잡는 저를 뿌리치곤 사라져 버렸어요.

그때의 당신을 생각하면 지금도 화가 나서 미칠 것 같아요. 오빠를 욕하는 당신이 미웠어요. 하지만 저는 순순히 물러났어요. 언젠가 오빠의 입으로 직접 예전 일을 듣고, 역으로 당신을 욕해 주리라. 그렇게 생각했으니까요. 하지만 이제 영영 그렇게 될 순 없겠죠.

제가 당신에게 편지를 보낸 이유는 당신을 찾은 그때와 같아요. 2009년 봄에 도대체 무슨 일이 일어났는지 알고 싶어요.

실은 어느 정도 짐작이 가요. 오빠의 유품을 정리하다 갈기갈기 찢긴 종이뭉치를 발견했어요. 저는 퍼즐을 맞추듯 찢긴 조각들을 맞춰 봤어요.

'돈을 더 가져오지 못한 벌로 권승호는 나를 화장실로 끌고 갔다. 물을 한 컵 주었다. 변기 물이었다. 냄새는 나지 않았다. 하지만 무언가 혓바닥을 간질이는 느낌이 들어 바닥에 뱉어 버렸다. 권승호는 손가락을 튕겨 내 이마를 때리기 시작했다. 여덟 대를 연달아 맞았다.'

'권승호는 나한테서 뺏은 돈으로 이온음료 캔을 잔뜩 샀다. 나는 수업 한 시간이 끝날 때마다 음료수를 두 캔씩 마셔야 했다. 권승호는 나를 화장실에 보내 주지 않았다. 두 번의 수업을 견뎌 냈다. 세 번째 시간 도중 자리에

서 오줌을 싸 버렸다.'

'권승호 패거리가 내 양팔을 붙들고 강제로 의자에 앉혔다. 또 주리를 틀려고 하나 싶었지만 이번엔 아니었다. 의자에는 본드가 발라져 있었다.'

이것은 오빠가 중학교 3학년 때 쓴 일기였어요. 오빠는 이런 일을 당했던 건가요?

돌이켜 보면 오빠는 그 권승호라는 사람이 휘두른 칼에 상처를 입기도 했어요. 오빠가 자살한 이유… 그 사람과 관련이 있는 거죠?

유품 중에는 당시 오빠가 스크랩해 놓은 2009년 4월의 인터넷 기사도 있었어요.

'지난 24일 일요일 오전 인근 주택가의 A빌라에서 화재가 일어났다. 빌라 뒤쪽 쓰레기장에서 발화한 불씨가 걷잡을 수 없게 커진 듯하다. 불길은 건물 외벽을 타고 삼층까지 올라갔다. 일층과 이층의 창문을 깨뜨린 불길은 방 안쪽까지 침입했다. 이층 방에서 질식한 노인은 구조대에 의해 병원으로 후송되었으나 끝내 목숨을 잃고 말았다. 경찰에서는 담배를 피우던 세 명의 남성을 용의자로 지목했다. 빌라 주인은 말투나 태도로 보아 중학생, 혹은 고등학생일 것이라 진술했다. 세 명의 학생은 빌라 주인과 말다툼을 벌였는데, 빌라 주인은 그들 중 한 명의 먹살을 잡았다가 역으로 얼굴을 얻어맞았다. 해코지가 두려워진 빌라 주인은 얼른 건물 안으로 도망쳤다. 경찰은 학생들이 버린 담배 불씨를 발화의 원인으로 판단하고 남은 수사를 진행하겠다는 입장을 밝혔다.'

이 사건, 물론 저도 잘 알아요. 오빠는 이 사건의 범인이 권승호라고 주장해요. 빌라 주인도 권승호의 얼굴을 보고 그가 범인이라고 말하죠. 하지만 원종 씨, 당신은 방화를 저지른 사람이 오빠라고 지목해요. 경찰은 오빠를 추궁하고, 결국 오빠는 자신이 했다고 경찰에 자백해요. 아무런 증거도 없는 상태에서 말예요.

주변 사람들의 이야기를 들어 보면 당신은 권승호란 사람의 부하였다고 해요. 그가 시키는 대로 매일 오빠의 돈을 빼앗았다고요. 혹시 당신은 오빠에게 죄를 뒤집어씌운 건 아닌가요?

오빠는 끝끝내 아빠와 엄마, 그리고 제게 진실을 말해 주지 않았어요. 이제 오빠는 더 이상 이 세상에 없어요. 이제 당신밖에 없어요. 당신이 직접 5년 전의 이야기를 들려주세요. 그럼 이만 줄일게요.

– 2014년 3월 30일
유연주 씀.

유연주 양. 이제야 답장을 쓰기 시작합니다.

먼저 연주 양이 걱정할 필요도 없이 편지는 무사히 받았습니다. 부대의 선임이 제 허락도 없이 편지를 뜯어보았습니다. 내용을 먼저 확인하곤 제게 이것저것 물으며 시비를 걸더군요. 하긴, 그는 궁금하지도 않았을 거예요. 그저 제가 마음에 안 들 뿐이니까요. 요즘 들어 생각하곤 합니다. 어딜 가든 누군가에게 얕보이고 괴롭힘을 당하는 지독한 운명을 타고난 건 아닐까 하고요.

얼마 전 어머니께 한 여학생이 제가 복무하는 군부대의 주소를 받아 갔다는 이야기는 들었습니다. 이상하게 생각했습니다. 그런 사람이 제 주변에 있을 리가 없거든요. 그리고 그게 설마 연주 양이었을 줄은 몰랐습니다.

대학에 진학했지만 사람들과 지내는 게 어려워 대학을 그만두었습니다. 상담센터에 가 보니 사회공포증이라는 명칭을 붙여 주더군요. 한동안 집 밖으로 나가지 않다가 우선 군대부터 다녀오라는 부모님의 말씀에 입대를 하긴 했습니다만 이곳 역시 하나의 작은 사회였습니다. 이번만큼은 도망칠 곳이 없어서 스트레스를 그저 묵묵히 받아 내고 있는 중 연주 양의 편지를 받았습니다.

편지를 읽고 너무나도 큰 충격을 받았습니다. 머릿속이 하얘져서 아무런 생각도 나지 않았죠. 며칠 동안 멍하게 지낸 것 같습니다. 정신을 차리고 보니 또다시 저를 괴롭히는 선임들에게 먼저 주먹을 날리고 있었습니다. 그들이 미웠기도 하지만 그보다 누군가에게 죽을 만큼 얻어맞고 싶은 기분이었습니다. 덕분에 아주 엉망진창이 되었습니다. 영창이란 곳에 가게 되었는데요. 반성하라는 의미로 벌을 받은 것이지만 솔직히 전 조금 후련했습니다.

다시 부대로 복귀하니 '관심사병'이라는 명칭이 붙어 있더군요. 지금은 말 그대로 아무것도 하지 않고 있습니다. 머릿속을 정리할 수 있는 시간이 생긴 덕에 편지를 쓸 결심이 생겼습니다.

편지를 쓰고 있는 지금도 손이 덜덜 떨립니다. 성민이가 죽었다는 사실이 너무나 슬픕니다. 아마 연주 양은 제가 슬프다는 걸 이해하지 못하겠지요.

저와 성민은 동맹관계였습니다. 저희끼리는 '자살동맹'이라고 불렀죠. 그리고 저는 이 동맹을 일방적으로 깨 버렸습니다. 연주 양은 모든 걸 알고 싶다고 하셨죠? 알겠습니다. 누군가에게 말하긴 처음입니다. 한 사람을 죽음의 문턱까지 내몬 왕따에 관한 이야기입니다. 조금 길어질 듯합니다.

벌써 4월이군요. 이곳은 시간이 너무 더디게 흘러서 '벌써'라는 표현이 어울리지는 않는 것 같네요. 어쨌든 저는 매년 돌아오는 4월을 단 한 번도 잊은 적 없습니다. 앞으로도 그럴 것입니다.

중학교 3학년, 그 당시 외우고 있던 말이 있습니다. '괴로움이 남기고 간 것을 맛보아라. 고통도 지나고 나면 달콤한 것이다.'입니다. 괴테가 남긴 말이더군요. 특별히 어떤 책을 보며 외운 말은 아닙니다. 학교 남자화장실 안쪽에서 두 번째 소변기 위에 붙어 있는 문구였습니다. 연주 양은 이 말에 대해서 어떻게 생각하시나요.

저는 그 손바닥만 한 액자 속 문구를 참 많이 들여다보았습니다. 그리고 몇 번이나 비웃었습니다. 참으로 무책임한 말이 아닌가요. 고통이 달콤하게 바뀔 수 있다니요. 고통은 쓰디쓰고, 결코 달콤해질 수 없어. 그때의 저는 그렇게 단언했습니다.

먼저 그날, 동맹이 시작된 날에 대해서 말해야겠군요.

5년 전 저흰 열여섯 살이었고 중학교 3학년이었습니다. 당시 저는 성민과 같은 보습학원을 다녔습니다. 주말에는 학원에 온종일 갇혀 지내야만 했죠. 집에 돌아갈 수 있는 시간은 밤 10시 이후였습니다. 수업이 끝나고 같은 강의실에서 수업을 듣던 서른 명 정도의 학생들이 모두 계단을 내려갈 때 성민 혼자 계단을 올라가더군요. 평소라면 그냥 지나쳤을지도 모릅니다. 하지만 성민의 눈을 본 탓일까요. 직감적으로 무언가 이상하다는 것을 느꼈습니다. 그 느낌, 지금도 뭐라 설명할 수가 없습니다. 아, 저 아이 어쩌면 죽을지도 모르겠구나. 멍하니 그런 생각을 했습니다. 학원 옥상은 누구든지 쉽게 드나들 수 있었습니다. 불안한 생각이 들더군요. 저는 한달음에 계단을 뛰어올랐습니다.

도심의 불빛이 반짝였습니다. 성민은 난간 위에 올라가 있었습니다. 무언가 시커먼 덩어리로밖에 보이지 않았죠. 금방이라도 밤의 어둠 속으로 빨려 들어갈 듯 보였습니다.

"가까이 오지 마!"

날카로운 외침이 밤공기를 갈랐습니다. 주춤주춤 다가서던 전 발걸음을 딱 멈추었죠. 다리가 후들거려 휘청 쓰러질 뻔했습니다. 심장이 가슴을 뚫고 나올 듯 들썩였습니다.

떨어진다. 유성민이 곧 뛰어내린다. 내 눈 앞에서 사라진다. 그렇게 생각할수록 심장박동이 점점 거세졌습니다. 박동에 맞춰 누군가 북채로 고막을 때리는 듯 느껴졌습니다.

"진정하고 일단 내려와. 너 그러다 진짜 큰일 나!"

저는 소리쳤습니다. 성민은 엉거주춤 자세를 낮추고
제 쪽을 응시했죠. 늘 구부정한 성민의 등은 어둠 속에서
더욱 굽어 보였습니다. 자꾸만 썩은 과일처럼 힘없이 바
닥에 뭉개지는 그의 모습이 머릿속에 그려졌습니다. 무
른 살점이 이리저리 튀고 검붉은 피가 흩뿌려지는 광경
이었습니다.

"너, 너 진짜 뛰어내릴 거 아니지? 뛰어내리면 끝이야!
죽는다고!"

성민은 아무 말도 없었습니다. 동시에 누군가 저의 머
릿속에 들어앉아 염불을 외듯 중얼거렸습니다. 죽게 하
지 마. 죽게 하지 마. 절대로 죽게 해선 안 돼. 그렇게요.

"왜 죽으려고 해. 혹시 어제 학교에서 내가 돈 뺏은 것
때문에 그러니? 너도 알잖아. 뒤에서 권승호가 시켜서
그런 거. 미안해. 내가 대신 사과할게. 전부는 아니지만
내 돈이라도 줄게. 그러니까 일단 내려오자. 응?"

어떻게든 성민을 끌어내려야만 했습니다. 저는 쉬지
않고 말을 쥐어짜 냈습니다.

"권승호 때문에 그러는 거야? 그래도 다시 한번 생각
해 봐. '자살'을 거꾸로 말하면 '살자'가 된다고 하잖아.
쉬운 거야. 죽을 용기를 사는 용기로 바꿔서 살아가라고

하잖아. 그러니까, 그러니까……."

하지만 저는 차마 말을 끝맺지 못했습니다. 저 스스로도 무슨 이야기를 하고 있는지 혼란스러워졌죠. 자살을 거꾸로 말해 보라니, 죽을 용기로 살아가라니, 정말 코웃음 칠 정도로 설득력이 없지 않나요? 그렇게 손바닥처럼 획획 뒤집을 수 있는 게 아닌데도 말이죠.

현실이 바뀌지 않으면 아무것도 해결되지 않습니다. 게다가 용기라니. 버려진 부표가 파도에 떠밀려 어딘지도 모르는 곳으로 흘러가는 게 용기라 할 수 있을까요. 성민은 떠밀리고 떠밀려 학원 옥상 끝자락까지 밀려났습니다. 그날의 성민은 한 발짝을 기준으로 생과 사의 경계에 서 있었습니다. 그런 사람에게 저는 변함없는 일상을 강요한 겁니다. 다시 학교로 돌아가 권승호의 폭력을 견디라고요.

"내일이 되면 뭔가 바뀌기라도 하니? 아니야. 바뀌는 건 없어."

한동안 조용하던 성민이 입을 열었습니다. 스스로에게 다짐하듯 웅얼거린 것 같았습니다. 작지만 제게 똑똑히 들렸습니다.

성민은 점차 몸을 일으켜 세웠습니다. 꼿꼿해지는 허리만큼 굳어져 가는 그의 결심이 제 눈에 보였습니다.

땀으로 온몸이 젖었습니다. 그때의 절망감을 어떻게 표현해야 할까요.

유성민이 사라진다. 실이 끊어지듯 툭, 한순간 바닥으로 곤두박질친다.

그렇게 생각하자 한순간 모든 게 사라진 기분이 들었습니다. 정말로 옥상이, 시커먼 밤하늘이, 눈앞의 유성민이 사라진 겁니다. 갑자기 언젠가의 기억이 물밀 듯 밀려오기 시작했습니다. 거부할 수 없었습니다.

매일 아침 실내화를 뺏겨 종일 버선발로 학교를 다니고, 교과서며 체육복이며 모두 다 뺏겨 돌려받지 못하고, 함께 놀자며 샌드백이 되고, 밥과 반찬이 멋대로 섞인 급식을 먹고, 매점에 온갖 심부름을 다니고, 결국에는 금방이라도 울 것 같은 얼굴로 누군가의 눈치를 보는 저의 모습.

"복수하고 싶지?"

퍼뜩 정신이 들었습니다. 저도 모르게 그렇게 말했습니다. 이게 정말 내 목소리일까 의심이 들더군요. 낮고 음침하면서도 달콤했죠. 깨닫고 보니 저는 울고 있더군요.

난간 위의 그림자가 제 쪽을 가만히 보고 있었죠. 성민은 분명 제 말을 들은 순간 움찔, 반응했습니다. 격렬하게 몸이 떨려왔습니다. 바로 이거라고 생각했죠. 어쭙잖은 말로는 유성민을 설득할 수 없었습니다. 저는 마른침을 삼키곤 힘겹게 입을 열었습니다.

"그냥 이렇게 죽어 버리면 너무 억울하잖아. 안 그래? 네가 죽은 다음을 생각해 봐. 네가 왜 죽었는지 조사를 하겠지. 하지만 제대로 될까? 권승호는 아마 친구가 죽어서 너무 슬픕니다, 하고 말할 거야. 너를 지켜보기만 한 다른 애들은? 원래부터 조용하고 내성적이어서 다가가기 어려운 아이였다고 말하겠지. 다른 아이들이랑 어울리지 못해서 처음부터 문제가 있던 아이였다고. 다들 그렇게 얘기할 거야. 너 하나 죽었다고 세상은 슬퍼하지 않아!"

"뭘 어쩌라는 거야. 내가 뭘 할 수 있는데. 난 아무것도 못 해."

"내가 도와줄게. 얼마 전에 따돌림당하던 여자 중학생이 자살한 사건 기억나? 뉴스에 크게 보도됐었지. 그 여중생은 유서를 남겼고 가해자 학생은 처벌받았어. 그걸 이용하는 거야. 권승호가 널 괴롭힌 증거, 반 아이들이 지켜보기만 한 증거, 그런 모든 것들을 남기는 거야. 어때? 네 죽음은 화젯거리가 되고 권승호는 처벌받겠지. 한 사람을 죽게 한 살인자로. 그렇게 미래를 망쳐 버리는 거야. 평생 따라다닐 빨간 줄을 그어 버리는 거야. 난 권승호 따까리잖아. 할 수 있어. 도와줄게."

사실 그것은 거짓말이었습니다. 가해학생의 처벌수위는 그리 크지 않았던 걸로 기억합니다. 하지만 성민의 마음을 돌리기에는 성공적이었죠. 유성민은 난간에서 옥상 바닥으로 뛰어내렸습니다. 양 손으로 바닥을 짚고 엎드려 성대가 잘린 개처럼 낮게 헉헉거렸습니다. 끝내 소리내어 흐느끼기 시작했습니다.

3월의 마지막 날, 저희의 동맹은 그렇게 체결되었습니다. 전 자살하려는 유성민을 앞에 두고 진짜 제 마음을 깨닫게 되었죠. 저는 절대 성민을 죽게 내버려 둘 수 없었습니다. 일단 성민을 살려야 했습니다. 그 이유를 알면 연주 양은 저를 더욱 경멸할지도 모릅니다.

아마 모르고 계실 것입니다. 성민이는 집에선 절대로 티 내지 않았다고 했으니까요. 유성민은 중학교 2학년 때부터 따돌림을 당했다고 합니다. 따돌림은 권승호와 같은 반이 된 후부터 시작되었다고 하더군요. 그 낙인이 3학년 때까지 이어진 것이죠. 수영을 못 하는 사람이 자신의 의지와 상관없이 물에 빠진 격입니다. 구해 주는 사람은 아무도 없고 주변에서는 구경만 합니다. 가라앉아서 익사할 때까지 말예요.

가해자, 피해자, 방관자. 왕따를 둘러싼 세상에는 오직 이 세 부류의 사람들만이 존재합니다. 따지고 보면 방관자도 결국 가해자의 범주에 속하는 걸까요.

권승호 패거리(저희는 권승호와 김병준, 주재훈을 통틀어 그렇게 불렀습니다. 김병준과 주재훈은 사실상 권승호의 부하였죠.)는 가해자였습니다. 유성민은 피해자였습니다. 그리고 저는 가해자였을 것입니다. 권승호 패거리의 심부름꾼 노릇을 하고 있었고 그들이 시키는 대로 성민에게서 돈을 갈취했으니까요. 이제 제가 유성민과 자살동맹을 체결한 이유를 말씀드리겠습니다.

저도 중학교 2학년 때 왕따를 당했습니다. 1년을 고통 속에서 보내야만 했습니다. 중학교 3학년이 되고 2학년 때 저를 괴롭힌 아이들과는 헤어졌지만 권승호와 만나게 됩니다. 전 또다시 같은 일이 일어날까 봐 두려웠죠. 하지만 권승호는 일찌감치 성민을 괴롭힐 대상으로 점찍고 있었습니다. 그리고 저를 졸개처럼 부렸습니다. 전 그 상황이 너무 고마웠습니다.

저는 서열로 따지면 유성민 바로 위였죠. 그 당시 저는 확신했습니다. 유성민이 죽으면, 유성민이라는 존재가 사라지면 다음 왕따는 저라고요. 성민이 받는 고통과 절망을 전부 제가 이어받을 것이라고요. 돌아 버릴 것 같았습니다. 그럴 수는 없었습니다. 절대로 말예요. 성민은 제 방패가 되어 줘야만 했습니다. 권승호 패거리로부터 제 남은 중학교 시절을 지켜 줘야만 했습니다. 저는 성민을 살릴 수 있었던 기적에 대해 진심으로 감사했습니다.

하루 중 성민과 이야기하는 시간은 그리 많지 않았습니다. 이른 아침 교실에서 잠깐 이야기를 나누고 아무도 없는 화장실에서 스치듯 얘기하는 게 고작이었죠. 마음대로 전화 통화를 할 수 없었습니다. 대신 문자를 아주 많이 주고받았어요. 마치 첩보활동을 하듯 말예요.

4월이 되었고, 동맹이 체결된 지 일주일이 지났고, 성민이 죽기까지 앞으로 삼 주의 시간이 남은 어느 날 이른 아침이었습니다. 성민은 조금 초조하고 불안했던 모양입니다. 아무도 없는 빈 교실에서 걱정스레 제게 묻더군요.

"이 정도론 한참 부족해. 정말 잘되고 있는 거 맞아?"

"당연하지. 넌 그냥 내 말대로만 하면 돼."

작전은 순탄하게 진행되었죠. 물론 표면상으로만요. 성민은 공책을 하나 마련해 매일 짤막한 기록을 남겼습니다. 권승호, 그리고 그의 친구들이 어떻게 성민을 괴롭히는지에 대해 씁니다. 저는 성민의 일기를 읽고 평가를 해 줍니다.

거짓말로는 처벌이 이뤄지지 않아. 앞으로 너를 죽음

으로 몰고 갈 진짜 사실만을 써. 저는 유성민에게 그렇게 충고했습니다. 실제로 일기에는 김원종이라는 제 이름도 등장했습니다. 제가 유성민의 돈을 뺏어 권승호에게 가져다 바친 사실도 말이죠.

솔직히 유성민이 어떤 내용을 쓰든 저는 상관없었습니다. 성민은 그저 왕따의 역할을 해 주면 되었습니다. 제 앞에서, 제 방패가 되어. 뒷일은 삼 주 뒤에 생각하기로 했죠.

가족과 이야기할 때 성민은 어땠나요? 성민은 다른 사람과 대화할 때 일 초 이상 눈을 마주치지 않습니다. 금세 시선을 돌려 가슴께를 보거나, 천장을 보거나, 마주하는 사람 뒤 쪽에 시선을 두며 이야기를 합니다. 그게 오랫동안 따돌림을 당한 아이의 자연스러운 습관일까요.

"이래선 평소하고 똑같아."

그렇게 말하는 성민은 불안해 보였습니다. 권승호를 무너뜨릴 더욱 강력한 에피소드를 원하더군요. 제 바람과는 달리 말예요.

제가 악랄하다는 것, 아주 잘 알고 있습니다. 여기까지 읽은 당신은 얼마나 화를 내고 있을까요. 어찌 됐건 저는 성민에게 정보를 주어야 했습니다. 성민이 무언가 낌새를 채면 또다시 옥상으로 오를지 모른다는 생각이 들었습니다. 동맹인 척 성민을 속여야 했습니다.

"일부러 걔네들 성질을 돋우는 거야. 반응이 바로 올걸."

성민은 눈을 빛내며 제 말에 귀를 기울였습니다. 저는 성민을 위해서 몇 가지 정보를 건네주었습니다. 예를 들어서 이런 것입니다.

권승호에게는 짝사랑하는 여학생이 있었습니다. 1반에 있는 '나영은'이라는 여학생이었죠. 권승호는 그녀에게 몇 번이나 에둘러 관심을 표현했습니다. 성민은 그 여학생이 누구인지 알고 있었습니다. 2학년 때 같은 반이었다고 하더군요. 그 여학생의 얼굴 보는 것만으로도 좋아서 미칠 것 같다고, 권승호는 종종 말하곤 했습니다. 저는 성민에게 그 감정을 건드리라고 말했습니다. 그러나 맹세합니다. 당시 저는 성민이 정말 실행에 옮길 줄 몰랐습니다. 유성민은 점심시간에 그녀를 찾아갑니다. 그녀를 불러내 말합니다. 권승호와 친하게 지내지 마라. 권승호는 약자에게 폭력을 휘두르는 세상에 둘도 없는 나쁜 놈이다. 권승호랑 어울리면, 너도 결국엔 똑같은 사람이 될 것이다. 그렇게 그 여학생의 성미를 건드린 모양입니다.

소문은 순식간에 퍼졌습니다. 나영은이 짜증을 내며 권승호에게 따졌다는 이야기를 같은 반 아이에게 들을 수 있었습니다. 성민은 점심시간 직후 권승호 패거리에게 붙들려 교사 뒤로 끌려갔죠.

"2학년 때부터 많이 맞아왔지만 이렇게 따로 불려 가서 맞아 보긴 처음이야. 그것도 쉬는 시간마다 반복해서."

다음날 아침, 교실에서 성민은 그렇게 말하며 웃었습니다. 일기에는 끌려가 맞은 이야기가 사실대로 담겨 있었습니다. 다만 그 여학생에 대한 이야기가 생략되어 있어서 성민은 이유 없이 맞은 것으로 되어 있었죠. 모든 것을 있는 그대로 써야 한다는 제 충고를 어긴 겁니다. 이상해서 저는 물었습니다. 왜 그 아이의 이름이 없는지에 대해서요.

"왕따인 내게 교실에서 종종 말을 걸어 준 애야. 그 아이는 까먹었겠지만."

어쨌든 사실대로 쓴 게 맞잖아. 그렇게 말하며 성민은 쑥스럽게 웃었습니다. 성민은 언젠가 일기에 언급된 사람이 '권승호'라는 이름과 함께 사람들의 주목을 받을 것이라 말했습니다. 나영은의 이름을 빼 버린 것도 그 때문이었죠. 한 번이라도 고마움을 느낀 사람이기에 폐를 끼치고 싶지 않았던 겁니다. 성민은 자신이 죽은 다음에 일어날 일을 충분히 염두에 두고 있었습니다.

이 사건은 저희 동맹에게 꽤 큰 분기점이 됩니다. 그동안 성민은 그저 당하기만 했습니다. 권승호 패거리도 성민을 심하게 괴롭히지는 않았습니다. 돈이나 필요한 물건을 뺏고 재수 없다며 몇 대 때리는 게 전부였습니다. 하지만 연주 양이 편지에 쓴 내용처럼 다소 가학적인 부분이 생깁니다. 자신들의 말을 순순히 따라야 할 유성민이 반항을 시작했기 때문입니다. 폭력의 강도는 훨씬 심해졌습니다. 권승호 패거리는 점점 더 성민을 수시로 괴롭혔습니다. 반 아이들도 그들의 행동에 눈살을 찌푸렸습니다. 뭐, 도와주거나 제지하는 이는 역시 없었지만요.

그래서 성민이가 고통스러워했냐고요? 절대 그렇지 않습니다. 성민은 오히려 기뻐했습니다. 성민은 제게 다음에 또 무엇을 해야 하는지 재촉했죠.

제가 성민을 보며 무슨 생각을 했을 것 같나요? 생각해 보세요. 눈앞의 성민은 지금 아주 즐거워합니다. 우울해 보이지 않습니다. 적어도 제 앞에서는 자살을 할 것처럼 보이지 않았습니다. 하지만 성민은 분명 죽음을 향해 착실히 다가갑니다. 복수를 위해 자신이 어떤 꼴을 당하든 상관없습니다. 저는 문득 알 수 없는 공포를 느꼈습니다. 성민은 핸들도, 브레이크도 없는 자동차 같았습니다. 언젠가는 어딘가에 부딪혀 산산이 박살 날 사람이었습니다. 성민 스스로도 그걸 원했고요.

어느덧 일기의 절반이 완성되었지만 성민은 여전히 뭘

가 부족하다고 느낀 모양입니다. 그 초조함은 일기에 고스란히 드러났습니다. 일기 속 성민은 쉬는 시간 김병준에게 씨름을 하자며 교실 뒤편으로 끌려 나갑니다. 김병준은 저항하지 못하는 성민을 교실 바닥에 두세 번 내동댕이치고 만족합니다. 그러나 일기에서 성민은 수없이 교실 바닥에 내팽개쳐집니다.

"성민이 네가 이렇게까지 심하게 당했나?"

"아예 안 당한 건 아니잖아."

대체로 이런 식이었습니다. 다음 작전을 짜 온 것은 제가 아닌 성민이었습니다.

그즈음 TV채널을 돌리다 체르노빌 원전 폭발에 대해 다룬 다큐멘터리를 본 기억이 납니다. 방사능 물질이 아직도 사고지역 일대를 뒤덮고 있다고 말하는 성우의 목소리가 오싹하게 느껴졌습니다. 피폭의 영향으로 신체의 일부가 온전하지 못한 동식물도 나왔죠. 일 미터가 넘는 지렁이, 꽃술이 거대하게 부풀어 오른 해바라기, 앞다리가 몸통보다 큰 개구리. 그야말로 괴물을 연상시켰습니다. 어느덧 화면은 출입이 통제된 원전 주변의 풍경을 보여주었습니다. 빨간 장미가 끝없이 펼쳐진 늦봄의 들판이었습니다. 성우는 말했습니다. 저 눈부시게 아름다운 장미들은 사실 끔찍한 방사능을 품고 자라나고 있다고. 앞으로도 오랫동안 그 독을 꽃으로 피워 낼 거라고. 저는 멍하니 화면을 바라보았습니다. 그리고 성민을 떠올렸습니다. 성민에게서 느낀 알 수 없는 공포를 어렴풋이 이해하게 되었습니다.

동맹 삼 주차의 어느 날이었습니다. 반에서 작은 소동이 일어났습니다. 김은명이라는 남학생의 학원비 이십만 원이 사라진 것입니다. 김은명은 체육시간 전엔 확실히 봉투를 봤다고 말했습니다.

먼저 당부의 말씀을 드리겠습니다. 부디 성민에게 실망하지 말아 주세요. 그 당시 성민을 움직인 건 권승호에 대한 복수심이었으니까요. 학원비에 손을 댄 것은 성민이었습니다. 성민은 주변의 눈을 피해 훔친 돈을 제게 건네줬습니다.

"내가 돈을 가져오기가 힘들어서 김은명 돈을 훔칠 수밖에 없었다고 전해 줘."

이것이 성민의 다음 작전이었습니다.

"성민아. 왜 이런 짓을 했어. 권승호가 네가 돈을 훔쳤다고 까발리는 거 아니야? 너 어쩌려고 그래."

"그럴 리가 없어. 걔네들을 아직도 모르니?"

저는 반신반의하며 교사 뒤편에서 김은명의 학원비를

권승호에게 건네줬습니다. 권승호 패거리가 어떻게 반응했을 것 같나요? 성민의 생각이 맞았습니다. 그들은 기뻐했습니다. 뜻밖의 횡재였던 것입니다. 그들에게 죄책감은 없었습니다.

"이걸로 유성민 약점 하나 잡았네. 하여간 멍청한 새끼야."

권승호는 그렇게 말하며 웃었습니다. 하지만 그게 과연 약점이었을까요? 성민의 도둑질을 폭로하지 못하는 쪽은 오히려 권승호 패거리입니다. 결과적으로 돈을 써버린 것은 그들이니까요. 족쇄는 그들에게 채워진 것입니다. 그때 권승호는 만 원을 제게 주며 말했습니다.

"늘 먹던 거 알지? 그거 사오고 남는 건 너 가져라."

권승호의 말을 듣고 전 한동안 움직이지 못했습니다. 순간 화가 치밀어 올랐습니다.

이 녀석들은 대체 나를, 유성민을, 다른 반 아이들을 뭐로 보는 거지? 어째서 우리는 이런 대우를 받아야만 하는 거지? 그런 생각이 들었습니다.

"뭐하고 있어? 얼른 갔다 오라고."

저는 엉덩이를 걷어차였습니다. 헤헤, 실없이 웃으며 자리를 뜨면서 저는 본때를 보여주고 싶다고 생각했습니다. 제가 할 수 있는 일이 무엇이었을까요? 그때 저는 유성민의 자살을 막지 않기로 결심합니다.

그 다음날 아침, 교실에서 성민의 일기를 읽었습니다.

'더 이상 돈을 가져올 수 없었다. 할 수 없이 김은명의 돈을 훔쳤다. 권승호는 아무 거리낌 없이 돈을 받아들였다. 죽으면 꼭 김은명에게 사과하고 싶다.'

일기 속 성민은 괴롭힘에 못 이겨 도둑질을 할 수밖에 없었습니다. 이걸로 가장 나쁜 사람은 권승호 패거리가 되었죠.

"시간이 없어. 이젠 권승호를 적극적으로 미행할 거야. 어디서 어떻게 나쁜 짓을 하는지 증거를 잡아야 해."

성민은 저와 함께 다니는 학원을 그만두고 권승호가 다니는 학원의 주말반에 등록했습니다. 주말 오후시간을 함께 보내며 더 많은 괴롭힘을 받겠다는 것입니다. 더 이상 제게 의견을 묻거나 하지 않았습니다. 혼자 생각하고 스스로 행동하기 시작했습니다. 그것이 괜히 섭섭하게 느껴지더군요.

결말이 다가올수록 점점 글을 쓰기가 힘들어지네요. 당시 성민이 느꼈을 절망감을 떠올리니 가슴이 먹먹해집니다. 휴식을 할 겸 담배를 피우려 흡연실에 가니 저를 괴롭히던 선임들이 있더군요. 그들은 욕지거리를 내뱉으며 자리를 떴습니다. 한 번 더 부대 내의 폭력사건을 일으키면 저도, 그들도 다른 부대로 전출을 가게 됩니다. 저를 건드리기 부담스러운 거겠죠. 중학교 3학년 때의 제게도 이런 독기가 있다면 얼마나 좋았을까요. 성민처럼 말이에요.

사실 저는 성인이 되어도 담배만큼은 피우지 않겠다 다짐했습니다. 권승호 패거리가 담배를 피우는 모습이 참 불량스러워 보였으니까요. 게다가 그들은 담배에 발목을 잡히기도 했고요. 그때의 기억 때문에 저는 담배를 끌 때 늘 조심하는 편입니다.

4월의 마지막 주가 시작되는 월요일이었습니다. 아침 일찍 교실에 온 저는 교실 앞에서 잠시 멈칫했습니다. 성민은 우두커니 자리에 앉아 무언가를 골똘히 생각하고 있었습니다.

성민은 아무 말 없이 굳은 표정으로 일기장을 내밀었습니다. 전날 성민은 엄청난 건수를 발견했다며 제게 문자를 보냈었죠. 저도 내심 궁금했습니다. 그리고 일기를 본 저는 깜짝 놀랄 수밖에 없었습니다.

일기 속 성민은 일요일 오전 A빌라 뒤편에서 담배를 피우던 권승호 패거리를 우연히 목격합니다. 권승호 패거리는 욕설을 뱉으며 쓰레기장에 담배꽁초를 던집니다.

얼마 지나지 않아 작은 쓰레기봉투 하나가 타오르기 시작합니다.

"너 정말 본 거야? 확실해?"

"응. 내가 똑똑히 봤어."

성민은 평소와 달리 제 눈을 똑바로 바라보며 단언했습니다.

"하늘이 준 기회야. 매일 권승호를 쫓으면서 겨우 찾아낸 거야. 이걸로 권승호를 협박할 거야. 너희들이 불을 내는 걸 똑똑히 지켜봤다고. 이제 나를 괴롭히지 마라. 내게 사과해라. 그동안 뺏어 간 물건이랑 돈 전부 돌려내라. 무릎도 꿇어라. 자존심을 박박 긁을 거야."

하지만 성민은 또다시 얻어맞을 것이었습니다. 성민은 그것이야말로 바라던 바라고 말했습니다.

"맞아. 죽도록 나를 때리겠지. 그것밖에 모르는 애들이니까. 앞으로 일주일이야. 이제 됐어. 완벽해. 이게 진짜 마지막이야."

저는 성민과 더 이상 이야기를 나눌 수 없었습니다. 누군가 교실로 다가오는 발소리가 들렸기 때문입니다. 성민은 민첩하게 자기 자리로 돌아갔습니다. 반 아이들이 한두 명씩 등교하기 시작했습니다. 저는 줄곧 성민을 쳐다보았습니다. 성민은 제게 눈길 한 번 주지 않았습니다.

담임선생님은 조례시간에 A빌라의 화재를 언급했습니다. 경찰은 저희 학교 학생 중에도 용의자가 있을 것이라 추정했다 하더군요. 가슴이 뜨거운 냄비 물처럼 보글보글 끓는 것 같았습니다. 그런 기분은 4교시가 끝날 때까지 이어졌습니다.

드디어 대단원입니다. 사건은 점심시간에 터졌습니다.

"이 새끼가 무슨 헛소리야?"

권승호가 날카로운 목소리에 저는 고개를 돌렸습니다. 그곳에 성민이 있었습니다.

"불을 낸 범인은 너지? 전부 너희들이 그런 거지?"

권승호의 표정이 삽시간에 굳어졌습니다. 그 때 반 아이들 모두 느꼈을 것입니다. 권승호는 수상쩍을 정도로 당황하고 있었습니다. 성민은 침착하게 말을 이어 갔습니다.

"내가 봤어. 너희가 쓰레기장에 던진 그 담배꽁초에서 불이 난 거야. 범인은 너희들이야."

권승호는 분을 참지 못했습니다. 그는 스파이크를 날리듯 성민의 머리를 때렸습니다. 한 대, 두 대, 세 대. 성민은 맞을 때마다 풀썩 꺾이는 고개를 오뚝이처럼 들어 올렸습니다. 성민은 한 발짝도 물러서지 않았습니다. 지지 않고 권승호를 노려봤습니다. 이윽고 권승호는 성민의 가슴팍을 발로 차 버렸습니다. 성민은 크게 날아 바닥에 고꾸라졌습니다. 성민의 어깨에 부딪힌 책상 하나가 요란하게 넘어졌습니다.

성민은 최선을 다했습니다. 최선을 다해서 권승호를 자극했습니다. 그에게 복수하기 위해서. 자신이 죽은 이후, 권승호가 얼마나 지독한 놈인지 세상 모든 사람들에게 알리기 위해서. 권승호에게 살인자라는 낙인을 찍기 위해서.

언젠가 유성민이 말했습니다.

"작년에는 권승호가 네잎클로버를 찾아오라고 시킨 적도 있었어."

저는 방과 후 넓은 학교 풀밭을 더듬는 성민의 작은 등을 떠올렸습니다. 오후의 따뜻한 햇살 속에서 성민은 얼마나 울음을 참고 있었을까요. 성민은 몇 시간을 헤맨 끝에 실제로 네잎클로버를 찾아냈다고 합니다. 기분이 좋아 저도 모르게 "찾았다."라며 소리를 지릅니다. 하지만 성민은 꺾을 수 없었다고 합니다. 어차피 권승호는 자기를 때릴 구실이 필요했던 것뿐이라고, 성민은 제게 담담히 말했습니다.

유성민은 스스로 고통 속으로 뛰어들었습니다. 풀 한 포기 꺾지 못하던 그 아이는 복수를 간절히 원했습니다.

하지만 성민은 물리적으로 남을 해하는 방법을 택하지 못하는 사람입니다. 그래서 유성민은 자기를 상처 입힙니다.

네가 우월하다고 생각하지? 병신. 이것밖에 안 되냐. 더, 더 때려 보시지. 그래 봤자 니들은 쓰레기야. 남의 집을 활활 태워 놓고, 불구경 좋았니? 신고해 버릴 거야.

성민은 눈도 못 뜬 채 거친 숨을 몰아쉬며 말을 뱉었습니다. 자기가 무슨 말을 하는지도 모르고 그저 생각나는 대로 말했습니다. 권승호는 성민이 한마디 보탤 때마다 주먹을 날렸습니다. 얼굴을 때리고 배를 걷어찼죠. 그래도 성민은 입을 다물지 않았습니다.

권승호는 이성을 잃은 듯했습니다. 그는 주머니에서 빛나는 무언가를 꺼내 성민의 얼굴 앞에 들이밀었습니다. 작은 휴대용 칼이었죠.

"유성민, 너 정말 죽고 싶냐?"

권승호는 이를 앙다물며 섬뜩하리만큼 낮은 목소리로 말했습니다. 손에 든 칼이 조금 떨렸습니다. 누군가가 "그만둬!"라고 외쳤습니다. "시발, 이 새끼가 열 받게 하잖아." 그렇게 말하며 권승호는 울부짖었습니다. 그가 잠시 멈칫한 찰나였습니다.

어느새 권승호는 성민의 팔을 찌르고 있었습니다. 권

승호는 당황했는지 칼을 획 잡아 뺐습니다. 빨간 선혈이 공중으로 흩날렸습니다. 성민의 파란 교복 와이셔츠가 붉게 물들었습니다.

그 순간 저는 보았습니다. 성민은 씩 웃고 있었습니다. 일기에 하나 더 추가할 게 생겼다고 말할 때의 그 들뜬, 아주 익숙한 웃음이었습니다.

수많은 진실이 이어집니다. 그 뒤에 몇 가지의 아주 작은 거짓이 이어집니다. 이런 경우, 그동안의 이야기가 모두 진실이었다면 사소한 거짓마저도 진실로 보이고 마는 게 아닐까요.

사건 사흘 뒤, 방과 후 저는 성민이 입원한 병원을 찾았습니다. 성민의 얼굴은 나쁘지 않았습니다. 침대에 편안히 누운 자세로 저를 맞이했죠. 크게 다치진 않았다고 했습니다. 오래 입원해 있을수록 권승호에 대한 여론이 안 좋아질 테니까요.

칼을 휘두른 권승호는 얼마간 정학을 당했습니다. 사실 칼부림 사건은 그리 크게 보도되지는 않았습니다. 성민은 상관없다고 말했습니다. 자신이 죽으면 어차피 더 크게 보도될 거라고요. 유성민이 왕따라는 사실도 끝내 밝혀지지 않았습니다. 반 아이들이 하나같이 입을 다물었으니 당연한 일일까요.

성민은 아픈 기색도 없이 붕대가 감긴 팔을 쑥 내밀었습니다. 그동안 일기를 처음부터 다시 썼다고 말했습니다. 가슴 깊은 곳 무엇인가 꿈틀거렸습니다.

성민은 병원에 온 뒤로 새로운 일기를 쓰지 않았다고 했습니다. 권승호 이야기가 아니면 쓸 말이 없다고 말했습니다.

"그냥 네 이야기를 쓰면 되잖아."

"내 이야기는 별 볼일 없어." 성민은 언제나의 그 수줍은 미소를 지었습니다.

"이제 다 끝났어. 원종아, 도와줘서 고마워. 네가 아니면 이렇게까지 못했을 거야."

저는 직감했습니다.

"오늘 밤이구나."

"응. 여기 병원 옥상에서 뛰어내릴 거야."

저는 망설이다 일기의 가장 마지막 장을 펼쳐 보았습니다. 일기 속 성민은 화재사건에 관해 권승호를 추궁합니다. 화가 난 권승호는 성민에게 폭력을 휘두릅니다. 권승호는 평소 즐겨 가지고 다니던 휴대용 칼을 꺼냅니다. 결국 권승호는 성민을 찌릅니다.

예상대로였습니다. 일기는 다소의 과장을 제외하곤 사

실대로 써졌습니다. 저는 생각했습니다. 이대로 유성민이 자살하면 권승호라는 사람의 인생은 어떻게 될까, 하고 말이죠.

권승호. 그는 유성민이라는 한 남학생을 1년 넘게 괴롭혔습니다. 유성민을 압박해 급우의 지갑을 훔치게 했고, A빌라에 불을 내 건물을 태우고 사람을 죽게 만들었습니다. 흉기를 휘둘러 남을 다치게도 했습니다. 유성민이 자살을 하고 난 후 그 사실이 밝혀진다면 권승호의 인생은 어떻게든 뒤틀리겠죠. 어느 정도 처벌을 받을 것입니다. 저 역시도 어느 정도의 비난을 면치 못했겠죠. 하지만 유성민과 제가 동맹을 맺었다는 사실은 아무도 모릅니다. 자살동맹은 성민의 죽음과 함께 지워지는 것입니다. 영원히.

순간 눈앞의 글씨가 일렁거렸습니다. 눈물이 날 것 같아 저는 이내 일기를 덮어 버렸습니다. 그리고 결심했습니다.

"유성민. 미안하지만 너는 못 죽어. 너는 늘 내 앞에 있어야 돼."

저는 잡초를 뽑듯 있는 힘껏 일기장의 속장을 뜯어냈습니다. 뜯어낸 속장을 다시 한번 잘게 찢어 버렸습니다. 성민의 얼굴은 크게 일그러졌습니다.

"지금 뭐하는 거야!"

"뭐하는 거냐고? 권승호한테 죄를 덮어씌우려고 하지 마. 넌 살인자야. 네 죗값은 네가 제대로 치러야 해."

성민은 알 수 없는 고함을 지르며 침대 위에서 몸을 날렸습니다. 간이의자에 앉은 저는 성민과 함께 바닥으로 쓰러졌습니다. 찢어진 일기장이 공중으로 흩뿌려졌습니다. 종이는 겹쳐진 저희 두 사람 위로 하늘하늘 떨어져 내렸습니다.

저는 제 배 위에 올라타 멱살을 쥐는 그의 작은 몸을 바라보았습니다. 순간 바람이 휘익 불며 창문을 가리던 커튼이 크게 젖혀졌습니다. 봄볕의 실루엣이 성민의 몸을 감싸더군요. 핏발 선 두 눈을 부릅뜬 성민을 보니 저는 웃음이 나왔습니다. 창밖에선 언뜻언뜻 아이들의 즐거운 비명소리가 들려왔습니다. 병원에 입원한 아이일까. 아니면 나처럼 누군가의 병문안을 온 아이일까. 그런 태평한 생각을 했습니다.

이후 성민의 행보는 연주 양도 잘 알고 있을 것입니다.

경찰은 방화사건과 관련해 저희 중학교를 찾아옵니다. 저희 반 아이들은 A빌라 방화사건에 대해 이야기하며 싸운 권승호와 유성민에 대해 증언합니다. 경찰은 권승호를 심문하고 권승호는 죄를 인정하는 듯 보입니다. 하지만 그때 저는 경찰에 말합니다. 범인은 성민이 확실하다고요. 물론 심증일 뿐 증거는 없었습니다.

성민은 자수를 합니다. 끝까지 잡아떼려면 잡아뗄 수 있었을 텐데, 왜 그랬는지는 저도 아직 의문입니다. 결국 성민은 5년의 징역을 선고받습니다.

'따돌림을 당한 스트레스를 풀기 위해 A빌라에 방화를 저질렀고 그 결과 사람이 죽었다.' 세상 사람들은 모두 그렇게 알고 있겠지요. 당신도 마찬가지리라 생각합니다. 성민은 심한 따돌림을 당했다는 이유로 어느 정도 감형을 받았고, 집행유예로 풀려납니다. 누군가는 고개를 끄덕였지만, 인정하지 않는 사람도 분명 있었습니다. 사람이 죽었으니까요. 이후 성민은 학교를 자퇴하게 됩니다. 제가 아는 건 여기까지입니다. 성민에 관한 나머지 일은 연주 양이 더 잘 아시겠죠.

권승호에 대한 이야기를 해 볼까요. 권승호는 주변의 질타를 심하게 받습니다. 아이들은 똘똘 뭉쳐 권승호에게 맞서 싸웠습니다. 권승호 역시 성민처럼 자퇴를 하게 됩니다. 김병준과 주재훈은 전학을 가죠. 어느 정도 죗값을 치른 것 같습니다. 성민이 바라던 만큼은 아니지만요.

성민은 제가 배신했다는 말을 입버릇처럼 말했다고 하

셨죠? 연주 양도 제가 왜 성민을 배신했는지 알고 싶겠지요. 하지만 그 전에 제가 성민을 의심한 경위에 관해 먼저 말씀드리겠습니다.

권승호는 성민을 칼로 해한 것처럼 보이죠. 하지만 실은 그 반대입니다. 전 똑똑히 봤습니다. 성민은 스스로 권승호의 칼에 뛰어들었습니다. 칼날에 정확히 자신의 가슴을 가져다 댔습니다. 다행히도 권승호는 반사적으로 칼을 움직였습니다. 믿어지시나요? 유성민은 권승호의 칼을 본 순간 그의 손에 죽어 버리기로 결심한 것입니다.

일부러 폭력을 유도해서 얻어맞습니다. 가학적인 괴롭힘을 당합니다. 남의 돈을 훔쳐서 가져다 바치기도 합니다. 그러면서 모든 죄를 권승호 패거리에게 뒤집어씌웁니다. 그것이 자살동맹의 방식입니다. 성민의 범죄를 눈치챈 것은 제가 그의 이런 성향을 잘 알고 있었기 때문입니다.

A빌라에서 일어난 방화사건입니다. 성민은 권승호가 담배꽁초를 버리는 걸 봤을 수도 있습니다. 빌라 주인과 시비가 붙은 것도 일어날 수 있는 일이죠. 그것은 분명 진실입니다. 늘 진실을 바탕으로 일기를 썼으니까요. 하지만 꽁초의 작은 불씨가 과연 그렇게 크게 번질 수 있었을까요. 그동안의 성민을 봐 온 저는 깨달았습니다. 저만

이 확신할 수 있었습니다. 기회를 포착한 성민은 직접 A 빌라에 불을 지른 것입니다.

어디까지나 사실만을 일기에 씁니다. 하지만 물컵 속의 젓가락처럼 뒤틀려 있어서 보이는 걸 그대로 믿어야 하는지 알 수가 없습니다. 저 아닌 다른 사람이 일기를 봤다면 아마 믿을 수밖에 없었겠죠. 하지만 저는 알고 있습니다. 그 뒤틀림이 유성민의 진짜 모습이 아니란 걸요. 착하디착한 사람이 변할 정도로 권승호가 미웠던 것입니다. 괴물이 되어 버릴 정도로요.

이제 연주 양, 당신에게 한 번 묻고 싶습니다. 제가 성민을 배신하지 말았어야 했나요? 제가 당신의 오빠를 죽여야만 했나요?

이렇게 쓰려니 조금 쑥스럽군요. 저는 말이죠. 성민이 좋아졌습니다. 성민과 함께한 시간이 즐거웠습니다. 이른 아침의 조용한 교실에서 저희는 목소리를 낮추고 낄낄댑니다. 서로의 얼굴만 봐도 웃음이 흘러나옵니다.

성민은 권승호 패거리에게 그렇게 많이 맞아도 얼굴에 멍 자국 하나 없었습니다.

"그 녀석들은 지들이 잘 때린 줄 알잖아. 사실은 내가 잘 맞아 준 건데."

당신은 아마도 재미가 없으시겠죠. 하지만 저희 둘은

교실 바닥에 쓰러질 정도로 배를 움켜쥐며 웃었습니다. 저희에겐 굉장한 농담이었습니다. 언제부턴가 수업시간 중 성민과 눈이 맞으면 입가에 미소가 번졌습니다. 유성민이 권승호 패거리에게 괴롭힘을 당하면 저도 기분이 나빴습니다. 전 그제야 깨달은 것입니다. 다시 왕따가 되는 것보다 성민과 함께하는 일상을 잃는 게 더욱 두렵다는 것을요. 유성민이라는 사람을 절대 죽게 내버려 둘 수 없다는 것을요.

저희는 왜 남들 앞에서 함께 웃을 수 없었던 걸까요. 왜 교실에서 눈치를 보고 숨죽이며 하루하루를 살 수밖에 없었던 걸까요. 살아 있는 게 무엇보다 고통스러웠던 성민은 그날 학원 옥상 위에서 한 달이란 시간을 더 살기로 결심했습니다. 복수심을 원동력으로 한 달을 더 버텼습니다.

제가 다큐멘터리 이야기를 했었죠? 실은 그 다큐를 보며 저는 조금 감동받은 부분이 있습니다. 붉은 물감을 끼얹은 듯 어디까지고 이어지는 장미 들판은 눈시울이 붉어질 정도로 아름다웠답니다. 제게 성민은 보이지 않은 지독한 무언가를 품고 있다는 점에서 꼭 원전의 오염지역에 피어난 장미 같았습니다. 하지만 한 달 동안 성민은 놀라울 정도로 생동감이 넘쳤습니다. 마치 그 장미들판처럼요. 성민은 분명 살아 있었습니다.

괴테가 말했죠. 고통도 지나고 나면 달콤한 것이라는 말. 솔직히 아직도 잘 모르겠습니다. 하지만 당시 저는 고통을, 폭력을, 고독을, 슬픔을, 외로움을, 이를 악물고 견디다 보면, 살아만 있다면 언젠가 그런 순간이 올지도 모른다는 생각을 하고 말았습니다. 성민이를 보면서요. 중요한 것은 어떻게든 살아 있는 거라고요. 이승이라는 개똥밭에 굴러 보자고요. 살아 있다면 언젠가 고통 뒷면에 가려진 달콤함을 찾을 수 있으리라고요. 그러니까 어떻게든 살아 달라고요.

5년 전, 저는 생각했습니다. 나의 친구를 살아가게 하려면 어떻게 해야 할까.

유성민의 삶을 지탱하는 원동력이 무엇인지 떠올렸습니다. 바로 복수심입니다. 복수심에 가득 찬 유성민은 처절하면서 동시에 눈부십니다. 생명의 아름다움을 발합니다. 복수심으로 또다시 붉게 피어날 수 있다면, 이번엔 권승호가 아닌 나를 미워해도 좋다. 저는 그렇게 생각했습니다. 이것이 제가 성민을 배신한 이유입니다.

동맹을 맺을 때 저와 성민은 약속했습니다. 성민이 죽을 때까지 동맹은 와해되지 않는다고요. 저는 지난 5년간 성민이 아직 제게 복수를 하지 않는다는 것에 감사했습니다. 성민이도 어딘가에 살아서 이 화창한 4월을 맞이하면 좋겠다고요. 늘 그렇게 바랐습니다.

이것이 연주 양이 알고 싶어 하셨던 5년 전의 진실입니다. 자살동맹은 결국 이렇게 끝이 나 버렸군요. 연주 양, 저는 어쩌면 성민에게 몹쓸 짓을 한 것인지도 모릅니다. 부디 저를 용서하지 마시길 바랍니다.

– 2014년 4월 8일
김원종 드림.

안녕하세요, 김원종 씨.

편지 잘 받았어요. 5년 전에 설마 그런 일이 있었다니, 깜짝 놀랐어요. 오빠는 몰랐던 거군요. 당신이 얼마나 오빠를 생각했는지…… 하지만 당신의 마음과는 별개로 역시 전 당신을 용서할 수 없어요. 오빠를 도울 수 있는 더 좋은 방법이 있었을 거예요. 하긴, 이런 말을 한다고 해서 달라지는 건 없겠죠. 5년 전, 저는 오빠가 얼마나 괴로워했는지조차 눈치채지 못했으니까요. 무엇보다 저는 오빠와 당신 두 사람 사이에 끼어들 수 없으니까요.

정성스럽게 편지를 써 주신 답례로 알려 드릴게요. 오

빠가 당신을 얼마나 생각했는지에 대해서요.

먼저 일기예요. 당신은 오빠가 사실을 기반으로 일기를 썼다고 말했어요. 권승호의 졸개인 당신의 이름도 일기 속에 들어가 있다고요. 저는 당신이 찢은 일기를 모두 맞춰 봤어요. 아주 오래 걸렸죠. 그리고 일기의 내용을 전부 읽었어요. 끔찍했어요. 읽는 내내 오빠의 괴로운 감정이 느껴져 너무 힘들었어요. 그런데 말예요. 당신이 보낸 편지의 내용과 다른 점이 있었어요. 당신의 이름은 일기장 그 어디에도 나오지 않았어요. 어떻게 된 걸까요?

다음은 방화에 대한 이야기를 할게요. 권승호는 자신의 실수로 불이 났다고 믿고 있었어요. 당신이 일기를 찢은 후라고 해도 오빠는 권승호에게 죄를 뒤집어씌울 수도 있었죠. 그런데 당신은 직접 오빠를 신고했어요. 그리고 오빠는 곧장 죄를 인정했어요. 그렇게 복수심에 불타던 오빠가 순순히 물러난 거예요. 왜 그랬던 걸까요?

오빠는 병원에 입원한 사흘 동안 일기를 다시 쓰며 당신의 이름을 모조리 빼 버렸을 거예요. 계획대로 자살을 했다면 당신 역시 가해자 중 한 명이 되었겠죠. 오빠는 그게 싫었던 거예요. 또 당신이 오빠를 고발한 이후에도 오빠가 계속해서 잡아뗐다면 경찰은 다시 한번 당신을 찾았을 거예요. 오빠가 불을 지른 걸 어째서 알고 있는

지부터 시작해서 인정할 만한 대답이 나올 때까지 당신을 추궁했겠죠. 자살동맹을 맺었단 사실이 드러날 수도 있었겠죠. 오빠는 그게 싫었던 거예요. 이쯤 되면 아무리 바보 같은 당신이라도 눈치채셨겠죠. 모두 당신 때문이에요. 당신이란 사람이 밖으로 드러나지 않게 하기 위해서요. 오빠에겐 당신이 소중했던 거예요. 당신이 그랬던 것처럼요.

자살동맹에서 당신은 멀쩡한 사람을 죽이려고 했던 가장 나쁜 사람이었죠. 그런 당신에게 고백할 게 한 가지 있어요. 전 사실 거짓말을 했어요. 당신은 오빠가 죽어야 동맹이 끝난다고 했죠? 그렇다면 그 촌스러운 이름의 동맹은 아직 끝나지 않았어요. 꼴 보기 싫은 제 오빠는 아직 살아 있으니까요.

오빠는 한 달 반 동안 홀로 여행을 다녀왔어요. 네팔과 인도 쪽을 돌아보았다고 해요. 전 그 사이에 오빠의 방을 뒤져서 그 찢어진 일기장을 발견했어요. 그리고 당신을 찾을 결심을 하게 되었어요. 오빠는 엊그제 집에 막 돌아온 참이에요. 신기하게도 당신의 편지가 집에 도착한 것과 같은 요일에 말이에요.

저는 당신과 편지를 주고받은 이야기를 오빠에게 들려줬어요. 오빠는 화를 내지 않고 진지하게 제 이야기를 들어 주었어요. 여행 도중 무언가를 깨달은 것 같아요. 그게 뭔지는 저도 잘 몰라요. 어쩌면 당신이 오빠에게 전하고자 했던 것인지도 모르죠.

오빠는 아직 당신을 만날 용기가 없는 것처럼 보였어요. 그래서 당신에게 한 것처럼 살짝 거짓말을 해 두었어요. 당신이 군대 내의 왕따로 곧 자살을 할 것 같다고요. 오빠의 그 심각한 얼굴은 앞으로도 오랫동안 기억에 남을 것 같네요.

자, 그럼 두 사람은 과연 만났을까요? 아니, 제 편지를 받아봤을 때 두 사람은 이미 만난 후겠죠?

오빠는 오늘 아침 일찍 집을 나섰어요. 어디 간다고 말은 하지 않았지만 저는 알 수 있죠. 오빠는 당신이 복무하는 부대의 주소를 물어봤으니까요. 당신은 느닷없이 찾아온 오빠를 보고 얼마나 놀랄까요? 5년 만의 만남인데 얼마나 어색할까요? 또 두 사람은 어떤 이야기를 나눌까요?

오빠는 사람을 죽게 했어요. 그 죄는 반성한다고 해서 씻을 수 있는 게 아니에요. 피해자의 가족들에게 다시금 용서도 구해야 할 거예요. 그건 너무나 힘든 길이겠죠. 그러니까 당신이 옆에서 지탱해 줬으면 해요. 거꾸로 오빠도 당신을 지탱해 줄 테니까요. 저는 알 수 있어요.

오빠가 죽을 때까지 동맹은 깨지지 않는다, 였나요? 언제가 될지 모르지만 다음에 만났을 때는 그 자살동맹이란 곳에 저도 끼워 주셨으면 좋겠어요. 이제 저도 우체통에 편지를 넣기 위해 집 밖에 나갈 생각이에요. 나간 김에 4월의 따사로운 봄 햇살을 만끽하며 산책을 할까 해요. 오빠와 당신의 만남을 응원하면서요. 그럼 이만 줄일게요.

- 2014년 4월 12일
유연주 씀.

/

도둑맞은 도품

1

점심 즈음부터 하늘이 심상치 않았다. 무엇이 그리 불만인지 낮게 으르렁거리던 먹구름은 기어코 빗방울을 떨어트리기 시작했다. 나는 창문 밖으로 손을 내밀어 보았다. 아직 그리 세지 않은 빗줄기가 일정한 리듬으로 손바닥을 간질였다.

이럴 줄 알았으면 아침에 신문을 읽을 때 일기예보 지면도 함께 볼 걸 그랬다. 어제 우리 아파트에서 일어난 사건이 궁금해 신문에서 그 기사만 재빨리 확인하곤 집을 나섰다. 내가 아침에 유난히 정신이 없는 탓도 있다. 축구부인 나는 아침 연습을 위해 7시 전에 집을 나서야 하니까. 찬찬히 살필 여유가 없는 것이다.

비가 온 탓에 방과 후 운동도 오늘은 하루 쉬게 되었다. 정류장까지 뛰어가야 할까. 가랑비에 옷 젖는 줄 모른다는 속담, 지금이라면 까짓거 몸소 체험해 볼 용의도 있다. 나처럼 우산이 없는 아이들도 총탄이 빗발치는 전쟁터 속으로 뛰어드는 마음가짐… 정도는 아니겠지만 그래도 비장한 각오를 다지며 교실을 나선다. 늦기 전에 나도 서둘러야지.

그렇게 교실 밖으로 나설 때였다. 누군가 내 어깨를 덥석 붙잡았다. 김해용이었다.

"진환아. 우리 아직 못 다한 이야기가 있잖아."

또 너냐. 그의 얼굴을 보자 절로 한숨이 나왔다. 5교시 쉬는 시간이었다. 어제 우리 아파트에서 미스터리한 일이 있었어. 아이들 앞에서 그런 말을 꺼낸 게 화근이었다. 수업이 시작되며 이야기는 자연스럽게 중단되었지만 해용이는 쉬는 시간마다 내게 다가와 제발 계속해서 이야기해 달라고 나를 괴롭혔다. 수업 시작을 알리는 종이 라운드 끝을 알리는 권투시합의 공처럼 느껴졌다. 차라리 50분의 수업시간이 감사할 정도였다. 그러나 수업시간도 불편하긴 마찬가지였다. 그는 자기보다 뒤쪽에 앉은 나에게 고개를 돌리면서까지 궁금해 죽겠다는 눈빛을 보내 왔다.

사실 해용이와는 별로 친분이 없다. 새 학기가 시작되고 한 달이 지났는데도 그는 고고한 아우라를 풍기며 주변에 희미한 벽을 치고 있었다. 평소에도 창가 옆의 자기 자리에 앉아 멍하니 창밖만 보는 녀석이다. 성향도 완전 다르다. 나는 운동을 좋아하지만, 해용이는 체육시간에도 늘 스탠드에 앉아만 있다. 서로 친해질 수 있는 접점이 없는 것이다. 그런 아이가 눈을 빛내며 다가오니 조금 당황스럽다.

교실에 남아 있는 사람은 김해용과 나 둘뿐이다. 나는 그의 손을 뿌리치고 도망치듯 교실을 나가려 했다.

"제발 부탁이야. 어떻게 된 일인지 너무 궁금해서 그래."

해용은 갑자기 무릎을 꿇고 달려들어 내 바짓가랑이를 붙잡고 늘어지기 시작했다. 나는 팬티까지 싸잡아 교복바지를 추켜올렸다. 이 녀석, 왜 이러는 거야? 김해용은 조용하고 점잖은 아이 아니었어?

"궁금하면 집에 가서 알아보고 내일 알려줄게. 어제 일어난 사건이니까 지금쯤 경찰이 해결했을지도 몰라. 그럼 됐잖아?"

"그럼 의미가 없어. 수학문제에서 답만 달랑 써 놓는 거랑 똑같아. 공식까지 같이 써야지 정답으로 인정된다고!"

"그게 무슨 소리야. 비 더 오기 전에 빨리 가야 된단 말이야."

"비가 그칠 때까지 얘기해 주고 가면 되잖아."

실랑이가 한창일 즈음, 머리끝까지 열이 뻗친 내 감정을 대변하듯 쾅, 하고 창밖이 하얗게 번쩍였다. 일순 나무뿌리 같은 거대한 빛줄기가 허공에 그대로 박힌 듯한 착각이 들었다. 곧 아스팔트를 거세게 때리는 빗소리가 들려왔다.

교실 바닥에 무릎을 꿇고 있던 그는 슬며시 일어나더니 뮤지컬의 주인공처럼 과장되게 양팔을 벌렸다.

"비가 너무 많이 오는걸. 나도 마침 우산이 없는데. 이왕 이렇게 된 거 우리 함께 미스터리를 풀어 보는 게 어때. 지적인 게임을 즐겨 보는 거야."

녀석의 그 말에 나는 주먹을 불끈 쥐었다. 제발 이야기해 달라며 방금 전까지 안달복달하는 모습은 번개 같은 속도로 사라졌다. 나는 조금 짜증이 났다. 어차피 이젠 도망갈 데도 없다. 빗줄기가 잦아들 때까진 꼼짝도 못 하니 이야기 정도는 들려줘도 괜찮겠지. 설마 듣는다고 해서 이 녀석이 해결할 수나 있을까. 그가 말하는 지적 게임을 즐기는 게 나을지도 모른다. 이 무례한 녀석의 말꼬투리를 잡고 지적하는 게임을 말이다.

<u>2</u>

창밖으로 하염없이 비가 쏟아지고 있다. 나와 해용이는 가운데에 책상을 놓고 마주앉았다. 어두컴컴한 교실 안, 우리가 앉은 자리 위쪽의 형광등만이 빛났다.

"그런데 왜 여기만 불을 켜 놓은 거야?"

"분위기상 그런 거야."

오래 있다 보면 눈이 침침해질 것만 같다. 내 찜찜한 기분은 무시한 채 해용이는 시작하라는 듯 점잖게 손바닥을 들어 보였다.

　나는 어머니가 동네 아주머니들에게 들었다는 이야기와 오늘 아침 신문에서 읽은 기사를 종합하여 해용이에게 들려주었다. 어제 오후 6시경, 내가 살고 있는 K아파트 1동 옥상에서 중년 남성의 시체가 한 구 발견되었다. 1102호에 살고 있는 독신 남성 김모(40) 씨였다. 정확히는 김필성이라는 남자로 나도 얼굴을 알 정도로 동네에서 꽤 유명한 백수 아저씨다. 체구가 작고 깡마른 사람으로 기억한다. 어제 오전 9시부터 오후 6시까지 1동 아파트 옥상 문은 개방되어 있었다. 오후 6시경, 경비 아저씨는 문을 잠그기 위해 옥상에 올라갔다. 문을 잠그기 전 경비 아저씨는 옥상을 크게 한 번 둘러보았다. 혹시라도 사람이 있으면 안 되기 때문이었다. 경비 아저씨는 옥상 한가운데 있는 승강기 기계실 쪽으로 향했다. 그리고 기계실 뒤편에서 자루에 담긴 김필성의 시체를 발견했다. 미스터리라 말할 수 있는 건 김필성의 사인이었다. 경찰은 김필성의 사인을 추락사로 결론지었다. 약 15미터 정도, 아파트 6층의 높이에서 떨어졌을 것이라고 한다. 시체에는 누군가와 다툰 방어흔 등의 흔적은 남아 있지 않았다. 경찰은 김필성의 사망추정시각을 이틀 전 새벽 두 시에서 세 시 사이로 추정했고, 그 시각 즈음 무언가 무거운 물체가 땅에 떨어진 듯한 충격음을 들었다는 몇몇 주민의 증언도 확보했다.

"옥상 위에서 발견된 추락사한 시체라고? 하늘에서 옥상으로 뚝 떨어졌단 말이야?"

"아니야. 죽은 곳은 옥상이 아니었대. 누군가 그 아저씨를 옮겨 놓은 거라고 하더라. 당연히 어제 오전 9시부터 오후 6시 사이에 말이야. 옥상 문이 마지막으로 열린 건 보름 전 물탱크를 청소할 때였다고 해. 그 이후로는 쭉 잠가 두었고."

"열린 순간은 어제뿐이었다, 이건가. 생각보다 별거 없는 미스터리네. CCTV만 돌려 보면 금방 범인을 알 수 있겠어."

해용은 다소 실망한 기색을 보였다. 그러나 이 뒷이야기에는 녀석도 찍소리 못 할 것이다.

내가 사는 15층짜리 아파트는 지어진 지 20년이 가까운 건물이다. 총 13개의 동이 있으며 각 동마다 현관 출입구가 하나씩 있다. 아파트 내부에 설치된 CCTV는 1층의 한 대뿐이다. 승강기 안에는 CCTV가 설치되어 있지 않다.

1층의 CCTV는 현관과 승강장 쪽을 비추고 있다. 아파트를 드나드는 사람은 반드시 이 CCTV에 찍힐 수밖에 없다. 경찰은 김필성의 시체를 옮긴 범인을 잡기 위해 CCTV를 확인한다. 그런데 CCTV에 특별히 수상한 외부인은 찍히지 않았다. 엊그제 밤 열 시경 김필성이 아파트 안으로 들어간 것이 확인되었으나 그 이후 김필성은 사망추정시각인 이틀 전 새벽 두세 시경까지 밖으로 나가지 않았다. 주차장, 길목 등 아파트 외부에 설치된 CCTV에서도 김필성의 모습은 확인되지 않았다. 그런데 묘한 일은 김필성의 지갑과 핸드폰이 우리 아파트와 수 킬로미터 떨어진 공원 쓰레기통에서 발견되었다는 점이다. 지갑에는 신분증과 카드가 들어 있었지만 현금은 없었다. 핸드폰은 액정이 깨져 고장 난 채였다.

이야기를 들은 해용은 다시 눈을 빛내기 시작했다. 다 꺼져 가는 불씨가 갑자기 살아난 것 같다. 괜스레 뿌듯해진다.

"그런데 아파트 옥상 문은 왜 열려 있던 거야?"

"한 달에 한 번씩 정기적으로 승강기 점검을 해. 점검 전에 승강기 안의 게시판에 날짜를 알려 주는 안내문이 붙어. 마침 어제가 점검 날이었어."

"흐음. 어제 현장에는 승강기 기사도 있었구나."

나는 고개를 끄덕이며 혹시나 하여 스마트폰으로 어제의 사건에 대해 검색을 해 보았다. 몇 가지 인터넷 기사가 떠올랐고, 기사에는 승강기 기사의 증언이 첨부되어 있었다. 이건 내가 모르는 정보다.

"어디 보자. 오전 9시가 조금 넘어서 승강기 기사 A씨와 B씨가 기계실을 점검하러 옥상에 갔다고 해. 그때 두 사람은 기계실 뒤편까지는 확인하지 않았대.”

“그렇구나. 어차피 9시에 확인했어도 시체는 없었을 것 같아. 옥상 문은 평소에는 잠겨 있었다고 하니까. 그런데 경비 아저씨는 왜 옥상 문을 그렇게 늦게 잠근 거야?”

“점검 시간이 길어져서 그렇대. 승강기 부품을 갈아 끼울 필요가 있었나 봐.”

어머니도 내게 승강기 점검이 너무 오래 걸렸다고 불평을 하셨다. 승강기가 작동 중이어도 점검 중인 승강기 기사들이 다칠 위험이 있으니 점검이 끝나는 방송이 나올 때까지 절대 승강기를 타지 말라 안내방송까지 했다고 들었다.

나는 계속해서 기사의 내용을 해용이에게 읽어 주었다. 오전 9시경, 점검을 시작한 직후 기사들은 1동의 승강기에서 문제를 발견한다. 오전 중에 다른 동의 점검을 모두 끝마친 두 사람은 우선 회사로 돌아간다. 부속품과 공구, 안전 로프를 챙긴 두 사람은 점심을 먹고 오후 1시 즈음 다시 아파트 1동으로 돌아왔다고 한다. 그리고 오후 3시 반 즈음에 모든 점검을 마치곤 돌아간다.

“경비 아저씨가 옥상 문을 잠근 건 6시야. 어쩌면 이 2시간 반 사이에 누군가 김필성 아저씨의 시체를 옮긴 건지도 모르겠네.”

내 말을 들은 해용이는 아랫입술을 삐죽 내밀고 미간을 찌푸린다. 무언가를 골똘히 생각하는 듯하다.

"이걸로 충분하니? 뭔가 알겠어?"

"아니, 전혀."

녀석은 한 대 쥐어박아 주고 싶을 정도로 당당했다.

"정보가 부족하지만 상상력으로 메워 볼 수는 있어. 물론 정보는 많으면 많을수록 좋지. 진환아. 혹시 어제 기억나는 다른 이상한 일은 없니?"

해용이의 말에 나는 어제의 일을 곰곰이 생각해 보았다. 글쎄, 나야 학교에 있으니까 뭘 알 수가 있나. 사건도 집에 돌아가니 어머니가 알려 준 것이고.

사실 어제의 이상한 일이라고 하니, 한 가지 마음에 슬쩍 걸리는 게 있긴 하다. 학교에 가기 위해 아침 일찍 집을 나왔을 때 복도의 승강기 문이 반쯤 열려 있었다는 것 정도? 뭐, 별 건 아니겠다만……

<u>3</u>

"그나저나 네가 그 아파트에 살고 있어서 다행이야. 난 사실 그 아파트에 관심이 많았거든."

해용이는 자신의 가방 속에서 무언가를 꺼냈다. 닷새 전

발행한 교내신문이었다.

우리 학교는 격주로 교내신문을 발행한다. 신문은 교내의 화젯거리뿐만 아니라 지역사회의 크고 작은 사건도 다룬다. 물론 신문부에서 직접 발로 뛰며 조사한 건 아니다. 다른 신문 기사를 다시 한번 요약하여 정리했을 뿐이다.

"이거 너희 아파트 맞지?"

나는 해용이가 펼쳐 준 부분을 읽어 보았다. 기사의 제목은 '귀신보다 대단한 도둑, 보름간 세 집이나 피해'였다. 내용은 이렇다.

K아파트의 1동에서 보름 동안 세 건의 절도로 사천오백만 원 상당의 재산피해가 발생했다. 경찰은 용의자도, 범행이 일어난 시간조차도 특정할 수 없었다. 절도범은 집에 사람이 없는 시간을 완벽하게 파악하고 있던 것 같다. 첫 번째와 세 번째 집은 어떻게 된 것인지 외부침입의 흔적이 전혀 보이지 않았다. 절도범은 현관문 잠금장치를 풀고 당당하게 들어간 것이라 추측된다. 두 번째 집은 복도로 난 창문의 쇠창살을 잘라 내고 침입한 흔적이 있었다. 세 건의 절도에서 범인을 특정할 만한 증거는 발견되지 않았다. 아파트 현관의 CCTV도 무용지물이었다. 경찰은 절도범을 이웃들의 사정을 잘 아는 아파트 내부인으로 판단하고 수사를 진행했

다. 아파트 주민들 대다수는 용의자로 같은 동의 김모(40) 씨를 지목했다. 무직인 김모 씨는 평소에도 아파트를 돌며 자신이 사는 층도 아닌 곳에서 남의 집을 기웃거렸다고 한다. 경찰은 고심 끝에 수색영장을 발부하고 김모 씨의 집을 수색했지만, 김모 씨의 집에서는 아무것도 발견되지 않았다. 경찰은 소화전을 포함, 아파트 구석구석을 수색했으나 역시 아무런 수확은 없었다.

"신문기사의 김모 씨가 김필성 맞지?"

나는 고개를 끄덕였다. 어머니는 늘 "오늘 아파트에서 무슨 일이 있었던 줄 아니?"라며 학교에서 막 돌아온 나를 붙잡고 수다를 떨었다. 덕분에 아파트 소식은 그럭저럭 꿰뚫고 있다.

"맞아. 절도 용의자로 지목된 사람은 김필성이야. 김필성은 도둑이 아닌 걸로 결론 났지만. 그런데 왜? 절도사건이랑 이 사건이 연관이 있다고 생각하는 거야?"

"글쎄. 나도 잘 모르겠어. 그건 우리가 하나하나 짚어 가면서 생각해 보자고."

팔짱을 끼고 고개를 끄덕이던 나는 순간 아차, 싶었다. 이러면 안 되지. 나는 어느새 해용이의 말을 경청하고 있었다. 그러나 밖은 아직도 거친 폭우가 쏟아진다. 밖으로 나가면 1초 만에 속옷까지 젖어 버릴 것이다. 그러니까 이건 어쩔 수 없는 거다. 조금만 더 얘기를 나눠도 되는 거겠지.

"그래서. 어떻게 짚어 볼 건데? 우리한테는 구체적인 정보가 없잖아."

"아니, 이걸로도 충분해. 모든 수수께끼는 'Why'와 'How'를 때에 따라 대입하면 언젠가는 풀리게 돼 있어. 수수께끼를 산산이 조각내고 두 의문을 대입하면서 질문을 만드는 거야. 왜라는 질문은 동기가 될 테고, 어떻게라는 질문은 범행방법이 될 테지."

대입을 한다니, 무슨 수학 공식이냐.

"예를 들어서 설명해 줘 봐."

"응. 일단 다시 한번 이야기를 정리해 보자. 경찰에서 말한 사망추정시각은 이틀 전 새벽 두세 시경이야. 그때 김필성은 어딘가에서 추락사를 당해. 그리고 사람들의 눈이 닿지 않는 어딘가에 숨겨져 있었겠지? 아무도 발견 못 했으니까. 그리고 어제 오전 두 시부터 오후 여섯 시 사이에 죽은 김필성의 시체는 자루에 담긴 채 아파트 옥상으로 옮겨져. 여기까진 어때? 이의 없지?"

"없지. 그게 사실이니까."

"그럼 질문을 만들어 보자. 김필성은 아파트 밖으로 나갔을까, 안 나갔을까."

해용이는 오른손 검지로 들어 허공을 짚으면서 말했다. 마치 보이지 않는 버튼을 누르는 듯하다.

어디 보자. 일단 김필성은 1층 CCTV에 찍히지 않았다. 단순하게 생각하면 현관을 나가지 않은 건데. 하지만 김필성의 지갑과 핸드폰이 공원에서 발견된 점이 영 마음에 걸린다. 그나저나 내가 초능력자도 아니고 그걸 알 도리가 있나.

"난 네가 사는 아파트를 잘 몰라. 머릿속에서 직접 그려볼 수가 없어. 그러니까 이건 너만이 풀 수 있는 문제야. 먼저 김필성이 아파트를 나갔다고 가정하자. 나갔다면 어떻게 나갔을까. 방법이 있는 것 같아?"

나만이 풀 수 있다니… 네가 군이 그렇게 말한다면 한 번더 생각해 볼 용의는 있다. 나는 머릿속으로 아파트 1층의 정경을 그려 보았다.

"계단은 아파트 현관과 승강기를 타는 곳 사이에 있어. 그러니까 1층으로 내려오면 바로 CCTV에 찍히겠지. 하지만 CCTV를 피해서 나가는 방법이 아예 없는 건 아니야. 1층과 2층 사이에 있는 계단참의 창문으로 뛰어내리는 것도 방법이니까. 하지만 왜 군이 그런 짓을 해. 피할 방법은 생각해 볼 수도 있지만 피한 이유는 솔직히 모르겠다. 단순하게 생각해서 밖으로 안 나갔으니까 안 찍힌 거 아니겠어?"

"맞아. 내 생각도 그래. 아파트 외부 CCTV에도 안 찍힌 것 같으니 사실 하나마나한 논의였지. 이제 어떻게 CCTV를 피해서 나갔느냐는 질문은 사라져. 아예 1층 근처를 지나지도 않았으니까. 다음으로 넘어갈까?"

그럼 넌 대체 뭘 얻고자 나한테 물어본 거냐. 기운이 쪽 빠져서 대꾸도 못 하겠다.

"자, 다음 질문을 할게. 김필성이 죽은 시간은 왜 새벽 두세 시경이었을까. 너무 야심한 시간 아닐까. 집에서 괴한한테 습격당하거나 한 건 아닌 것 같아. 외상은 없었다고 하니까. 당연히 스스로 어딘가 나간 거지."

확실히 시간대가 상당히 수상쩍긴 하지만 그것 역시 내가 알 도리가 있나.

"그거야 그 아저씨 개인적인 용무가 있었나 보지. 우리가 어떻게 알아."

해용은 크게 고개를 끄덕이며 맞장구쳤다.

"맞아. 우리는 알 수가 없지. 하지만 직업도 없는 사람이 새벽에 나갈 정도면 상당히 중요한 일이었을 거야. 왜 나갔는지는 현 상황에선 아직 모르는 걸로 넘어가자. '어떻게'도 대입해 볼 여지가 없으니까 일단 패스."

김필성에게는 새벽 두 시경 아주 중요한 일이 있었다, 인가. 도통 감이 잡히지 않는다. 그냥 넘어가자니, 해용이는 이걸로 된 건가. 이런 논의로 어떻게 사건을 풀겠다는 건지, 원. 학교 영어선생님은 독해를 할 때 모르는 영어단어가 나와도 전체적인 문장의 맥락으로 단어의 뜻을 이끌어내라고 하셨지만, 이 경우는 주어 다음에 나오는 영어단어의 뜻을 하나도 모르는 것과 같다. 주어인 김필성 다음으로는 전부 혼란스럽다.

"다음은 '어딘가에서 추락사를 당하고 줄곧 숨겨져 있었다'는 부분이야. 김필성은 어떻게 추락사를 당한 걸까."

"야, 잠깐만."

나는 해용의 말을 자르며 몸을 앞으로 내밀었다.

"그 이전에 우리는 김필성이 어디서 추락사한 건지 모르잖아."

"너 정말 답답하다. 방금 우리가 풀었잖아. 아파트 밖으로 나가지 않았다면 김필성은 분명 아파트 6층에 있었을 거야. 경찰이 15m 정도, 아파트 6층 높이에서 떨어졌다고 했으니까. 얘기 잘 새겨듣고 있는 거지? 정신 차려."

해용이는 내 눈앞에서 손가락을 딱, 튕기며 말했다. 문득 나도 미소로 화답하며 녀석의 이마에 대고 손가락을 튕겨주고 싶어졌다.

그러니까 11층에 사는 김필성이 아파트 6층으로 내려가서 거기서 바닥으로 추락사를 당했다. 해용이는 그렇게 생각하는 걸까? 남은 이야기를 따라가면 그렇게 되지만…… 정말 모르겠다. 어쨌든 나는 해용이가 한 질문의 답을 생각해 보았다. 어떻게 추락사를 당했냐고?

"자살이 아니라면, 사건 혹은 사고에 휘말린 거겠지?"

한 손으로 머리를 긁적이며 일단 생각나는 대로 곧장 말해 보았다. 괜히 해용이의 눈치를 보게 된다. 그러나 다음이 떠오르지 않았다. 아무리 힘껏 짜내도 생각이라는 물기 한 방울 떨어지지 않는다.

"그럼 해용이 네 생각은 어떤데? 확실한 답이 있어?"

"그걸 내가 어떻게 알아. 개인적인 용무가 있어 6층으로 향한 김필성은 사건 혹은 사고에 휘말려서 죽게 되었다. 일단은 이렇게 정리하고 넘어가지, 뭐."

내가 자리에서 벌떡 일어나 두 손으로 녀석의 멱살을 잡아챈 것은 말할 것도 없다.

4

범죄는 아마 우발적인 충동을 계기로 발생하는 경우도 많을 것이다. 방금 전 이 교실에서도 범죄가 일어날 뻔했다. 이성으로 본능을 억누른 내 자신이 새삼 대견하다. 지구 어딘가에서 전쟁이 발발하고 있는 이 시점에서 적어도 손톱만큼은 세계평화에 일조한 기분이 든다.

해용이는 팔짱을 끼고 눈동자를 굴려 교실 천장을 올려다 본다. 생각을 정리하고 있는 듯하다. 솔직히 나로선 더 이상 사건에 대해 할 말이 없다. 이젠 해용이가 자신의 생각을 들려줄 차례이다. 어디 나를 설득할 수 있을지, 아니면 입만 살아서 나불나불 거릴지는 두고 보자고.

"나는 김필성의 추락사건이 너희 아파트에서 일어난 절도 사건과 연관이 있을 거라고 생각해."

잘생긴 얼굴을 구기면서까지 생각에 골몰해 있던 해용은 꽤 어렵사리 입을 떼었다.

"네가 교내신문 기사 보여줬잖아. 김필성은 도둑이 아니었어."

"그래도 혐의를 완전히 벗은 건 아냐. 김필성 집에서 도품이 발견되지 않았을 뿐이니까. 그리고 새벽 두세 시경은 남의 눈을 피하기 딱 좋은 시간이잖아. 어쩌면 김필성은 도둑질을 하러 집 밖으로 나간 게 아닐까. 그럼 아파트 현관 CCTV에 찍히지 않은 것도 말이 되잖아."

"도둑질하다가 6층에서 떨어졌을 것이다? 넌 그렇게 말하고 싶은 거야?"

해용은 어디까지나 가능성일 뿐이라 답하며 목을 쓰다듬었다. 도둑으로 의심받던 김필성의 추락사라. 정말 연관이 있는 걸까. 해용은 오른손 검지를 세우며 말을 이었다.

"가령, 김필성은 도둑질을 하려고 아파트 6층에서 창문에 매달린 게 아닐까. 그러다가 밖으로 떨어져 추락사를 당한 거지. 김필성의 시체는 이후 누군가에 의해서 회수된 거야."

나는 아파트 외벽에 매달린 김필성의 모습을 상상해 보았다. 그러려면 곡예라도 펼쳐야 되겠지? 역시 잘 그려지지 않았다.

그나저나 왠지 가슴 한편이 조금 서늘해졌다. 우리 집이 아파트 5층이기 때문이다. 김필성이 도둑이라면 우리 집도 위험했던 게 아니었을까. 하지만 나는 후훗, 조소를 지으며 어깨를 으쓱했다. 해용이가 말한 가정대로라면 김필성의 시체는 아파트 화단에 떨어졌을 것이다. 시체에서 흘러나온 피는 숨길 수 없다. 옥상에 버려진 시체가 발견되기 전에 아파트 주민들이 먼저 화단의 피를 눈치챘을 것이다. 나는 해용이에게 그 사실을 말했다. 물론 바보야, 라는 뒷말을 붙이는 것을 잊지 않았다.

"그것도 그러네. 그럼 기각."

그렇게 싱겁게 인정해 버리니 허무해진다.

나는 조금 더 골똘히 생각해 보았다. 정녕 다른 방법이 없는 걸까. 그 때 순간적으로 머릿속에서 빛이 번뜩였다. 오호라, 이건 제법 말이 된다.

"잠깐만, 해용아 이런 건 어때? 김필성의 시체는 커다란 자루에 담긴 채 발견되었잖아. 누군가에 의해서 살아 있는 상태에서 자루에 담긴 채로 6층에서 내던져진 거야. 그리고 자루째 다시 옮겨진 거고."

그러나 해용의 반응은 냉담했다. 무표정한 얼굴로 나를 3초간 쳐다본 녀석은, "자, 다음으로 넘어갈까."라고 말한다.

"아니, 반론은 해 줘야지. 반론할 가치도 없다는 거야?"

"네가 말했잖아. 추락사했다면 화단에 흔적이 남았을 거라고. 자루에 담겼다고 해도 피가 새어 나갔을 거야. 그리고 경찰도 자루에 담겨서 추락사를 당했는지, 추락사를 당한 다음 자루에 담겼는지 정도는 금세 파악했을걸. 네가 오늘 아침에 읽었다던 신문에도 써졌지 않겠냐?"

기가 차다는 듯한 태도가 마음에 들지 않지만 나는 수긍할 수밖에 없었다. 생각해 보면 절도범은 세 번 다 아파트 내부에서 침입을 했지, 아파트 외부에서 베란다로 침입하지는 않았다. 이 의견도 더불어 기각인가.

이것 참, 이젠 나도 뭐가 뭔지 모르겠다. 한순간 너무 많은 정보가 머릿속에 들어왔고, 그대로 지나쳤다. 밑 빠진 독에 물 붓기다. 나는 책상에 털썩 가슴을 대고 엎드렸다.

"자. 이게 마지막 질문이 될 거야. 그 누군가는 왜 김필성의 시체를 자루에 담아서 옥상에 옮겨 놓았을까."

해용은 지친 나를 독려하며 등을 토닥여 주었다. 이젠 정말 마지막이면 좋겠다.

"옮기지 않으면 곤란해서 그랬겠지. 그런 귀찮은 일 군이 나서서 하겠어?"

나는 엎드린 채 될 대로 되라는 식으로 말해 봤다. 해용은 아무런 말도 하지 않았다. 엎드린 상태인 나는 해용의 얼굴을 볼 수 없었다. 이 녀석, 또 내 마음에 무슨 비수를 꽂으려고 그러는 거지? 나는 반신반의하며 고개를 들었다. 해용은 눈을 가늘게 뜨고 웃음을 터뜨리듯 미소를 짓고 있었다. 아니, 웃음을 억지로 참고 있다 보니 환한 미소가 떠오른 것일까. 말도 그렇고, 표정도 그렇고 헷갈리게 하지 말고 명확히 해 주면 좋겠다. 어찌 됐건 해용은 무언가 깨달은 듯싶다.

"그거 참 괜찮다. 확실히 그 누군가는 시체를 옮기지 않으면 아주 곤란했던 거야."

"왜 곤란해? 그냥 그 자리에 가만히 놔두면 되지. 괜히 옮겨 가지고 김필성이 추락사한 위치도 모르게 됐잖아."

"어쩌면 그게 가장 중요한 목적이었을지도 모르지."

"무슨 목적?"

"바보야. 머리를 더 굴려 봐. 추락사한 곳을 감추기 위해서 시체를 옥상에 옮겨 놓은 거야."

"그걸 왜 숨기는데?"

해용이 답을 해 주지 않아서 우리의 대화는 거기서 그쳤다. 교실에 잠시 정적이 감돌았다. 숨 쉴 틈도 없이 대화가 오고가는 도중에 몇 번인가 인격을 모독하는 말을 들은 것도 같지만 지금은 별로 중요하지 않다. 해용이는 문득 고개를 돌려 창밖을 보았다.

"빗줄기가 좀 약해진 모양이야. 어쩔래? 지금이라도 정류장까지 뛰어갈래?"

해용이는 내게 넌지시 묻는다. 그의 말대로 빗소리가 꽤 잦아들었다. 얄미운 녀석. 능청스럽기 그지없다. 이대로 집에 돌아가면 어머니는 경찰이 해결했을지도 모를 사건에 대해 얘기해 줄 것이다. 하지만 집까지 가는 이십 분 동안 나는 이 근질거리는 호기심을 참을 수 있을까. 살갗을 간질이는 보푸라기는 바로 떼어 버리고 싶다.

"잠깐만. 지금 김해용 너만 혼자 수수께끼를 풀었으니까 나는 그냥 돌아가라 그거야? 나랑 얘기하면서 힌트를 얻은 거잖아. 그럼 나한테도 나눠줄 지분이 좀 있을 텐데."

어디 틀리기만 해 봐. 아주 각오하는 게 좋을 거야. 그렇게 마음속으로 칼을 갈면서도 나는 이렇게 외치며 고개 숙일 수밖에 없다.

"제발 알려 줘! 궁금하단 말이야!"

내 말에 해용은 배를 잡고 키득거리며 웃었다. 웃으면서 오른손 검지를 빙글빙글 흔들었다. 쫓아내도, 쫓아내도 눈앞에 어른거리는 날파리 같은 저 손가락을 꺾어 버리고 싶었다.

"김필성은 15m 정도, 아파트 6층 높이에서 바닥으로 떨어졌어. 하지만 밖으로 떨어진 건 아니지. 다시 말해 건물 안에서 건물 안으로 떨어진 거야."

둘만 있는 교실에 잠시 침묵이 흘렀다. 얘가 나를 놀리는 건가? 침묵을 깨뜨리지 않고 그대로 일어서서 집에 돌아가는 방법으로 화답을 해 줄까도 잠시 생각해 보았지만 녀석의 표정은 진지했다.

"너 설마 계단에서 데굴데굴 굴러서 떨어졌다거나, 그런 말 하려는 건 아니지?"

"그럴 리가 있냐. 너희 아파트는 몇 층짜리랬지?"

"15층짜리."

"생각해 봐. 아파트에는 최상층부터 최하층까지 쭉 뚫려 있는 공간이 딱 한 군데 있잖아. 너희 아파트는 15층부터 1층까지, 아니 그 밑까지 쭉 연결되어 있겠네. 승강기가 지나다니는 길 말이야."

"말도 안 돼! 아니, 그래야 말이 되나?"

나는 해용이에게 잠시만 기다려 달라는 표시로 척, 손바닥을 들어올렸다. 확실히 지금까지의 논의대로라면 생각해 낼 수 있는 답은……

"자. 이제 '어떻게'라는 부분은 해결되었어. 다시 한번 사건을 정리해 보자. 이틀 전 새벽, 김필성은 아파트 6층으로 가서 승강기 문을 강제로 열었어. 물론 승강기는 다른 층, 6층보다 위층에 멈춰 있었을 거야. 승강로로 들어간 김필성은 지하까지 곤두박질치게 되지"

이의는 없다. 하지만 뒤따라온 다른 의문들이 얼른 비키라고 빵빵, 거칠게 경적을 울린다.

"그걸 왜 열었대? 그리고 왜 들어갔대?"

"앞서 말한 것처럼 도둑질과 관련이 있으니까."

"넌 정말 김필성이 도둑이라고 확신하는 거야? 그 사람이 훔친 물건은 어디서도 나오지 않았잖아."

"당연히 나오지 않았지. 경찰은 김필성의 집만 수색했으니까. 김필성은 훔친 물건을 다른 곳에 숨겨 두었어."

다른 곳이라니, 대체 어디란 말이야. 해용은 아무래도 그 장소까지 짐작하고 있는 듯하다.

"김필성은 왜 승강로에 들어간 걸까? 답은 하나야. 물건은 승강로 안에 숨겨져 있었던 거야."

또다시 뒤통수를 한 대 얻어맞은 기분이 들었다. 나는 무심결에 뒷목을 잡았다. 잠깐만, 누가 진짜 때리고 있는 건 아니겠지? 나는 어두컴컴한 교실을 잠깐 돌아보았다가 다시 해용이와 눈을 맞추었다.

"거기 숨겨 놓을 데가 있다고? 벽면에 붙여 놓기라도 했단 소리야? 승강로는 승강기가 지나다니는 길이잖아. 승강기가 움직이다가 치고 지나가겠다."

"그럴 걱정은 없어. 공간은 충분했을 거야. 게다가 승강기가 움직이면 도품도 함께 움직이니까 쉽게 들킬 염려도 없지. 승강기가 올라가면 도품은 내려가고. 승강기가 내려가면 도품은 올라가고. 뭐, 그런 거지."

해용이는 내게 수수께끼를 내는 것 같다. 도품이 승강기와 반대로 움직인다고? 내가 이해를 못 하겠다는 표정을 짓자 해용은 찬찬히 설명해 주었다.

"승강기가 무슨 원리로 작동되는지 알아?"

"전기로 작동되잖아."

"그, 그래. 물론 전기가 있어야 작동하지만."

내 당당한 태도에 해용은 허를 찔린 듯 헛웃음을 지었다.

"초등학교 과학시간에 배웠잖아. 승강기는 도르래의 원리로 작동해. 승강기에 연결된 로프는 아파트 옥상의 기계실까지 올라갔다가 다시 내려와서 추로 이어져. 간단하게 우리가 승강기를 탈 때마다 승강로에는 승강기와 추 두 개가 왔다 갔다 하는 거야."

나는 해용의 말을 이해하곤 책상을 탁, 경쾌하게 내리쳤다. 확실히 그런 걸 배운 기억이 난다. 동시에 얼굴이 달아올랐다. 전기도 복수정답으로 인정해 주면 좋겠다. 아니, 애초에 전기가 제일 중요하잖아?

"김필성은 훔친 물건을 주머니 같은 데 넣어 승강기 추에 매달아 놨을 거야."

해용은 오른손 검지를 지휘를 하듯 흔들며 말했다. 확실히 쉽게 발견할 수 없는 곳이다. 경찰이 찾지 못한 것도 이해가 간다. 승강기 문을 강제로 열기는 힘들 수 있지만, 불가능한 건 아니다. TV에서 구급대원이 승강기에 갇힌 사람을 구하기 위해 막대를 지레 삼아 문을 여는 장면을 본 기억이 났다. 일정 이상의 힘을 가하면 열리는 구조인 것이다. 도둑질을 하고 나오자마자 바로 도품을 숨겨 놓을 수도 있다는 점에서 어쩌면 김필성 자신의 집보다 더욱 가깝고 안전한 장소일지도 모른다.

"아파트 내에서 도둑질을 하던 김필성은 승강기 게시판에 붙은 안내문을 보곤 당황했을 거야. 승강기 정기 점검 날짜가 나왔으니까. 김필성은 도품이 발견될지도 모른다는 불안감에 빠지지. 어제, 그러니까 승강기 기사가 점검 오는 날 새벽에 김필성은 도품을 회수하기 위해 집을 나섰어. 새벽에는 승강기를 타는 사람이 거의 없으니까. 김필성은 승강로에서 추가 있을 만한 위치를 계산했고, 그것이 아파트 6층이었던 거야. 뭐, 사실 5층일 수도 있고, 7층일 수도 있지만 그건 이제 별로 중요하지 않아. 중요한 건 김필성이 추와 가장 가까운 층에서 문을 열었다는 거야. 안타깝게도 김필성은 숨겨 놓은 도품을 회수하려다가 발을 헛디딘 모양이야. 그대로 실족사하고 만 거지."

나는 팔짱을 끼고 크게 고개를 끄덕였다. 확실히 아귀가 맞아떨어졌다. 해용이는 어깨를 으쓱하며 말했다.

"내 생각인데, 경찰은 이 사건은 좀 더 빨리 해결할 수 있었어. 다만 증인을 확보하지 못했기 때문에 조금 늘어진 거야."

나는 고개를 갸웃거렸다.

"그게 무슨 소리야?"

"김필성은 새벽에 추락했잖아. 누군가는 김필성이 강제로 열어 놓은 승강기 문을 봤을 거야. 하지만 무시하고 그냥 지나친 거고."

"에이, 아무리 그래도 문이 열려 있으면 이상한 걸 눈치······"

순간적으로 눈앞이 캄캄해졌다. 나는 더 이상 말을 이을 수 없었다. 세상에, 이럴 수가.

"그 사람이 경찰에 일찍 증언하기만 했더라면……." 해용이의 말은 점점 작아지더니 더 이상 들리지 않았다. 심장이 잘게 조각나 온몸으로 퍼져서 쿵쾅쿵쾅 뛰는 듯했다. 나는 어제 아침을 기억해 냈다. 그 기억을 중심으로 원을 그리듯 캄캄하던 머릿속이 점점 맑아져 갔다.

어제 아침 6시 50분경 나는 헐레벌떡 현관을 나섰다. 승강기를 타려고 했는데 이상하게도 승강기 문이 반쯤 열려 있었다. 그 안으로 몇 가닥의 로프가 보였다. 이게 왜 열려 있는 거지? 나는 당연히 이상하다고 생각했다. 하지만 의문만 가질 뿐이었다. 우선 버튼을 눌렀고 승강기는 평소대로 5층에 도착했다. 반쯤 열려 고정된 문은 덜커덕, 요란한 소리를 냈지만 곧 평소대로 활짝 열렸다. 승강기에 타고 1층 버튼을 누르자 문은 완전히 닫혔다. 그것 역시 평소대로였다. 승강기 문은 그렇게 복구되었다.

젠장, 나였던 거냐!

정말 까맣게 잊고 있었다. 이건 내 탓이 아니라고 나는 필사적으로 생각한다. 아침 7시 전에 집을 나서고 학교가 끝난 후 학원에 들렀다가 집으로 돌아가면 저녁 10시다. 경찰을 마주하고 증언할 기회가 어디 있겠는가? 난 바쁘디바쁜 고등학생이란 말이다!

정말 후회된다. 좀 더 빨리 기억해 냈더라면 이 녀석 앞에서 잘난 척해 줄 수 있었는데. 진실에 한 발자국 앞서 있던 건 나였다. 사건이 해결되고 말고는 관계없이 그 점만이 분하다. 이건 녀석에게 절대로, 절대로 말하지 말자.

나는 물 밖의 물고기처럼 펄떡대는 심장을 진정시키려 애썼다. 얼른 화제를 돌리고 싶어서 최대한 머리를 굴려 말을 내뱉었다.

"거기까지는 전부 이해가 됐어. 하지만 누가, 왜 옥상으로 옮겨 놓았느냐는 문제는 아직 안 풀렸잖아."

해용이는 정말로 어이가 없다는 듯 입을 헤벌렸다.

"진환아. 여기까지 와서 모르겠어? 정말로?"

"모른다니까!"

"김필성의 시체를 옥상으로 옮긴 건 당연히 승강기 기사들이잖아."

뭐라고? 이건 또 무슨 소리람. 나는 기어이 자리를 박차고 벌떡 일어났다.

"왜 그 사람들이 느닷없이 튀어나오는 건데?"

"왜긴 왜야. 그 사람들도 도둑이니까 그렇지."

그로기 상태란 이런 것일까. 손도 뻗지 못하고 몇 대를 얻어맞았는지 모르겠다. 나는 얼빠진 상태로 의자에 축 늘어졌다.

"지금까지도 그래 왔지만 여기서부턴 더더욱 상상만으로 이야기를 덧대 보자. 내 생각에 동의하지 않으면 그건 아니라고 말해도 돼."

그렇게 말하는 해용은 자신만만했다. 허리를 쭉 펴고 고개를 쳐든 게 자신의 생각이 옳을 것이라 장담하고 있다.

"승강기 기사들은 점검 도중에 아파트 지하에서 김필성의 시체를 발견했을 거야. 아마 깜짝 놀랐을 거야. 아무리 봐도 위쪽에서 떨어진 듯한 시체가 있었으니까. 그들은 생각했겠지. 왜 여기에 시체가 있는 걸까. 그리고 발견하게 되지. 무려 사천오백만 원 상당의 금품을 말이야. 승강기 기사들은 그때 김필성이 너희 아파트를 턴 도둑이라는 걸 눈치챘을지도 모르지. 여기까진 동의하니?"

"음… 지금까지의 논의로는 있을 법한 일이네."

뭐, 그 정도 일쯤이야 나도 어느 정도 예상하고 있었어. 그런 뉘앙스를 풍기려 노력했지만 흥분으로 목소리가 희미하게 떨렸다. 진정하자, 진정해.

"느닷없이 생긴 큰돈인데, 욕심이 날 만도 하지 않겠어? 승강기 기사들은 우선 다른 동부터 점검을 마쳐. 그리고 밖에 나가 계획을 세우지. 김필성이 훔친 금품을 자신들이 가져가기로. 그러기 위해선 먼저 시체를 옮겨야만 했어."

"왜? 그냥 주머니만 가져가 버리면 되는데."

"김필성의 시체는 언젠가 누군가에게 발견되었을 거야. 그런데 승강로 가장 밑바닥에서 있었다고 생각해 봐. 경찰은 왜 시체가 거기 있게 되었는지부터 조사했을 거야. 그러면 우리처럼 김필성이 도둑이었고 승강로에 훔친 물건을 숨겨 놨다는 것을 알게 되겠지."

"아하, 그렇구나."

나는 단번에 이해가 되었다. 승강기 기사들은 김필성이 도둑이었다는 사실을 숨기고 싶었던 것이다. 그곳에 있어야 할 물건은 자신들이 가져갈 것이니까.

"해용아. 그럼 김필성의 시체는 언제 옮겨진 거야?"

"1동 아파트를 다시 방문한 한 시 이후야. 시체를 담을 자루는 부속품과 함께 가방에 넣는 식으로 잘 숨겨서 들어왔겠지."

확실히 수긍이 간다. 어제 승강기 점검 기사는 수상한 외부인이 아니었다. CCTV에 찍혀도 이상하지 않았다. 하지만 아직 가장 중요한 문제가 남아 있다.

"승강기 기사들이 지하에서 시체를 발견했어. 그런데 시체를 어떻게 옮긴 거야? 승강기는 지하 1층까지 안 내려가. 계단으로 걸어서 옥상까지 옮길 수도 없어. 지하 계단에서 1층으로 올라오면 반드시 1층의 CCTV에 찍히니까."

내 말에 해용이는 생글생글 웃었다.

"아까 기사에서 승강기 기사들이 뭘 가져왔다고 했지?"

"필요한 부품이랑 공구랑… 안전로프였던가?"

"맞아. 무엇보다 필요했던 건 바로 로프였어. 승강기 기사들은 김필성이 승강로 안에 도품을 숨긴 걸 보고 힌트를 얻었을 거야. 시체도 같은 방법으로 옮기기로. 한 번 생각해 보자. 먼저 점검을 하면서 정지시켜 놓은 승강기를 15층 끝까지 올려 보내. 그만큼 승강로 안의 추가 밑으로 내려올 거야. 승강기 기사 한 명이 그 추가 멈춘 층에서 승강기의 문을 억지로 열어. 그리고 로프의 한쪽을 추에 묶고 다른 한쪽을 승강로 밑으로 던져. 밑에 있는 승강기 기사는 로프에 시체가 담긴 자루를 묶지. 자, 다음은 반대로 하면 돼. 15층의 승강기를 밑으로 내려오게 하면 추가 올라가겠지. 시체도 함께 말이야. 그 뒤 승강기 문을 열면 바로 자루가 나오는 층에서 승강기의 문을 열어. 자루를 회수하고 그 층에서 바로 승강기를 타고 15층으로 올라가지. 그리고 옥상으로 가서 자루를 던져 놓으면 승강기의 점검이 끝나는 거야. 김필성의 지갑과 핸드폰은 아파트에서 적당히 떨어진 곳에 버렸겠지. 수사에 조금이라도 혼란을 주고 싶었을 테니까. 어때? 동의하니?"

잠시 해용이의 이야기를 곱씹은 나는 한 번 박수를 짝, 치며 "동의." 하고 대답했다.

"승강기 기사들이 계단을 통해 지하로 왔다 갔다 하는 모습도 1층의 CCTV에 찍혔을 거야. 물론 경찰한테는 점검을 했다고 말하면 그만이었겠지. 솔직히 제법 위험한 방법이었어. 주민들이 승강기에 타서 승강기가 움직이면 시체를 옮기기 굉장히 힘들었을 거야. 승강기를 이용하지 말라는 안내방송을 했다고도 하지만 아마 승강기의 전원을 켰다 껐다를 반복했을 거야. 1시에 다시 돌아온 승강기 기사들은 몇 시에 점검을 마쳤다고 했지?"

"오후 3시 반이었지."

"봐 봐. 그만큼 오래 걸렸다는 거야. 주민들의 눈을 피해야 했으니까. 그래도 그만한 가치가 있었으니까 그런 도박을 한 거겠지."

해용이의 말에 나는 고개를 끄덕이며 생각했다. 주민들에게 들키지 않고 시체를 옮긴 것은 운이 좋았다. 옥상에 시체를 옮겨 놓은 승강기 기사들은 무사히 도품을 가져간다. 하지만 경비 아저씨는 옥상을 구석구석 살피고 시체를 발견한다. 일확천금을 노린 승강기 기사들의 도박은 경비 아저씨의 성실함에 무너진 것이다.

"신문에 난 승강기 기사들의 인터뷰는 거짓말이었구나. 증언도 그렇고."

"응."

해용이는 짧게 답하곤 만족스러운 미소를 띠었다. 나도 왠지 모르게 자꾸만 입꼬리가 들썩였다.

돌연 쾅, 하는 소리와 함께 세상이 다시 한번 하얗게 빛났다. 아까보다 더욱 거친 폭우가 쏟아졌다. 아아, 또 내리기 시작하네. 해용은 조용히 중얼거렸다.

"어떻게 생각해? 우리가 생각해 낸 답이 맞을까?"

해용이는 어깨를 으쓱하며 내게 묻는다. 사실 전부 다 해용이가 추리해 낸 것이다. 하지만 우리라고 묶어 준다면 나야 고마울 따름이다.

주체할 수 없이 심장이 두근거렸다. 묘한 기분이다. 사건을 알려달라고 조른 주제에 종종 날 바보 취급한 녀석의 태도가 불만스러웠고, 또 분했지만, 즐거웠다. 즐거웠던 걸 부정할 수는 없다.

"뭐, 그럭저럭이네."

나는 될 수 있는 한 새침하게 대답했다. 가슴 속에 청량한 쾌감이 남았다. 어쩌면 녀석과 나는 꽤나 잘 맞는지도 모른다. 그런 생각이 슬며시 떠올랐을 때였다.

해용이는 문득 가방에서 작은 접이식 우산 하나를 꺼냈다.

"그럼 나는 이만 돌아가 볼게. 이런 날은 일찍 집에 들어가야지. 재밌는 사건 있으면 다음에 또 부탁할게. 기다리고 있겠어."

해용이는 그렇게 말하곤 등을 돌려 유유히 교실을 나갔다. 나는 우두커니 해용이의 뒷모습을 바라볼 수밖에 없었다. 빗소리가 그의 빈자리를 메워 주려는 듯 더욱 드세게 울려 퍼졌다.

나는 양 손바닥으로 있는 힘껏 책상을 내리쳤다. 우산이 없었다고 했는데 그건 거짓말이었다. 뭐 저런 녀석이 다 있지? 볼 일 다 봤으니까 이제 난 필요 없다는 건가?

화를 내려 했지만 이상하게도 자꾸 웃음이 새어 나왔다. 나는 가방을 둘러멨다. 서둘러 교실의 문단속을 마치고 복도를 뛰었다. 지금은 그저 저 멀리서 마치 나를 기다려 주듯 천천히 걸어가고 있는 해용이의 우산을 나눠 써 녀석의 어깨를 젖게 할 복수를 꾀한다. 단물 빠진 껌이 할 수 있는 건 신발 밑창에 철떡 달라붙는 것이 전부니까.

/

가장의 자격

1

선일이가 통 전화를 받지 않아요.

호승은 뺨에 바짝 댄 핸드폰을 조금 떨어뜨렸다. 아내의
목소리는 다급했다. 주체할 수 없을 정도로 덜덜 떨리고 있
었다. 그 녀석이 전화를 안 받은 일이 한두 번인가. 아니,
애초에 전화를 받은 적이 있던가.

호승은 아내가 다소 호들갑스럽다고 생각했지만 아무런
말도 할 수 없었다. 예민한 시기이니만큼 어쩔 수 없다고 생
각했다. 두 달 전 아내는 유방암 말기 판정을 받았고 의사의
권유로 한 달 전 입원했다. 분명 자신의 처지가 갑갑할 터
다. 암세포가 몸을 좀먹고 있다고 생각하니 고통스러울 것
이다.

아내가 암 진단을 받았을 즈음 아들도 3년의 형기를 마치
고 출소했다. 그 뒤로 아들은 방에 틀어박혔다. 호승도 나
름 노력하긴 했다. 방문을 두드려도 보고 전화를 걸어 보기
도 했다. 그러나 아들은 묵묵부답이었다. 호승은 실망했다.
동시에 조금 안도했다.

아내와도 데면데면한 줄 알았는데, 아내의 전화만큼은 꼬

박꼬박 받고 있었던 모양이군. 그렇게 생각하자 가슴 한편이 잠시 서늘해졌다. 호승은 쓴웃음을 지었다. 설마 질투라도 하는 걸까.

"내 평생의 부탁이에요. 느낌이 너무 안 좋아요. 집에 가서 선일이 좀 만나 주세요."

아내는 울음 섞인 목소리로 호소했다. 호승은 등받이에 기댄 등을 떼고 책상에 팔꿈치를 괴었다. 미간에 저절로 힘이 들어갔다. 아내의 절박함 때문인지 정말 선일이에게 무슨 일이 생긴 것처럼 느껴졌다. 심장이 무겁게 뛰기 시작했다. 불안한 마음이 거품처럼 부글부글 일었다.

아내가 언제 이렇게 심하게 보챈 적이 있었던가. 아내는 무언가를 부탁하거나 강요하지 않는 사람이었다. 호승은 평소에도 아내에게 갚아야 할 빚이 많다고 생각했다. 마음을 굳힐 수밖에 없었다.

"알겠어. 지금 당장 집으로 가 볼게."

"최대한 빨리요. 부탁할게요."

호승의 다짐을 몇 번이나 받아낸 아내는 그제야 전화를 끊었다. 호승은 의자에 걸친 양복 상의를 챙기며 김 차장에게 먼저 들어가 보겠다고 말했다.

"사모님 때문이시죠? 할 수 없죠. 힘내세요, 부장님."

뒷일은 맡겨 달라는 김 차장을 뒤로하곤 호승은 걸음을 옮겼다. 사원들 모두 저마다의 일에 몰두해 있었다. 몇몇이 사무실을 나서는 호승을 힐끗 곁눈질할 뿐이었다. 냉담한 시선이었다.

어차피 곧 나갈 사람이라는 걸까. 임원으로 승진할 가망이 없는 호승은 정년을 맞아 퇴직해야 했다. 더 머무를 생각도 없었다. 머지않아 스스로 사표를 제출할 생각이었다. 암투병 중인 아내의 곁에 머무는 것이 자신이 해야 할 일이었다.

부장님, 들어가십시오. 입사한 지 얼마 지나지 않은 이십대의 남자 신입사원만이 일어나 정중히 인사했다. 호승은 그의 얼굴을 잠시 바라보다 자리를 떴다. 그를 보며 아들의 얼굴을 그려 봤지만 도저히 떠오르지 않았다. 머릿속에 희뿌연 연기가 가득 들어찬 것만 같았다.

왜일까. 어째서일까. 거칠게 액셀을 밟아 도로의 차 몇 대를 추월하며 호승은 어지러울 정도로 생각한다. 그래도 내 아들인데, 이십여 년 동안 지켜본 아들인데 왜 얼굴이 기억나지 않지? 그러고 보면 마지막으로 대화를 나눴던 일도 가물가물하다. 정확히 언제부터였을까. 아들이 스무 살 때, 그래도 그즈음까지는 얼굴도 마주치고 대화도 나눴던 것 같은데.

도로 위를 달리는 차들도, 일정한 간격으로 늘어선 가로 수도, 저마다 어디론가 향하는 사람들도 호승은 구분할 수 없었다. 한데 녹아 일그러진 주변의 풍경이 차창 밖으로 빠르게 스쳐 갔다. 서두르는 건 아내의 재촉 때문이 아니었다. 호승은 운전석 창문을 열었다. 쏟아지는 바람에 답답함을 날려 버리고 싶었다. 머릿속 가득 찬 뿌연 연기를 모조리 흐트러트리고 싶었다. 그러나 거기까지였다. 갑자기 앞차의 브레이크 등이 점멸했다. 호승은 급하게 속도를 줄였다.

호승은 순간 당황했다. 아들의 얼굴을 떠올리느라 자신이 어디로 향하고 있는지 전혀 의식하지 못했다. 설마 엉뚱한 곳에 와 있는 건 아니겠지? 호승은 그렇게 생각하며 주위를 살폈다. 다행히도 집 근처 주택가로 진입하는 사거리 앞에서 좌회전 신호를 기다리고 있었다. 앞만 보고 정신없이 달려왔다고 생각했는데 제대로 집을 향하고 있었다.

하긴, 이십 년이 넘도록 출퇴근을 반복한 길이다. 잊을 리 없다. 다른 곳에 정신이 팔려도 무의식적으로 찾아올 수 있을 만큼 몸이 기억하고 있었다. 이 길은 한 번도 변하지 않았으니까.

멍하니 그런 생각들을 이어 붙이며 호승은 새삼 깨닫는다. 아들과 자신은 이젠 자연스럽게 떠올릴 수 없어질 정도로 멀어진 것이라고. 아들은 이젠 더 이상 자신이 알고 있는 아들이 아니라고.

그래, 인정하자. 난 아들을 잊고 살고 있었어. 잊고 싶었어.

3년 전, 아들은 사람을 죽였다. 유부녀와 불륜을 저지르다 현장에 들이닥친 남편을 살해했다. 불륜에 모자라 살인이라니, 호승은 도저히 믿기지 않았다. 뭔가 사건에 휘말렸다고 생각했다.

호승은 마음을 추스르며 서둘러 경찰서로 향했다. 뭔가 착오가 있었던 거야. 그렇게 되뇌었다. 하지만 유치장에 앉아 있는 아들을 본 순간 더운 여름날 냉방이 센 곳에서 외부로 나갈 때처럼 한순간 숨이 턱 막혔다. 아들의 공허한 눈동자와 마주한 호승은 인정하고 말았다. 아, 정말 죽였구나. 멍하니 그런 생각을 했다.

메울 수 없는 골이 생긴 것은 그때부터다. 호승은 아들을 생각하면 자신이 해 주지 못한 것에 대한 미안한 감정이 앞섰다. 하지만 사건 이후론 달라졌다. 아들을 떠올리면 낯선 누군가처럼 느껴졌다. 너는 도대체 누구니? 호승은 그렇게 묻고 싶었다.

나는 집으로 가서 물어볼 수 있을까. 만날 수 있을까, 내아들을. 호승은 생각하고 또 생각했다.

문득 스피커의 볼륨을 서서히 키우듯 주변의 소리가 되살아났다. 앞차는 출발한 지 오래였다. 뒤에서 들려오는 신경

질적인 경적 소리에 호승은 다시 차를 몰기 시작했다.

　실내로 길게 뻗은 햇볕이 스르르 줄어들기 시작한다. 탁, 현관문이 닫히는 소리와 함께 집 안은 옅은 어둠에 휩싸였다. 밝은 곳에서 어두운 곳으로 들어온 탓인지 호승은 집 안의 어둠이 더욱 탁하게 느껴졌다. 시계의 초침 소리가 유난히 크게 들렸다. 어디선가 희미하게 똑, 똑, 물방울 떨어지는 소리가 들렸다. 2주 만에 돌아오는 집이었다. 아내의 운동화, 선일이의 운동화 옆에 자신의 구두를 벗어 놓은 호승은 잠시 우두커니 서서 집 안의 낯선 공기를 느꼈다.

　현관 바로 앞에는 2층으로 올라가는 계단이 있다. 어쩌면 아내는 이런 식으로 나랑 선일이를 만나게 하려 한지도 모르겠어. 호승은 난간을 잡고 2층으로 향하며 그런 생각을 했다. 호승은 아침에 출근하고 저녁에 퇴근한다. 아들의 얼굴을 볼 시간은 저녁뿐이었지만, 얼굴을 마주한 적은 한 번도 없었다. 주말에도 아들은 단 한 번도 1층으로 내려오거나 하지 않았다. 아들이 어떻게 생활하는지, 밥은 제때 먹는지, 호승은 아내에게 아무것도 묻지 않았다. 묻기가 두려웠다. 아들을 아는 게 두려웠다. 아들을, 어떤 얼굴로 마주해야 할지 알 수 없었다.

　아내는 호승에게 아무런 말도 하지 않았지만 호승은 아내

가 자신의 마음을 전부 눈치채고 있다고 확신했다. 호승은
아내의 그런 배려심이 좋았다. 그래서 이 여자와는 재혼해
도 좋다고 마음을 굳힐 수 있었다.

2층에는 방 두 개와 화장실이 있다. 계단을 올라서자마자
나타나는 방이 아들의 방이다. 복도 중간쯤에 화장실이 있
고, 화장실을 지나 복도 맨 안쪽에는 빈 방 하나가 있다. 적
당히 창고로 쓰는 방이다. 지난 두 달 동안 아들은 이 공간
을 벗어나지 않았을 것이다.

방문 앞에 선 호승은 손을 뻗어 노크를 하려 했다. 그런
데 문이 아주 살짝 열려 있었다. 호승은 그대로 문을 밀며
안쪽을 살펴보았다. 문틈으로 쭉 뻗은 두 다리가 눈에 들어
왔다.

"선일아. 자니?"

아무런 대답이 없었다. 선일아. 호승은 다시 한번 목소리
를 높여 아들의 이름을 불렀다. 역시 대답은 없었다.

호승은 문 손잡이를 잡고 힘을 주었다. 문을 열며 방 안으
로 한걸음 내디디려던 호승은 헉, 하고 숨을 삼켰다.

가장 먼저 눈에 들어온 것은 바닥의 검붉은 피였다. 마치
물감에 적신 붓을 캔버스에 대고 이곳저곳 거칠게 짓이긴
모양이다.

호승은 아들에게 다가갔다. 아들은 왼쪽 손목에 피로 물든

티셔츠를 둘둘 감고 있었다. 호승은 아들의 얼굴을 보았다. 아주 오랜만에 본 아들의 얼굴은 고통에 일그러져 있었다.

<u>2</u>

"처리할 일이 생겨서 회사로 왔어. 야근해야 할 것 같아. 오늘은 못 갈 테니 그리 알아 둬."

호승은 병원 복도의 간이 의자에 앉아 아내에게 말했다. 지친 기색이 목소리를 타고 전해진 건지도 모른다. "무슨 큰 일이 생긴 건 아니죠?" 하고, 아내는 호승에게 조심스레 물었다. 가슴이 철렁했지만 아내에게 사실대로 말할 수는 없었다. 무리하지 마세요. 아내는 마지막으로 그 말을 남기고는 전화를 끊었다. 호승은 핸드폰을 의자 위에 아무렇게나 던졌다. 팔꿈치를 허벅지에 얹곤 양손으로 머리를 감싸 쥐었다.

자살. 호승은 그 말을 입 속으로 한 번 되뇌어 보았다. 현실감이 없는 단어였다. 그것이 눈앞에 현실이 되어 닥쳐왔다. 하긴, 현실감이 없던 건 3년 전 그 사건도 마찬가지였던가. 아들이 연루된 모든 일이 호승에겐 현실감이 없었다. 아들이 너무나도 낯설었다.

"정호승 씨."

호승은 목소리가 들리는 방향으로 고개를 들었다. 다부진 얼굴의 한 남자가 그곳에 서 있었다. 호승은 그의 얼굴을 알아봤다. 아들이 들것에 실려 나갈 즈음 현장에 도착한 경찰관이었다. 호승은 그에게 집을 맡기고 아들을 따라 구급차에 올라탔다.

"아드님이 무사하시다고요. 다행입니다."

진심이 느껴지지 않는 사무적인 말투였다. 경찰관이라는 사람들은 원래 이럴까.

아들의 생명에는 지장이 없었다. 날붙이로 여러 번 손목을 그었지만 힘줄과 경동맥까지 손상되지는 않았다고 한다. 덕분에 자살을 기도한 지 시간이 꽤 오래 흘렀음에도 무사할 수 있었다. 의사는 호승이 실시한 응급처치도 한몫 거들었다고 말했다. 사실 호승은 아무것도 하지 못했다. 아들은 이미 자신 스스로 지혈한 것 같다. 팔목을 붙잡고 고통에 몸부림쳤지만 거꾸로 그게 압박이 된 듯싶다.

의사는 일시적으로 의식이 없지만 머지않아 눈을 뜰 것이라 말했다.

그렇군, 아들이 눈을 뜨는구나. 호승은 착잡한 마음이 들었다. 아들은 왜 자살하려고 한 걸까. 의문이 슬며시 떠올랐다.

경찰관은 자살 기도가 확실하다고 말하며 아들을 발견한 경위를 물었다. 호승은 투병 중인 아내의 전화를 받고 집으로 향한 사정을 말했다.

"아드님이 평소에도 위험한 징후를 보였나요?"

경찰관의 질문에 호승은 곧장 대답하지 못했다. 아들에 대해서 확신할 수 있는 것이 무엇 하나 없었다.

"저는 2주 전부터 집을 나와서 아내 병원 근처에 방을 잡고 생활하고 있습니다. 물론 그 전에도 선일이랑 대화를 나눈 적은 없지만요. 아무래도 저보단 아내가 선일이랑 더 가까웠다고 생각하지만…… 혹시 집사람 이야기를 들어 볼 필요도 있나요? 아까도 말씀드렸지만 아내는 투병 중입니다. 살날이 얼마 남지 않은 사람입니다. 충격을 받게 하고 싶지는 않아요."

그는 잠시 무언가 생각하더니 곧 알겠다고 대답했다. 어찌 됐건 아들 스스로 자살을 시도한 것만큼은 분명한 것 같았다.

자해 도구는 등산용 칼이었다. 등산용품을 구입하며 함께 산 것이지만 등산로를 따라가는 가벼운 수준의 트레킹만 즐기는 호승은 한 번도 사용한 적이 없었다. 아마 창고로 쓰는 그 빈 방에 적당히 던져두었을 것이다. 칼은 아들 바로 옆에 떨어져 있었다고 한다. 그것조차 눈치채지 못할 정도로 정신이 없었구나. 호승은 새삼 자신을 돌아보게 되었다.

아들은 몇 번이나 괴로워하면서도 다시 수차례 자해를 시도한 것 같다. 사방에 흩뿌려진 피는 아들이 몸부림친 궤적이었다. 호승은 데굴데굴 구르며 춤추듯 몸부림치면서도 계속해서 자해를 시도하는 아들의 모습을 그려 보았다. 그렇게 온몸의 피를 쏟아 낼 때까지 이리저리 움직이려 했을까. 고통 속에서 기절하기 직전까지 아들은 무슨 생각을 했을까.

"자살 기도는 충동적이었던 것 같습니다. 하지만 동기는 뭐, 저희도 짐작하고 있습니다."

"동기라뇨?"

프린트 멋대로 사용해서 죄송합니다, 라고 말하며 그는 품속에서 고이 접힌 종이 한 장을 꺼냈다.

"이게 뭔가요?"

"아드님이 컴퓨터에 남긴 유서입니다."

호승은 떨리는 손으로 종이를 받았다. 그러고 보니 아들의 방에 막 들어갔을 때 컴퓨터 모니터가 하얀 빛을 발하고 있었다. 아들은 자살을 기도하기 전에 유서를 써 놓은 것이다.

'사랑하는 아버지, 저를 용서해 주세요. 전 죽이지 않았어요. 모두 속고 있는 거예요. 저는 살인자가 아니에요.'

내용은 너무도 간단했다. 호승은 머리를 얻어맞은 것 같은 착각이 들었다.

"이 부분에 대해서는 저희가 병원에도 말해 둘 테니 치료에 참고하시길 바랍니다."

"잠깐만요. 동기를 아셨다고 했는데, 대체 뭐죠? 저는 도저히 모르겠습니다만."

그는 잠시 호승의 얼굴을 뚫어져라 쳐다보았다. 정말로 몰라서 묻느냐는 무언의 물음이 떠올랐다.

"조사를 위해 조회해 보지 않을 수가 없었습니다. 3년 전 아드님은 살인을 저질렀죠? 완전한 정당방위가 인정되지 않아 징역을 살았고요. 다시 한번 유서를 보시죠. 아드님이 받고 있는 스트레스가 얼마나 심한지 아시겠나요? 아드님이 살인을 저지른 건 너무나 명확합니다. 그런데도 죽이지 않았다고 썼습니다. 자기 자신을 속일 정도로 현실에서 도망치고 싶었던 게 아닐까요? 자살을 시도하는 사람이 그러한 거짓 유서를 작성하는 일, 꽤 흔합니다."

호승은 아무 말도 할 수 없었다. 마지막으로 그는 또 다른 뭔가 기억나는 것이 없는지 물었다. 마음에 걸리는 게 하나 있었지만 호승은 입을 다물었다. 단순한 착각일지도 모르거니와 친절히 털어놓을 만큼 경찰관의 태도가 살갑게 느껴지지 않았다.

경찰관이 돌아간 후에도 호승은 병원 복도를 떠나지 못했다. 아들의 병실로 들어가지도 못했다. 여전히 얼굴을 볼 자신이 없었다. 아내에겐 어떻게 말해야 할까. 그것이 걱정이었다.

평소처럼 하면 돼. 호승은 머릿속으로 그 말을 끊임없이 되풀이하며 침대에 누워 있는 아내의 눈을 똑바로 쳐다보았다. 굳은 표정을 풀어 보려고 애를 썼다.

아내에게는 예리한 구석이 있었다. 친구들과의 모임이 있을 때 상갓집이라도 간다고 말하면 아내는 '흠, 그래요?' 하고, 픽 웃어 버렸다. 모든 걸 다 알고 있다는 듯한 뉘앙스를 풍기면서도 잘 다녀오라며 호승을 배웅해 주었다. 그럴 때마다 호승은 이 사람에게는 그 무엇도 숨길 수 없구나, 하고 새삼 느끼곤 했다. 기분이 나쁘진 않았다. 자잘한 거짓말에 순순히 속아 주는 아내가 고마웠다.

하지만 몸이 지쳤기 때문일까. 아내의 칼날 같은 예리함도 한참 무뎌진 듯하다. 호승은 다시 한번 어제의 일을 떠올렸다. 내 아들이 손목을 그었다고, 119에 더듬더듬 신고를 한 후 얼마 지나지 않은 일이다.

1층 거실에 있는 전화가 울렸다. 처음에 호승은 무시했다. 할 수 있는 게 아무것도 없었지만 아들의 곁을 떠날 수 없었다. 그러나 전화벨은 그치지 않았다. 벨소리가 빈 집에 끝없이 메아리쳤다. 그리 큰 소리가 아니었음에도 호승은 문득 귀가 멀 것만 같았다. 호승은 혀를 차며 1층으로 뛰어 내려갔다. 거칠게 수화기를 들어 신경질적으로 전화를 받았다.

"여보. 선일이는 좀 어때요?"

전화를 건 사람은 다름 아닌 아내였다. 호승은 순간 말문이 막혔다. 아내에게 사실을 알려선 안 된다는 생각이 앞섰다.

"선일이 좀 바꿔 주세요. 목소리가 듣고 싶어요."

"지금은 좀…… 곤란한데."

"왜요? 무슨 일 있어요?"

호승은 발을 동동 굴렀다. 이 와중에도 아들은 죽어 가고 있다고 생각하니 미쳐 버릴 노릇이었다. 하지만 아내에게 사실대로 말할 수는 없었다. 그때였다. 찰카닥, 하는 소리가 호승의 귓가에 꽂혔다. 호승은 반사적으로 고개를 돌렸다. 경찰관에게 말하지 못한 묘한 점이 이것이었다.

"왜 그래요?"

"갑자기 현관문 소리가 난 것 같아서."

"그럼 선일이가 어디 나간 게 아닐까요?"

그런 일은 일어날 리 없었다. 하지만 호승은 이 착각을 이용했다.

"그런가 보네. 내가 집에 오니까 저도 불편했나 보군."

호승은 그렇게 말하곤 적당히 둘러대며 아내의 전화를 끊었다.

아프기 전의 아내였다면 어제의 전화통화만 가지고도 무언가 이상한 낌새를 챘을 것이다. 몸이 많이 약해졌구나. 그렇게 생각하자 호승은 가슴이 뭉클했다. 눈앞의 아내는 점점 말라 간다. 수분을 공급받지 못한 식물처럼 아내의 삶도 노랗게 변색되어 시들어 가는 것 같았다.

"죽는 건 저희 집에서 맞이하고 싶어요. 이런 병원에서 얼굴도 잘 모르는 의사가 제 마지막을 맞아 주는 건 싫어요. 그럴 수 있죠? 당신이랑 선일이랑, 우리 셋이서, 우리 집에서 함께 말예요."

아내는 자신의 죽음을 담담하게 이야기했다. 호승은 늘 아무런 말도 해 줄 수 없었다. 희망이란 게 없다는 걸 호승도, 아내도 잘 알고 있었다.

"약한 소리 말고, 몸 관리 잘해. 입맛 없다고 밥 거르지 말고 꼬박꼬박 챙겨 먹고."

호승이 해 줄 수 있는 건 이런 말뿐이었다.

"저보다는 선일이가 걱정이에요."

그 아들이 어제 자살을 기도했고, 지금은 옆 동네 병원에 입원해 있어. 호승은 문득 그렇게 비꼬듯 말하고 싶었다. 선일이는 한 번도 속을 썩인 적이 없어요. 당신도 알잖아요? 아내가 이런 말을 할 때마다 호승은 아내란 사람을 더욱 이해할 수 없었다. 아내가 아들을 옹호할 때마다 어떻게든 믿음을 깨 버리고 싶은 충동을 느꼈다. 스스로도 이유를 알 수 없었다.

피가 이어지지 않은 아내와 아들은 정말 가족처럼 보였다. 호승은 늘 자신만 몇 발자국 뒤로 떨어진 채 울타리 밖에서 안쪽을 바라보는 것처럼 느껴졌다.

"선일이는 곧 이십 대 중반이잖아요. 이제부터라도 제대로 된 자기 인생을 살아야 될 텐데요."

들릴 듯 말 듯한 아내의 작은 중얼거림은 호승의 가슴을 묵직하게 울렸다. 그래, 아들은 계속 살아간다. 그래서였구나.

호승은 병원에서 아들의 생명에 지장이 없다는 소식을 들은 후 자신이 느낀 착잡한 마음의 정체를 어렴풋이 깨달았다. 죽지 않아서 다행이라는 안도감 뒤에서 호승은 다소 실망하고 있었다. 만약 아들이 자살에 성공했다면, 호승은 아들을 용서했을지도 모른다.

아들은 앞으로도 살인자라는 이름을 가지고 살아간다. 호승은 그런 아들과 함께하는 게 불안했던 것이다.

곧 회사도 그만둔다. 아내는 머지않아 호승의 곁을 떠날 것이다. 이런 상황에서 호승은 방에만 틀어박혀 있는 아들을 언제까지 부양해야 할지 두려웠다.

"사람을 죽인 아이가 자기 인생을 살아갈 수 있을까?"

"여보. 뭔가 오해가 있던 거예요. 당신도 알잖아요, 선일이는 착한 아이라는 거. 그런 사고가 있었긴 하지만 그것 빼고는, 제 속을 썩인 적은 단 한 번도 없어요."

3년 전에도 아내는 그렇게 주장했다. 피가 이어지지 않았어도 엄마는 엄마인 것일까. 호승은 아들이 남긴 유서를 떠올렸다. 아내가 하고 있는 말과 별반 다르지 않았다.

자기가 죽이지 않았다니, 살인자가 아니라니. 아들은 왜 그런 유서를 남긴 걸까. 왜 자살을 기도한 걸까. 그 경찰관 말대로 자기 자신마저도 속이고 싶었던 걸까. 하지만 아들은 적어도, 3년 전 법정에서 도망치지 않았다. 순순히 죄를 인정했다. 이제 와서 그런 유서를 남길 이유가 있을까.

생각해 보면 판결이 난 이후 아내는 말했다. 분명 정당방위 판결을 받을 수 있었는데 살인을 인정했다고.

호승은 자괴감이 들었다. 아들이 죽어서 사라져 버리면 후련하겠다는 마음이 든 건 부정할 수 없었다. 호승은 스스로에게 용서를 받고 싶었다. 그러기 위해선 먼저 아들이란 사람을 피하지 말아야 했다. 오랫동안 외면해 온 아들이 저지른 범죄를 마주해야 했다.

"그 사건 자세히 알고 싶은데 어떻게 하면 될까? 너무 늦었을까?"

"TV 서랍장 가장 안쪽을 찾아보세요. 사건 정리해 놓은
게 있어요."

아내는 호승을 쳐다보며 부드럽게 미소 지었다. 호승은
내일 당장 사표를 제출하자고 결심했다. 당분간 조금 바빠
질 것 같았다.

<u>3</u>

방금 전, 병원에서 아들이 의식을 회복했다는 연락이 왔
다. 그제야 호승은 도저히 손댈 엄두가 나지 않던 아들의 방
을 청소할 수 있었다.

바닥에 딱딱하게 눌어붙은 피는 물걸레로 문질러 벗겨 냈
다. 붉게 물든 이불과 침대 시트는 빨아도 지워지지 않을 것
같아 그냥 버리기로 했다. 컴퓨터를 끄려고 했는데 문서 파
일을 저장하겠느냐는 물음이 나왔다. 저장도 하지 않은 것
인가. 그 경찰관의 말대로 정말 즉흥적인 감정에 못 이겨 자
살을 시도했는지도 모른다. 유서, 라고 저장하려다가 호승
은 결국 문서를 지워 버리기를 택했다. 자세히 보니 검은색
키보드의 자판에도 피가 묻은 흔적이 있었다. 아들은 아무

래도 먼저 충동적으로 자해를 시도한 뒤, 그 이후 유서를 남기기 위해 컴퓨터를 사용한 것 같다. 죽기 전에 어떻게든 변명을 남기기 위해.

청소를 마친 호승은 1층 거실로 내려왔다. 아내가 정리해 둔 자료를 꺼내 소파에 앉았다. 호승은 가볍게 심장이 뛰는 것을 느꼈다. 사실 그 사건에 대해 호승은 잘 알지 못한다. 모든 걸 아내에게 떠맡겼다. 아들의 공판에도 가 보지 않았다.

아내는 클리어파일에 신문기사, 그리고 잡지의 한 페이지로 보이는 부분을 스크랩해 놓았다. 어떤 신문인지, 어떤 잡지인지는 알 수 없었지만 아내의 꼼꼼한 성격을 느낄 수 있었다.

호승은 먼저 잡지의 페이지를 살폈다. 사건의 소식만을 전하는 짤막한 신문기사와는 달리 사건이 일어나기 이전의 이야기를 함께 다루고 있었다. '특집기사, 살인으로 이어진 불륜.' 확실히 제목부터가 자극적이었다. 호승은 눈으로 활자를 쫓아 내려갔다.

20살 청년 A씨와 28살 유부녀 B씨의 불륜. 그것은 사랑이었을까?

지금으로부터 20년 전, A씨는 경기도 S시의 한 가정에서 무매독자로 태어났다. 사랑받고 자라도 이상하지 않은 외아들이지만 A씨의 가정은 그리 화목하지 않았던 듯싶다. A씨가 인근의 S초등학교를 졸업할 무렵, A씨의 부모는 이혼했다. 남편의 불륜 때문이었다.

남편의 외도가 이혼 사유가 된 경우 보통 모친 쪽에서 양육권을 주장하기 마련이지만 모친은 양육권을 포기, A씨는 부친과 함께 사는 것을 택했다. A씨의 부친은 이혼한 뒤 한 여성과 재혼했다. 당시 사춘기였던 A씨는 심리적으로 상당한 고통을 겪었을 것이라 추측된다. 그러나 학업 면에서 A씨에게 기복은 없었다. 상위권의 성적을 유지하던 A씨는 초등학교를 졸업하며 무난히 S시의 공립 명문중학교에 입학하고, 그대로 사대 부속 고등학교에 진학했다.

당시 A씨의 담임을 맡았던 초등학교 교사는 취재를 거절했지만 그즈음 학원에서 A씨를 가르쳤던 한 학원 강사를 만날 수 있었다. 그는 A씨를 조용한 모범생으로 기억하고 있었다. 특별히 말썽을 일으킨 기억은 없다고 말했다. 아마 학교에서도 같은 모습을 보였을 것이다.

동창생들은 A씨에 대해 모나지 않은 성격으로 남녀불문 인기가 많았다고 말한다. 다만 A씨의 한 동창생으로부터 제법 흥미로운 에피소드를 들을 수 있었다. 고등학교 때 A씨는 꽤 비싼 디지털카메라를 가지고 다녔다고 한다. 동창생은 우연히 A씨의 카메라에 저장된 사진을 보게 되었는데, 같은 학급의 여학생 사진이 100여 장 가까이 찍혀 있었다고 한다. 그 동창생은 당시 A씨의 순수함을 웃어넘겼다고 말한다. "그 당시 저희는 자기 마음도 표현 못하는 고교생이었다고요. 지금하고는 또 다르죠."라고.

B씨는 28년 전, 경기도 U시의 한 가정에서 2남 1녀 중 차녀로 태어났다. B씨와 함께 학창시절을 보냈던 동창생들은 B씨를 굉장히 예쁘고 인기가 많은 여학생으로 기억하고 있었다. B씨의 주변에 이성친구가 끊이지 않았을 정도라고 한다. H대학 졸업 직후, B씨는 곧장 K증권사에 입사하지만 2년을 넘기지 못하고 퇴직했다. 당시 함께 일했던 여자 동료는 B씨를 둘러싼 남자 사원들 간의 갈등이 업무에 지장이 생길 정도로 심했다고 말했다. 퇴사 1년 후, B씨는 제조업체 A사의 홍보부에 취직한다. 같은 회사의 C씨는 B씨를 보고 첫눈에 반하고, C씨의 열렬한 구애 끝에 두 사람은 입사 반년 후 결혼에 골인한다. 결혼과 동시에 B씨는 퇴사했다.

A씨와 B씨가 만나기 시작한 것은 B씨가 결혼하고 1년이 흐른 후였다. 고등학교 졸업 후 D대학에 진학한 A씨는 6월 즈음 서울 시내의 한 카페에서 아르바이트를 시작했다. B씨는 카페의 단골손님이었다. A씨는 아무래도 도촬이라는 독특한 성적 취향을 가지고 있었던 듯하다. A씨는 B씨의 사진

을 수시로 찍었다. 아무래도 이상한 낌새를 챈 B씨는 카페 점장에게 A씨에 대해 말했고, A씨를 주시하던 점장은 A씨의 도촬 현장을 잡았다.

A씨는 점장과 함께 B씨에게 사과하지만 B씨는 화가 풀리지 않은 채 집으로 돌아갔다. 점장은 A씨에게 B씨를 개인적으로 만나 다시 한번 사과할 것을 당부했다. A씨는 사죄하는 마음으로 B씨에게 식사를 대접하고 두 사람은 뜻밖의 즐거운 시간을 보냈다. 세 번째 만남에서 B씨는 A씨에게 남편이 있다는 것을 고백한다. 하지만 아버지의 영향이었을까. 그 다음번 만남에서 두 사람은 육체적 관계를 맺었다. 둘은 그렇게 B씨 남편 몰래 약 3개월간 밀회를 즐겼다.

9월 15일, B씨는 A씨를 자신의 아파트로 초대해 함께 점심식사를 했다. 이날 B씨는 안심하고 있었다. 평소대로라면 그 시각 남편은 회사에 있으며 절대 돌아오지 않을 터였다. 그러나 B씨의 예상은 빗나갔다. A씨와 B씨가 육체관계를 맺고 있을 때, 미처 숨거나 피할 새도 없이 남편 C씨가 현관문을 열고 들이닥쳤다. 두 사람을 본 C씨는 분노를 이기지 못하고 현관 신발장 앞에 놓인 빈 맥주병을 쥔 채 A씨에게 덤벼들었다. B씨는 도움을 청하러 집을 뛰쳐나가고 그 사이 A씨는 얼굴이 피투성이가 되도록 얻어맞았다. 정신이 혼미해진 와중에 A씨는 손에 잡힌 유리 재떨이로 자신의 위에 올라탄 C씨의 머리를 가격했다. B씨가 옆집에 사는 중년 남성과 함께 돌아왔을 때 C씨는 이미 사망한 후였고 A씨는 알몸으로 정신을 잃은 채 쓰러져 있었다.

법정에서 A씨 측은 불륜은 인정했지만 어디까지나 정당방위를 주장했다. 법원은 C씨가 둔기를 지니고 덤빈 점 등 분명한 살의가 있다고 판단했으나 A씨에게서 고의성을 지울 수 없다고 판단, 일부의 정당방위를 인정하며 A씨에게 3년의 징역을 선고한다.

특집기사를 마치며.

우리는 판결이 난 이후에도 취재를 하며 새로운 사실을 알 수 있었다. 그러나 더 이상 사건을 물고 늘어질 필요가 없다. 불륜의 끝은 늘 이렇게 뒷맛이 씁쓸한지도 모른다.

8살이라는 나이 차, 두 사람은 왜 사랑에 빠질 수밖에 없었던 걸까? 그날 남편은 어째서 집에 왔던 걸까? 오지 않았다면 두 사람은 언제까지나 사랑을 이어 나갈 수 있었을까? 모든 것은 의문투성이다. 다만 필자는 A씨가 B씨에게 호감을 느낀 이유는 알 것 같았다. 필자는 A씨의 친어머니를 만나 간략한 인터뷰를 진행했다. 놀랍게도 B씨는 A씨의 친어머니와 상당히 많이 닮아 있었는데……

스크랩은 거기서 끝나 있었다. 정말 멋대로 지껄이는군.

그것이 기사를 다 읽은 호승에게 가장 처음으로 든 생각이었다.

호승은 잠시 미간을 지그시 누르며 소파에 몸을 기댔다. A씨가 정말 내 아들이라니. 종이에 인쇄된 활자로만 보면 얼굴도 모르는 다른 머나먼 누군가의 이야기처럼 느껴졌다. 아내도 이런 기분을 느끼며 기사를 읽었을까. 그나저나 기사에 자신의 이혼과 이혼 사유가 쓰여 있을 줄이야.

호승은 머리가 지끈거렸다. 호승은 철저하게 인터뷰를 거절했다. 아마 아내도 마찬가지였을 것이다. 그럼 이혼 이야기를 누구에게서 알 수 있었을까? 기사를 쓴 사람은 전처를 만났다고 했다. 전처라면 충분히 그런 이야기를 꺼냈을지도 모른다.

아들이 불륜으로 가정을 파탄시킨 아버지의 영향을 받고 성인이 되어서도 똑같은 일을 저질렀다, 인가. 호승은 마음이 영 불편했다.

호승은 잡지의 특집기사에서 상당히 많은 것을 알 수 있었다. 첫 번째는 아들의 취미이다. 아들은 사진 찍는 것을 좋아하는 것 같다. 이건 영락없이 제 엄마의 영향이군. 호승은 전처를 떠올렸다. 전처는 사진작가였다. 기사는 고등학생인 아들이 고가의 디지털카메라를 가지고 다녔다고 말한다. 학생 때의 아들이 카메라를 살 정도의 돈이 있었을까?

전처의 선물일 거라고 호승은 짐작했다.

호승은 판결이 난 이후 잡지 기자가 알아낸 몇 가지 사실이 궁금했다. 그 사실을 알면 아들이 얼굴도 모르는 A씨처럼 먼 존재에서, 조금은 더 가까워질 것만 같았다. 호승은 아내의 핸드폰으로 전화를 걸었다. 약에 취해 자고 있는 건 아닐까 걱정했지만 곧 수화기 저편에서 아내의 목소리가 들렸다.

아내는 잡지는 J월간지이며 11월 호라는 것을 기억하고 있었다. 호승은 당장 잡지사에 전화를 해 봐야겠다고 생각했다.

"참, 당신 혹시 선일이가 고등학생일 때 카메라 사 준 적 있어?"

"아니에요. 카메라는 당신의 전 와이프가 사 준 거예요. 선일이한테 직접 들었어요."

예상한 대로였다. 아들은 호승으로선 알 수 없는 이러한 사실도 아내와 공유한 것 같다. 그러나 어쩔 수 없는 일이다. 분명 친자가 아닌 아들에게 끝없이 다가가고자 했던 아내의 노력이 있었으리라. 호승은 아들이 어떤 학창시절을 보냈는지 모르고 있다. 그저 멀리서 방관할 뿐이었다.

"당신, 사건에 대해 알고 싶으면 전 와이프도 만나 봐야 할 거예요. 연락처는 제가 알고 있으니까 알려 드릴게요."

"그 사람을 이제 와서 굳이 만날 필요가 있을까?"

"선일이에 대해서 알고 싶은 거잖아요. 그 여자는 당신이나 저보다도 선일이에 대해 더 많이 알고 있을 거예요."

아내는 호승에게 꼭 만나 봐야 한다고 다시 한번 당부했다. 호승은 알겠다며 전화를 끊었다. 아내의 목소리에는 묘하게 거절할 수 없는 힘이 깃들어 있었다. 확실히 아들을 구할 수 있었던 것도 아내의 직감 덕분이었다.

정말로 전처와의 이혼이 아들에게 영향을 미친 걸까? 3년 전 아들의 사건을 마주보려면, 인생을 되돌아봐야 하는 건지도 몰라. 호승은 그렇게 생각하며 아내가 알려 준 전화번호를 다시 한번 들여다보았다.

팔짱을 낀 채 도도하게 다리를 꼰 눈앞의 여자는 십 년이 지나도 그때의 날 선 느낌을 간직하고 있었다. 이혼할 때 전처의 나이가 서른여섯이었으니, 지금은 마흔여섯이다. 세련된 옷차림 탓인지 호승의 눈에는 그때와 별반 다르지 않아 보였다. 자신은 후줄근한 트레이닝복을 입은 늙은 중년일 뿐이었다.

선일이가 자살을 기도했어. 만날 이유가 없다고 말하던 전처는 그 한마디에 곧장 호승과 만날 약속을 잡았다.

영 껄끄러울 줄 알았는데 그녀의 얼굴을 보니 내심 반가운 마음이 앞서 호승은 스스로도 놀랐다. 아무래도 시간은 상당히 많은 것을 해결해 주는 모양이었다.

"당신은 뭔가 좋아 보이는군."

"지금 그런 말이 나와? 선일이가 그렇게 될 동안 당신은 뭘 하고 있던 거야?"

그녀의 목소리가 카페 안에 쩌렁쩌렁 울렸다. 호승은 주위를 둘러보았다. 다행히 두 사람뿐이었다.

호승은 아내가 암으로 투병 중인 것, 그리고 아내의 병원 근처에 방을 구해서 그곳에서 2주간 지낸 것을 말했다.

"그럼 그동안 애를 빈 집에 혼자 내버려 뒀단 말이야?"

"녀석은 올해 스물셋이고 다 큰 성인이야. 돌봐 줄 필요는 없었어."

"관심을 갖고 싶지 않았던 거겠지. 세상과 단절되어서 3년을 교도소에 있었어. 그런 아이를 돌봐 주지 않으면 어떡해? 아내가 입원했다고? 선일이를 돌봐 줄 사람이 집을 떠나서 당황했겠지. 그래서 당신도 분명 도망치듯 집을 나왔을 거야. 당신은 늘 그랬어. 늘 누군가에게 떠넘기기만 했어."

호승은 그녀가 무슨 말을 하고 싶은지 잘 알고 있었다. 그러나 호승도 속이 끓어 가만히 있을 수가 없다.

"당신, 잊지 않았겠지. 먼저 우리를 배신한 건 당신이야."

전처는 주먹을 쥐고 테이블을 내리쳤다. 테이블 위의 두 개의 찻잔이 달그락 소리를 내며 떨렸다.

"나는 어쩔 수 없었어. 당신이 떠넘기는 무게를 감당할 수가 없었다고. 당신이 뭐라 한 줄 알아? 엄마니까 그 정도는 견뎌야지. 늘 그렇게 말했어. 내 시간이 점점 없어져 간다고 말해도, 불안하다고 말해도 당신은 한 번도 위로해 주지 않았어. 어린 선일이가 한 살, 한 살 먹을 때마다 나는 점점 돌이킬 수 없을 것만 같은 기분이 들었어. 엄마라는 이름도 있지만, 그걸 빼면 나한테서 뭐가 남을까, 두려웠어. 선일이는 언젠가 자기 인생을 찾아 떠나겠지. 그럼 나한테는 남는 게 뭔데? 내가 좋아하는 일, 할 수 있는 일을 다 포기하고 집에서 엄마 노릇, 아내 노릇 하다 보면 내게 남는 게 뭔데? 아무것도 없을 거라 생각했어. 불안했어. 엄마로서, 아내로서는 인생에서 성장할 수 있는 게 아무것도 없었으니까. 내가 청소를 해 줘도, 빨래를 해 줘도, 밥을 차려 줘도 당신은 전혀 고마워하지 않아. 당연하다고 생각했겠지, 내가 주는 사랑이. 난 전혀 그렇지 않은데."

"그 부분은 나도 미안하다고 생각했어. 그래서 난 우리가 갈라설 때 아무 말도 하지 않은 거야. 적어도 아들한테서만큼은 엄마를 뺏고 싶지 않았으니까."

불륜을 저지른 것은 호승이 아닌 전처였다. 하지만 아내는 남자를 만난 후 집에 돌아오면 아들에게 호승이 다른 여자를 만나고 다닌다고 거짓말을 했다. 아내는 그렇게 아들을 품에 끼고 호승과 대치했다. 호승은 그런 아내가 애처로웠다. 아내의 마음이 이미 돌아서 버렸다고 느낀 순간 할 수 있는 것이 아무것도 없었다. 호승은 뚜렷하게 기억했다. 초등학생인 어린 선일이는 현관 앞 신발장에 서서 호승을 노려보고 있었다.

호승은 굳이 아내의 거짓말을 바로잡지 않았다. 어머니와 아들이 똘똘 뭉쳐 가장을 적으로 돌린다. 그 정도는 감수할 수 있었다. 그렇게까지 해서라도 가족이란 형태를 유지하고 싶었다. 적어도 전처와 선일이는 끈끈하게 묶여 있다는 것에 마음의 위안을 두었다.

하지만 전처는 이혼을 요구했다. 호승은 아들에게 진실을 밝히지 않았다.

"당신은 나한테 약속했어. 언젠가 선일이가 모든 걸 이해할 수 있는 나이가 되었을 때, 사실을 밝히겠다고. 당신은 어때? 지금 밝힐 만한 각오가 있어?"

호승은 전처의 표정을 찬찬히 살폈다. 둘 곳 없는 그녀의 시선이 테이블 위를 훑었다.

"벌써 십 년 전의 일이야. 난 솔직히 상관없어. 지금 와서 굳이 말하지 않아도 좋아. 다만 조금 도와줬으면 해. 그래도 부부의 연이 있었던 사이인데 질문에 대답 정도는 해 줄 수 있잖아.”

호승은 목소리를 낮춰 아내를 다독였다. 전처는 아무 말
도 하지 않았다. 무언의 긍정이었다. 그녀는 마구 쏘아대고
나면 스스로 화가 조금 누그러진다. 그러한 점은 예전과 달
라지지 않았다.

“선일이와 마지막으로 연락한 게 언제야?”

“두 달 전쯤. 선일이가 출소하기 삼사일 전이었을 거야.
그때 전화통화 했어.”

전처는 선일이의 목소리가 들떠 보였다고 말했다. 하긴,
3년이나 수감되어 있다가 풀려난 셈이니 그럴 만도 하다.
아들은 전처에게 나가면 연락하겠다 말했다고 한다. 하지만
아들은 전처에게 연락하지 않았다. 언젠가부터 제 방에 틀
어박혀서 아무 데도 나가지 않았으니까.

호승은 아들이 출소한 직후의 모습을 그려 보았다. 그날
은 출근하는 호승을 대신해 아내가 마중을 나갔다. 아들과
밖에서 저녁식사를 함께 한 기억이 난다. 호승은 아들 명의
로 개통한 핸드폰을 건네주었다. 아들은 “잘 쓸게요.”라는
건조한 한마디를 남겼다. 그래, 분명 그 다음날 저녁도 함
께 먹었다. 호승은 아들과 한마디도 나누지 않았지만 아내
가 혼자서 쉴 새 없이 떠들어 주었다. 아들은 아내가 묻는
말에 고개를 끄덕이거나 네, 하고 짧게 대답할 뿐이었다.

아들이 방에 틀어박히기 시작한 것은 셋째 날부터일 것이다. 아들과 함께 밥을 먹지 않은 게 그날부터였으니까.

출소하고 그 이틀 사이에 무슨 일이 있었던 거구나. 호승은 병원에 가면 아내에게 물어봐야겠다고 생각했다. 그즈음의 선일이의 행보에 대해 아는 게 있는지.

호승은 전처에게 아들이 입원한 병원 위치를 알려 주었다. 그녀는 호승과 헤어진 후 당장 병원으로 향할 것이라 말했다.

"너무 걱정하지 마. 그 녀석은 아직 살아 있어. 괜찮을 거야. 그리고 부탁이 있는데, 나랑 만난 건 선일이한테 비밀로 해 줘."

"부탁 안 해도 말할 생각 없었어. 당신 같은 남자."

강하군. 호승은 새삼 감탄했다. 여자란 존재는 다 이렇게 강한 걸까. 전처는 이혼 후 자신의 특기를 살려 꽤 유명한 사진작가로 성공했다. 가사와 육아 때문에 한동안 손에서 카메라를 떼어 놓고 살았는데도 서른 후반의 나이로 현역에 복귀했다. 자신과 이혼할 만도 했다고 호승은 생각한다. 분명 그녀에게는 사라지지 않는 재능이 있었던 것이리라.

"바쁜 와중에도 선일이에게 이것저것 챙겨 주었더군. 녀석이 학생일 때 카메라도 사 줬고. 내가 챙겨 주지 못하는 것까지 챙겨 줘서 고마워."

나름 격려하는 말을 했다고 생각했는데 전처는 호승을 노려보았다. 호승은 조금 당황스러웠다.

　"당신, 이제 와서 왜 이러는 거야? 이제 와서 왜 선일이한테 관심 있는 척하는 건데? 당신은 지금 와이프한테도 다 떠넘겨 두고 살았지? 나한테 그랬던 것처럼. 난 법정에 나갔어. 그런데 당신은 법정에 한 번도 안 나왔어. 당신은 그 정도로 무심한 사람이야. 그런데 모든 게 다 끝난 마당에 지금 와서 왜 이래?"

　"늦은 거 알아. 하지만 최소한 이해라도 해 보려고 하는 거야. 선일이를."

　전처는 잠시 아무 말이 없었다. 곧 핸드백을 테이블 위에 올리고 그 안에서 무언가를 꺼냈다.

　"선일이는 나한테 이 카메라를 맡겼어. 메모리 칩 안에 있는 사진을 인화해 달랬어. 하지만 바로 며칠 뒤에 그 사건이 터져 버렸지. 당신이 아무리 늙은 할아버지지만 이 정도는 만질 수 있지? 한 번 확인해 봐."

　호승은 전처가 건네준 카메라를 받아들었다. 기기 조작에는 솔직히 자신이 없었다.

　"그리고 이건 일 년 전, 선일이가 감옥에서 나한테 부탁한 사진이야. 이런 걸 부탁할 수 있는 사람은 나밖에 없다고 말하더라. 당신한텐, 그리고 당신 와이프한테는 정말 미안하지만, 난 해 줄 수밖에 없었어. 선일이가 괴로워할 걸 알면서도 부탁을 들어줄 수밖에 없었어. 이번에 선일이가 그런 짓을 한 이유, 이 사진이 그 답일 거야."

그녀는 작은 봉투를 테이블 위에 내려놓고 호승 쪽으로 쓱 밀었다. 호승은 봉투를 열어 수많은 사진 중 한 장을 꺼내 보았다.

"당신 젊었을 땐가?"

"무슨 소리 하는 거야. 당신 설마, 그 여자 얼굴도 모르는 거야?"

자세히 보니 확실히 다른 사람이었다. 전처는 기가 차다는 듯 작게 욕설을 내뱉었다. 사진 속의 여자는 분명 전처를 조금 닮아 있었다. 호승은 깨달았다. 그렇군. 이 사람이 그 B씨구나. 전처는 아들의 부탁을 받고 사진 속 여성의 행적을 추적했다고 한다. 그녀는 호승에게 현재 B씨가 살고 있는 주소를 알려 주었다. 이걸 과연 쓸 데가 있을까, 하고 호승은 생각했다.

"정말 어이가 없어서 말도 안 나오네. 어쨌든 난 이만 갈 거야. 당신 처한테도 안부 전해 줘. 설마 그렇게 될 줄은 몰랐다고. 전에는 미안했다고."

"뭐야. 둘이 언제 만났던 적이 있던가?"

호승은 처음 듣는 이야기였다. 두 사람은 법정에서 마주친 적이 있다고 한다. 전처는 아이를 어떻게 키운 것이냐며 한바탕 호되게 쏘아붙였다고 한다.

"당신한테 말 안 했어? 흥, 오히려 그런 식으로 나를 골탕 먹이네. 당신 정말 보통이 아닌 여자랑 살고 있어."

전처는 씁쓸히 웃었다.

"늘 뒤에서 입 다물고 노력하면 뭔가 풀릴 줄 알지? 궁금한 건 선일이한테 직접 물어보면 되잖아. 너무 쉬운 걸 어렵게 알아내려고 하지 마. 당신은 늘 그게 문제였어."

자리를 떠나기 전 그녀는 호승에게 말했다. 호승은 못 들은 척 찻잔에 남은 커피를 홀짝이며 벽에 걸린 시계를 보았다. 한 시간 뒤, 당시 아들을 변호한 변호사를 만날 것이다. 호승은 조금 더 자세한 이야기를 들을 수 있을 것이라 기대했다.

4

아내는 미동도 없이 잠들어 있었다. 호승은 침대 밑의 간이 의자를 조심스럽게 뺐다. 의사는 앞으로 약에 취해 잠에 빠져 있는 시간이 길어질 것이라 말했다. 호승은 아내를 물끄러미 바라보았다. 아직까진 이렇게 건강한데.

아내는 제 힘으로 몸을 가눌 정도는 되었다. 실제로 아내가 입원하고 2주간 호승은 회사에 출퇴근하며 아내를 돌봤다. 하지만 머지않아 암세포가 척추까지 전이되면 하반신이 마비될 가능성도 있다고 했다.

호승은 담요 밖으로 나온 아내의 발을 보았다. 그런데 아내의 발에는 어딘가에서 베이고 긁힌 듯 보이는 생채기가 나 있었다. 빨간 딱지가 앉은 걸 보니 상처가 생긴 지 그리 오래되지 않은 듯싶다. 설마, 그런 전조가 나타난 걸까. 호승은 병원 안을 돌아다니다 몇 번이나 넘어지는 아내를 머릿속으로 상상했다. 불안이 스멀스멀 피어올랐다. 문득 목을 졸리는 듯한 느낌이 들었다.

호승은 아내의 약이 얼마나 남았는지 보려 침대 옆의 간이 서랍장을 열었다. 아직 한 뭉치의 약봉지가 남아 있었다. 이 약을 다 먹으면 그나마 차도가 보이긴 하는 건지. 호승은 가슴이 아팠다.

서랍 안에는 아내의 핸드폰, 그리고 액세서리 상자도 함께 들어 있었다. 호승은 액세서리 상자를 꺼내 들었다. 입원을 결정한 후 병원에 아주 오래 있을 거야, 라는 호승의 말에 아내는 가장 먼저 이 액세서리 상자를 가방에 넣었다. 호승은 상자를 한 번 흔들었다. 예물 반지와 귀걸이, 목걸이, 브로치가 한데 엉켜 들어 있었다. 그런데 상자 맨 밑바닥에 무언가 코팅 처리된 종이가 뒤집어진 채 놓여 있었다. 호승은 잠든 아내의 얼굴을 슬쩍 본 후 귀금속을 헤치고 종이를 꺼냈다. 호승은 미간을 찌푸렸다.

교제를 막 시작할 무렵, 아내는 사고로 아이를 낳을 수 없는 몸이 되었다고 호승에게 고백했다. 호승은 자세한 내막을 묻지 않았다. 아무 말 없이 그녀의 상처를 보듬어 주고 싶었다. 호승은 손에 든 태아의 초음파 사진을 가만히 들여다보았다. 이 사진에는 무언가 과거의 비밀이 있을까?

"여보?"

아내의 목소리에 호승은 화들짝 놀랐다. 재빨리 사진을 상자에 넣고 뚜껑을 닫았다. 상자 바닥에 있던 사진이 가장 위에 올라온 꼴이 되었지만 할 수 없었다.

"당신, 봤군요."

아내는 착 가라앉은 목소리로 말했다. 잠에서 막 깼기 때문인지, 아니면 기분이 나빠서 그런 건지 호승은 알 수 없었다.

"미안해. 일부러 보려고 본 건 아닌데."

"할 수 없죠. 미안해요, 여보. 어디서 잊어버렸는지 통 모르겠어요."

아내는 결혼반지 이야기를 하고 있었다. 병원에 와서도 치료받을 때를 빼고는 늘 손에 끼고 있었다고 한다. 그런데 어느샌가 반지에 박힌 다이아몬드가 빠져 있었다고 한다.

호승은 안도의 한숨을 쉬었다. 사진에 대한 걸 들키지는 않았지만 찜찜한 구석은 남았다. 호승은 사진을 보며 든 온갖 상념을 지워 버리려 애썼다.

"그 정도야 괜찮아. 반지야 나중에 새로 맞추지. 그보다도 오늘 안 사실을 말해 줄게."

호승은 재킷 안쪽 주머니에서 전처가 준 봉투를 꺼내 침대 위에 사진을 한 장 한 장 늘어놓았다. 전처가 일 년 전쯤에 찍은 B씨의 사진들이야. 그렇게 말하자 아내는 "정혜연이요"라고 정정해 주었다.

"어쨌든, 이 사진들 어떻게 생각해?"

사진 속의 정혜연은 늘 어린 남자아이와 함께 있었다. 카페에서 차를 마시면서도 옆의 유모차를 들여다본다. 공원에서는 아직 걸음마가 서툰 듯한 아이의 손을 잡고 보폭을 맞춰 거닌다. 침대 위의 사진 열 장은 전부 그러한 사진들이다. 정혜연의 얼굴에도, 아이의 얼굴에도 웃음이 가득하다. 행복한 시간을 보내고 있는, 영락없는 어머니와 자식의 모습이었다.

"일 년 전 사진이라는데, 당연히 자기 아기인 것 같고. 몇 살 정도일까?"

"두 살, 아니 세 살 정도일까요."

그렇다면 지금은 적어도 서너 살쯤이란 걸까. 아내는 아무 말도 하지 않고 사진을 가만히 들여다보았다.

"이 여자, 언제 다시 결혼한 걸까? 아이 나이를 보면 선일이가 감옥에 들어가고 최소 일 년 이내에 재혼한 거겠지?"

"아무래도 그렇겠죠. 그런데 이 사람, 왼손에 반지는 안 끼고 있어요. 아기가 너무 말괄량이인 경우는 놀다가 다칠까 봐 종종 빼놓기도 한다지만요."

"반지가 문제겠어? 여자가 아이를 데리고 다니잖아. 이미 나는 유부녀입니다, 하고 말하는 거나 다름없어."

호승은 아들이 자살을 기도한 이유를 알 것 같았다. 정혜연은 남편이 죽은 지 얼마 지나지 않아 금세 다른 남자를 만난 듯싶다. 아들은 거기에 충격을 받은 것일까? 그러나 아들은 수감 중 이 사진들을 받았다. 충격을 받았다면 진즉에 자살을 시도했을 것이다.

출소 이후 무언가 있었던 거구나. 호승은 그렇게 직감하곤 아내에게 아들이 출소한 다음 날의 일을 물었다.

아들은 저녁 먹기 전까지 돌아오겠다고 말한 뒤 집을 나섰다고 한다. 아내는 걱정이 되었지만 말릴 수는 없었다. 그런데 아들은 오후 두 시가 지날 무렵, 생각보다 이른 시간에 집으로 돌아왔다. 그리곤 다녀왔다는 얘기도 없이 곧장 2층의 제 방에 들어갔다고 한다. 자신의 방에 틀어박히기 시작한 것은 그때부터인가.

"그보다 당신, 이 변호사님을 만났다면서요. 무슨 이야기를 나눴어요?"

이 변호사는 3년 전 아들의 변호를 맡아 준 변호사였다. 그렇다고 하지만 얼굴을 마주하는 건 이번이 처음이었다.

시간이 꽤 지났음에도 그는 당시의 사건에 대해 상당한 아쉬움을 표했다. 호승은 아들이 과잉방위 판결을 받게 된 경위에 대해 물어보았다.

"아드님은 제게 모든 걸 솔직하게 털어놓지 않았습니다. 처음에 아드님은 현장에 놓인 유리 재떨이로 남편의 머리를 때렸다고 말했습니다. 실제로 현장에는 그 두꺼운 재떨이 파편이 산산조각 나 흩어져 있었습니다. 아드님은 남편을 때린 다음에 자신도 정신을 잃었다고 증언했습니다. 여기까지가 아드님이 제게 했던 말입니다. 법원도 처음에는 아드님의 손을 들어 주려는 듯 보였습니다. 그러나 다음 공판에서 검찰은 피해자의 사인이 뇌출혈이 아닌 질식사라는 것을 밝혀냈습니다. 아드님은 먼저 손에 잡히는 재떨이로 피해자를 때린 뒤 그의 목을 졸라 죽인 것입니다."

그것은 아내가 스크랩해 놓은 기사에는 없는 내용이었다.

"그래도 먼저 죽기살기로 공격한 건 그 남편이라는 사람 쪽이라면서요. 이게 정당방위가 성립 안 됩니까?"

"목을 졸라 사람을 죽이려면 강한 힘이 필요합니다. 아드님은 피해자보다 체격적으로 훨씬 왜소했습니다. 아드님이 피해자보다 아래에 있거나, 피해자와 동등한 위치였다면 목을 졸라 죽이기 불가능합니다. 쓰러진 피해자에게 자신의 체중을 실어서 졸라야 해요. 실제로 아드님은 자신이 한 행동을 순순히 인정했고요. 법정이라는 공식적인 자리에서 쓰러진 피해자의 위에 올라타 목을 졸랐다고 진술했습니다. 저와 미처 얘기가 되어 있던 것도 아니었고, 저로선 어찌할 수 없었죠."

"선일이는 왜 전부 다 사실대로 털어놓지 않았을까요?"

"나중에서야 그러더군요. 너무 무서워서 그랬다고, 죄송하다고."

호승이 이 변호사의 사무실을 나오며 얻은 것은 종결된 사건 기록의 복사본뿐이었다. 어찌 됐건 아들은 이미 형기를 마치고 나왔다. 이제 와서 끝난 사건에 대해 왈가왈부해 봤자 달라지는 건 아무것도 없었다.

"선일이는 너무 지쳐 있었어요. 선일이 입장에서는 다 좋으니 뭐든 빨리 끝내고 싶었는지도 몰라요. 그래서 자기가 하지도 않았는데 무조건 했다고 인정한 거예요."

침대에 앉아 묵묵히 호승의 이야기에 귀 기울이던 아내는 그렇게 아들을 변호했다. 그러나 호승은 아내의 말을 지지

해 줄 수 없었다.

"당신도 피곤할 텐데 오늘은 그만 하고 쉬어. 난 내일 또 올게."

아내는 시무룩해져 고개를 끄덕였다.

"선일이는 요즘 어때요? 잘 지내고 있죠?"

아내의 물음에 호승은 뭐라 할 수 있는 말이 없었다. 적당히 그렇다고 대답하며 병실을 뒤로했다. 아들에 대해 조사하면서 정작 아들이란 존재를 까맣게 잊다니. 호승은 내일 아침 아들이 입원한 병원을 찾아가리라 다짐했다. 될 수 있으면 언제까지라도 미뤄두고 싶은 일이었다.

5

아들은 침대에 앉아 창밖의 하늘을 물끄러미 바라보았다. 호승도 아들의 시선을 따라 창밖을 보았다. 청명한 가을 하늘이 펼쳐져 있었다. 침묵이 병실 안에 감돌았다.

"몸은 좀 어떠냐?"

잠시 아무 말도 없던 아들은 고개를 숙이며 괜찮아요, 라고 작게 대답했다.

호승은 찬찬히 아들의 얼굴을 살펴보았다. 어느 날 갑자기 아들의 얼굴이 떠오르지 않아 혼란스러울 때가 다시 한 번 닥칠지도 모른다. 귀를 덮을 정도로 머리카락이 많이 자랐고 조금 야위었다. 이게 내 아들이다. 이혼한 아버지 밑에서 자라서 사람을 죽이고 죗값을 치르고 나와 이제는 자살까지 기도한 내 아들.

아들의 인생에서 행복이란 어느 시점에 있었을까. 어쩌면 아들이 그 여자와 만나던 그 짧은 순간이 아들의 인생에서 가장 행복했던 시절인지도 모른다. 그럼 나와 함께한 추억이 아들에게는 행복한 기억으로 남아 있을까? 호승은 곧 작게 고개를 흔들었다. 이렇다 할 추억거리가 없는 게 사실이었다.

호승은 생각했다. 지금 어떤 훈계를 해도, 어떤 위로를 해도 아들의 마음에는 흉터로 남아 버릴 것이라고. 병실 안의 공기로 느낄 수 있다. 정선일은 정호승이라는 사람을 밀어내고 있다. 아버지라는 존재가 자신의 인생에 접근하는 것조차 바라지 않는다.

유서에서 아들이 호승에게 진심을 보였는지, 호승은 잘 알 수 없었다. 자신이 죽지 않았다니, 모두 속고 있다니. 아들 자신이 법정에서 스스로 인정했으면서 왜 그런 유서를 남긴 것일까. 다만 유서 첫머리에 쓴 '사랑하는 아버지'라는 문구. 그것만은 진심이었으면 좋겠다고 호승은 생각했다.

"어제 네 엄마 왔었지? 그 사람이 걱정 많이 하더라."

아들은 아무 말이 없었다. 아들은 전처와 무슨 이야기를 했을까? 어쩌면 호승은 허물어뜨리지 못하는 이 벽을 전처는 아주 쉽게 뚫고 들어갔을지도 모른다.

출소한 다음 그 여자를 만났는지, 손목을 그은 건 그 여자 때문인지 호승은 묻고 싶었다. 그러나 물을 수 없었다. 물어보면 아들과는 영원히 멀어져 버릴 것만 같았다. 이만 가 보마. 호승은 속삭이듯 중얼거리고 등을 돌려 병실을 나왔다.

전처가 준 카메라는 호승이 조작하기에는 까다로웠다. 기껏 버튼 조작 방법은 이해했지만 노안 때문인지 디지털카메라의 작은 화면을 계속 주시하기가 힘들었다. 호승은 병원에 있는 아내에게 전화를 걸었다. 모르는 것이 있을 때면 아내를 찾는 것이 호승의 오래된 습관이었다. 아내는 사진관에 현상을 맡길 것을 조언해 주었고 호승은 곧장 근처의 사진관으로 향했다.

호승은 T기업의 로비 의자에 앉아 인화한 사진을 넘겨 보았다. 조금 있다가 이곳에서 3년 전 당시 여성 잡지사의 기자였던 김정율이라는 사람을 만날 것이다. 잡지사에 전화해 보니 그는 이 년 전쯤 퇴사했다고 했다. 다행히 그의 연락처를 알고 지내는 사람이 있어 이렇게 찾아올 수 있었다. 그는 현재 T기업 사내보의 편집부에서 일하고 있었다. 아들의 사건에 대해 얼마나 기억하고 있을지, 호승은 조금 걱정이 되었다.

호승은 사진에 집중했다. 전부 비슷한 각도에서 찍은 사진들이었다. 3년 전의 정혜연은 확실히 젊고 아름다웠다. 사진을 들여다본 호승은 이렇다 할 점을 찾을 수 없었다. 커피를 마시는 모습, 독서하는 모습, 전화를 하는 모습이 날짜가 다른 삼십여 장의 사진에 번갈아 나타났다. 옷차림이나 머리스타일만 조금씩 변화할 뿐이다.

그녀는 아들이 일하던 카페에 누군가와 함께 오지 않은 듯싶다. 대신 전화통화로 누군가와 수다를 떠는 듯 보였다. 가끔 영상통화를 하는 듯 핸드폰으로 주위를 비춰 보는 사진도 있다.

얻을 수 있는 게 아무것도 없군. 그렇게 생각하던 때였다. 누군가 호승에게 알은척을 했다. 김정율이었다. 나이는 서른 살 후반 정도일까. 서글서글하고 푸짐한 인상이었다. 그는 잡지사를 그만둔 직후부터 몸집이 불어나기 시작했다며 너털웃음을 지었다.

"이게 그때 당시 제가 쓴 기사였습니다."

호승은 그가 펼쳐서 건네준 잡지의 페이지를 눈으로 빠르게 훑었다. 더불어 아내가 스크랩하지 않은 기사의 다음 장도 읽어 보았다. 전처가 인터뷰한 내용이었다. A씨가 그런 짓을 했을 리가 없다, 무언가 착오가 있던 것이다, 어렸을 때부터 작은 곤충 하나 쉽게 죽이지 못했던 아이가 살인을 할 리는 없다, 그런 하소연이 줄줄이 이어졌다. 전처의 인터뷰는 평소 아내가 하는 말과 같은 말이었다. 아내가 굳이 스크랩하지 않은 이유도 알 것 같았다.

호승은 손가락으로 기사의 한 부분을 가리키며 그에게 물었다.

"여기 취재를 하면서 새로 알아냈다는 사실이 뭔가요? 전화로도 말씀드렸죠. 전 그게 궁금해서 찾아오게 되었습니다."

그는 가져온 파일을 펼쳐들었다.

"오랜만에 예전에 썼던 기사들을 들춰 보다가 찾아냈습니다. 혹시 기사로 쓸 수 있을지도 몰라서 간략하게 정리해 놓은 자료가 있더군요. 이런 날이 올 줄 예상하고 있던 건 아니지만, 버리질 않아서 다행입니다. 참고로 너무 기대하지는 말아 주세요. 새로운 사실을 발견했다고 썼습니다만 약간의 허세였으니까요."

그는 먼저 자신에게 편한 대로 아들과 정혜연의 이름을 A씨와 B씨로 호명해도 되겠느냐고 양해를 구했다.

"저희가 할 수 있는 건 주변 인물들의 인터뷰가 전부입니다. 실제로 가십거리는 주변 사람들의 왜곡된 시선에서 나오니까요. 새로운 사실은 B씨의 남편에 관한 이야기입니다. 남편도 일단 C씨라고 부르겠습니다. 살해당한 C씨는 사실 자기 여자에 대한 병적인 집착이 있었던 것 같습니다. 의처증이 있었던 거죠."

"의처증이라면, 아내가 바람을 피운다고 의심하는 그런 증상이죠?"

"네. C씨는 대학교 때 사귄 여성과도 같은 이유로 헤어졌습니다. 여자친구의 모든 일정을 감시하고 간섭했죠. C씨와 사귄 이 여성은 C씨와 헤어지며 해외로 유학을 떠났습니다. 사실상 C씨가 찾아오지 못하도록 멀리 도망가 버린 거예요. 그와 동시에 C씨의 인간 관계는 전부 파괴되었습니다. C씨도 본인 스스로 문제점을 인지한 거죠. 본인도 절제하려고 노력한 것 같지만 그런 망상적 장애는 쉽게 고쳐지지 않거든요. 늘 같은 이유로 사귀던 연인과 헤어졌습니다. 그런 와중 눈에 들어온 게 갓 입사한 B씨였죠. B씨에게 첫눈에 반한 C씨는 적극적인 대시로 그녀와 결혼에 골인했습니다. 하지만 제 버릇 어디 가나요. C씨는 B씨가 회사를 그만두고 집에만 있기를 바랐습니다. 아마 처음에는 바깥 외출도 허락하지 않았을 겁니다. 주민들도 한동안 B씨 혼자 외출하는 모습을 본 적이 없다고 하더군요. 그리고 B씨가 지닌 모든 연락처를 지워 버립니다. B씨는 사실상 고립되어 버립니다. C씨에게 아주 잡혀 살았던 거죠. 재미있는 것이 회사 동료들은 C씨에게 의처증이 있는 줄 몰랐다고 합니다. 모두들 아내를 끔찍이 사랑하는 애처가라고만 증언했습니다. 결국 최고의 수혜자는 B씨겠네요. C씨라는 족쇄를 A씨가 부숴 버렸으니까요. A씨는 감옥에 가고요."

호승은 팔짱을 끼고 그의 이야기를 가만히 경청했다. 확실히 결과적으로 B씨, 정혜연은 큰 이득을 봤다. 3년 후인 지금 정혜연은 과거를 모두 버리고 새로운 가정을 꾸렸으니까.

김정율은 침을 튀기며 이야기를 계속했다.

"사실 저는 B씨의 행동이 무엇보다 의심스럽습니다. B씨는 어릴 때부터 수많은 남자를 만났습니다. 그러다가 자신에게 헌신적인 사랑을 줄 것 같은 C씨를 택해 결혼을 했습니다. 하지만 C씨는 극심한 의처증 환자였습니다. B씨는 그 사실을 결혼 후 깨닫게 되고 C씨에 대한 사랑이 식어 버렸습니다. 그래서 결국 A씨라는 젊은 학생과 불륜을 저지릅니다. 여기에는 남편에 대한 반항심도 분명 포함되어 있었겠죠. B씨는 앞뒤 생각할 겨를 없이 눈앞의 사랑에 몸을 맡겼습니다. 그런데 남편 C씨를 A씨가 죽여 줍니다. B씨 입장에서는 얼마나 고마울까요? 당시 B씨는 A씨와 C씨가 싸우는 것을 말리기 위해 집을 뛰쳐나왔다고 진술했습니다. 옆집으로 달려갔고, 옆집에 사는 중년 남자와 함께 현장으로 돌아왔다고요. 저는 당시 상황을 듣기 위해 그 옆집 남자를 찾아갔습니다. 나이가 마흔 중반 정도 되었을 남자는 당시 B씨의 모습을 이렇게 증언했습니다. 캐미솔이라고 하나요. 원피스처럼 생긴 속옷 위에 카디건을 걸쳐 입었다고요."

"그게 기사에 쓴 의심스러운 정황입니까?"

"그렇습니다. 생각해 보세요. A씨와 B씨는 육체관계를 갖는 도중이었습니다. 그 와중에 C씨가 집에 들어옵니다. A씨는 실오라기 하나 걸치지 않은 상태였습니다. A씨와 C씨는 서로 극심한 몸싸움을 벌입니다. B씨는 두 사람의 싸움을 말리기 위해서 밖의 누군가를 불러오려 합니다. 그래서 자신의 방에서 속옷을 챙겨 입고 카디건을 입습니다. 어때요? 이상하지 않나요?"

호승은 고개를 끄덕였다. 일리가 있다. 그 급박한 상황 속에서 과연 옷을 챙겨 입을 정신은 남아 있었느냐. 확실히 조금 부자연스럽기도 하다. 하지만 그런 상황에서조차 자신의 몸을 가리는 것이 여자라는 존재일지도 모른다.

"사실 저는 그날, 그 사건이 우연히 일어난 게 아니라 생각합니다. A씨, B씨, C씨의 만남은 예견되어 있었던 거죠."

"그렇게 확신할 만한 근거는 있나요?"

"어디까지나 개인적인 의심일 뿐이죠. 하지만 C씨의 의처증이 그 근거가 될 수 있을 것이라 생각합니다. 의처증은 아내의 외도를 끊임없이 의심하는 병입니다. 그런 C씨가 정말로 아내의 불륜을 모르고 있었을까요? 어쩌면 눈치는 챘지만 모른 척하고 있던 게 아닐까요?"

"그러니까 남편은 결정적인 증거를 잡을 때까지 참고 기다렸다, 이 말이신가요?"

"그렇습니다. 그날, A씨는 사건에 휘말릴 수밖에 없었던 거지요. A씨야 뭐, 자기보다 8살이나 연상인 B씨가 하자는 대로 순순히 따랐을 테지요. 육체관계도 그 연장선상에 있었을 테고요. A씨가 C씨를 죽일 수 있었던 건 행운이라고까지 말하고 싶습니다. 그러지 않았더라면 A씨가 살해당했을 테니까요."

그날 사건은 일어난 일이 우연이 아니다. 결국 피할 수 없었던 건가. 그렇게 생각하자 호승은 마음이 뒤숭숭했다.

"모두 다 결정적인 증거가 될 수는 없죠. 지금 다시 사건을 되짚어 보니 여러 가지가 아쉽군요. 만약 A씨가, 아니, 아드님의 판결이 내려지기 이전에 C씨의 의처증이 더욱 부각되었다면 결과가 조금 달라지지 않았을까요? 애초에 B씨가 어떤 선택을 했느냐에 따라 아드님의 살인을 막았을 수도 있었습니다. 더 빨리 도움을 청했더라면, 혹은 직접적으로 두 사람의 싸움에 가세했더라면…… 뭐, 이제 와서 돌이켜 봤자 전부 소용없는 일이지만요."

내가 지금 그 소용없는 짓을 하고 있는 중입니다, 하고 호승은 속으로 생각하며 쓴웃음을 지었다.

이야기를 마친 김정율은 3년 전 자신이 정리한 자료와 메모를 호승에게 넘겨주고 일터로 돌아갔다. 호승은 자리에 남아 천천히 그가 준 건네준 기록을 다시 한번 살펴보았다.

그는 극심한 의처증을 가진 남편 C씨가 호시탐탐 기회를 노리고 있었을 것이라 말했다. 그날, 정사 도중의 두 사람을 덮친 것은 절대 우연이 아니라고. 하지만 아들과 정혜연은 몇 개월 동안 만남을 이어 갔다. 의처증이 지독한 남편이 과연 그대로 놔두었을까? 육체관계를 맺는 결정적인 증거를 잡기 위해서 참고 또 참았을까? 이혼할 때 배우자보다 유리한 위치에 서서 위자료를 더 많이 받아내려는 것도 아닐 텐데 말이다. 그날 일이 우연이 아니라는 것에는 동의하지만, 호승은 아무래도 타이밍이 지나치게 좋다고 생각했다.

도무지 생각이 정리되지 않았다. 호승은 건물 밖으로 나와 무작정 걷기 시작했다. 거리에 인적은 드물었다. 회사가 밀집한 지역이라서 그럴까. 지금 같은 오후 시간대에는 모두들 사무실 책상 앞에 앉아 각자의 업무와 씨름하고 있을 것이다. 호승도 얼마 전까지는 그들 속에 있었다. 매일같이 출퇴근하는 그 회사 건물이 삶의 중심이라고 생각했다. 어쩌면 그렇게 가정에 무관심한 채 일만 보고 살아온 날들의 벌을 지금 받고 있는지도 모른다. 호승은 고개를 돌려 도로 쪽을 보았다. 신호에 걸린 자동차들이 정지해 있었고, 뒤따라오는 차들이 그 뒤로 멈춰서기를 반복한다. 마치 호승의 머릿속 같았다. 3년 전의 사건에는 호승이 알지 못하는 어떠한 비밀이 있다. 그래서 새로운 정보를 얻어도 그저 꼬리처럼 달라붙기만 할 뿐이다.

곧 신호가 바뀌고 차들이 출발했다. 호승은 저렇게 자신의 의문점도 해결되었으면 하고 바랐다. 그런데 도로 위에 출발하지 않고 계속 정차해 있는 차가 한 대 있었다. 운전자 중 한 사람이 답답했는지 자동차 경적을 빵, 울렸다. 앞에 있던 차는 차체가 들썩거릴 정도로 후다닥 급발진했다. 호승은 얼마 전의 자신의 모습이 떠올라 피식 웃음이 나왔다. 하기야, 저렇게 따끔하게 한 소리 해 줄 사람이 필요하지. 호승은 아내에게 전화를 걸었다.

피곤하지는 않을까. 호승은 아내의 몸 상태를 걱정했지만 아내는 빨리 들려주세요, 라고 호승을 재촉했다. 호승은 김정율과 나눈 대화를 아내에게 들려주었다.

"어떻게 생각해? 남편이 의처증을 가지고 있었다는 사실? 어쩌면 잘못된 정보는 아니었을까? 회사 생활을 하면 외근 업무가 아닌 이상 회사 밖으로 나갈 일이 없거든. 남편은 아침에 출근해서 저녁에 퇴근할 때까지 상당한 불안 증세를 보였을 것 같은데, 회사 동료들은 위화감을 느끼지 못했어. 아내를 끔찍이 여기는 애처가라고만 생각했다고."

"흐음, 남편에게 의처증이 있었군요. 그것도 놀라운 사실이지만, 저는 그보다 정혜연이 남편이 시키는 대로 순순히 따랐다는 게 더 신기하네요. 그렇게 순종적인 여자는 아닌 것 같은데 말예요."

"역시 그렇지?"

남편은 정혜연의 외출을 금지시키고 모든 연락처를 지워 인간관계를 단절시킨다. 실제로 정혜연은 남편의 모든 요구를 순순히 수용한다. 어떻게 참고 살 수 있었을까?

어쩌면, 하고 호승은 생각했다. 혹시 의처증이 있는 남편이 정혜연을 꽉 잡고 산 것처럼 보이지만 거꾸로 그만큼 정혜연이 남편을 잘 구슬린 것은 아닐까? 김정율은 남편이 아들과 정혜연의 불륜을 눈치채고서도 모른 척했다고 말했지만 만약 그럴 리가 없다면 이유는 한 가지다. 정혜연은 아들과 불륜을 저지르는 내내 남편을 완벽하게 속인 것이다.

"어쩌면 정혜연이라는 이 여자, 정말 보통이 아닌 여자일지도 모르겠어."

호승의 중얼거림에 수화기 너머에서 작은 한숨이 들려왔다.

"여보, 아직도 그걸 몰라요? 당연한 거예요. 여자는 나이를 먹으면서 여우 꼬리가 하나씩 생긴다고요. 여자들은 전부 다 보통이 아니에요."

"정말? 당신도 그런가?"

"그럼요. 제가 당신과 결혼하기 위해 얼마나 작전을 잘 세웠는데요. 이제 와 말하는 거지만 당신은 저한테 완전히 속았어요."

지금으로부터 7년 전의 이야기다. 아내와는 지인을 통한 맞선 자리에서 만났다. 맞선 자리까지만 나간 후, 상대를 정중히 거절할 생각이었다. 하지만 아내를 처음 본 순간 조금만 더 이야기를 나눠 보고자 하는 생각이 들었다. 마흔 살의 그녀에게는 삶의 여유라고 해야 할까, 그런 것이 배어 있었다. 그녀를 만날 때마다 호승은 편안함을 느꼈다. 호승은 매번 자연스럽게 다음에 만날 약속을 잡게 되었다. 몇 번의 만남 끝에 함께 집에서 식사를 하기까지 이르렀다.

"집에 초대되었을 때는 일부러 생필품 같은 걸 가져가지 않아요. 같이 장을 보러 갔다가 막 생각난 듯이 마트에서 사는 거예요. 집에서 저녁을 먹은 다음에는 당신이랑 선일이한테는 두고 쓰라면서 집에 놓고 와요. 그런 식으로 새 물건을 두면서 아직도 남아 있는 전 와이프의 물건을 하나둘씩 버리는 거예요. 그렇게 집에 저만의 공간을 조금씩 만드는 거예요. 언젠가 몸만 들어가면 될 수 있을 정도로요. 당신은 귀찮아서인지 전처와 아들이 찍힌 사진도 그대로 내버려 두었더군요. 그래서 청소를 해 준다는 핑계를 대면서 창고 안으로 치워 버렸죠. 그리고 저와 함께 찍은 사진을 은근슬쩍 장식해 두는 거예요. 여긴 내 공간이니까 아무도 들어오지 말라고요. 여자는 그런 것까지도 계산한답니다."

호승은 웃었다. 그래서 아내가 내 인생 안으로 한 발짝 들어온 것이 그토록 당연하게 느껴진 걸까.

"당신은 만약 내가 죽기 직전까지 누군가한테 얻어맞고 있다면 어떡할 거야?"

"같이 싸워야죠. 저희는 두 사람이니까요. 한 사람을 못 이길까요."

호승은 도움이 많이 되었다고 말한 후 전화를 끊었다. 일단 아들의 방을 한 번 더 살펴봐야 할 것이다. 아들은 사진이라는 형태로 자신의 사랑을 남겨 두고 싶어 했다. 그렇다면 분명 무언가가 남아 있을 것이다.

6

호승은 아들의 방에 쪼그려 앉아 자신이 찾아낸 그 여자

의 흔적들을 하나하나 살펴보았다. 장롱에서 찾은 상자에서
는 아들이 정혜연과 함께한 3개월간의 흔적이 고스란히 남
아 있었다. 두 사람이 함께 찍은 사진, 그리고 아들이 아마
도 몰래 찍었을 정혜연의 사진이 몇 묶음씩 정리되어 있었
다. 아들은 심지어 데이트 도중에도 혼자 멀찍이 떨어져서
전화를 받는 정혜연의 뒷모습까지 사진으로 남겨 놓았다.
그런 사진들이 유독 많다. 아들은 정혜연의 일거수일투족을
모두 남기고 싶었던 것 같다. 호승은 고개를 돌려 책상 위의
컴퓨터 모니터를 보았다. 아들은 심지어 25분마다 작동하는
화면보호기에도 그 여자와의 다정한 한때를 저장해 놓았다.
아들의 방 안 구석구석은 3년 전의 행복으로 가득 차 있었
다. 아들이 자살을 기도한 날 호승도 이 사진을 보았다. 거
실에서 아내의 전화를 끊고, 그 직후 도착한 구급대원들과
함께 아들의 방으로 올라왔을 때였다. 컴퓨터에 화면보호기
가 실행되어 있었다.

　호승은 잠시 생각을 가다듬었다. 아들은 모든 만남을 일상
의 기록으로 남긴 듯싶다. 어쩌면 사건 그날도 무언가의 사
진이 존재하지 않을까. 하지만 그날 아들은 현장에서 체포되
었고 치료를 위해 먼저 병원으로 후송되었다. 자신의 카메라
를 챙길 여유는 없었을 것이다. 이 변호사와 김정율로부터
받은 자료에서도 사진의 존재가 언급되어 있지 않았다.

아무래도 아들은 방에 틀어박히면서 오랫동안 청소를 하지 않은 것 같다. 호승은 아들의 방을 살펴보느라 먼지투성이인 바닥을 몸으로 쓸고 닦았다. 호승은 목이 텁텁했다. 들끓는 가래를 뱉어 버리고 싶었다.

호승은 아들의 방을 나와 2층 화장실로 향했다. 끌어 모은 가래를 변기에 뱉고 물을 내렸다. 결혼반지는 잠시 세면대 위에 조심스레 빼놓았다. 물을 틀고 손을 적신 후 양손으로 하얀 비누를 문지르며 거품을 냈다. 비누를 비누대에 되돌려 놓으려고 하다 호승은 순간 멈칫했다. 네모난 비누의 갈라진 틈새 안에 무언가 검붉은 염료가 껴 있었다. 호승은 자신의 손을 가만히 들여다보았다. 손에는 하얀 비누 거품만이 가득했다. 다시 비누를 자세히 보려고 손에 힘을 주었다. 앗, 호승은 소리 내었다. 손에서 미끄러진 비누가 화장실 바닥으로 툭 떨어졌다.

호승은 고개를 갸웃거리며 일단 손에 가득한 비누 거품을 씻어 냈다. 그리고 떨어진 비누를 줍기 위해 화장실 바닥에 한쪽 무릎을 꿇고 앉았다. 세면대 밑으로 고개를 들이밀었다. 그런데 비누 옆에서 무언가 작게 반짝였다. 호승은 고개를 들어 세면대 위쪽을 살펴보았다. 조금 의아했다. 아니, 이게 왜…….

그때 호승의 주머니에 있는 핸드폰이 울렸다. 호승은 서

둘러 물기 묻은 손을 바지에 닦곤 전화를 받았다. 병원이었
다. 미쳐 버리겠군. 호승은 그렇게 중얼거렸다.

 아들은 또다시 자해했다. 옆 병실의 환자가 사용한 과도
를 훔쳐 사용했다고 한다.

 "일단은 환자 본인의 의사에 따라서 면회를 금지하겠습니
다. 보호자께서 군이 만나셔야겠다면 환자분을 한 번 더 설
득해 보겠지만요."

 자신을 신경정신과 의사라고 소개한 남자가 말했다. 방금
전에 오신 어머님의 면회도 거절했습니다. 그 말에 호승은
물러설 수밖에 없었다.

 전처가 왔었구나. 전처의 면회마저도 거절할 정도면, 내
면회를 승낙할 리가 없지.

 찐득찐득한 알 수 없는 감정 덩어리가 풍선처럼 부풀어 오
르다가 뻥, 터져 버리고, 다시 부풀어 오르다가 터져 버린
다. 뱃속에서 그러한 동작이 반복되는 것 같았다. 호승은
순간순간 입 밖으로 무언가를 토해 내고 싶은 불쾌한 기분
이 들었다. 정혜연을 만나자. 전처가 가르쳐 준 주소를 확
인하며 호승은 그렇게 생각했다. 정신을 차리고 보니 거칠
게 차를 몰고 있었다.

 호승은 아들이 어렸을 적 함께 맞추곤 했던 직소 퍼즐을

떠올렸다. 커다란 판 위에 작은 퍼즐 조각을 하나하나 끼워 맞추다 보면 어느 순간부터 전체적인 큰 형태가 그려진다. 그 이후부터는 속도가 붙는다. 남은 퍼즐 조각을 끼워 맞추기만 하면 끝이다. 그러나 3년 전 아들의 사건은 결정적인 무엇인가가 비어 있었다. 마지막으로 끼워 맞출 퍼즐 조각 자체가 없는 느낌이다.

아들이 수감된 동안 호승은 아들의 방을 한 번도 살펴보지 않았다. 언젠가 아내도 머지않아 돌아올 아들을 위해서 그대로 놔두었다고 말했다. 그렇기에 그곳에 진실이 있다고 믿어야 한다. 빨갛게 타오르는 해가 어둠에 완전히 잡아먹힐 때쯤, 호승은 정혜연이 사는 아파트에 도착할 수 있었다.

경비실을 통해 인터폰을 연결하자 한 남자가 받았다. 정선일의 아버지 되는 사람이라고요? 그는 짐작 가는 구석이 없다는 투로 '글쎄요' 하고 중얼거렸다. 당신 부인과 아는 사람이라 말하자 그는 잠시 머뭇거리더니 잠시만 기다리라고 말했다. 이윽고 '여보세요' 하고 조심스러운 여자 목소리가 들렸다.

당신과는 만나고 싶지 않다, 이미 끝난 일이니 돌아가 달라. 호승은 이러한 거절도 염두에 두고 있었다. 상황에 따라선 다소의 협박도 감행할 생각이었다. 하지만 정혜연은 침착하게 근처에 있는 카페에서 잠시만 기다려 달라고 말했다. 당황한 것은 되레 호승 쪽이었다. 여자들은 전부 다 보통이 아니에요. 문득 아내의 말이 떠올랐다.

십여 분 뒤, 정혜연은 카페에 들어왔다. 삼십 대에 접어든 그녀는 호승이 본 사진 속 모습과 별반 다르지 않았다. 그녀는 호승과 마주앉아서도 전혀 주눅이 들지 않았다.

"늘 생각하고 있었어요. 언젠가 그 사건을 가지고 선일이 가족 중 누군가가 저를 찾아올지도 모른다고요. 직접 뵙는 건 처음이네요, 아버님."

그녀는 이야기를 나눌 준비가 되어 있었다.

"2주 전쯤, 아들이 찾아왔을 거요. 그렇죠?"

"네. 이틀 전 출소했다고 불쑥 나타났더라고요. 제 주소는 어떻게 알았는지 몰라요."

"무슨 이야기를 나눴죠?"

"서로의 근황에 관한 이야기였죠. 선일이야 줄곧 감옥에 있었으니 굳이 말할 게 없었어요. 저는 제 이야기를 했죠. 재혼했고 지금의 남편은 저를, 그리고 아이를 굉장히 많이 사랑해 준다고요. 이제야 비로소 행복한 가정을 꾸렸다고요. 선일이는 다짜고짜 저한테 화를 내더군요. 자기를 두고 어떻게 이럴 수가 있냐고."

그녀는 어깨를 으쓱하며 말했다.

"3년 전 당신 때문에 살인을 했습니다. 당연한 반응 아닌가요? 얼마 전 선일이는 자살을 기도했어요. 아마도 당신 때문에 말입니다."

그녀는 움찔, 눈썹을 추켜세웠다. 하지만 그뿐이었다. 그녀는 담담하게 말을 이었다.

"저희는 후에 다시 함께하자고 따로 약속을 한 게 아니에요. 게다가 세상이 전부 살인자로 알고 있는 사람을 남편으로 맞다니. 솔직히 이제 다 끝난 일 아닌가요? 저는 제 행복을 찾았어요. 선일이는 선일이의 행복을 찾으면 되는 거예요. 제 얘기는 여기서 끝이에요. 이 자리에 나온 건 다시는 제게 접근하지 말라고 말씀드리기 위해서예요. 더 이상 제 삶을 침범하겠다면 당신들에 대해 접근 금지 신청을 할 생각도 있어요."

"단물은 다 빼먹었다는 건가요?"

호승은 지금까지 지난 일주일간 자신이 보고 들은 것들을 전부 종합해 보았다. 퍼즐 조각의 공백은 자신의 상상력으로 메워 본다. 정답인지 아닌지는 눈앞의 정혜연의 반응을 보고 판단하면 된다.

"당신은 결혼 생활에 지쳐 있었어요. 의처증을 가진 남편은 결혼 초 외출조차 허락해 주지 않았으니 말이죠. 그런데도 당신은 외출을 하고 카페에서 아들과 만날 수 있었습니다. 그건 당신이 놀라울 정도로 내조를 잘했기 때문이죠.

의처증을 가진 남편이 모종의 의심조차 할 수 없도록 말입니다. 당신도 알고 있겠지만, 아들에게는 사진을 찍는 취미가 있어요. 사진 속의 당신은 어디론가 전화를 자주 하더군요. 당연하죠. 당신은 주기적으로 당신의 위치를 남편에게 알려야 했으니까요."

전처가 건네준 디지털카메라 속의 사진에서도, 아들의 방에서 발견한 사진 더미 속에서도 정혜연은 늘 핸드폰을 손에서 놓지 않고 있었다.

"그것만으로는 부족합니다. 선일이와 만나는 삼 개월 동안 당신은 남편이 의심하지 못하도록 철저하게 계산을 했을 겁니다."

남편의 행동 패턴을 잘 알고 있는 아내라면 상황을 조작하는 건 그리 어렵지만은 않을 것이다.

"그날, 의처증을 가진 남편이 집으로 돌아오는 건 아주 쉬운 일이었어요. 당신이 사진과는 반대로 행동하면 되죠. 그저 연락이 두절되면 그만인 겁니다. 그날, 당신은 언제든지 남편이 돌아올 시간을 조작할 수 있었습니다. 남편은 회사에서 집으로 돌아왔고, 벌거벗은 당신과 아들, 두 사람을 보게 됩니다. 당신은 남편의 의처증을 아주 잘 알고 있었어요. 남편은 앞뒤 안 가리고 아들에게 덤벼들었죠. 당신이 바라던 바가 그것 아니었던가요? 남편을 살인자로 만드는 것 말입니다."

그녀는 호승을 향해 턱을 살포시 들었다. 어디 한 번 계속
해 보라는 걸까. 도도한 눈빛이다.

"하지만 계획이 조금 틀어졌어요. 아니, 오히려 아주 잘
풀리게 되었죠. 아들은 살기 위해서 일격을 가합니다. 남편
은 타격을 받고 쓰러지지요. 하지만 죽진 않았어요. 남편은
다시 아들에게 덤벼들었을 것이었습니다."

정혜연은 입꼬리를 비틀며 웃었다.

"계속해 보세요, 아버님. 그래서 그 다음에 무슨 일이 벌
어졌는지요. 법정에서 선일이가 제 입으로 말한 거 아시죠?
자기가 직접 죽였다고요."

호승은 잠시 말을 골랐지만 할 수 있는 말이 없었다.

"전 아들이 왜 자살을 기도했는지도 모르죠. 짐작만 할 뿐
입니다. 다만 한 가지는 압니다. 3년 전에도 그렇고, 지금
도 그렇고 선일이는 당신을 사랑했습니다. 그런데 당신은,
당신이란 여자는……"

눈앞의 여자의 흔적으로 가득 찬 아들의 방을 떠올리며 손
아귀에 힘을 주어 꽉 쥐었다. 호승은 그녀의 여유만만한 태
도가 마음에 차지 않았다.

"그래서 어떡하실 건가요? 이미 다 끝난 사건을 가지고 재
수사를 신청할 건가요? 당신도 아실 텐데요. 지금 와서 이

러는 거, 아무런 소용도 없다는 걸요. 어찌 됐건 저는 선일이에게 진심으로 고마워하고 있어요. 그 지옥으로부터 저를 구해 줬으니까요. 하지만 거기까지예요. 전 이제 선일이가 죽든 말든 아무런 상관없어요. 아까 말씀드렸듯이 다시는 보는 일이 없으면 좋겠네요."

정혜연은 자리에서 일어났다. 호승은 자리에서 벌떡 일어나 정혜연을 바라보았다. 딸랑거리는 종소리가 울리고 그녀는 카페 문을 나가 버렸다.

호승은 머리를 감싸 쥐었다. 저 여자를 불행하게 만들고 싶다고 진심으로 바랐다. 아들이 당한 고통을 저 여자에게도 보여주자. 호승은 슬며시 주위를 살폈다. 자신도 모르게 입으로 소리 내어 말한 게 아닐까 생각했다. 심장이 빠르게 뛰었다.

7

호승은 아내와 함께 병원 경내로 산책을 나섰다. 한적한 곳을 찾은 아내와 호승은 벤치에 나란히 앉았다. 나뭇잎 사이로 스며드는 햇살이 아내의 몸에 점점이 흩어져 자리 잡았다. 한순간 바람이 불고 가지가 크게 흔들렸다. 아내의 몸에 내려앉은 햇살이 물결처럼 반짝반짝 빛났다. 호승은 그 눈 시린 빛이 아내의 마음과 같다고 생각했다.

호승은 조용히 아내의 손 위에 자신의 손을 포갰다. 툭 불거져 나온 손등의 뼈를 가만히 더듬어 보았다. 이 사람이 내 곁에 있어 주어서 얼마나 다행인가. 새삼 그 사실이 고마웠다.

정혜연과 만난 그날, 호승은 무언가 오랫동안 참고 있던 것이 머리로 꽉꽉 몰린 느낌을 받았다. 무언가 강력한 충동이 머릿속을 지배했다. 그러나 호승은 끝까지 참았다. 주체할 수 없는 감정이 차갑게 식을 때까지 기다렸다. 억지로 심호흡을 하고 손톱을 세워 양팔을 거세게 부여잡았다. 호승은 얼음장처럼 차갑고 깨끗한 물속을 들여다보듯 자신의 마음을 살폈다. 복수, 라는 두 단어가 남아 있었다.

요 며칠간 호승의 일상에 달라진 건 없었다. 아들은 여전히 호승의 면회를 거부했고, 아내의 병세는 차도가 없었다. 호승은 틈틈이 정혜연을 미행하며 그녀의 스케줄을 파악했다. 그동안 호승은 자신의 삶의 의미에 대해 생각했다. 난 지금까지 무엇을 위해 살아온 걸까. 오십 중반이 되도록 이뤄 놓은 것이 아무것도 없는 듯 느껴져 문득 마음이 헛헛했다.

이 나이쯤 되면 앞으로 무얼 생각해야 할까. 다른 일을 찾아볼 수도 있었다. 그러나 그런 것들이 다 무슨 소용인가. 회사에서 퇴직금을 입금했다는 연락이 왔지만 호승은 확인해 보지도 않았다.

아들의 살인 소식을 듣곤 호승은 아들에 대한 실망감을 감출 수가 없었다. 회사 동료들에게 낯이 뜨거워 얼굴을 들고 다닐 수 없었다. 호승은 아들을 모른 척했다. 모른 척하면 자신의 인생에서 아들이 사라질 줄 알았다. 아들이 감옥에 가 있는 3년은 차라리 마음이 편했다. 아들이 처음부터 없었던 듯한 착각이 들었다. 아들의 출소 직후, 호승은 방에 틀어박힌 아들이 두려웠다. 퇴직을 앞둔 상황에서 언제까지 아들을 책임져야 할지 모른다고 불안감이 들었다. 때론 아들의 얼굴을 떠올리기 싫을 정도로 아들이 짊어진 살인자라는 낙인이 두려웠다. 자살을 기도했을 때는 잠시나마 차라리 죽어 주지 않은 것에 대해 원망했다.

호승은 지금도 끊임없이 스스로를 책망한다. 아버지로서 그럴 수 있는 것인가. 그러나 그것은 분명 솔직한 감정이었다. 아들이 아내의 몸에 퍼진 암세포처럼 느껴졌다.. 호승의 남은 인생을 좀먹어 가는 것처럼 느껴졌다.

아들을 탓하지 말자. 아들이 저렇게 된 건 모두 내 탓이다. 모든 게 내 탓이라면, 내가 책임을 지자. 호승은 그렇게 생각했다. 마지막으로 아들을 위해 할 수 있는 일이 있을 것이었다. 호승은 그 전에 아내에게 감사인사를 해야만 했다.

"여보. 선일이가 자살을 기도했어."

아내의 얼굴에 은은히 자리 잡고 있던 미소가 천천히 사라졌다. 아내는 호승의 가슴 언저리로 시선을 내렸다. 순간 할 말을 찾지 못한 듯싶다. 호승은 당신도 알다시피, 라고 뒷말을 조용히 덧붙였다.

"아들이 입원한 병원에서 들었어. 간호사는 어머니가 왔다 갔다고 했는데, 전처에게 연락해 보니 전처는 나랑 만난 그날밤에 병원에 온 적이 없다고 하더라. 곧바로 당신이란 걸 알았지."

"사실은 당신 전 와이프가 알려 준 거예요. 당신이 그랬다면서요? 제가 아프니까 저한테는 괜히 말하지 말아달라고요. 하지만 같은 엄마의 입장으로서 알려줄 필요가 있다고 생각했다네요. 그 점 정말 고맙게 생각해요."

"하지만 그것뿐만이 아니야. 당신은 선일이가 자살을 기도한 그날 집에 있었으니까."

아내의 눈동자가 흔들렸다. 말과 말 사이의 공백을 바람이 나뭇잎을 흔드는 소리가 메워 주었다. 인정할 것인가, 잡아뗄 것인가. 호승은 아내의 반응이 궁금했다.

"여보. 저는 선일이가 언제 그런 무서운 짓을 했는지도 몰라요. 만날 병원에만 있었는걸요."

역시 잡아떼는구나. 호승은 아내가 그럴수록 더욱 미안한 마음이 들었다.

호승은 그날 아내가 집에 있었다고 확신한 후 병원의 외출 기록을 확인해 보았다. 생각대로 아내는 정오가 지날 즈음 외출했다.

"설마 제가 외출했던 날, 선일이가 그런 짓을 시도한 건가요? 어쩜, 그럴 수가. 그날 외출한 건 사실이지만, 집으로 가진 않았어요. 병원이 너무 갑갑해서 바람 좀 쐬고 싶었을 뿐이었어요."

아내는 늘 아들을 그리워했다. 더불어 집 안의 화초까지 언급하며 가사 상태를 걱정하던 사람이다. 아내가 병원을 나섰다면 행선지는 단연 집밖에 없다.

"그리고 기억 안 나세요? 선일이 좀 살펴 달라고 회사에 있는 당신한테 전화를 건 게 저잖아요. 제가 집에 갔었다고요? 만약 그랬다면 제가 먼저 119에 신고했을 거예요. 안 그래요?"

"그래서 내가 당신 앞에서 더욱 고개를 들 수가 없는 거야. 당신에게, 선일이에게 못난 가장이라서 고개를 못 들 정도로 미안한 거야. 당신은 나를 아주 잘 알고 있어. 당신이 나한테 연락을 해 주지 않았더라면 나는 다시 한번 선일이가 한 행동을 외면했을 거야. 자살 따위를 하려고 하다니, 못난 녀석이라고, 왜 그렇게밖에 행동할 수 없었던 거냐고, 선일이의 마음을 헤아리지 못했겠지. 선일이가 더욱 무서워졌을 거야. 아들이라는 끈을 놓아 버리고 싶었을지도 몰라. 그래서 당신은 어떻게든 직접 보여주고 싶었어. 선일이가 지금 이렇게 고통스러워하고 있다고. 당신은 당신 몸이 얼마 버티지 못할 걸 알고 있었어. 그래서 눈앞에서 죽어가는 아들을 보고 필사적으로 생각한 거야. 자신이 죽은 후 남겨질 남편과 아들을 화해시킬 방법이 없을까 하고."

십여 년을 함께하다 보니 이젠 어떤 상황에서 어떻게 생각할지를 상대의 입장에서 생각해 볼 수 있었다. 아내의 눈가에는 어느새 눈물이 그렁그렁 맺혀 있었다. 한 방울의 눈물이 툭, 하고 아내의 무릎 위로 떨어졌다.

"하긴, 그런 당신이었기 때문에 내가 결혼을 결심한 건지도 모르지."

호승은 바지 뒷주머니에서 손수건을 꺼냈다. 접은 손수건을 펼치자 그 안에서 빛나는 그것이 모습을 드러냈다. 아내의 반지에서 빠진 다이아였다.

"여보, 이걸 어디서……"

호승은 2층 화장실에서 손을 씻다 비누 틈새에 낀 검붉은 염료를 발견한 것, 미끄러진 비누를 줍기 위해 화장실 바닥을 살펴본 것을 말해 주었다.

"세면대 밑까지 살펴보지 않았으면 절대 몰랐을 거야."

호승의 말에 아내는 체념한 듯 한숨을 푹 내쉬었다.

"잡아뗄 여지가 없네요. 한참을 찾았는데 설마 집에서 빠뜨렸을 줄이야."

아내는 그날의 일을 차근차근 들려주었다. 아내는 병원을 나서 택시를 타고 집으로 향했다. 출발하며 아들의 핸드폰으로 전화를 걸었더니 받지 않았다고 한다. 그리고 아내는 제 방에서 피를 흘리며 쓰러진 아들을 발견했다. 아들은 이미 정신을 잃었지만, 자살을 기도한 직후처럼 보였다고 한다. 아내는 응급처치를 실시했다. 아들의 방 옷장 서랍을 열고 티셔츠를 한 장 꺼내 아들의 팔을 압박했다.

호승은 구급차를 타고 병원에 왔을 때 의사가 자신에게 했던 말을 떠올렸다. 그때 호승은 응급처치가 좋았다는 말을 듣곤 조금 의아했다. 정작 자신은 아무것도 한 게 없었으니까.

"저는 나쁜 엄마예요. 자칫 잘못되었더라면 선일이는 정말 위험했을 거예요. 하지만, 저는 얼마 안 남았잖아요. 제가 사라지고 나면 당신이랑 선일이만 남잖아요. 그래서 당신을 불렀어요. 미안해요."

아내의 목소리가 가느다랗게 떨렸다. 호승은 바닥에 핏방울이 흩뿌려진 그 방을 떠올렸다. 그 참혹한 상황 속에서 아내는 필사적으로 생각했으리라. 자신과 아들 둘만 남겨질 미래를.

"미안한 건 나야. 당신이 이렇게까지 해 주지 않았더라면 난 평생 선일이를 용서 못 했을 거야."

아내는 호승이 회사에서 출발하면 30분 이내로 돌아온다는 것을 알고 있었다. 눈물범벅으로 선일의 곁을 지키던 아내는 늦기 전에 집을 나가야 한다는 것을 떠올린다. 2층 화장실로 가서 손을 씻는데, 현관문이 열고 닫히는 소리가 들린다. 아내는 화들짝 놀라 바닥에 넘어진다.

갈라진 비누 틈새에 낀 붉은 염료는 아내가 피 묻은 손을 씻다가 스며든 선일이의 피였다. 그러나 그것만으로는 아내가 집에 있었다는 사실을 깨닫지 못했을 것이다. 아내는 넘어지며 왼손의 반지를 바닥에 부딪쳤을 것이다. 다이아는 그때 반지에서 빠진다. 차라리 빠지지 말았다면, 하고 호승은 잠시 생각해 보았다.

"저는 얼른 화장실에서 나와 2층의 창고 방으로 숨었어요. 당신은 선일이를 발견하곤 곧바로 119에 신고를 했죠."

"그렇지. 당신은 밖으로 나가려면 선일이 방 앞을 지나쳐야 했어. 아무리 조심해서 나간다고 해도 내가 볼 염려가 있었어. 그래서 당신은 집으로 전화를 걸었어. 내가 전화를 받으러 1층 거실로 내려갈 때까지 집요하게 말이야."

호승은 계단을 뛰어 내려간 후 거실로 가 전화를 받는다. 아내는 호승과 통화를 하며 조심스레 집 밖으로 나간다. 호승은 그날의 통화를 떠올렸다. 어느 순간에 아내는 잠시 말이 없었다. 그때는 계단을 내려가는 데 집중하고 있었을 것이다. 계단을 내려가기만 하면 곧바로 현관이 나오니까.

선일이는 어떠냐, 선일이 좀 바꿔 달라. 아내는 그렇게 호승이 대답하기 어려운 것만 질문했다. 호승은 아들을 걱정하는 아내의 당연한 반응이라고만 생각했다.

"통화 중간에 현관문이 열리고 닫히는 소리를 들었어. 단순한 착각이 아니었던 거야. 당신은 무슨 일 있냐고 태연하게 전화 너머에서 연기를 했어. 내가 문소리가 났다고 하니까 당신은 선일이가 나간 게 아니냐고 말했지. 나도 얼떨결에 그렇게 둘러댈 수밖에 없었어. 당신은 마지막까지 위화감을 남기지 않기 위해서 현관 앞에 벗어 놓은 신발 대신 신발장에서 다른 신발을 꺼내 들고 나갔어."

"미친 여자처럼 맨발로 뛰쳐나갔어요. 누구 본 사람이 없어서 다행이에요."

병실에서 본 아내의 발이 상처투성이였던 이유는 여기 있었다. 호승은 아내의 발을 깨지기 쉬운 유리알을 다루듯 어루만져 주고 싶었다.

호승은 잠시 말을 멈추었다. 아내도 아무런 말도 하지 않았다. 이제 그만 해도 되잖아. 호승은 스스로에게 물어보았다. 역시, 그럴 수는 없었다.

호승은 마지막으로 한 가지 확인하고 싶었다. 이것을 확인하면 자신이 정말 못난 가장으로 전락하고 말지만, 그럼에도 진실을 알고 싶었다. 자신이 못난 가장이란 자책감에 시달리지 못하면 결심을 실행하지 못할 것 같았다.

"여보. 혹시나 해서 물어볼게. 선일이 방 컴퓨터를 만지지 않았어?"

"컴퓨터요? 그럼요. 저는 건드리지도 않았어요."

아내는 순간 머뭇거렸지만 그렇게 대답했다. 건드리지도 않았다면 답은 더욱 명확해진다.

"당신도 알 거야. 일정 시간이 지나면 컴퓨터는 자동으로 화면 보호기를 실행하지. 그날 선일이 방의 컴퓨터도 마찬가지였어. 내가 선일이 방에 들어갔을 때는 컴퓨터가 켜져 있었으니까 당신도 켜져 있는 컴퓨터를 봤을 거야. 당신은 모니터에서 무얼 봤는지 말해 줄 수 있어?"

"선일이가 쓴 유서가 있었지요."

"정말이야?"

"그럼요. 내용도 말해 줄 수 있어요."

물론 아내는 내용을 아주 잘 알고 있을 것이다.

"그런데 여보, 내가 선일이 방에 들어갔을 때 모니터에는 선일이가 쓴 유서가 보였어. 선일이 방 컴퓨터는 25분마다 한 번씩 화면보호기를 실행하고."

아내의 눈이 조금 커졌다. 무슨 말을 하고 싶은 건가요? 눈으로 그렇게 묻고 있었다.

"당신 말대로라면 나는 유서 대신 화면보호기에 뜬 선일이 사진들을 봤어야 해. 왜냐면 내가 회사에서 집으로 오는 데만 30분 정도가 걸렸으니까. 선일이 방에 도착했을 때 나도 모니터 화면을 봤어. 그땐 유서가 화면에 떠 있었지. 거실에서 당신과 통화를 하고 다시 2층 선일이 방으로 올라오니 그제야 화면 보호기가 실행되어 있었어. 알겠어? 아무도 컴퓨터를 건드리지 않았다면, 유서는 내가 집에 도착하기 대략 10분 전에 쓰였다는 게 되어 버려. 그래야만 내가 유서와 화면 보호기를 볼 수 있는 시간이 되는 거야. 기절한 선일이가 유서를 쓰는 것은 당연히 불가능해. 유서를 쓸 수 있는 건 한 사람뿐이야."

아내는 아무 말이 없었다. 두 손으로 얼굴을 감싸고 조용히 눈물을 흘렸다. 호승은 가슴이 아팠다. 모두 자신이 못난 탓이었다.

"당신이 나를 움직이게 하기 위해서 선일이가 쓴 척 유서까지 쓴 것. 책망하지 않아. 오히려 감사할 따름이야. 덕분에 나는 3년 전 사건을 조사할 마음이 생겼어. 내 아들이 자

기가 한 짓이 아니라고 하는데, 어떻게 가만히 있을 수가 있
겠어. 고마워. 그렇게까지 해 줘서. 당신은 엄마 자격이 없
다고 말했는데, 진짜 자격이 없던 사람은 바로 나야. 당신
은 정말 좋은 아내고 엄마야. 이제는 내가 보여줄 차례야.
선일이를 위해 할 수 있는 일, 우리 가족을 위해 할 수 있는
일이 뭔지 보여줄게. 여보. 내 아내가 되어 줘서 고맙고, 선
일이의 엄마가 되어 줘서 고마워. 힘들더라도 선일이를 조
금만 더 맡길게."

호승은 자리에서 벌떡 일어났다.

"여보? 어디 가는 거예요? 여보!"

호승은 대꾸하지 않았다. 뒤를 돌아 아내의 얼굴을 보면
결심이 무너질 것만 같았다.

8

아내가 입원한 병원을 나와 40분가량 차를 몰고 도착한
곳은 정혜연이 사는 거주지 인근의 유치원이었다. 호승은
이 유치원의 오후 1시부터 2시까지가 아이들의 낮잠 시간이
란 것을 알고 있었다. 오후 2시가 넘으면 정혜연이 아들을
데리러 온다는 것도 알고 있었다. 호승은 시간을 확인하고

차에서 내렸다. 오후 1시 반이었다.

호승은 주저 없이 유치원으로 들어갔다. 인기척을 내자 안쪽 방에 모여 있던 선생님들 중 가장 나이가 어려 보이는 듯한 여자가 나왔다.

"지정훈 할아버지 되는 사람입니다."

손발이 덜덜 떨렸지만 목소리만은 떨리지 않으려고 애썼다. 다행히 눈앞의 여자는 "아, 정훈이 할아버지세요?"라고 친절하게 되물었다.

오늘은 제가 며느리를 대신해 손자를 데리러 왔습니다. 깨우지 마십시오. 제가 안고 가겠습니다. 차를 몰고 오며 몇 번이나 연습한 말을 밖으로 내뱉는 순간 머리가 아플 정도로 심장 소리가 크게 울렸다. 등 뒤가 땀으로 다 젖은 게 느껴졌다. 다행히 여자는 이쪽으로 오세요, 하고 아무런 의심 없이 호승을 안내했다.

아이들이 자는 방으로 들어간 호승은 두 손으로 조심히 정혜연의 아이를 안아 들었다. 혹여나 아이가 깨면 아이를 안은 채 달아날 각오도 하고 있었다. 뛰다가 미끄러져 넘어질 것 같아 현관의 슬리퍼도 신지 않고 실내로 들어왔다. 다행히 아이는 호승에게 안겨서도 잠에서 깨지 않았다. 호승은 두근거리는 가슴을 억누르며 최대한 자연스럽게 걸어갔다. 오히려 심장 소리 때문에 품에 안긴 아이가 깰까 봐 조마조

마했다.

유치원 근처에 주차해 놓은 자신의 차로 돌아가 뒷좌석에 아이를 조심스레 눕혔다. 호승은 다시 한번 주변을 살피곤 도시 외곽으로 차를 몰았다.

이렇게 쉬워도 되는 걸까. 호승은 자동차 뒷좌석에서 세상모르고 곤히 잠들어 있는 정혜연의 아들을 보며 생각했다. 유치원을 나오기 전, 아이가 잠에서 깨기라도 했으면 모든 게 다 수포로 돌아갔을 것이다. 하지만 아이는 잠에 취해 일어날 줄 몰랐다. 온몸을 공처럼 웅크린 자세로 자는 아이를 보며 호승은 문득 오래 전, 아들이 딱 저만 하던 나이의 어린 시절을 떠올렸다. 아들 역시 한 번 잠들면 좀처럼 일어나지 못했다. 전처와 여행을 가서도 어린 아들은 잠이 들면 호승의 등에 업힌 채로 깨어나지 않았다.

안 돼. 호승은 소리 내어 자신을 다그치며 고개를 절레절레 크게 흔들었다. 순간 마음이 약해질 뻔했다.

그렇게 사랑스러운 아들의 미래를 이 아이의 엄마가 망쳐버렸어. 이 아이는 곧 내 손에 죽을 거야. 부모에게 할 수 있는 가장 큰 복수를 하는 거야.

호승은 그렇게 마음을 잡았다. 최소한 고통 없이 죽여 주고 싶었다. 목을 조르는 편이 가장 나을 것이다. 저 가느다란 목에 체중을 실어 아주 작은 힘만 가하면 된다. 단 몇 분이면 끝날 것이다.

　오후 2시가 지났다. 정혜연도 자기 아들이 누군가에게 납치됐다는 것을 눈치챘을 것이다. 호승은 아이를 데리고 빠져나오자마자 바로 죽일 생각이었다. 하지만 호승은 자꾸만 망설여졌다. 아이는 죄가 없다고, 머릿속에서 누군가 속삭였다. 호승은 그 목소리를 부정했다. 그 여자의 자식인 게 죄라면 죄일 것이다.

　호승은 전원이 꺼진 핸드폰을 들었다. 아내에게 전화가 끊임없이 와서 할 수 없이 전원을 꺼 두었다. 아내는 무언가 불길한 낌새를 챈 것 같다.

　호승은 머뭇거리다 핸드폰의 전원을 다시 켰다. 마지막으로 아내의 목소리를 듣고 싶었다. 아내가 아들과 자신을 화해시키기 위해 한 그 일을 한 번 더 스스로에게 상기시키고 싶었다. 호승은 병원에서 다짐했다. 우리의 행복을 부숴 버린 정혜연에게 복수하자고. 그 여자에게서 소중한 사람을 빼앗아 버리고 그녀가 그랬던 것처럼 아주 뻔뻔한 태도를 취하자고.

　핸드폰 화면에 빛이 돌아왔다. 호승은 슬며시 눈살을 찌푸렸다. 부재중 전화가 스무 통이 넘게 와 있었다. 순간, 정적을 깨며 벨소리가 울렸다.

　호승은 눈을 의심했다. 정선일, 이라는 이름이 핸드폰 액정에 나타났다. 아들이었다.

아들이 내게 전화를 걸어온 것이 대체 얼마만의 일일까. 호승은 눈물이 핑 돌았다. 호승은 고개를 돌려 다시 한번 뒷좌석을 바라보았다. 아이는 곤히 자고 있었다. 전화를 받을까 했지만, 그럴 수는 없었다.

이젠 정말 할 수밖에 없다. 호승은 조수석에 핸드폰을 던져 놓곤 차에서 내렸다. 뒷좌석 문을 열고 누워 있는 아이를 향해 몸을 들이밀었다. 차갑게 식은 손이 덜덜 떨렸다. 호승은 두어 번 손을 쥐었다 폈다 한 후, 아이의 목을 그대로 짓눌렀다.

아이가 경기를 일으키듯 번뜩 눈을 떴다. 끄어억, 살짝 벌린 입술 사이로 새어 나온, 전혀 아이 같지 않은 기괴한 신음소리가 귓가를 파고들었다. 전화벨은 쉬지 않고 계속 울렸다.

자신에게 무슨 일이 일어나고 있는지 깨달으며 점점 공포에 질려 가는 깨끗한 눈동자. 호승은 얼른 그것의 초점이 흐려지길 바랐다. 투명한 눈물이 또르르 아이의 뺨을 타고 흘러내렸다.

그때였다. 눈앞에 문득 전에 본 듯한 광경이 불쑥 튀어나왔다. 놀랍게도 이십여 년 전 아들의 모습이 호승의 손아귀 밑에 있었다. 어째서, 라는 의문이 머릿속에 떠올랐다. 그리고 유치원에서 생각했던 아주 작은 의문이 하나 풀렸다. 선생님은 왜 자신에게 아이를 건네주었던가. 그것은 아이와 호승이 놀라울 정도로 닮았기 때문은 아닐까.

눈앞의 아이가 자신의 핏줄이라는 것을 본능적으로 안 순간, 아이의 몸은 축 늘어져 더 이상 움직이지 않았다.

9

호승은 아들과 유리 칸막이 하나를 두고 마주앉았다.

"그때랑 입장이 반대구나."

호승은 나지막이 중얼거리곤 깨달았다. 자신은 이렇게 아들과 마주앉은 적이 한 번도 없었다. 3년 동안 호승은 아들의 면회를 간 적이 없었다. 사건 직후, 아들이 유치장에 구금되었을 때 얼굴을 확인하러 갔을 뿐이다. 그때 호승은 아들과 대화도 나누지 않았다. 아들의 얼굴을 보고 모든 걸 아내에게 맡긴 채 조용히 도망쳤다.

호승은 아들에게서 3년 전의 진실을 들을 수 있었다. 아들은 첫 번째 공판에서 정당방위를 주장했다. 아들은 그것이 진실이라고 스스로 믿고 있었다. 그러던 와중 아들은 구치소에서 면회를 신청한 정혜연을 만났다. 아이가 생겼어. 정혜연은 그렇게 말하며 아들에게 사진 한 장을 건네주었다. 태아의 초음파 사진이었다.

"어머니가 말씀하셨어요. 아버지는 어머니 병실에서 그 사진을 보셨다고요. 그 사진은 제가 컴퓨터 모니터 한쪽에 붙여 놨어요. 제가 손목을 그은 날 어머니는 제 방에서 사진을 들고 나오셨다고 했어요. 그때 모든 걸 눈치채셨겠지요."

아내는 호승이 아들의 과거와 마주하길 바랐다. 그래서 가장 결정적인 단서를 챙겨 나온 것이다. 호승은 아내의 기지에 혀를 내둘렀다. 모든 걸 다 알고 있으면서도 바로 대답해 주지 않고 차근차근 아들의 과거를 알아 가도록 호승을 도와주었다.

3년 전 아들은 재판을 받으며 구치소에 수감된 나날마저도 행복했다고 한다. 풀려나게 되면 정혜연과 가정을 꾸릴 수 있다고 믿었다. 그러나 다음 공판에서 검사는 피해자의 사인이 질식사라는 사실을 밝혀냈다. 아들은 거짓말을 하지 않고 정말 있는 그대로 증언했다. 재떨이로 후려쳐서 죽였다고, 자신이 한 행동은 어쩔 수 없는 정당방위였다고 믿었다.

아들은 그 자리에서 정혜연이 남편을 죽인 것을 깨달았다. 하지만 법정에서 밝힐 순 없었다. 사랑하는 여자와 곧 태어날 자신의 아이를 위해 할 수 있는 일을 스무 살의 머리로 필사적으로 생각했다. 아들은 적어도 아이의 어머니를 살인자로 만들 수는 없었다. 그래서 아들은 인정한다. 제가 목을 졸랐습니다, 하고.

"아마도 정혜연은 의도적으로 너를 이용해 남편을 살인자로 만들려고 했을 거야. 하지만 선일이 네가 말한 대로 정혜연 남편도, 너도 격투 끝에 기절하고 말았어. 아무도 죽지 않았지. 정혜연은 어쩔 수 없었을 거야. 다시 구속받는 끔찍한 결혼 생활을 할 수는 없었으니까. 그래서 정혜연은 남편의 목을 졸랐어."

만약 아들이 공판을 좀 더 길게 끌고 갔더라면 다른 증거가 나왔을지도 모른다. 하지만 아들은 죄를 인정하고 판결을 요구했다.

"그 여자는 아이를 반드시 낳는다고 말했어요. 그때의 제가 할 수 있는 일은 그것뿐이었어요."

정혜연은 아마 알고 있었을 것이다. 가정을 소중히 생각하고, 가정을 지키고 싶어 한 아들의 성격을. 정말 독한 여자라고 호승은 생각했다. 그녀는 아이를 지울 수도 있었다. 그러나 정혜연은 기꺼이 아이를 낳았다. 끝까지 혹시라도 증언을 번복할 아들의 입을 막기 위해서.

"저는 1년 전 어머니가 주신 사진만 보곤 정혜연이 아이를 혼자 낳아서 기르고 있다 생각했어요. 그래서 출소한 후에 곧바로 정혜연을 찾아갔어요. 그 여자는 반년 전 결혼했다고 말했어요. 지금의 남편은 아무것도 묻지 않고 자기도, 아이도 아주 사랑해 준다고요. 저는 견딜 수가 없었어요. 억누를 수가 없었어요. 죄송해요, 아버지."

아들은 고개를 숙인 채 몸을 떨었다. 호승은 문득 유리 칸막이를 부수고 들어가 아들을 안아 주고 싶었다. 그러나 호승은 다시 한번 생각했다. 자신에겐 그런 자격이 없다. 아들이 차라리 나보다 더욱 아버지다웠다고 생각했다.

"선일아. 네가 한 짓이 아니잖니. 그럼 지금이라도… 아니, 내가 할 말은 아니구나."

아들은 엄마에게 자살을 기도한 날 있었던 일을 모두 들었다고 했다. 거짓 유서를 작성한 것까지도.

"엄마를 용서해 주렴."

"용서하고 말고가 뭐가 있어요. 제가 잘못한 거예요. 다시는 그런 짓 하지 않을게요."

호승은 아들의 눈을 지그시 바라보았다. 아들도 호승의 눈을 피하지 않았다. 아들의 눈가가 촉촉이 젖어 왔다.

15분의 면회 시간은 금세 지나갔다. 또 올게요, 라고 말하며 아들은 입가가 뒤틀린 미소를 힘겹게 지어 보였다. 아들의 눈빛은 뒤를 도는 순간 무섭도록 슬프게 바뀌었다. 호승은 아들이 사라져 간 문에서 한동안 시선을 떼지 못했다.

호승은 간수의 인도를 받아 어두컴컴한 복도를 걸었다.

불현듯 언젠가의 기억이 망막에 천천히 떠올랐다. 눈앞에 천진난만하게 웃는 어린 아들이 있다. 전처의 젊은 얼굴이 보인다. 대략 이십 년 전쯤일까. 엄마가 좋아, 아빠가 좋아? 그렇게 물으면 어린 아들은 늘 엄마, 하고 대답했다. 울상을 지으며 곤란해하면서도 대답은 한결같았다. 그리곤 곧장 전처에게 달려가 안겼다. 전처는 의기양양한 표정을 지으며 호승을 쳐다보곤 했다. 자식에겐 엄마가 중요하지. 그렇게 중얼거리며 호승은 패배를 인정했다. 서운하지만 유쾌했다. 자신이 있고, 전처가 있고, 선일이가 있는 이 가정에 행복이란 게 있다고 순수하게 믿었던 때의 이야기다. 결국 호승은 그 가정을 지킬 수 없었다.

재혼한 아내는 늘 말했다. 선일이가 살인을 했을 리가 없다고. 호승을 속이기 위해 쓴 거짓 유서에서도 아내의 생각은 고스란히 드러났다. 전처도 같은 생각이었다. 호승만은 아들이 그 사건의 범인이라 믿었다. 그리고 아들을 외면했다.

나는 한 번이라도 아버지였던 적이 있었는가. 호승은 그렇게 자신에게 끊임없이 되물었다. 발을 움직였지만 걷는다는 느낌이 전해지지 않았다. 마치 검은 늪 속으로 잠겨드는 기분이었다. 나는 한 번이라도 제대로 된 가장이었던 적이 있었을까. 3년 전 아들을 외면하지만 않았더라면 분명 무언가 달라졌으리라.

호승은 어느새 복도 끝에 다다랐다. 모퉁이를 돌아 고개를 든 순간 눈앞의 창가에서 오후의 부드러운 햇살이 쏟아졌다. 호승은 눈살을 찌푸리며 제자리에 우뚝 멈춰 섰다. 움직일 수가 없었다.

나는 내 손으로 손자를 죽였어.

어느새 뺨을 타고 눈물이 흘러내렸다. 호승은 머릿속으로 자신이 한 일을 아주 천천히 곱씹었다. 호승은 자신이 목을 조르는 아이가 손자라는 것을 본능적으로 알았다. 그러나 호승은 손의 힘을 풀지 않았다. 오히려 더욱 강하게 짓눌렀다. 이 아이가, 내 손자가 죽어야만 선일이가 바뀔 수 있으니까.

간수가 등을 떠밀어 호승은 다시 발걸음을 움직였다. 수감실로 향하는 복도는 다시 어두컴컴해지기 시작했다. 나는 내 할 일을 했어. 그렇게 생각하자 신기하게도 발걸음에 점점 힘이 실렸다. 이런 어둠이라면 어디까지라도 걸어갈 수 있을 것만 같은 기분이 들었다.

/

사랑의 안식처

1

아, 언니가 기어코 형부를 죽이고 말았구나.

형사라는 사람이 회사를 찾아왔을 때 나는 그렇게 직감했다. 언니가 뿜어내던 조용하고 진득한 살의를 나는 아주 오래전부터 눈치채고 있었다. 사무실 직원들에게 별일 아니라 웃어 보였지만 뺨에는 가느다란 경련이 일었다. 가슴이 두근거렸다. 하지만 승강기를 타고 1층으로 내려오며 나는 언니가 형부를 죽였을 거란 생각을 지웠다. 엊그제 늦은 저녁, 언니네 부부와 만났을 때 두 사람 사이에는 묘한 기류가 흘렀다. 공고한 유대감이라고 해야 할까. 단순한 느낌일 뿐이지만 반년 전과는 확실히 무언가 달랐다.

언니. 무슨 일이 또 있었던 거야? 이제 괜찮아? 나는 그때 확실히 물어보지 못했다. 우리는 막 만난 참이었고 밤거리를 거닐며 맥줏집을 찾고 있었다. 그런데 문득 나란히 걷던 언니네 부부가 사라졌다. 뒤를 돌아보니 언니와 형부는 저 멀찍이서 무언가 심각하게 이야기를 나누고 있었다. 두 사람의 얼굴은 무서울 정도로 굳어 있었다. 언니네 부부는 급한 용무가 생겼다며 부랴부랴 집으로 돌아갔다. 나는 이해할 수 없었다. 언니가 마지막으로 남긴 말까지도. 언니는 내게 이 시간 자신과 만났다는 사실을 그 누구에게도 절대 말하지 말라 부탁했다.

로비를 살폈다. 한 남자가 바지주머니에 손을 꽂은 채 로비에 전시된 그림들을 유심히 살피고 있었다. 나는 숨어들 듯 비상계단으로 들어가 언니에게 전화를 걸어 보았다. 언니의 휴대폰은 꺼져 있었다. 집 전화 역시 받지 않았다. 아무런 정보도 없다는 게 조금 두렵기도 했지만 어쩔 수 없었다. 나는 마음을 다잡고 남자에게 다가갔다.

먼발치에서 나를 발견한 남자 역시 내 쪽으로 성큼 다가왔다. 탄탄한 체격이 다부진 인상을 주는 남자였다. "박나정 씨 맞으신가요?" 그가 물었고 왠지 목이 막혀 말이 나오지 않은 나는 우선 고개를 끄덕였다.

우리는 로비의 의자에 앉아 대화를 나눴다. 나는 형사에게 사건에 대해 간단히 들을 수 있었다. 살인사건이었다. 다만 사람을 죽인 것은 다름 아닌 형부였다. 어제 새벽 언니네 부부의 집에 괴한이 침입했다고 한다. 형부는 격투 끝에 침입자를 죽이고 만 것 같았다. 나는 사람 좋은 형부의 얼굴을 떠올렸다. 개미 한 마리 죽이지 못할 것 같은 선한 웃음. 하지만 사람 속을 겉만 보고 알 수 없다는 것 역시 형부를 통해 잘 알고 있었다.

"그럼 정당방위인 건가요?"

"현재로선 그렇게 보입니다. 재판으로 이어진다면 법정에서 판가름 날 문제입니다."

형사는 곧 사건을 검찰에 송치할 계획이라고 말했다. 수사는 이미 종결되었다는 것일까? 그렇다면 그가 나를 찾아온 이유는 무엇일까? 나는 쉬이 짐작할 수 없었다.

품 안쪽에서 수첩을 꺼내 든 형사는 먼저 언니네 부부의 근황에 대해 물었다. 나는 언니의 부탁이 떠올랐다. 작게 심호흡을 한 나는 언니를 마지막으로 만난 게 반년 전이며, 그 이후에는 회사 일이 바빠서 만날 시간이 없었다고 답했다. 그렇군요, 하고 고개를 끄덕이다 잠시 한 호흡 쉰 형사는, "실은 언니분에 대해 확인하고 싶은 점이 있습니다만" 하고 운을 떼었다.

"혹시 2년 전 조카인 강연정 양의 실종사건을 기억하시나요?"

"네. 어떻게 잊겠어요."

그의 눈빛이 조금 번뜩인 것으로 나는 이 이야기가 본론이라 짐작했다.

2년 전 여름, 마당에서 흙장난을 하던 연정이가 홀연히 사라졌다. 집 안에서 저녁을 준비하던 언니는 연정이가 언제 사라졌는지조차 알 수 없었다고 한다. 다만 '아저씨, 안녕하세요' 하고 힘차게 인사하던 연정이의 목소리를 부엌에서 들었다고 했다. 언니에게 다급한 연락이 왔고, 나 역시 온 동네를 헤매며 연정이를 찾아다녔다. 언니는 사흘 밤을 꼬박 새우며 연정이를 찾다 결국 실신하고 말았다.

연정이는 한 달 뒤 인근 야산에서 주검으로 발견되었다. 사체는 상당히 훼손되어 있었고, 더운 날씨 탓에 부패도 상당했다. 범인은 연정이를 성폭행 후 살해, 유기했다. 사체의 흔적으로 추정할 수 있는 것은 그뿐이었다. 경찰은 범인의 실마리조차 잡지 못했다.

연정이의 사체 앞에서 절규하던 형부와 언니. 그 모습을 잊을 수 없다. 나 역시 분노로 온몸이 부들부들 떨렸다.

"2년 전 사건 이후 강일우 씨와 박나림 씨의 생활은 어땠나요? 충격이 큰 만큼 정상적인 생활을 하지 못했을 것 같은데요."

"그게 무슨 말씀이시죠?"

나는 질문을 이해할 수 없었다. 내가 잠자코 있자 형사는 이런 부분은 돌려 묻기가 참 어렵다며 콧잔등을 긁적였다.

"피해자 박정길은 자택의 2층 창문을 통해 침입했습니다. 2층의 제일 안쪽에 있는 방이었죠. 혹시 그 방이 어떤 방인지 알고 있나요?"

"글쎄요. 잘 모르겠어요."

"강일우 씨와 박나림 씨는 그곳이 따님의 방이었다고 말합니다. 그리고 두 사람은 이렇게 증언합니다. 그 방으로 침입한 박정길이 딸아이를 강간하려 했다고요."

작은 소름이 등줄기를 타고 머리끝까지 쭉 올라왔다.

"강간이요?"

"피해자 박정길은 아동성추행 전과가 있는 사람이었습니다. 전자발찌 부착 대상자였죠. 사망 당시에도 전자발찌를 차고 있었습니다. 허리춤에 휴대용위치추적기도 차고 있었죠. 강일우 씨 부부도 박정길을 알고 있더군요. 몇 달 전 자택으로 고지서가 왔다고 합니다. 본래 고지서는 아동청소년이 있는 가정에만 발송되어야 하지만 업무상 착오가 있었나 봅니다. 제대로 확인하지 않은 탓이겠지요."

가슴이 아팠다. 성폭행으로 아이를 잃은 부모에게 인근에 성범죄자가 살고 있으니 조심하라는 고지서를 보내다니. 너무나 잔혹한 일이다.

"저희는 강일우 씨 부부에게 조사한 내용을 물을 수밖에 없었습니다. 따님인 강연정 양은 2년 전의 사건으로 죽었다고요. 하지만 부부는 딸아이가 실종된 건 맞지만 이후 무사히 돌아왔다는 이야기만을 반복하고 있습니다."

아, 그렇구나. 나는 2년 전 사건에 대해 묻는 형사의 뉘앙스가 이해되었다. 형사는 묻고 있는 것이다. 사건 이후로 형부와 언니가 미치지 않았느냐고.

순간 형사의 시선이 날카로운 송곳처럼 느껴졌다. 이마에 식은땀이 맺혔다. 나도 모르게 입을 뗄 찰나, "나정 씨" 하고 누군가 내게 말을 걸었다. 시선을 돌리니, 형사의 뒤쪽에서 옆 부서의 여직원이 손을 흔들고 있었다. 나도 얼결에 손을 흔들어 인사를 했다. 퇴근하고 다 같이 저녁 먹기로 한 거 잊지 마. 그녀는 그렇게 말하곤 종종걸음으로 사라졌다.

형사는 고개를 돌려 여직원을 보는 중이었다. 나는 순간 정신이 퍼뜩 들었다. 내가 지금 뭔가 말하려고 했던 건가?

언니와 형부가 미쳤다니, 그럴 리 없다. 두 사람은 무언가를 숨기고 있다.

나는 허리를 곧추세우고, 머리를 쓸어 귀 뒤로 넘기는 척 이마의 땀을 닦아 내었다. 다시금 나를 바라보는 형사의 눈을 피하지 않았다.

"생각해 보면…… 확실히 그런지도 몰라요. 언니는 연정이의 옷이나 신발을 사거나, 연정이의 생일을 챙기거나 했던 것 같아요. 저는 언니의 행동에 대해 왈가왈부한 적은 없어요. 아무리 친언니라도, 아이를 잃은 부모의 심정을 이해할 수 없었으니까요. 하지만 언니에게 어떤 정신적인 문제가 있었으리라고는…… 아니, 어쩌면 문제가 있었을지도 모르겠네요. 죄송합니다. 이런 답변은 도움이 안 되죠?"

"아닙니다. 동네 주민들도 비슷한 대답을 하더군요. 아이의 옷을 빨래건조대에 널어 두기도 했다고요. 그럼 강일우 씨는 어땠나요?"

"형부는…… 죄송해요. 잘 모르겠어요. 사건 이후는 언니와 형부의 사이가 소원해졌던 것 같아요. 언니는 형부 얘기를 거의 안 했어요. 저도 형부와 거의 만나지 못했고요. 하지만 몇 달 전쯤 전화통화를 할 때의 언니의 목소리가 조금 달라지긴 했어요. 그 전까진 잘 하지 않던 형부 이야기도 자주 했고요. 부부 사이는 두 사람만의 일이잖아요. 다시 사이가 좋아졌는지도 모르겠어요."

형사는 수첩에 특별히 무언가를 적거나 하지는 않았다. 나는 그 이외에 특별히 드릴 말씀이 없다고 말했다.

"알겠습니다. 강일우 씨 부부 집에선 실제로 여섯 살 아이가 지내는 듯한 인상을 받기도 했습니다. 강일우 씨 부부의 주장은 정말인지도 모르겠군요."

형사는 수첩을 덮고 다시 재킷 안에 넣고는 자리에서 일어났다. 그는 로비를 떠나기 전 내게 물었다.

"아까 저쪽에 걸린 그림들을 쭉 둘러봤는데요. 굉장히 멋있더군요. 그 중에 집을 그린 그림이 있던데, 혹시 그 집이 강일우 씨 부부의 집인가요?"

나는 형사의 눈썰미에 내심 놀랐다.

"네. 맞아요. 저희 디자인 팀이 함께 작업한 일러스트예요."

"역시 맞군요. 일러스트라. 저는 잘 모르지만, 아주 포근하고 따뜻한 인상의 그림입니다. 여기 전시된 그림 중에 가장 좋았습니다."

형사는 웃으며 말했다. 문득 가슴 안쪽이 쓰라렸다.

형사가 돌아간 뒤에도 나는 그림 앞에 아주 오랫동안 서 있었다. 파스텔 톤의 연둣빛 정원. 뭉게구름처럼 지붕 위를 맴도는 분홍색 벚꽃 뭉치. 부드러운 햇볕이 한 아름 비춰 드는 거실. 그곳에서 누구보다 활짝 웃고 있는 어린아이. 2년 전 나는 언니가 꾸미고 싶었던 가정을 표현하고 싶었다. 화창한 봄, 그 따스한 기운을 그대로 언니의 집으로 형상화하고 싶었다. 연정이가 실종되기 직전에 작업한 일러스트다. 그렇기에 지금 다시 그린다면, 이런 느낌이 절대 나오지 않을 것이다. 연정이는 더 이상 없으니까.

<u>2</u>

법원을 나오는데 누군가 정중히 나를 불러 세웠다. 나이는 40대 초반 정도일까. 가르마를 탄 머리를 한쪽으로 빗어 넘긴 깔끔한 인상의 남자였다.

"박나정 씨. 가족분 일로 많이 힘드시겠습니다. 저는 이런 사람입니다."

그가 건넨 명함에는 '보호관찰소 관찰2과 양우식'이라 적혀 있었다. 그는 박정길에 대한 보호관찰업무를 담당했던 주무관이라고 했다. 다시 보니 지난 공판 동안 법원에서 몇 번 얼굴을 본 기억이 났다. 이 남자가 내 이름을 어떻게 알고 있는 걸까, 순간 경계심이 들었지만 공판에서도 내 이름이 몇 번 언급된 적이 있었다. 그가 나를 알고 있어도 이상하지 않았다. 그는 잠시 시간 좀 내줄 수 있는지 양해를 구했다.

"네. 그렇게 해요."

회사에는 휴가를 냈다. 시간은 충분했다. 우리는 붉게 물든 단풍나무 아래의 벤치에 앉았다. 양우식은 자판기에서 뽑아온 캔커피를 내게 건넸다.

"참 안타깝습니다. 저도 책임감을 느끼고 있습니다. 박정길이 설마 그런 일을 할 줄이야."

사건은 이미 일어났다. 과거의 일을 바꿀 수는 없지만, 그래도 일순 부아가 치밀어 오르는 것은 어쩔 수 없었다.

"박정길 같은 사람들은 24시간 감시돼야 하는 거 아닌가요? 얘기 듣기론 사건 날 저녁에도 전자발찌 신호가 사라졌다면서요. 바로 출동을 해서 잡았어야죠."

따지듯 묻는 내게 양우식은 면목이 없다고 말했다. 경찰은 그것만으로 출동하지 않는다고 한다. 출동하는 것은 지나치게 오랫동안 연락이 닿지 않거나 전자발찌가 파손되어 도주나 범죄의 우려가 있는 경우다. 그는 그날 새벽 당직을 서는 부하 직원에게 박정길의 신호가 잡히지 않는다는 연락을 받았다고 했다. 하지만 적극적으로 경찰의 협조를 구하지 않았다고 한다. 자기 선에서 해결할 수 있으리라 생각한 것이다.

"신호가 사라지면 저희는 먼저 관찰 대상자에게 연락해 봅니다. 물론 저는 그날도 박정길과 통화를 했습니다. 관제 센터에는 대상자와 연락이 닿았으니 신고는 하지 말아 달라 부탁했고요. 정이란 게 무섭습니다. 저희들은 대상자들을 무작정 범죄자로만 보지 않습니다. 물론 잘못은 했지만 그들이 더 잘되기를 바랍니다. 하루라도 빨리 제대로 된 사람으로서 사회에 적응하기를 바라죠."

공판의 내용으로 알았다. 박정길은 1년 전 여아의 성기를 만진 혐의로 3년의 집행유예를 받았다. 그리고 유예기간 동안 전자발찌를 부착해야 했다. 양우식은 박정길에게 어떠한 신의를 가지고 있었는지도 모른다. 하지만 그런 인간이 다시 사회에 녹아들어도 되는 걸까?

"저희 보호관찰소 직원들도 고생이 많습니다. 조를 짜고

교대근무를 하며 24시간 대상자들을 감시합니다. 인원이 부족해 직원 한 명당 열다섯 명 정도의 대상자를 관리하죠.[*]

업무의 강도가 높은 편입니다. 사실 저희가 늘 감시를 한다고 장담할 수는 없습니다. 전자발찌 제도는 허점이 굉장히 많거든요. 대다수의 사람들이 잘 모르고 있는데요. 전자발찌 대상자는 발목에 전자발찌만 차고 다니는 게 아닙니다. 늘 핸드폰 크기 정도의 휴대용위치추적기를 소지해야합니다. 관제센터에서 이 휴대용위치추적기를 통해 전자발찌 대상자의 위치를 파악합니다.[**]

양우식의 말에 나는 고개를 끄덕였다. 나 역시 이번에 처음 안 사실이다. 전자발찌 자체에 위치추적기능은 없다. 전자발찌 대상자의 자택에는 자택수신장치가 설치된다. 관제센터에서는 전자발찌와 자택수신장치의 신호를 분석해 전자발찌 대상자가 자택에 있다는 것을 파악한다. 자택을 벗어날 경우 자택수신장치의 역할을 휴대용위치추적기가 대신한다. 그렇게 전자발찌 대상자가 어디 있는지 늘 파악하는 것이다.

---

[*] 2018년 기준, 인력 1명당 18.4명을 관리한다.

[**] 2019년 1월, 법무부는 기존의 전자발찌를 전자발찌와 휴대용 위치추적 장치를 통합한 '일체형' 전자발찌로 차츰 교체해 나가겠다는 입장을 밝혔다.

"전자발찌 대상자는 전자발찌와 휴대용위치추적기의 배터리를 늘 관리해야 합니다. 둘 중 하나라도 신호가 사라지면 위치추적관제센터에 이상이 접수되죠. 실은 박정길이 전자발찌와 위치추적기의 전원이 꺼지게 한 건 이번이 처음이 아닙니다. 전적이 있었습니다. 꺼진 위치추적기를 집에 놔두고 밖을 돌아다닌 거죠. 본인은 실수라고 말하지만요. 경고를 몇 번 더 어긴다면 실형을 받아야만 했죠. 그런데 다시 한번 말씀드리지만 박정길이 그런 행동을 할 줄은 정말 몰랐습니다."

그는 석 달의 근신처분을 받았다며 미소를 지었다.

그런 행동을 할 줄 몰랐다니, 또다시 불쑥 화가 치밀었다. 얼마 전에도 업무가 늦어져 모텔에서 자겠다던 한 전자발찌 대상자가 또다시 성폭행을 벌인 사건이 있었다. 이런 일이 반복되는데도 보호관찰관은 범죄자를 믿으려 한 것이다. 도무지 이해되지 않는다. 하지만… 언니의 일을 전부 그의 탓이라 할 수도 없는 노릇이었다.

"그렇군요. 참 안되셨어요."

적당히 맞장구를 쳤지만 그는 씁쓸해 보이지 않았다.

"그나마 다행입니다. 살인죄에 대해 정당방위를 받기 다소 까다롭다는 이야기를 들었는데요. 아직 1심 도중이긴 하지만 분위기는 나쁘지 않군요. 오늘 공판도 그렇고요. 지난 공판에서 언니분 증언의 힘이 컸던 것 같습니다."

나는 아무런 말도 덧붙일 수 없었다. 초췌한 모습으로 증인대에 오른 언니는 자세히 그날의 일을 말했다.

"평소에도 밤잠을 자주 설치곤 했어요. 작은 소리에도 민감해서 화장실 수도꼭지에서 물이 새는 소리에도 눈을 떴으니까요. 그날은 더욱 예민했던 것 같아요. 새벽 2시경이었어요. 위층에서 소리가 났어요. 바로 위층은 연정이의 방이었어요. 이부자리에서 몸을 일으킨 전 방을 나섰어요. 남편은 안방에서 자고 있었어요. 각방을 쓴지는 한참 됐어요. 남편을 깨울까도 생각했지만 굳이 그럴 필요 없다고 생각했어요.

2층으로 올라가 연정이의 방 손잡이를 잡았어요. 아래층에서 들었던 인기척은 사라져 있었어요. 제 착각인지도 모른다고 생각했어요. 저는 방문을 천천히 열었어요. 그때였어요. 어둠 속에서 그림자가 불쑥 튀어나와 어깨를 밀쳤어요. 거친 숨소리는 분명 남자였어요. 전 뒤로 넘어졌어요. 그림자는 곧장 계단으로 뛰어갔어요.

낯선 남자가 연정이의 방에서 튀어나왔다는 사실 하나만으로 알 수 없는 힘이 솟아난 것 같아요. 저절로 몸이 움직였어요. 다른 생각을 할 겨를이 없었어요. 몸을 날려 그의 허리에 매달렸어요.

여보! 여보! 연정이 아빠! 전 있는 힘껏 소리 질렀어요. 남자는 거친 욕지거리를 내뱉으며 절 뿌리쳤어요. 그대로 쿵쾅거리며 계단을 내려갔어요.

잠깐 정신을 잃었던 것 같아요. 계단 밑에서 남편이 무어라 고함을 질렀어요. 머리가 욱신거려 잘 들리지 않았어요. 몸을 일으켜 벽을 짚고 간신히 계단을 내려갔어요. 두 사람의 그림자가 하나로 뒤엉켜 몸싸움을 벌이고 있었어요. 저는 거실 벽의 스위치를 향해 뛰었어요. 스위치를 누르자마자 다리에 힘이 풀려 바닥에 주저앉았어요.

남편은 남자의 배 위에 올라타 팔꿈치로 남자의 목을 짓누르고 있었어요. 전 연신 몸을 버둥대는 남자의 얼굴을 확인했어요. 그리고 깜짝 놀랄 수밖에 없었어요. 전 남편을 쳐다보았고, 남편 역시 순간 제 얼굴을 쳐다보았어요. 남편도, 저도 그 남자의 얼굴을 알고 있었어요.

언젠가 집에 여성가족부에서 발송한 한 통의 우편물이 도착했어요. 인근에 성범죄자가 살고 있으니 주의를 요한다는 성범죄자 알림 고지서였죠. 아동청소년을 자녀로 둔 가정에 이렇게 고지를 해 주는 듯 보였어요. 고지서에는 여러 사람의 사진과 이름, 나이, 주소를 포함해 키와 몸무게 등의 신상정보가 상세하게 적혀 있었어요. 그 중에 그 남자, 박정길이 있었어요. 그의 얼굴을 보자 상황이 단번에 이해되었어요. 그는 도둑도, 강도도 아니었어요. 우리 집에 침입한 이유는 한 가지였어요. 연정이를 범하기 위해 침입한 거예요. 올해 여섯 살이 되는 연정이에게 그 끔찍한 욕구를 발산하기 위해서요.

머리끝까지 화가 뻗쳤어요. 먼저 움직인 것은 남편이었어요. 남편은 주먹으로 남자의 얼굴을 때리기 시작했어요. 몇 번이고 남자의 턱이 옆으로 돌아갔어요. 남편은 무표정했어요. 그저 상대를 때리는 일에 집중했어요. 저는 화들짝 정신을 차리곤 남편을 남자에게서 떼어 냈어요. 남편은 잠시 멍한 눈으로 저를 쳐다봤어요. 그리고 바닥에 털썩 주저앉았어요."

내가 잠자코 있자 양우식은 슬쩍 나의 눈치를 살피더니 다시 말을 이었다.

"증언 이후 검사의 증인신문이 있었죠. 그 때 박나림 씨의 모습은 조금 충격적일지도 모르겠습니다."

나 역시 그날의 언니가 굉장히 낯설었던 기억이 난다.

검사는 언니의 눈을 똑바로 쏘아보며 말했다.

"그러니까 남편인 강일우 씨께서는 피해자 박정길을 제압

하는 과정에서 죽이고 말았다는 거네요."

"어쩔 수 없는 일이었어요. 잘못은 그 사람이 먼저 한 거 잖아요? 그 사람은 전자발찌를 차고 있었어요. 그런 건 범죄자들이 차고 있는 거잖아요?"

"물론 박정길은 아동성추행에 관한 전과가 있는 사람입니다. 하지만……"

"저희가 지나쳤다는 말씀이신가요? 그 사람에게 당신 들켰으니까 얌전히 돌아가세요, 이렇게 말해야 했을까요?"

언니는 더욱 목소리를 높였다. 언니가 살면서 그렇게 누군가에게 목소리를 높인 적이 있던가 잠시 고민해 보았다. 내가 아는 언니에겐 처음 있는 일인 것 같았다.

"따님은 2년 전에 실종되었습니다. 실종신고를 하신 건 박나림 씨 본인이시고요. 기억나시나요?"

"네. 그때는 정말 큰일 나는 줄 알았어요. 다행히도 연정이는 저와 남편의 곁으로 무사히 돌아와 줬어요."

"그럼 따님은 지금 어디에 있나요?"

"집에 있어요."

"혼자 있나요? 여섯 살 난 아이 혼자요?"

언니는 검사의 눈을 똑바로 쳐다보며 그렇다고 말했다.

"2년 전에 실종된 따님은 돌아오지 못했습니다. 당시 따님은 네 살이었습니다. 인근 야산에서 주검으로 발견되었죠. 따님께서 사건현장에, 그 집에 있을 리는 없는 겁니다."

검사는 또박또박, 마치 어린아이에게 말을 가르치듯 천천히 언니에게 말했다. 언니의 입술이 묘하게 뒤틀렸다. 어이가 없다는 듯 웃어 보이려 한 것인지도 모른다.

"그게 무슨 말씀이세요. 연정이는 지금 집에 있어요. 집에서 저를 기다리고 있단 말이에요!"

언니는 흐느끼듯 절규했다. 나는 피고석에 앉은 형부를 보았다. 뒷모습밖에 보이지 않았지만 형부의 어깨가 한순간 움찔 떨리는 것을 보았다. 언니는 스스로의 몸을 껴안듯 양팔을 꽉 붙잡았다. 온몸을 주체할 수 없을 정도로 벌벌 떨었다. 나는 법정 안에서 언니가 문득 다른 먼 곳으로 휩쓸려 사라질 것만 같은 착각이 들었다. 변호사는 심리의 중단을 요청했고, 판사는 잠시 휴정을 선언했다.

"검사 측도 알면서 걸어 들어갈 수밖에 없는 함정이었을 겁니다. 피고인 강일우 씨 역시 박나림 씨와 같은 주장을 하고 있었으니까요. 이 점을 지적하지 않고선 이야기 진행이 안 되었죠. 박나림 씨가 퇴정할 때 변호인 측은 속으로 쾌재를 불렀을 겁니다. 부부는 죽은 딸아이가 살아 있다고 믿는 심신미약자이다. 강일우 씨가 박정길을 살해한 것을 결코 과잉제압으로 볼 수 없다. 왜냐하면 그들 사이에서 딸아이는 분명 실존하는 인물이니까. 분명 믿을 수 없는 이야기지만 아귀는 제법 맞아떨어집니다. 하지만 모든 건 검사 측의 계산된 행동이었습니다. 검사 측은 피고 강일우 씨에 대한 정신과 의사의 감정내역을 증거로 제출했습니다. 검사는 주장한 겁니다. 보시는 대로 박나림 씨는 실제로 미쳤을지도 모른다. 하지만 강일우 씨는 미치지 않았다. 환상과 현실에 대한 경계가 명확한 사람이다. 정당방위를 받기 위한 거짓말을 하고 있다. 이렇게 말이죠. 어떠신가요? 이런 치열한 공방, 정말 재미있지 않나요?

나는 캔커피를 홀짝이며 가만히 이야기를 들었다. 이 남자, 하고 싶은 말이 뭘까? 처음에는 재판이 잘 풀려서 다행이라는 이야기를 하는 것 같더니만, 지금은 사건 전반적인 내용을 훑고 있다. 그러면서 나의 반응을 유심히 살핀다.

"박나정 씨는 어떻게 생각하시나요? 강일우 씨는 사람을 죽였습니다. 정당방위로 인정받아 마땅할까요?"

"그랬으면 좋겠다고 생각해요. 사람을 죽인 건 잘못이지만, 남의 집에 멋대로 들어온 건 애초부터 박정길이니까요."

나는 솔직히 대답했다. 골목의 CCTV에는 언니네 집으로 향하던 박정길의 모습이 담겨 있었다. 죽은 박정길의 옷가지에는 담벼락을 타고 가스관을 붙잡아 오를 때 생긴 흔적이 남아 있었다. 2층 방 창문 바깥쪽에도 박정길의 지문이 묻어 있었다. 모두 법정에서 채택된 증거다. 양우식은 연신 고개를 끄덕이며 내 말을 경청했다.

"좋습니다. 그럼 박정길은 강일우 씨 부부 자택에 왜 들어간 걸까요?"

나는 그 동안의 공판 과정을 곰곰이 되짚어 보았다.

"언니는 연정이가 있는 것처럼 생활했어요. 박정길 역시 같은 동네에 사는 사람이니 평소 저희 집을 눈여겨보았을 수도 있다고 생각해요. 부검 결과 박정길의 체내에서는 알코올이 검출되었다고 했어요. 사망하기 전 술을 먹었다고요. 시내 술집에서 박정길을 목격한 사람도 있었어요. 박정길은 술에 취해서 자기 욕구가 이끄는 대로 언니네 집에 침입한 거예요."

"흠, 그렇군요."

양우식은 손으로 턱을 쓰다듬으며 천천히 나를 살폈다. 먹잇감을 살피는 맹수의 눈빛 같다는 착각마저 들었다. 기분이 묘했다.

"그런데 박나정 씨는 이 사건 이후에 박나림 씨를 만나 보셨나요?"

"아니요. 저도 바빠서……. 회사 일로 최근 정신이 없었어요."

목이 탔다. 괜스레 손에 든 빈 캔을 흔들어 보았다. 물론 바쁘다는 건 거짓말이다. 언니와는 전화통화조차도 하지 않았다. 언니 쪽에서 먼저 내게 연락 오는 일도 없었다. 양우식은 깍지 낀 손을 만지작거렸다.

"제 생각에 박나정 씨는 두 사람을 어떻게든 보호해 주고 싶어 하는 것 같습니다. 박나정 씨. 당신도 어렴풋이 알고 있을 겁니다. 강일우 씨 부부가 거짓말을 하고 있다는 것을요. 언니분과 만나지 않은 것도 그 거짓말을 깨부수고 싶지 않아서였겠죠. 저는 이 사건을 강일우 씨와 박나림 씨의 계획적인 살인이라고 생각합니다."

3

순간 머리를 한 대 얻어맞은 것 같았다. 나는 양우식을 쳐다보았다. 스스로도 얼굴이 파랗게 질린 게 느껴졌다.

"계획적인 살인이라뇨? 형부랑 언니가 왜 박정길을 죽인다는 말이에요?"

"추측해 볼 뿐입니다. 저만 알고 있는 이야기가 있고, 나정 씨만 알고 있는 이야기가 있을 겁니다. 두 이야기를 한번 합쳐 보죠."

양우식은 코를 한 번 훌쩍이더니 말을 이었다.

"사건이 있던 날 새벽, 박정길의 집에 누군가 침입한 흔적이 있었습니다. 방범창의 창살이 절단돼 있더군요. 외부인이 창문을 통해 들어온 것입니다."

"도둑이요? 법정에서 그런 이야기는 없었던 것 같은데요."

"중요한 사항이 아니라고 판단했겠죠. 경찰도 조사에서 배제했을 것입니다. 특별히 금품이 사라진 것도 아니었으니까요. 연결고리가 없는 별개의 사건이라고 생각한 것입니다. 다만 제 마음에 걸리는 점은 집 안에 박정길의 차키와 핸드폰과 지갑이 있었던 것입니다."

"그게 이상한가요?"

"박정길은 시내로 차를 몰고 나갔고요. 사건 당일 새벽 술집에서 술값을 계산했습니다."

나는 단번에 이해했다.

"아아, 일단 집에 돌아간 거군요."

"그렇죠. 박정길은 술에 취해 밤거리를 헤매다 강일우 씨의 자택에 침입한 게 아니었습니다. 집에 들어왔고, 어떠한 일이 있어서 다시 나갈 수밖에 없었다고 생각하는 게 자연스럽습니다. 집에 들어온 박정길이 가장 먼저 할 일은 전자발찌와 휴대용위치추적기를 충전하는 일입니다. 그래야 잠을 자느라 배터리가 방전된 것을 몰랐다는 거짓말을 할 수 있죠. 저희 보호관찰관과 경찰이 지난 새벽 박정길의 행적을 더듬는 일도 하지 않을 겁니다. 하지만 박정길은 배터리를 충전하지 않았습니다. 왜일까요? 전 이렇게 생각합니다. 하지 않은 게 아니라 할 수 없었던 게 아닐까, 하고요."

양우식의 말투에서 자신만만함이 느껴졌다.

"뭔가 확신하고 계시군요. 뜸들이지 마시고 말해 주세요."

내 말에 그는 한 번 후훗, 웃더니 손바닥을 쫙 펴 보였다.

"휴대용위치추적기의 크기는 제 손바닥보다 조금 작습니다. 꽤 두껍기도 합니다. 일부러 가지고 다니려면 다소 불편한 게 사실이죠. 예를 들어 고장 난 핸드폰을, 아무짝에도 쓸모없는 기계를 굳이 들고 다닐 필요는 없겠죠? 박정길은 이 위치추적기를 집 안에 놓고 나갔을 겁니다. 마찬가지로 방전된 물건을 굳이 가지고 다닐 필요는 없으니까요. 그런데 휴대용위치추적기는 어디서 발견되었죠?"

나는 곰곰이 공판 과정을 돌이켜 보곤 입을 열었다.

"분명 죽은 박정길이 가지고 있었다고 했어요."

나는 박정길의 행동을 그려 보았다. 집에 돌아온 박정길이 다시 방전된 위치추적기를 허리춤에 차고 밖을 나간다? 굳이 그럴 필요가 있을까?

"제 생각을 말씀드리죠. 저는 그날 새벽 박정길의 집에 침입한 도둑이 강일우 씨 부부라고 생각합니다. 아마도 강일우 씨 혼자겠지요?"

이해할 수가 없었다. 인상이 절로 찌푸려졌다.

"네? 형부가 왜요?"

"박정길은 집에 없었습니다. 그날 새벽까지 시내 유흥가에 있었죠. 강일우 씨는 거꾸로 박정길이 자신을 찾아오도록 수를 씁니다. 바로 휴대용위치추적기를 들고 사라지는 것입니다. 만약 이런 메시지를 남겼다면 어떨까요? 위치추적기를 찾고 싶으면 나를 찾아오라고요. 주소를 남기는 겁니다."

"하지만요. 박정길이 순순히 따르리라곤……."

양우식이 손사래를 치며 작게 키득거렸다. 무엇이 그리 재밌는 것인지, 나는 알 수 없었다.

"박나정 씨. 그게 아닙니다. 박정길은 할 수밖에 없었던 겁니다. 선택권은 없었습니다. 박정길이 경찰에 신고를 해서, 누가 우리 집에 들어와서 휴대용위치추적기를 가지고 갔다고 말할 수 있을까요? 박정길은 전자발찌법을 이미 어긴 적이 있습니다. 이번에 또 발각된다면 실형을 받을지도 모른다는 불안감이 있었겠지요. 빼도 박도 못하니까요. 상대가 시키는 대로 할 수밖에 없었던 겁니다. 박정길은 우선적으로 발목의 전자발찌를 먼저 충전할 수도 있었을 것입니다. 그러면 위치관제센터에 신호가 가고 자신이 자택에 있다는 걸 증명해 보일 수 있으니까요. 하지만 박정길은 두려웠던 겁니다. 사라진 휴대용위치추적기에 대해 설명할 수 없으니까요. 만약 자신의 집에 침입한 도둑이 휴대용위치추적기를 경찰에 넘긴다면? 상상하기도 싫었을 겁니다. 그래서 다시 집을 나선 겁니다."

머리가 지끈거렸다. 자꾸만 가느다랗게 온몸이 떨렸다. 형부와 언니의 살인. 어렴풋하던 그 생각에 점점 확신이 들었다. 그런 나를 지켜보던 양우식이 나지막이 입을 열었다.

"자, 그럼 이제 거래를 시작해 볼까요? 박나림 씨는 제게 얼마를 주실 수 있겠습니까? 당신이 꽤 잘나가는 일러스트 디자이너라는 것은 알고 있습니다. 그동안 박정길한테 받은 돈보다 훨씬 더 받을 수 있을 것 같군요."

<u>4</u>

연정이가 실종되기 직전 언니는 넋이 나가다시피 했다.

"일우 씨가 바람을 피우는 것 같아."

언니에게 유독 잘해 주는 점, 전화가 오면 2층으로 올라가 통화를 하고 내려오는 점, 핸드폰을 살피면 화들짝 놀라 언니의 눈치를 보는 점, 주말에 약속이 있다며 집을 나서지만 어디서 누굴 만나는지 물으면 제대로 대답하지 못하는 점

등등, 언니는 형부가 자신에게 왜 그렇게 허술하게 티를 내는지 이해할 수 없다고 토로했다. 그 사람 좋은 형부가 바람을 피우다니, 나는 솔직히 믿을 수 없었다. 하지만 언니의 반응을 보아 아무래도 사실인 것 같았다.

"언니. 그럴 거면 이혼해 버려."

내 말에 언니는 연정이 때문에 그럴 수는 없다고 말했다.

"그럼 형부한테 따지면 되잖아."

언니는 안 된다고, 형부를 바람을 피운 남편으로 지적해 버리면 꿈꾸고 바라온 안식처가 깨져 버린다고 말했다. 다시는 이전 관계로 돌아갈 수 없다는 것이다. 이대로 모른 척하고 있다가 헤어지기를 기다리는 게 가장 좋다고 말했다. 내겐 참으로 답답한 소리였다. 언니 마음대로 해! 그렇게 한소리 쏘아 주는 게 전부였다.

그즈음 나는 더 좋은 직장을 찾아 이직을 준비하고 있었다. 언니네 가족에게 신경을 쓸 겨를이 없었다. 그러던 중 사건이 터졌다. 연정이가 실종되고, 주검으로 돌아온 것이다.

언니는 스스로를 책망했다. 다른 데 정신이 팔려 연정이에게 신경을 제대로 쓰지 못한 자신의 탓이라고.

딸아이를 잃은 상처는 대체 어느 정도로 큰 것일까. 언니는 연정이가 살아 돌아오면 언제든지 함께 생활할 수 있도록 집에서 연정이의 흔적을 정리하지 않았다. 생일에 맞취 케이크와 선물을 샀다. 아이들은 금방 자란다며 예쁜 옷과 신발을 샀고, 연정이가 좋아할 만한 장난감과 아동용 도서도 구입했다. 연정이의 방 인테리어도 주기적으로 바꾸었다. 3인분의 식사를 준비했다. 빨래걸이에는 형부의 옷과 언니의 옷, 연정이의 옷이 늘 걸려 있었다. 하지만 나는 알고 있었다. 그것은 형부에 대한 복수였다. 연정이를 잃은 건 모두 당신 탓이라는 언니의 은근한 시위였다. 형부는 사건 직후 내연관계의 여자와 헤어진 것 같았다. 형부 역시 정신적으로 힘들었을 것이다. 언니도 아마 알고 있었을 것이다. 형부의 잘못이 아니란 것을. 하지만 그게 마음대로 되지 않았으리라.

형사가 나를 찾아왔을 때, 나는 언니에 대해 솔직히 말하지 않았다. 지금도 다행이라고 생각한다.

"저는 그날 새벽에도 박정길과 통화를 했습니다. 앞으로 30분 이내에 집으로 돌아가지 않으면 도와드릴 수가 없다고요. 박정길은 알겠다고 하더군요. 이미 즐길 만큼 즐긴 듯했습니다. 제 말을 아주 잘 지켰죠. 그런데 집에 돌아가 보니 휴대용위치추적기를 도둑맞은 겁니다. 얼마나 당황했으면 제게 상담조차 하지 않았을까요. 하지만 이제 보니 제게 더 잘된 일인 것 같습니다. 박정길을 도와준다는 것은 거꾸로 제게도 약점이 될 수 있으니까요. 제 약점을 아는 박정길은 살해당했죠. 바로 강일우 씨 부부에게. 강일우 씨는 구치소에 있고, 박나림 씨는 미친 척 연기를 하고 있습니다. 돈을 뜯어낼 구석은 당신뿐입니다. 박나정 씨."

나는 양우식을 노려보았다. 그는 보호관찰관이면서 박정길의 뒤를 봐주던 사람이었다. 박정길이 법을 어겨도 큰 처벌을 받지 않도록 도와주는 사람이었다. 경찰에는 권고조치만 받을 수 있도록, 법원에서는 집행유예 정도의 처벌만 받을 수 있도록 손을 써 준 것이다.

"설마 지금까지 신고하지 않은 게 이것 때문이었나요?"

"물론이죠. 저는 박정길 같은 사람들에게 잠깐의 자유를 주고, 그만큼의 대가를 받는 것뿐입니다. 그리고 이제 박정길이 사라졌으니, 새로운 사람을 찾아야 하죠.

양우식은 팔을 벌리고 어깨를 으쓱하며 말했다. 전혀 문제될 게 없다는 몸짓이다. 그는 박정길이 휴대용위치추적기를 소지하지 않았다는 것을 알고 있었다. 그래서 알아챈 것이다. 형부와 언니가 박정길을 죽인 다음 다시 그의 허리춤에 휴대용위치추적기를 달아 놓았다는 것을.

나는 한 가지 확인하고 싶은 게 있었다.

"동기는 뭔가요? 형부와 언니가 왜 박정길을 죽여야만 한 거죠?"

"글쎄요. 거기까진 저도 모릅니다. 2년 전, 강일우 씨 따님 강연정 양의 실종과 관련이 있을 거라고 짐작합니다만. 강일우 씨와 박나림 씨는 박정길이 딸아이를 죽였다고 생각한 게 아니었을까요?"

그렇구나. 실은 나 역시 양우식과 이야기를 나누며 점점 확신이 생겼다. 정원에서 놀던 연정이는 아주 조용히 사라졌다. 그즈음의 언니가 형부의 외도에 정신이 반쯤 나가 있었다고 해도 아무런 소리도 듣지 못한 건 이상하다. 전혀 낯선 사람이 연정이를 납치하려 했다면 연정이도 거세게 저항했을 것이다. 범인은 언니와 안면이 있는 사람이었음이 분명하다. 연정이도 얼굴을 알고 따르던 사람이었음이 분명하다.

언니는 자택에 도착한 성범죄자 알림 고지서에서 박정길의 얼굴을 보고 직감했을 것이다. 이 사람이 연정이를 데려갔다고.

나는 몇 달 전 언니와의 통화를 떠올렸다. 언니의 목소리는 차분했다. 심신의 안정을 찾은 듯 보였다. 목소리와 숨결만으로도 그것을 확실히 느낄 수 있었다.

"언니, 이제 형부랑 화해한 거야?"

"응. 일우 씨랑 같이 해야만 하는 일이 생겼어. 우리는 다시 가족이 될 거야."

언니는 수화기 너머에서 울먹이며 그렇게 말했다.

나는 깊게 한숨을 내쉬었다. 형부와 언니. 꼭 그렇게 할 수밖에 없었던 걸까. 언니네 부부와 만나기로 한 늦은 저녁, 번화가 시내에서 언니네 부부는 나를 남겨두고 급하게 돌아갔다. 두 사람은 그날 밤거리를 활보하는 박정길을 보았던 게 아닐까. 전자발찌를 찬 박정길은 야간외출이 금지된다. 그런데도 지금 자신들의 눈앞에 있다. 언니네 부부는 순간적으로 살인계획을 떠올린 것이다. 아니, 어쩌면 아주 오랫동안 계획하고 있었을지도 모른다.

언니네 부부는 그들의 집을 찾아온 박정길을 협박했을 것이다. 2층으로 들어오라고. 그렇지 않으면 당신이 야간외출 제한을 어긴 걸 경찰에 신고해 버리겠다고. 양우식의 추측대로 박정길은 언니네 부부의 말을 따를 수밖에 없었던 것이다. 담벼락을 타고 올라 배관을 붙잡고 지붕 위에 올라서기만 하면 곧바로 2층의 방으로 들어갈 수 있다. 성인 남자라면 그리 어렵지 않다. 무엇보다 더욱 극적인 장면을 연출할 수 있다. 정말 믿기지 않는 이야기다.

"슬슬 마무리를 지을 시간이군요."

양우식은 벤치에서 일어나 양팔을 벌려 기지개를 켰다. 그리고 주머니를 뒤져 담배를 꺼냈다. 나도 그를 따라 벤치에서 일어났다. 그는 담배에 불을 붙였다.

"지금까지의 공판으로 보아 강일우 씨는 1심에서 정당방위 선고를 받을 겁니다. 하지만 강일우 씨도 연기가 참 어색하더군요. 심신미약 상태로 딸아이의 환상을 보고 있었다는 증언, 어쩌면 깨질지도 모르겠습니다. 술기운이 있는 박정길을 죽을 때까지 때렸으니 과잉제압으로 살인죄를 받을 가능성도 있죠."

그는 허공에 있는 힘껏 연기를 내뿜었다.

"하지만 아시죠? 제가 입을 열지 않는 이상, 박정길이 어린 여자아이를 성폭행하기 위해 강일우 씨 자택에 무단 침입했다는 사실은 변하지 않습니다. 아까 드린 명함의 번호로 연락 주십시오. 기다리고 있겠습니다. 지금 강일우 씨 부부가 왜 그렇게 필사적으로 연기를 하는지 잘 생각해 보시길 바랍니다."

"하지만… 당신의 말에 증거가 있나요?"

나는 마지막 발악을 해 보았다. 그는 피식 웃더니 상의 안주머니에서 한 번 접은 메모지를 꺼내 내게 보여주었다.

"전 그날 새벽 박정길의 집에 갔습니다. 혹시라도 저와 관련된 증거가 남아 있으면 안 되니 모두 처분할 생각으로요. 그런데 이런 메모지가 남아 있더군요."

메모지에는 언니네 집 주소와 '물건을 되찾고 싶으면 이곳으로 오길 바란다'라는 말이 쓰여 있었다.

"누구의 글씨체인지 알아보시겠습니까? 필적감정까지 갈

필요는 없겠죠?"

특이할 정도로 옆으로 흘려 쓰는 글씨체. 물론 나는 단번에 알아봤다. 형부의 글씨였다. 그 마지막 외통수에 나는 더 이상 아무런 말도 할 수 없었다.

양우식은 뒤돌아 법원의 앞뜰을 걸어 나갔다. 나는 그가 내뱉고 간 독한 담배연기를 손으로 휘휘 내저었다. 그리고 시야에서 사라질 때까지 그의 뒷모습을 노려보았다.

5

"2년 전, 저는 잠시 아내를 두고 다른 여자와 바람을 피웠습니다. 그건 지금도 후회하고 있습니다. 저의 외도가 가정의 평화를 깨뜨린 것만 같아서 심한 죄책감에 시달렸습니다. 하지만 더 견딜 수 없던 것은 아내의 행동 때문이었습니다. 아내는 딸아이의 환상을 보고 있었습니다. 아내가 연기를 하는 건지, 정말로 연정이를 보고 있는 건지는 지금도 알 수 없습니다. 저희 부부는 새 출발을 해야만 했습니다. 하지만 아내는 계속해서 연정이의 끔찍한 죽음을 제게 상기시켰습니다. 저는 이혼을 요구했습니다만, 아내는 받아 주지 않았습니다. 연정이를 위해서라도 이혼할 수 없다고요. 딸아이의 장래에 좋지 않은 영향을 끼칠 거라고요. 저는 미쳐 버릴 것만 같았습니다.

사건 날, 아내가 소리쳤습니다. 여보! 연정이가 위험해요! 말씀드렸다시피 고지서에서 본적이 있는 얼굴이었습니다. 아동성추행 전과가 있는 남자였습니다. 순간 눈앞에 불꽃이 번쩍거렸습니다. 정신이 아득해졌습니다. 어딘가로 이성이 날아간 것 같습니다. 감히 네가 내 딸을! 연정이를! 정신을 차리고 보니 눈앞에 피투성이가 된 남자가 쓰러져 있었습니다.

연정이가 더 이상 이 세상에 없다는 건 잘 알고 있었습니다. 그런데도 전 여섯 살 난 딸아이를 지키기 위해서 싸웠습니다. 믿지 못하시겠지만 판사님. 저는 그 순간 실제로 연정이를 만났습니다. 저는 아주 오랜만에 죽은 딸아이와 만날 수 있었습니다. 2년 전의 사건 이후 아내와 저, 저희 가족은 다 끝났다고 생각했습니다. 다시는 하나가 될 수 없다고 여겼습니다. 하지만 지금 저는 알고 있습니다. 저희 가족은 아직 끝나지 않았다는 걸요. 저는 박정길을 죽이던 그 순간만큼은 아빠였습니다. 딸아이를 지키는 아빠였습니다."

결국 형부의 연기는 끝났다. 법정에서 형부는 자신의 거짓말을 인정했다. 검사는 만족스러운 웃음을 보였다. 나는 변호사의 얼굴을 살폈다. 예상을 하고 있었던 듯 당황한 모습은 아니었다.

나는 눈치챘다. 형부는 지금 새로운 연기를 시작하고 있다. 다만 이번 연기에는 진심이 다소 섞여 있다. 나는 형부와 언니 두 사람에게 느낀 묘한 유대감의 정체를 깨달았다. 언니는 형부의 바람을 용서했을 것이다. 복수해야만 하는 공동의 적을 만듦으로써.

공판 이후 나는 변호사와 잠시 이야기를 나누었다. 변호사는 처음에는 형부가 연정이의 환상을 보는 것으로 정당방위를 입증하려고 했다. 그러나 지금은 최대한 감형을 받는 것으로 목표를 바꾸었다. 무죄의 가능성 역시 포기하지 않고 있었다. 변호사는 2심에서 국민참여재판을 신청할 생각이라 말했다. 형부는 배심원들에게 다소의 호감을 살 수 있을 것이라 말했다. 나는 잘 부탁드린다는 말을 거듭했다.

법원을 나와 하늘을 올려다보았다. 머리 위에 검은 구름이 드리워 있다. 공기에 짙은 비 냄새가 섞여 있다. 조만간 크게 쏟아질 것 같았다. 문득 언니는 어떻게 지내고 있을까, 하는 궁금증이 생겼다. 형부도 돌아오지 않는 공간에서 언니는 어떤 마음으로 지내고 있을까. 망설이다 택시를 잡아 세웠다.

어느새 추적추적 비가 내렸다. 택시에서 내리고 골목을

뛰어 언니네 집 앞에 도착했을 때는 온몸이 쫄딱 젖어 있었다. 나는 몸을 떨며 초인종을 눌렀다. 맑은 새소리가 몇 번이나 울렸다. 언니, 나야. 문 좀 열어 줘. 연신 소리쳤지만 문은 열리지 않았다. 아무도 없는 걸까. 집 안의 불도 꺼져 있었다. 할 수 없이 비를 맞으며 정원 쪽으로 돌아가니 빨래 건조대에 세탁물이 그대로 널려 있었다. 나는 비 맞는 것도 잊곤 세탁물을 걷었다. 프릴이 달린 예쁜 원피스도, 캐릭터가 그려진 티셔츠도, 아기자기한 반양말도 모두 어린 여자아이의 것이었다.

젖은 세탁물을 들고 마루에 올라 거실로 통하는 창을 들여다보았다. 불 꺼진 거실의 소파에 언니가 미동도 없이 앉아 있었다. 어두워 표정은 잘 보이지 않았다. 나는 괜스레 소름이 돋았다. 분명 젖은 옷에 체온을 뺏긴 탓만은 아닐 것이다.

창을 열며 언니, 하고 조심스레 목소리를 높였다. 언니는 나를 보곤 화들짝 놀라 자리에서 일어섰다.

"나정아."

"언니. 무슨 생각하고 있길래 불러도 대답이 없어? 다 젖었잖아."

나는 거실 바닥에 옷가지를 내려놓았다. 최대한 아무렇지도 않은 듯 말을 건네며 생기 없는 언니의 눈동자를 바라보았다. 언니는 기름 낀 머리를 뒤에서 아무렇게나 묶고 있었다. 눈 주위에는 거뭇거뭇한 기미가 펴 있었다.

"나정아. 나는…….."

언니는 무언가 말하려 입을 열다 이내 입을 다물었다. 고개를 푹 숙이고 내 시선을 피했다. 다시 한번 나를 쳐다보며 무언가 말을 하려 힘겹게 입술을 움직였지만 끝내 목소리를 내지 못했다. 다시 한번 고개를 떨어뜨렸다. 대신 내가 먼저 말했다.

"언니, 연정이를 만나러 왔는데. 우리 연정이는 잘 지내는 거지?"

한순간이었다. 언니는 헉, 하곤 숨을 삼키곤 실이 끊어진 인형처럼 무너져 내렸다. 바닥에 무릎을 꿇고 거세게 흐느꼈다. 흐르는 눈물을 닦지도 않았다. 빗소리에 언니가 오열을 토하는 소리가 겹쳤다.

아, 그래. 이게 바로 내가 아는 언니야. 다행이다. 언니는 여기에 있구나. 나는 지난 공판에서 본 그 낯설었던 언니의 모습을 이제야 잊을 수 있었다. 저희 가족은 아직 끝나지 않았습니다. 나는 법정에서 형부가 한 그 말을 떠올렸다. 무릎을 꿇고 언니를 껴안으며 조용히 읊조려 보았다.

"우리는 괜찮아."

거세게 껴안으면 뭉그러질 것처럼 약하게 느껴져 언니의

등에 살포시 손을 올렸다. 아주 연약하고 소중한 것을 다루
듯이.

어두컴컴한 거실에서 서로의 체온을 느끼며 나는 내가 작
업한 일러스트를 떠올렸다. 파스텔 톤의 연둣빛 정원. 뭉게
구름처럼 지붕 위를 맴도는 분홍색 벚꽃 뭉치. 부드러운 햇
볕이 한 아름 비쳐 드는 거실. 그 속에서 누구보다 활짝 웃
고 있는 어린아이.

바로 이곳이다. 이 안식처를 지키기 위해 나는 양우식에
게 3천만 원을 송금했다. 약속한 2천만 원도 머지않아 보낼
예정이다.

/

유일한 범인

1

실내로 들어오자 따뜻한 공기가 훅 끼쳤다. 부드러운 커피향이 코끝에 닿았다. 약속장소에 먼저 도착한 것은 나였다. 종업원이 이쪽으로 오세요, 하고 자리를 안내해 주었다. 나는 잠시 머뭇거리다 더 안쪽의 창가 자리로 향했다.

"한 사람 더 오기로 했습니다. 그 때 주문하지요."

종업원은 가볍게 목례를 하고 자리를 떴다. 나는 손가락을 튕겨 테이블을 두드렸다. 그 소리가 카페 안에 흐르는 클래식음악과 불협화음을 이루었다. 초조할 때 무의식적으로 나오는 습관이었다.

일주일 전 S시 '무연고자 추모의 집'에서 연락이 왔다. 노인의 유가족이 찾아왔다는 소식이었다. 3년 넘게 컨테이너 창고 안에 보관된 노인의 유해는 비로소 가족의 품으로 돌아갈 수 있게 되었다. 직원은 내가 남기고 온 연락처를 유가족에게 전해 주었다고 했다. 몇 시간 뒤 유가족이란 사람에게서 전화가 걸려 왔다. 노인의 손녀딸이라고 했다.

혹시 장항덕 씨의 유가족이 나타나면 이 돈을 전해 주실수 있습니까? 3년 전 나는 직원에게 19만 원이 담긴 봉투를 내밀며 부탁했다. 물론 직원은 단박에 거절했다. 특별한 이유가 있다면 검토해 줄 수도 있다고 말했다. 노인은 나를 이용했다, 돈을 받았지만 사용하고 싶지 않다, 가지고 있는 것만으로도 화가 나 미칠 것 같다. 그렇게 머릿속에 맴도는 말을 쏟아 내고 싶었다. 하지만 나는 아무런 말도 하지 못하고 돌아섰다.

지갑 안에 늘 간직하고 다니는 쪽지를 꺼내 펼쳐 보았다. 오래된 복권이다. 여섯 개의 숫자 위에 정갈하게 그려진 동그라미를 보니 또다시 알 수 없는 감정이 차올랐다. 나는 복권을 다시 지갑 안에 넣곤 창문으로 고개를 돌렸다. 가로등 불빛 아래 무언가 반짝반짝 빛났다. 거리에는 어느새 눈이 내리고 있었다. 분명 아침 뉴스에서 올해 겨울 가장 큰 눈이 내린다고 했었지. 멍하니 그런 생각을 할 때였다.

문득 잔잔한 선율이 점차 격렬해진다. 웅장한 선율이 테이블을 두드리는 손가락 박자와 점점 맞아떨어져 간다. 창문 주위가 어둠으로 물들고, 심장이 소리 높여 뛴다. 눈앞의 창문이 점점 멀어지는 것 같은 착각에 휩싸인다. 어느새 칠흑 같은 밤이다. 3년 전, 유독 눈이 많이 내리던 그 겨울 날이었다.

나는 한 달 내내 원룸 베란다에 서서 노인의 방 창문을 바라봤다. 소름 끼치도록 차가운 새벽공기. 어렴풋한 가로등 불빛, 몸부림치듯 흩어지는 하얀 입김, 시간이 멈춘 듯 인적 없는 골목, 살아 있는 생물처럼 살랑살랑 움직이는 커튼, 아마도 그 정도의 속도로 썩어 가는 노인.

그즈음 나는 자살을 생각했다. 하지만 노인의 죽음 앞에서 나는 점점 살길 바랐다. 앞으로의 미래를 그리며 행복감에 젖었다.

"저, 혹시 할아버지 지인분 맞으신가요?"

누군가의 조심스러운 목소리에 나는 화들짝 고개를 돌렸다. 한 명의 여자아이가 서서히 복구되는 배경의 한가운데 서 있었다. 미소 지을 때 눈가가 가늘어지는 것이 노인을 조금 닮았을지도 모른다고 생각했다. 하지만 돌이켜 보면 나는 노인이 웃는 모습을 단 한 번도 본 적 없었다.

<u>2</u>

아영의 기억 속 할아버지는 굉장히 가부장적인 사람이었다. 아영이 다섯 살 때 아영의 부모님은 이혼을 했다. 이혼의 원인이 아빠의 바람기에 있었음에도 할아버지는 늘 엄마를 비난했다. 여자가 제 구실을 못한다는 것이 이유였다. 그런 태도가 엄마와 언니를 늘 분노케 했다. 반면 할아버지

는 '자기사람'이라고 생각한 이에게 아낌없이 퍼 주었다. 엄마가 밤낮으로 일해 모은 목돈을 동향 사람에게 선뜻 건네기도 했고, 친구를 위해 집문서를 담보로 보증을 서기도 했다. 낯선 사람들이 여관처럼 집을 이용했던 기억도 있다. 10년 전, 더 이상 참지 못한 엄마는 언니와 아영을 데리고 도망치듯 집을 나왔다. 언니가 열다섯, 아영은 열 살 때였다. 이후 아영은 단 한 번도 할아버지를 만나지 않았다.

무연고자 추모의 집에서 할아버지의 유해를 인수받으며 아영은 한 사람의 연락처를 받았다. 3년 전 할아버지의 유해가 보관된 직후 찾아온 사람이라고 들었다. 일단 이야기나 들어 보자는 마음으로 전화를 걸었다. 수화기 너머의 남자는 정중했다. 남자는 만나서 꼭 건네주고 싶은 게 있다고 말했다. 평일 저녁 남자의 직장 근처에서 만나기로 약속을 정했다.

약속장소에 도착하기까지 시간이 좀 더 걸릴 것 같았다. 아영은 흔들리는 버스의 리듬에 몸을 맡겼다. 눈을 감자 몇 번이나 다시 본 다큐멘터리의 영상이 눈꺼풀 위에 그려졌다. 한 노인의 죽음에 관해 말하는 남자 성우의 내레이션은 담백했다.

– 2년 전 겨울, 서울 외곽 달동네의 한 원룸에서 쓸쓸히

생을 마감한 71세 노인이 있습니다. 빌라 주인은 당시의 일을 기억하고 있었습니다.

"1월 말이었나, 2월 초였나. 그때 맞은편 빌라에 사는 사람이 저를 찾아왔어요. 자기 집에서 할아버지 방이 바로 보이는데 겨울인데도 창문을 계속 열어 놓은 게 뭔가 이상한 것 같다고요. 둘이서 찾아갔죠. 그 남자가 먼저 들어갔고 저는 잠깐 복도에 있었어요. 복지센터에 전화를 걸고 있었거든요. 그런데 그 사람이 욕지거리를 뱉으면서 뛰쳐나오더라고요."

장항덕. 이제 다시는 불릴 리 없는 고인의 이름입니다. 시신은 사후 한 달 동안 원룸에 방치되어 있었습니다. 고인의 옆에는 돌돌 말려 끈으로 묶인 이불이 뉘어 있었습니다. 어쩌면 고인은 이불을 사람 삼아 껴안으며 외로움을 달랜 것인지도 모릅니다.

'날 가장 먼저 발견하는 사람에게 이 돈 꼭 전해 주시길 바랍니다.'

노인은 짧은 유서를 남겼습니다. 유서 옆에는 19만 원이 담긴 하얀 봉투가 놓여 있었습니다. 봉투 옆에는 이상하게도 슬리퍼 한 짝이 놓여 있었습니다. 당시 경찰은 국과수에 부검을 의뢰했습니다. 사인은 음독사, 자살이었습니다.

당신은 옆집에 누가 살고 있는지 아시나요? 옆집의 누군가가 죽는다면 알아차리실 자신이 있으신가요?

"솔직히 누가 조용히 죽으면 몰라. 알 수가 있나? 벌레가 득실거리거나, 썩은 내가 나거나, 그러면 살펴보는 거지."

"왜 하필 우리 집 근처에서 죽은 거야 생각하지. 그렇게 생각해 버리지. 죽어도 민폐야, 민폐."

주민들은 냉담했습니다. 인근 슈퍼의 주인은 생전 장항덕 씨의 모습을 기억하고 있었습니다.

"술이랑 라면을 사 가곤 했지. 동네 친구는 없었어. 유일하게 어떤 젊은이하고는 이야기를 한 것 같기도 한데. 요기 앞에서 막걸리도 한잔씩 마시고 그랬지. 그 젊은이도 그 노인네 죽은 다음에 사라졌지, 아마."

장항덕 씨에게도 가족이 있었습니다. 하지만 가족들은 지난 8년간 장항덕 씨를 만나지 않았고, 경제적인 어려움도 겪는 상황이었습니다. 유가족은 시신의 인계를 거부했습니다. 시신은 무연고 사망자 장례대행업체의 손으로 넘어갔고, 화장 후의 유해는 시에서 운영하는 유해보관소에 보관되었습니다. 끝끝내 고독한 죽음을 맞이한 장항덕 씨. 그것이 2년 전의 일입니다. 장항덕 씨의 유해는 아직 같은 곳에 보관되어 있습니다.

아영이 카페에 들어왔을 때 손님은 한 사람뿐이었다. 남자는 가장 안쪽의 테이블에 앉아 있었다. 나이는 삼십 대 중후반 정도일까? 날카롭고 예민한 인상의 남자였다. 갓 스무살이 된 아영에게는 많은 나이지만 할아버지와 비교하면 굉장히 젊은 나이일 터였다. 그는 고통스럽게 얼굴을 일그러뜨리며 창밖을 바라보고 있었다. 아영은 잠시 서성이다 그에게 말을 걸었다.

남자는 당황한 듯 어색한 미소를 지으며 아영에게 정중히 자리를 권했다. 자신을 김수종이라 소개한 남자는 눈이 내리는데 오느라 힘들지 않았는지, 혹시 배는 고프지 않은지 물으며 아영을 배려해 주었다.

"유해는 어떻게 하셨나요?"

수종의 질문에 아영은 사흘 전 할아버지의 고향인 속초에 다녀온 이야기를 했다. 아영은 한 번도 가 본 적 없는 곳이었다. 부둣가에서 만난 선장은 이전에 할아버지에게 신세를 진 적이 있는 사람이었다. 할아버지에게 큰 도움을 받았다고, 아영은 대신 감사인사를 받았다. 덕분에 배를 얻어 타고 조금 먼 바다로 나갈 수 있었다.

아영은 뱃머리에 서서 반짝이는 바다와 마주했다. 불어오는 바람을 등지고 할아버지의 골분을 조심스레 흩뿌렸다. 골분은 하얀 잔영을 그리며 바다 위로 빨려 들어가듯 사라졌다. 그 잔영마저도 바람에 금세 지워졌다. 언젠가 엄마,

언니와 함께 이곳에 올 수 있으면 좋겠다고 생각했다.

수종은 한쪽 눈썹을 치켜세웠다.

"그럼 할아버지의 유해를 되찾은 건 아영 양 혼자서 결정한 건가요?"

아영은 고개를 끄덕였다.

"엄마랑 언니는 끝까지 반대했지만요. 저도 성인이 되었고 그 정도 결정할 권리는 충분히 있다고 생각했어요."

3년 전 아영이 갓 고등학교에 입학할 무렵이었다. 경찰서에서 할아버지가 죽었다는 연락이 왔다. 할아버지의 시체는 그가 지내던 원룸 안에 한 달 동안 방치되어 있었다고 했다. 그 사람은 외롭게 죽어도 할 수 없다고 당시 엄마와 언니는 의견을 합했다. 두 사람은 경찰서에 출두하여 시신의 양도를 포기하는 서약서를 썼다. 할아버지의 시신은 그렇게 무연고자 처리가 되었다. 당시 미성년자였던 아영은 두 사람의 의견에 따를 수밖에 없었다.

"아영 양은 할아버지를 많이 좋아했나 보군요. 혼자서라도 유해를 되찾을 정도로."

"아니요. 저도 할아버지를 미워해요. 지금도 아마 엄마나 언니보다 더 미워하고 있을 거예요. 3년 전 만약 제가 성인이었어도 똑같이 시신 양도를 포기했을 거예요."

수종은 고개를 갸웃거렸다. 그리곤 의아하다는 듯 물었다.

"그럼 왜 이제 와서 유해를 되찾은 거죠? 그럴 이유가 전혀 없을 텐데……."

아영은 1년 반 전쯤 방송국 PD라는 사람이 찾아온 이야기를 꺼냈다. 그는 '고독사'라는 주제로 다큐멘터리를 제작하고 있다고 말했다. '장항덕 씨의 죽음에는 이상한 점이 있습니다. 알고 싶지는 않으신가요?' PD는 그렇게 말하며 인터뷰를 하고 싶다는 의사를 표했다. 엄마는 그를 문전박대했다. 우리와 상관없는 사람이니 다시 찾아오면 가만 안 두겠다 엄포를 놓았다.

이상한 점이 뭘까? 경찰서를 방문한 엄마와 언니는 분명 알고 있었을 것이었다. 하지만 아영은 두 사람에게 물어볼 수 없었다. 가족들에게 있어 할아버지에 대한 화제는 암묵적인 금기였다.

그로부터 10개월 후, '현대사회와 고독사'라는 제목의 3부작 다큐멘터리가 방영되었다. 할아버지의 이야기는 2부의 '고독사와 미스터리' 안에서 만날 수 있었다. 아영은 할아버지가 얼마나 고독하게 죽어 갔는지 충분히 느꼈다. 할아버지의 인생을 그렇게 만든 책임이 자신에게 있는 것 같은 착각이 들었다. 경찰서를 직접 방문한 엄마와 언니는 더 큰 죄책감을 느끼고 있을 것이었다.

왜 이제 와서 할아버지의 유해를 되찾은 것인가. 수종의 질문에 대한 답은 정해져 있었다.

"행복해지기 위해서예요. 할아버지란 사람을 영영 떨쳐 버리고 엄마랑 언니랑 제가 행복해지기 위해서요."

아영은 정식으로 할아버지를 배웅하려 했다. 그 첫걸음을 자신이 시작해야 한다고 생각했다. 수종은 더 이상 깊게 묻지 않았다.

"할아버지에게 좋은 감정이 없는 건 저랑 같네요. 오늘 만나고자 한 것은 전화로 말했다시피 드릴 게 있어서예요."

수종은 코트 안주머니에서 하얀 봉투를 꺼내 테이블 위에 올려놓았다. 아영은 조심스레 봉투를 받아들었다. 안에는 현금 19만 원이 담겨 있었다.

"아영 양의 할아버지가 제게 남긴 돈입니다."

아영은 고개를 갸웃했다. 19만 원. 기억에 남는 액수였다. 문득 머릿속에서 다큐의 한 부분이 다시 한번 재생되었다.

발견 당시 장항덕 씨는 바닥에 엎드린 채 사망해 있었습니다. 창문은 열려 있었고 그 상태로 커튼이 닫혀 있었습니다. 사체의 부패는 그리 심하지 않았습니다. 방 안은 유독 추웠던 그 해 겨울처럼 싸늘했습니다.

제작진은 2년 전 장항덕 씨의 자살을 취재한 모 케이블 방송국의 기자를 만날 수 있었습니다.

– 발견 당시 고인의 상태는 어떠했나요?

"처음에 경찰은 타살을 의심했어요. 목 주변으로 멍 자국이 있었거든요. 끈으로 졸린 것처럼요. 현장에선 어떠한 끈도 발견되지 않았고요. 범인이 살인을 저지르고 흉기를 가져갔다, 그렇게 보였죠. 하지만 침입의 흔적은 없었어요. 현관문은 안에서 잠겨 있었고요. 창문은 열려 있었지만 외부에서 3층 높이의 방에 침입하는 건 사실상 불가능했죠. 또 살인자는 어느 정도의 폭력을 쓸 수밖에 없는데요. 사체에선 몸싸움의 흔적이 전혀 발견되지 않았습니다. 되레 깔끔했습니다."

– 현장에서 이상한 점은 없었나요?

"아무래도 눈에 가장 띄는 건 방 한가운데에 떡하니 설치된 스탠드옷걸이였습니다. 기둥을 늘려 바닥과 천장에 단단하게 고정시키는 'H'형의 행거죠. 빌라 주인의 말로는 본래 벽 쪽에 설치되어 있었다고 합니다. 고인이 일부러 벽에서 떼어 내 방 중앙에 설치한 것 같았어요."

– 고인의 사인은 무엇인가요?

"사체 발견 이후 경찰은 국과수에 부검을 의뢰합니다. 부검 결과 고인의 시체에서 장기가 손상된 흔적이 발견되었다고 하더군요. 또한 고인의 방에서 빈 술병과 소독용 에탄올, 살충제가 발견되었습니다. 경찰은 그것을 섞어서 마셨을 것이라 결론 내립니다. 방에서는 고인의 토사물로 추정되는 얼룩도 발견되었고요. 교살에 대한 의혹도 사라지는데요. 누군가 끈을 이용해 교살을 시도했다면 목 전체적으로 일정한 힘이 가해졌을 거라고 합니다. 하지만 멍은 아래턱 밑 부분에 강하게 남아 있었다고 하더군요. 목을 매어 허공에 몸을 띄운 증거라고 합니다. 앞서 말했다시피 몸싸움의 흔적은 없었고요. 고인의 주검은 1월 31일에 발견되었는데요. 빌라 입구의 CCTV를 확인한 결과 그 이전에 특별히 수상한 외부인의 침입은 찾아볼 수 없었습니다. 아마 고인은 한 번 행거에 목을 매었다가 실패한 것 같습니다. 사용했던 끈은 실패 후에 처분을 한 모양입니다. 어쨌든 사건은 그렇게 종결됩니다. 자살이 확실한 이상 더 이상 수사를 진행할 필요가 없었던 거예요."

해가 떨어지면 기온도 영하로 내려가는 추운 날. 장항덕 씨는 얼어붙듯 아주 서서히 죽어 갔을 것입니다. 장항덕 씨의 인생은 행복했을까요? 고인의 죽음을 보며 그의 인생에 대한 질문을 던져 봅니다. 어쩌면 죽음보다 더욱 고통스러운 것은 도무지 기댈 곳 없는 삶은 아니었을까요.

영상을 보며 아영은 생각했다. 할아버지는 정말 자살을 한 것일까. 다큐멘터리를 본 직후 아영은 할아버지의 자살을 다룬 일간지와 주간지, 인터넷 기사를 모두 찾아보았다. 그리고 다큐멘터리에는 나오지 않은 몇 가지 새로운 정보를 추려낼 수 있었다. 하지만 사건과 관련이 있을지는 알 수 없다.

「첫 번째. 인근 철물점 직원은 크리스마스 다음날 할아버지가 7미터짜리 등산용 로프를 구입한 것을 기억하고 있었다. 할아버지는 몇몇 철물 부품을 추가로 구입했다.」

「두 번째. 12월 31일 오전 5시, 할아버지의 원룸 바로 아랫집에 사는 자영업자 B씨는 늘 이른 새벽에 출근했다. 그날도 어김없이 나갈 채비를 하는 도중 B씨는 무언가 창문을 톡톡 두드리는 소리를 들었다. B씨는 창밖의 어둠 속에서 무언가 뱀 같은 것이 스르르 올라가는 듯한 착각을 받았다. 잠시 뒤, 출근을 하려 건물 밖으로 나간 B씨는 자신의 방 창문 쪽을 올려다보지만 특별히 이상한 점을 발견하진 못했다. 대신 골목 사이에 여성의 원피스가 떨어져 있는 것을 발견했다. 이 원피스는 맞은편 빌라의 옥탑방에 살던 여대생의 옷으로 밝혀졌다. 여대생은 건조대에 널어놓은 옷이 밤사이 바람에 날아간 것 같다고 말했다.」

「세 번째. 3년 전 A유업은 가까운 시의 독거노인에게 무료로 우유를 배급하는 사업을 진행 중이었고, 12월 31일은 우유 배급 사업의 마지막 날이었다. 배달부는 오전 5시 즈음 할아버지가 사는 301호 우유투입구로 우유를 넣었다. 그런데 문득 현관문 너머에서 둔탁한 소리가 들려왔다. 배달부는 무릎을 꿇고 투입구 안을 살폈다. 마침 바닥에 누워 있던 할아버지가 아주 천천히 몸을 일으키고 있었다. 배달부는 훔쳐본 것이 민망하여 서둘러 자리를 떴다고 진술했다.」

「네 번째. 빌라 건물 주인의 아들, 초등학교 1학년인 아이는 종종 빌라 주민들의 우유에 손을 대곤 했다. 1월 1일 오전 10시경, 그날 할아버지의 집을 찾아간 아이는 우유투입구 안으로 팔을 집어넣어 주변을 더듬거렸다. 그때 갑자기 아이는 우유가 스르르 밀려서 손에 닿는 것을 느꼈다.」

「다섯 번째. 경찰은 수사가 끝난 후 앞집의 K에게 19만 원을 전달했다. 하지만 K가 돈의 양도를 거부하며 한바탕 실랑이가 일어났다. 또한 K는 음독자살로 처리된 할아버지의 죽음에 대해 타살의 가능성은 없는지 반문했다.」

「여섯 번째. 12월 31일 오전 4시경, 집으로 향하던 취객은 허공 5미터 정도 위에서 하얀 옷을 입은 귀신을 목격했다. 귀신은 치맛자락을 펄럭이며 허리를 직각으로 꺾은 채 취객을 내려다보고 있었다. 취객은 정신없이 도망쳤다.」

아영은 수종이 건네준다는 물건만 받고 돌아갈 참이었다.

하지만 19만 원이라니. 너무 딱 맞아떨어지는 액수였다.

"혹시 아저씨는 할아버지가 돌아가실 때 할아버지 맞은편 방에 살던 사람이신가요?"

수종은 부정하지 않았다.

"네. 맞아요. 저는 그 때 맞은편 건물의 방에 살고 있었어요. 작은 베란다가 딸린 원룸이었죠. 베란다에 나가면 장항덕 할아버지의 방이 바로 보였어요."

아영은 심장의 고동이 점차 빨라지는 것을 느꼈다. 진정하기 위해 빨대에 입을 대고 오렌지주스를 크게 쭉 들이켰다. 아영은 수종의 눈을 똑바로 바라보며 자신이 본 다큐멘터리의 이야기를 들려주었다. 동시에 자신의 생각을 한 번 더 정리해 보았다.

<u>3</u>

커피 위로 요동치듯 파문이 일었다. 나는 살짝 들어 올렸던 잔을 다시 내려놓았다. 손아귀에 축축한 땀이 배어나왔다. 설마 그런 다큐가 있었을 줄이야.

다큐는 전반적으로 고독사라는 사회현상의 문제점에 대해 다룬 것 같았다. 그것뿐이라면 안심할 수 있다. 하지만 그

306 시체 옆에 피는 꽃

녀는 노인의 죽음에 관해 의심스러운 정황만 추려낸 것 같다. 게다가 3년 전의 사건에 대해 나름대로 조사를 해 본 듯하다.

"3년 전의 일을 알아보면서 생각했어요. 맞은편 방에 사는 사람은 할아버지의 죽음과 관련이 있을 것 같다고요"

그녀는 테이블 위에 팔꿈치를 올리고 손깍지를 꼈다. 그 상태로 기도하듯 나를 바라보았다.

"하지만 할아버지의 죽음은 음독사가 아닐지도 몰라요. 목을 매고 자살하신 건지도 몰라요. 왜 그런 방법을 택하신 건지는 모르겠지만요."

"잠깐만요. 아영 양은 할아버지를 미워하던 게 아니었나요? 이제 와서 굳이 되짚어 볼 필요가 있나요?"

긴장을 감추기 위해 비꼬듯 툭 내뱉은 말이었다. 나도 모르게 목소리가 높아지고 말았다. 그녀는 시선을 떨어뜨리며 어쩔 줄 몰라 했다. 나는 괜스레 얼굴이 화끈거렸다.

"미안하지만 아무것도 묻지 말고 그냥 이 돈을 받아 주실 수는 없나요? 지금으로선 아영 양 할아버지가 남긴 유일한 유품일지도 몰라요."

나는 부드럽게 그녀를 설득했다. 하지만 그녀의 눈빛은 결연했다.

"그날의 일을 확인하기 전까지 죄송하지만 이 돈, 받을 수 없어요.”

말을 끝낸 그녀는 입술을 굳게 다물며 봉투를 다시 내 쪽으로 밀어냈다. 절로 한숨이 나왔다.

여기서 이 돈을 건네주지 못하고 돌아서면 나는 앞으로도 계속 돌덩이를 삼킨 것처럼 위가 더부룩한 기분을 떨쳐내지 못할 것이다. 나도 모르게 또다시 과거의 그 시점으로 빨려들어가는 일을 반복할 것이다.

이야기를 이어 갈 수밖에 없다. 나도, 그녀도 마찬가지다. 지금 이 자리에서 노인과의 사슬을 끊어 내려 하고 있었다.

“그래서 아영 양은 어떻게 생각하시는데요? 제가 어떻게 연관이 있나요?”

“할아버지는 자살하기 전에 직접 등산용 로프를 샀어요. 목에는 로프 자국이 남아 있었어요. 다큐에선 집 안이 어질러진 흔적이나 할아버지의 몸에 상처가 없었다고 했고요. 외부인의 침입은 없었던 거예요.”

나는 그녀가 들려준 이야기를 떠올렸다.

“하지만 현장에 로프는 없었잖아요.”

“아랫집에 사는 사람이 뱀 같은 걸 봤다고 했어요. 그게 로프였던 거예요.”

“잘못 볼 수도 있는 거잖아요? 그리고 방 안에서 목을 매고 자살했다면 그 로프를 아랫집 사람이 보는 것도 이상하지 않나요?"

최대한 머리를 굴려 빈틈을 찔러 보았다. 하지만 그녀는 무언가 확신한 눈치였다.

"12월 31일 새벽, 한 취객이 귀신을 봤어요."

"사건이랑 상관이 있나요?"

"할아버지 아랫집에 사는 B씨는 밖에 나가서 건물 주변을 살펴요. 물론 로프를 발견하지 못했어요. 하지만 바닥에 떨어진 원피스를 찾아요. 이건 어디서 나온 걸까요?"

나도 모르게 뺨 한쪽이 움찔거렸다. 글쎄요, 하고 턱을 쓰다듬는 척 손바닥으로 뺨을 가렸다.

"3년 전 아저씨께서 지내시던 원룸 빌라에는 옥탑방이 있었어요. 당시에 그 옥탑에는 여대생이 한 명 살고 있었다고 해요. 여대생은 외부 건조대에 빨래를 널어놓았어요. 바람에 날려 원피스 하나가 빌라와 빌라 사이의 골목으로 떨어져요. 그게 공중에 떠서 펄럭이게 된 거예요."

"아영 양, 지금 말이 굉장히 이상한 거 아시죠? 옷이 공중에 어떻게 뜬다는 거예요."

나도 모르게 오른쪽 다리가 떨렸다. 얼른 테이블 아래로 손을 뻗어 무릎을 감싸 쥐었다. 확실히 공중에서 나풀거리는 여성의 옷은 취객의 눈에 사람이 아닌 형상으로 보였을 수도 있었을 것이다. 그럼에도 나는 끝까지 발악을 해 보았다.

"걸린 거예요. 무언가 받침 위에 있는 것처럼요. 그리고 그날 유일하게 받침이 될 수 있었던 건⋯⋯."

"로프밖에 없었다?"

"네. 그날 새벽, 할아버지의 방과 아저씨의 방 사이에 허공을 가로지르는 줄이 생겼어요. 로프는 아저씨께서 회수하셨을 거예요. 그래서 할아버지의 방에서 로프가 발견되지 않은 거고요. 아저씨가 할아버지의 죽음과 연관이 있다고 말한 것도 그 때문이에요. 줄을 설치하는 건 할아버지 혼자서, 그리고 아저씨 혼자서는 절대 못 할 일이에요. 두 분이 함께 꾸민 일이에요."

정곡이었다. 아무런 대꾸도 할 수 없었다. 그녀는 주머니에서 머리끈을 하나 꺼냈다. 그것을 양손 검지에 걸고 좌우로 쭉 당기며 기세 좋게 말을 이었다.

"줄은 이렇게 길쭉하게 둥근 모양으로 걸렸을 거예요. 로프를 가지고 계신 할아버지가 아저씨께 로프 끝을 던져요. 아저씨는 받은 로프를 어딘가에 감아 고정시켜요. 그리고 다시 로프 끝을 할아버지께 던져요. 할아버지는 받은 로프의 끝을 남은 로프 끝과 묶었어요. 그렇게 공중에 두 가닥의 줄이 생긴 거예요. 건물 사이는 3미터 정도였어요. 줄을 던져서 주고받기란 그리 어렵지 않았을 거예요."

"왜 두 줄이라고 생각하신 거죠?"

"아저씨께서 로프를 회수하는 과정을 생각해 봤어요. 할아버지의 집으로 직접 갈 필요는 없었어요. 아저씨는 두 가닥의 로프 중 한쪽 끝을 잘라 내었을 거예요. 잘린 로프 끝은 맞은편 빌라 쪽으로 떨어졌어요. 아저씨는 남은 한쪽을 잡고 쭉 당겼어요. 줄을 당기면 떨어진 로프는 서서히 올라갔을 거예요. 아랫집의 B씨는 그 때 그것을 본 거예요."

나는 식은 커피를 한 모금 마셨다. 손은 더 이상 떨리지 않았다. 그녀가 그날 밤의 일에 대해서 얼마나 많이 그려 보았을지 상상이 되었다.

"눈치채셨군요."

"전부는 아니에요. 저도 알 수 없는 부분이 있어요. 우유 배달부가 할아버지가 몸을 일으키는 모습을 봤다는 건 잘 모르겠어요. 만약 목을 매셨다면 할아버지는 그때 분명 숨이 끊어졌을 텐데……."

"줄이 사라지는 걸 본 아랫집 사람, 할아버지가 몸을 일으킨 것을 본 배달부. 두 사람이 목격한 시간대가 정확히 일치한다면, 그 부분은 짚이는 데가 있네요. 정말 놀라운 우연으로요. 하지만 그 전에 먼저 아영 양 할아버지에 대한 이야기를 들려드릴게요. 그래야 아영 양이 이 돈을 받아 주시겠죠."

가을이 한창 무르익어 가는 10월 즈음 나는 그 원룸으로 이사했다. 얼마 되지 않는 짐을 주섬주섬 풀어 놓고 있을 때 문득 시선이 느껴졌다. 노인은 창가에 서서 나를 가만히 지켜보고 있었다.

눈이 마주친 이상 무시할 수도 없는 노릇이었다. 나는 베란다로 나가 노인에게 인사를 건넸다. 3미터 정도의 거리였다. 대화는 어렵지 않았다. 노인의 방은 어디에 어떤 물건이 있는지 알 수 있을 정도로 한눈에 들여다보였다. 이 방역시 그렇게 들여다보일 것이라고 생각했다.

"거기서 사는 거요? 그 방에서 있었던 일 알고 있습니까?"

"예, 들었습니다."

차 한 대 올라오지 못하는 좁고 가파른 달동네. 1평 남짓한 베란다가 딸린 6평 원룸이었다. 베란다로 나가면 맞은편에 선 빌라 탓에 채광은 그리 좋지 않았지만 통풍은 나쁘지 않았다. 전적으로 월세가 싼 동네였고 그 방은 조건에 비해 월세가 더욱 저렴했다. 이유를 묻자 중개인은 잠시 머뭇거리다 전 세입자가 죽었다고 대답했다. 바닥과 벽지를 전부 갈아엎은 것이니 걱정할 필요 없다고 말했다. 나는 고개를 끄덕이며 설득당한 척 연기를 했다. 그런 건 아무런 상관이 없었다.

"어르신도 알고 계셨나요?"

"아니요. 난 몰랐습니다. 그 사람이 죽고 나서 한참 지난 후에야 알았다오. 매일 그 쪽 방을 내다봤는데 전혀 눈치채지 못했지. 불쌍한 노인네."

노인이 자신은 그런 식으로는 죽고 싶지 않으니 혹시라도 자신이 죽으면 얼른 신고를 해 달라 말했다. 노인이 먼저 천천히 등을 돌렸고 나도 방으로 들어갔다.

우리는 거의 방에 있었고 서로 종종 눈을 마주치곤 했다. 아니, 서로의 생사를 확인하곤 했다는 게 더 정확할 것이다. 노인의 얼굴에는 짙은 죽음의 그림자가 드리워져 있었다. 노인도 내게서 똑같은 느낌을 받았을 것이었다.

죽기 전까지 시간을 때울 방편이 필요했던 우리는 자연스럽게 술친구가 되었다. 인근 슈퍼의 평상에서 안주 없이 술을 마시기도 했고, 각자의 방으로 올라가 노인은 창가에 서서, 나는 베란다의 난간에 기대어 마시기도 했다. 그러나 특별히 대화를 나눈 기억은 없다. 무기력하게 각자의 술잔을 비웠다.

크리스마스이브 전날이었던 걸로 기억한다. 날씨는 그리 춥지 않았다. 슈퍼 앞 평상에서 술을 마시던 중 노인은 돌연 가족 이야기를 꺼냈다. 노인에게는 딸 한 명과 손녀 두 명이 있었다. 하지만 아주 오랫동안 만나지 못했다. 노인은 그녀들을 향해 욕설을 퍼부었다. 노인은 과거 자신의 인맥에 대해 자랑을 늘어놓았다. 지금은 남아 있는 사람이 아무도 없다고 말했다. 노인은 눈시울을 붉혔다.

당시 나의 가장 큰 문제는 돈이었다. 부모로부터 물려받은 빚이 있었고, 친구라 믿었던 이에게 큰 사기를 맞았다. 돈이 궁하니 주변의 인간관계가 모두 사라졌다. 노인에게는 다 말해도 상관없었다. 말은 안 했지만 서로 알고 있었다. 머지않아 눈앞의 상대가 자살을 할 것이라고. 저 사람은 나를 죽게 내버려 둘 것이다, 나에게 아무런 상관도 하지 않을 것이다. 그런 생각을 하자 작은 안도감이 들었다.

"가진 돈도 다 떨어졌고요. 이제 한계예요. 더는 못 버틸 것 같습니다. 저는 내년 1월 1일에 끝내려고 합니다."

내 말에 노인은 아무런 말도 하지 않았다. 우리는 그렇게 말없이 남은 술잔을 비웠다. 적당한 취기가 오를 때쯤 노인이 함께 갈 곳이 있다며 자리에서 일어났다. 노인에게 이끌려 간 곳은 근처 복권판매점이었다.

"술은 내가 샀으니 이번엔 자네가 돈 좀 내 주게나."

노인은 내게도 억지로 구입을 시켰고, 나는 복권 값을 지불했다. 돈을 지불하는 데에는 큰 거부감이 들지 않았다. 복권 값 만 원 정도야, 앞으로의 일을 생각하면 사실상 아무런 의미도 없었다.

주말이 되었고 당첨번호를 확인할 시간이 찾아왔다. 예상대로 내가 산 복권은 당첨되지 않았다. 팔백만분의 일의 확률에 잠시나마 기대를 걸었던 스스로가 바보 같았다. 나는 더욱 절망했다. 나는 이때 노인이 왜 내게 복권을 사게 했는지 의심해 봤어야 했다.

12월 31일 저녁 9시 즈음, 담배를 피우려 베란다에 나왔을 참에 노인의 방 커튼 위로 그림자가 떠올랐다. 그림자는 무언가를 밟고 올라섰다 다시 내려오기를 몇 차례 반복하고 있었다.

"어르신, 어르신."

나는 목소리를 높였다. 커튼이 열리고 그날따라 유독 비쩍 마른 노인이 얼굴을 비췄다. 노인은 방 한가운데에 행거를 설치하고 있었다. 저곳에 목을 매는구나. 노인이 죽는다고 생각한 나는 특별히 의심하지 않았다.

"오늘이신가요?"

나는 조용히 물었다. 잠시 말이 없던 노인은 내게 잠시 밑에서 볼 수 있느냐는 말을 건넸다. 우리는 빌라 사이의 골목에서 만났다. 노인은 죽기 전 마지막으로 부탁이 있다고 말했다.

"이게 뭔지 알겠나?"

나는 노인이 준 종이쪼가리를 받아들었다. 반이 접힌 복권이었고, 마지막 줄의 여섯 자리의 숫자에 동그라미가 쳐져 있었다. 놀랍게도 며칠 전 복권을 확인할 때 본 머릿속에 있는 여섯 자리의 숫자가 그곳에 있었다. 제대로 숨을 쉴 수 없었다. 손이 부들부들 떨렸다.

노인은 내 손에서 복권을 낚아채 파카 품속에 깊숙이 집어넣었다.

"설마, 그때 제가 사드린 복권? 다 맞은 거예요?"

노인은 긍정도, 부정도 하지 않았다.

"내 부탁을 들어주면 이걸 주겠네."

자네의 돈으로 산 거니까 자네 것이나 마찬가지야. 노인은 그렇게 속삭이듯 중얼거렸다. 그리고 내가 해야 하는 일을 하나하나 알려 주었다. 심장이 두근거렸다. 이명 때문에 머리가 지끈거려 노인의 말이 잘 들리지 않을 정도였다.

"자네도 알고 있지? 난 어차피 죽을 사람이었어. 방법만 다른 것뿐이야. 자네가 도와주는 것뿐이지."

알고 있었다. 그러나 한 가지 의문이 따라붙었다.

"어르신, 왜 굳이 이런 방법을……."

노인은 잠시 나를 가만히 바라보다 입을 열었다.

"나한테도 가족이 있어. 내가 혼자 죽어도 그들은 모른 척하겠지. 하지만 살해당했다고 하면 얘기가 달라질 거야. 조금은 불쌍하게 볼지도 모르지. 어쩌면 나를 만나러 와 줄지도 몰라. 죽어서는 가족 품으로 돌아가고 싶어."

이 말이 나를 속이기 위한 거짓말이란 것을 나는 한참 뒤에야 알 수 있었다. 노인은 가족들에게 기대지 않았다. 어쩌면 자신이 죽은 후 장례를 치러 주지 않으리란 것도 알고 있었지 않았을까. 그러나 그때의 나는 알 수 없었다.

노인은 기다리고 있겠다는 말을 마지막으로 남기곤 자신의 방으로 올라갔다. 나는 하얀 입김을 뿜어내며 한동안 골목을 떠나지 못했다.

그래, 저 노인은 원래 죽으려던 사람이었어. 새벽 4시가 가까울 즈음 결심을 할 수 있었다. 베란다로 나가자 노인이 나를 기다렸다는 듯 커튼을 열어젖혔다. 우리는 다시 한번 말없이 서로를 마주보았다. 우리는 얼마나 오랫동안 이렇게 서로를 마주보았을까. 문득 그런 궁금증이 들었다.

시작하시죠. 나는 낮은 목소리로 속삭였다.

나는 먼저 노인이 던진 로프의 끝을 받아 베란다의 배수 기둥에 감았다. 하나의 줄이 허공을 가로질렀다. 나는 로프의 끝을 다시 노인에게 던졌다. 노인은 몇 번이나 헛손질을 하며 로프를 놓쳤다. 잠시 고민한 나는 베란다에 있는 슬리퍼 한 짝에 로프를 묶어 노인의 방 안으로 힘껏 던져 넣었다. 그렇게 두 개의 줄이 허공을 가로질렀다. 로프의 끝과 끝을 묶은 노인은 로프를 방 중앙에 설치한 행거 위로 걸어 넘겼다.

노인은 이어진 로프 안에 목을 넣고 손짓으로 신호를 보냈
다. 나는 두 줄의 로프를 모아 잡아 힘껏 당겼다. 정면에서
노인의 몸이 허공으로 두둥실 떠올랐다. 무게중심 탓일까.
노인의 몸은 곧 한쪽 방향으로 빙글빙글 돌기 시작했다. 노
인은 발버둥 쳤다. 나는 다급히 줄을 놓았다. 노인은 제법
큰 소리를 내며 두 발로 바닥에 떨어졌다.

깊은 새벽, 혹시 누가 들은 건 아닌지 나는 심장이 철렁
했다. 줄은 꽤나 세게 노인의 목에 감긴 듯 보였다. 우스꽝
스럽게도 노인은 제자리에서 몇 바퀴 돌며 꼬인 줄을 풀어
냈다.

노인은 칵칵거리며 창가로 다가왔다. 목소리도 내기 힘
들었는지 연신 턱을 문질렀다. 노인의 언성은 아주 작았지
만 세상은 너무도 고요했다. 한마디 한마디가 귓가로 흘러
들었다.

"줄 길이는 내가 조정하겠네. 얘기한 대로 이따가 자네 쪽
에서 줄을 거두면 돼."

"복권은 제가 어떻게 찾아가죠?"

한 사람의 죽음 직전, 나는 그런 것에밖에 관심이 없었다.
노인은 잠시 고민하다 냉장고 밑에 깊숙이 숨겨 놓겠다고
말했다. 노인은 자신이 죽은 다음의 일도 내게 지시했다.

"다른 사람이 내가 죽은 걸 발견하기 전까지 남에게 알려

서는 안 돼. 먼저 찾아와도 안 돼. 자네가 의심을 받을지도 모르니까."

목이 졸린 시신, 사라진 흉기. 노인은 누군가에게 살해당한 것처럼 보일지도 몰랐다. 나는 수긍했다. 경찰이 괜스레 나를 범인으로 의심하면 곤란했다. 그것은 곧 복권이 내 손에 들어오지 않을지도 모른다는 말과 같았다. 아니, 죽는 걸 도와줬다고만 하면 어떨까? 그러나 사람의 죽음을 돕는 것 역시 엄연한 범법행위다. 자살방조라고 했던가. 나는 끝내 복권을 차지할 수 없을 것이었다.

노인은 로프 위쪽으로 올려놓듯 커튼을 쳤다. 커튼이 들려 어느 정도 노인의 방이 보였다. 그 상태로 내가 줄을 회수하면 커튼은 그대로 떨어져 창문 전체를 가리게 될 것이었다. 곧 노인의 방에 불이 꺼졌다.

방으로 들어온 나는 어둠 속에 쪼그려 앉았다. 이후 얼마나 시간이 흘렀는지 제대로 알 수 없었다. 정신이 또렷했던 것 같기도 하고 깜박 잠든 것 같기도 했다.

지금쯤 목을 매고 죽었을 거야.

이윽고 베란다로 나간 나는 조금 당황했다. 노인과 나의 방을 잇는 로프 위에 여성의 옷이 걸려 있었다. 하지만 문제될 것은 없었다. 나는 로프의 한쪽 끝을 잘라 내었다. 잘린 로프는 어둠 저편으로 사라졌다. 나는 배수기둥에 감긴 로프 한쪽을 잡고 있는 힘껏 당겼다. 한겨울이었지만 땀으로 온몸이 후끈거렸다. 곧 여성의 옷이 골목으로 떨어졌다. 노인의 방 창문에 커튼이 완전히 드리웠다. 나는 그렇게 로프를 회수할 수 있었다.

　"목을 맨 할아버지의 몸은 한 방향으로 빙글빙글 돌았어요. 로프는 꼬여서 할아버지 목에 감겼을 거예요. 여기서 제가 베란다에서 남은 로프를 잡고 당기면 어떻게 될까요? 할아버지의 몸은 들어 올려져요. 활차처럼요. 아랫집 사람이 줄이 올라가는 걸 본 시간. 배달부가 할아버지가 몸을 일으키는 것을 본 시간. 두 사람은 제가 로프를 잡아당길 때 각각의 상황을 목격했어요. 만약 배달부가 끝까지 보고 있었다면 눈치챌 수밖에 없었을 거예요. 할아버지의 몸이 천정을 향해서 올라갔을 테니까요. 그리고 꼬인 로프가 풀리면서 천정에서 빙글빙글 돌았을 거예요. 그 다음엔 할아버지의 시신이 바닥으로 떨어졌을 거예요."
　여기까지 말을 마친 나는 눈앞의 그녀를 바라보았다. 그녀는 미간을 찌푸리며 석연치 않다는 표정을 짓고 있었다.
　"그 때 할아버지는 확실히 목을 매었나요?"
　"깜깜해서 잘 보이지는 않았지만, 줄을 회수하기 전에 커튼이 살짝 들려 어렴풋한 형체 정도는 볼 수 있었어요. 그

때 전 허공에서 할아버지가 흔들거리고 있는 걸 봤어요. 또 제가 줄을 회수할 때 뭔가 바닥으로 떨어지는 걸 봤어요. 손에 무게감도 있었고요."

나는 확신할 수 있었다. 그럼에도 그녀는 잘 모르겠다는 듯 한쪽 볼에 바람을 넣고 고개를 갸우뚱거렸다.

4

아영은 수종의 말을 들으며 할아버지의 행동을 하나하나 되짚어 보았다. 다소 번거롭다는 것이 솔직한 감상이었다. 할아버지는 왜 그렇게까지 하며 죽은 것일까.

"저는 거의 1달 내내 할아버지의 방에서 눈을 떼지 않았어요. 혹시 누군가 먼저 들어가는 사람이 있으면 복권을 뺏길 수도 있다고 생각했어요. 그렇다고 먼저 들어갈 수는 없었어요. 저는 할아버지의 죽음에 관여했으니까요. 경찰이 수사를 시작하면 꼼짝없이 잡힐 것 같았어요. 복권을 못 받을 수도 있다고 생각했어요."

"할아버지 시신을 처음 발견한 건 아저씨였죠?"

아영은 수종이 어째서 마음을 바꿨는지 물어보았다.

"저는 새해가 넘어가면 자살할 생각이었어요. 그래서 원룸도 짧게 계약했고요. 이후의 일은 생각하지 않았죠. 그런데 1월 말 즈음 빚쟁이가 숨어 있던 저를 찾아왔어요. 걱정은 없었어요. 저한테는 막대한 돈이 들어오니까요. 할아버지는 다른 누군가가 자기를 발견하기 전까지 모른 척해 달라 했지만 그런 약속은 아무 소용없었어요. 맞은편 빌라 주인에게 연락을 하고 당장 찾아갔죠. 방으로 들어갈 때는 빌라 주인보다는 앞장서서 들어갔어요. 목표는 복권이었어요. 들어가니 할아버지는 방 가운데서 엎드린 채 죽어 있었어요. 그 옆에 탁상이 있었고요. 저는 자연스럽게 탁상 위를 보게 되었어요. 거기에 뭐가 있었는지 아세요? 복권이 있었어요. 그것도 두 장, 578회 복권과 579회 복권이. 579회 복권의 여섯 개의 숫자 위에 동그라미가 쳐져 있더군요.

탁상 위에는 그날 새벽 로프에 묶은 채 할아버지 방으로 던진 슬리퍼 한 짝, 그리고 유서가 있었어요. 거기서 눈치챘죠. 제가 할아버지에게 사 드린 건 578회 복권이었어요. 할아버지는 579회 복권을 다시 구입한 거예요. 578회 당첨 번호를 써서. 저는 복권을 들고 방을 뛰쳐나왔어요. 화가 나서 참을 수 없었어요."

"거짓으로 복권이 당첨되었다고 한 거라고요?"

아영은 역시 할아버지의 행동을 이해할 수 없었다.

"저를 움직이기 위해서였겠죠. 그냥 부탁하면 제가 거절했을 테니까요. 당시의 전 그런 말도 안 되는 거짓말에 속을 만큼 절박했었어요. '578'과 '579'의 두 숫자도 구분하지 못할 정도로 미친 듯이 간절했어요. 그리고 아영 양 할아버지는 그걸 꿰뚫고 있었고요."

수종은 잠시 말을 잇지 못했다. 짧은 한숨을 한 번 내쉬곤 손가락으로 관자놀이를 짚었다.

"전 화가 나서 미칠 것 같았어요. 방법만 있다면 한 번 더 죽이고 싶다는 생각이 들 정도였으니까요."

괜스레 죄책감이 든 아영은 아무 말도 할 수 없어 깍지 낀 손과 수종의 얼굴을 번갈아 쳐다보았다. 수종은 아영을 슬쩍 보더니 끄응, 하고 앓는 소리를 냈다.

"미안합니다. 제가 또 불편하게 했군요. 그렇게 주눅들 필요 없어요. 어쨌든 전 그 19만 원을 받게 되었어요. 빚을 갚을 수도 없는 적은 돈이죠. 거기까지 가니 역으로 헛웃음이 나오더군요."

"할아버지는 왜 그런 불편한 공작을 한 걸까요? 혹시 짐작 가는 부분이 있으세요?"

수종은 또 한 번 크게 한숨을 쉬며 고개를 저었다.

"아니요. 솔직히 잘 모르겠어요. 아마 사후에 자기 시신을 발견해 줄 사람을 필요했던 게 아닐까 하고 굳이 추측을 해 봐요. 아무도 찾아 주지 않은 채로 몇 달 동안 썩어 가고 싶지 않았던 거겠죠. 그래서 자기 마지막 길을 배웅해 줄 사람으로 저를 택한 것 같아요. 죽은 이후에도 고독하기 싫어서요. 저는 복권을 위해 어떻게 해서든 할아버지의 방을 찾아갈 수밖에 없었으니까요."

수종은 몸을 움직여 테이블 위의 봉투를 아영 가까이 쓱 밀었다.

"이제라도 건네줄 수 있어서 다행이에요. 혹시 아영 양이 제게 자수를 요구한다고 해도 소용없어요. 경찰이 왜 그런 결론을 내렸는지 모르겠지만 할아버지의 사인은 음독사였으니까요."

음독사…… . 천천히 음미하듯 되뇌어 보았지만 대답할 말이 마땅히 생각나지 않았다. 가슴이 답답했다.

"이제 이 돈 받아 주세요. 할아버지는 제게 자살을 도와주고, 또 시체를 발견해 준 데에 대한 보상금으로 이 돈을 남겼어요."

아영은 받아 든 봉투를 두 손으로 꼭 쥐었다.

밖으로 나오니 거리에는 아직도 눈이 내리고 있었다. 시선이 닿는 모든 곳이 하얀 눈으로 가득했다. 수종은 지하철역으로 가면 된다고 말했다. 아영은 근처의 버스정류장으로 향하면 되었다. 수종과 아영은 잠시 말없이 걸었다. 때때로 지나가는 자동차의 불빛에 눈발이 반짝반짝 도드라졌다.

수종과 아영은 횡단보도 앞에 멈췄다. 수종은 횡단보도를 건너면 되었고 아영은 보도를 따라 지나치면 되었다. 아영은 그에게 마지막으로 물어보고 싶은 게 있었다.

"3년 전에는 안 좋은 생각을 하셨잖아요. 지금도 그런 생각 하시나요?"

조심스럽게 수종의 얼굴을 쳐다보았다. 수종은 손가락으로 뺨을 긁적이곤 이제 그런 생각은 안 한다고 말했다.

"갚을 빚이 아직 산더미지만 하루하루 버티면서 살아가고 있어요."

수종은 씁쓸하게 웃었다. 횡단보도 반대편에 서 있는 신호등 불이 바뀌었다. 몇몇 행인들이 두 사람을 스쳐 지나갔다.

"그 때 왜 마음을 바꾸셨는지 물어봐도 될까요?"

수종은 점멸하는 녹색등을 가만히 바라보다 입을 열었다.

"처음에는 분노 때문이었던 것 같아요. 할아버지가 저를 이용했다고 생각하니 화가 나서 죽고 싶어도 죽을 수가 없었어요. 억지로 살아졌다고 해야 하나. 그런데 살려면 돈이 필요하잖아요. 정신을 차려보니 수중에 남은 돈이 19만 원이더라고요. 그것만큼은 열이 받아서 도저히 쓸 수가 없었어요. 결국 미친 듯이 일을 했죠."

"아직도 할아버지가 많이 미우세요?"

수종은 아영을 지그시 바라보았다.

"아영 양은 어떤데요? 할아버지가 미워요?"

아영은 생각해 보았다. 엄마와 언니, 그리고 자신을 불행하게 만든 사람이었다. 아영은 고개를 끄덕였다. 수종 역시 아영과 같다고 말했다.

"저는 한 달 동안 할아버지 방을 감시하면서 행복한 꿈을 꾸었어요. 빚을 갚고 남은 돈으로 어떻게 새 출발을 할까 고민했죠. 빨리 시체가 발견되기를 바랐어요. 그 순간 저는 누구보다도 살고 싶었어요. 미련 없이 죽을 수 있을 줄 알았는데 한 번 그런 꿈을 꾸니까 도저히 죽을 수가 없었어요. 전 말이죠, 아영 양의 할아버지가 저한테 그런 꿈을 꾸게 한 게 가장 원망스러워요."

수종은 목이 메는지 잠시 말을 잇지 못하고 깊은 한숨을 내쉬었다. 하얀 입김이 허공에서 빠르게 사라져 갔다.

"아저씨. 행복해지고 싶은 건 당연해요. 그건 저도 마찬가지고요."

아영은 수종을 위로하고 싶었다. 하지만 수종은 고개를 저었다.

"맞아요. 그게 당연한 거겠죠. 하지만 전 마냥 행복할 수는 없어요. 한번 살아 보자고 생각하니까 그런 생각이 들더군요. 난 이렇게 꾸역꾸역 살아가려는데 그 사람은 왜 살 수 없었을까. 거기까지 생각이 미치니 알겠더군요. 3년 전 그날, 제가 어떻게 행동했느냐에 따라서 결과가 달라졌다는 것을요. 오직 저만이 할아버지의 자살을 말릴 수 있었어요. 어쩌면 할아버지는 그날 제게 살려 달라 구조요청을 하고 있었는지도 몰라요. 결과적으로 저는 돈에 눈이 멀어 사람을 죽게 한 거예요. 저는 할아버지를 죽인 범인과 다름없어요. 유일하고, 오직 저일 수밖에 없는……. 아영 양, 전 지금 죄책감으로 살고 있어요. 이 죄책감이 차라리 죽는 게 나은 지독한 삶을 살아가는 이유에요."

정류장 의자에 홀로 앉아 아영은 하염없이 내리는 눈을 바라보았다.

아영은 할아버지가 음독자살을 한 것이 아니라 가정하고 수종과 이야기를 풀어 나갔다. 의문점을 던지고 퍼즐을 맞추듯이 연결하자 3년 전 새벽에 무슨 일이 일어났는지 그려 볼 수 있었다. 하지만 전부 알 수 있었던 건 아니다. 여전히 몇 가지 의문점이 남는다.

12월 31일 새벽, 우유배달부는 할아버지가 몸을 일으키는 장면을 목격했다고 했다. 1월 1일 오후, 빌라 건물 주인의 아들은 할아버지의 원룸에서 우유를 꺼내 먹었다고 말했다. 그 때 아이는 방안의 누군가가 우유를 건네줬다고 말했다.

수종은 31일 새벽에 이미 할아버지가 죽었다고 말했다. 배달부가 목격한 건 수종이 들어 올린 시신이라는 것이다. 그렇다면 1월 1일에 아이가 느낀 인기척의 정체는 무엇일까? 단순히 혼나기 두려웠던 아이의 거짓말이었을까?

아영은 경찰이 내린 음독자살이라는 결론을 생각해 보았다. 경찰은 시신의 부검을 통해 사인을 결론지었다. 현장검증도 충분히 실시했을 것이다. 수사결과가 잘못되었으리라 생각하지 않았다. 그럼 12월 31일 새벽 5시, 이부자리에서 스르르 몸을 일으킨 사람은 누구인가? 1월 1일 오전 10시, 투입구에 손을 넣어 더듬거리는 아이에게 우유를 건네준 사람은 누구인가? 아영은 둘 다 할아버지였으리라 생각했다. 할아버지는 하루라는 시간 동안 더 살아 있었던 것이다. 그 시간 동안 무엇을 했을까? 조용히 음독자살을 준비했을 것이다.

아영은 할아버지가 어떤 삶을 살았는지 알 수 없다. 하지만 할아버지의 성격은 알고 있다. '자기사람'이라고 생각한 이를 위해서 아낌없이 퍼 주는 사람이다. 그들을 위해 가족을 버리면서까지 자기 고집을 꺾지 않은 사람이다. 3년 전, 수종은 할아버지에게 분명 자기사람이었다. 자기사람을 끔찍이 아끼는 할아버지가 수종을 범죄자로 만들 리는 없다. 수종은 할아버지의 자살과는 상관없는 사람이다. 그저 로프를 연결하고 다시 그 로프를 회수한 것뿐이 된다. 할아버지는 그 누구에게 어떤 도움도 받지 않고 홀로 자살을 한 것이다.

그렇게 된 거구나. 진실을 알게 된 순간 아영은 눈물이 날 것 같았다.

"결국 성공하셨네요, 할아버지."

아영은 넌지시 중얼거려 보았다. 세상이 조용한 탓인지 방금 내뱉은 말이 허공에서 은은히 울리는 착각이 들었다.

원룸 가운데에 행거를 설치하고, 복권을 위조하고, 로프를 이용해 목을 매는 시늉까지 했다. 즉흥적으로 실행한 것으로 보이지 않는다. 할아버지는 아마 며칠 동안 고민했을 것이었다. 할아버지가 속이려고 했던 사람은 단 한 사람, 수종뿐이다. 다큐멘터리에서는 할아버지의 시신 옆에 돌돌 만 이불이 놓여 있었다고 말했다. 할아버지는 이 이불을 이용했다. 아영은 머릿속에서 그날 새벽의 일을 재구성해 보았다.

창가의 커튼을 닫은 후 할아버지는 이불을 로프에 매어 둔다. 수종은 새벽의 어둠 속에서 공중에 매달린 이불을 할아버지로 착각한다. 로프를 회수한 이후 방 안은 커튼에 가려서 보이지 않는다. 그렇게 수종은 자신이 할아버지의 죽음과 관련이 있다고 철석같이 믿게 된다.

할아버지는 수종에게 그의 손을 통해 자신이 죽게 되었다는 인상을 심어 줄 필요가 있었다. 할아버지는 자신이 죽어도 자기사람인 수종을 죽게 하고 싶지는 않았던 것이다. 그래서 돈에 눈이 멀어서 사람을 죽이고 말았다는 죄책감을 주었다. 그렇게 해서라도 수종을 살리고 싶었다.

할아버지의 시체가 발견되면 수종은 자신이 속았다는 것을 눈치채고 만다. 물론, 이후에 수종은 자살을 결심할 수도 있다. 할아버지는 그래도 좋다고 생각했을 것이다. 적어도 그 시간 동안만이라도, 조금이라도 더 길게 살아 주기를 바란 것은 아니었을까?

수종은 할아버지에게 1월 1일에 자살을 하겠다고 말했다. 하지만 1월 1일 수종은 자살하지 않았다. 할아버지는 커튼 너머로 수종이 살아 있는 것을 보곤 안심했을 것이다. 그리고 기쁜 마음으로 음독을 시도했을 것이다. 한 번에 편하게 죽지는 않았을 것이다. 겨울의 혹독한 추위 속에서 아주 천천히 죽어 갔을 것이다. 그 와중에 바랐을 것이다. 맞은편 젊은이가 부디 조금이라도 더 오래 살아가도록.

아영은 가슴이 뻥 뚫린 것 같았다. 진상을 알게 되어 통쾌하거나 시원하다는 감정이 아니었다. 정말로 가슴에 커다란 구멍이 난 것 같았다. 아영은 할아버지에게 화가 났다. 왜 우리는 할아버지에게 '자기사람'이 아니었던 걸까. 왜 우리를 위해서 어떤 희생도 하지 않은 걸까. 아영은 수종을 만나고 싶었다. 우리가 가지지 못한 것을 가진 그에게 전하고 싶었다. 할아버지를 원망하는 사람은 엄마와 언니, 그리고 자신만으로도 충분하니까 할아버지를 미워하지 말아 달라고. 벌을 받듯 살아가지 말아 달라고.

아영은 지하철역 방향으로 달렸다. 발걸음에 점차 힘이 실렸다. 숨이 차올랐다. 토해 내듯 뱉은 하얀 숨결이 등 뒤로 춤추듯 멀어져 갔다.

/

꽃이 피는 순간

1

후문 언덕길에서 윤서를 보내 준 다음날 새벽, 꿈에서 지원이를 만났다. 반가웠다. 하고 싶은 말이 너무도 많았다. 그러나 그녀는 아무 말도 하지 않은 채 아주 무서운 얼굴로 나를 노려봤다. 작은 체구에서 엄청난 열기가 뿜어져 나왔다. 나는 무어라 말을 걸지도 못한 채 그 기운에 놀라 화들짝 잠에서 깼다. 찜찜한 뒷맛이 남았다. 그날 오전, 모르는 번호로 전화가 걸려 왔다. 윤서의 어머니였다. 윤서가 자살을 기도했다는 소식이었다.

윤서는 자정 즈음 자신의 방 2층 침대의 모서리에 줄을 고정해 목을 매었다고 했다. 그 과정에서 제법 큰 소리가 난 듯하다. 밤중 작은 소리라도 내면 어김없이 아래층 아버지의 서재로 내려와 사과하던 딸은 그날따라 조용했고, 이상한 낌새를 느낀 아버지가 얼마 뒤 윤서의 방문을 열었다. 허공에서 천천히 흔들리는 윤서를 발견한 그가 어떤 심정이었을지, 나는 짐작할 수도 없다.

윤서의 아버지가 곧바로 심장마사지를 실시한 덕에 윤서는 심정지 상태를 벗어났다. 그러나 의식을 되찾진 못했다.

그렇게 반 학기만큼의 시간이 지나고 기말고사가 끝났다. 봄이 지나고 여름이 다가왔다.

나는 그 버스사고 현장에 다시는 가지 않았다. 대신 거의 매일 병실에 들러 윤서 곁에서 조용히 책을 읽다가 돌아갔다. 병상에 누운 윤서의 얼굴은 늘 평온했다. 마치 죽은 것처럼 보여 나는 종종 윤서의 손을 꼭 잡아 보았다. 따뜻한 체온이 전해져 왔다.

어느 날 저녁은 문득 윤서의 얼굴이 보고 싶은 마음에 다시 한번 병원을 찾았다. 오전에도 한 번 왔었는데, 너무 늦은 시간 또 찾아온 건 아닐까. 그런 걱정을 하며 살짝 열린 문틈으로 병실을 들여다본 나는 숨소리조차 낼 수 없었다.

침대맡에 앉은 두 사람의 옆모습이 보였다. 한 명은 윤서의 아버지였고, 다른 한 명은… 다름 아닌 지원이네 아버지였다. 지원이 아버지는 허리를 구부린 채 두 손으로 얼굴을 감싸며 흐느꼈다. 윤서 아버지는 지원이 아버지 어깨를 토닥이며 무어라 위로의 말을 건넸다. 두 사람의 눈빛을 본 나는 조용히 병실을 뒤로할 수밖에 없었다. 그 눈빛은 그날, 언덕길에서 윤서가 내게 보여주었던 그 눈빛과 닮아 있었다.

윤서 어머니는 윤서의 방에 남아 있던 유서를 내게 선뜻 보여주었다. 오로지 나에게만 남긴 유서라고 했다. 더불어 경찰엔 신고하진 말아 달라고 부탁했다.

"윤서에게는 희망찬 말을 많이 해 줘. 혹시 아니? 윤서가 듣고 있을지도."

윤서가 깨어나기 힘들다는 걸 알면서도 나는 걱정 말라는 말씀을 드렸다.

2

사고가 일어나고 얼마간 나는 그날의 기억을 되짚으려 무던히 애를 썼다. 그러나 도무지 기억이 나지 않았다. 당시 현장 상황에 대해 묻는 경찰에게도 정확한 진술을 하지 못했다. 그건 분명 내가 술이 약한 탓도 있다. 선배들의 강요에 못 이겨 연거푸 술잔을 들이킨 기억만 드문드문 떠올랐다.

3월 14일. 그날 오후는 도서관에서 근로 장학생으로 일했다. 7시 50분에 동기인 2학년 과대에게 지금 막 총회가 끝났으니 뒤풀이 장소로 바로 오라는 내용의 문자를 받았다. 도서관 일이 끝난 것은 8시 정각이었다. 아마 주점에 도착한 건 늦어도 15분 후였을 것이다.

주점 안은 소란스러웠다. 주위를 둘러보며 앉을 자리를 찾고 있자니 그래, 윤서가 자리에서 벌떡 일어났다. 그때 윤서를 본 기억이 난다. 그날은 학년 별로 자리를 정해 놓은 것 같았다. 나는 2학년이 모여 있는 안쪽으로 들어가려고 했다. 그때 "넌 이쪽이야." 누군가 그렇게 말했다. 입구 자리에 앉은 어느 4학년 남자 선배가 나를 잡아끌었다. 분명 낯이 익었다. 작년에 얼핏 본 기억이 났다. "후배님, 복학했다면서?" "아, 네. 간만에 뵙네요." "이름이 뭐였지?" "전현석입니다." 나는 살짝 고개를 숙여 인사했다. 누군가 이쪽으로 오라면서 다시 한번 나를 불렀지만 선배들은 그럴 필요 없다며 나를 붙들었다. 나는 플라스틱 의자를 가져다가 테이블과 테이블 사이에 아주 불편하게 앉았다. 테이블 위에는 선배들의 이름표가 있었다. 그때 무슨 대화를 나눴지? 글쎄, 금세 휘발되어 버리는 시답잖은 농담들이었다. 아, 한 가지 묘하게 기억에 남는 농담거리가 있었다. 물론 누가 한 말인지도, 누가 한 대답인지도 모른다. 모든 말들이 머릿속에서 이리저리 뒤섞여 있다. "너 알아? 여기 위에 언덕은 가로등도 몇 개 안 들어오잖아. 새벽에 어떤 학생이 여기 언덕길을 달리는 버스를 봤대." "버스? 새벽에?" "그런데 재밌는 건 버스 안에 아무도 타고 있지 않았다는 거야." "귀신이라도 탔나?" "그래, 귀신 들린 버스." "에이 그런 게 어디 있어?" 누군가가 반문했다. "참, 나도 들은 이야기야. 아무도 타지 않은 버스가 그냥 달리는 거야. 그리고 여기 주점 앞 교차로에서 뿅 사라진다고 하더라." 누군가의 웃음소리가 귓전에 울렸다. 그 이후에 무슨 이야기를 했지? 군대는 언제 가느냐, 뭐 그런 이야기였다. 역시 잘 기억나지 않는다. 그러던 중 문득 아무것도 보이지 않았다. 그리고 쾅, 귀청이 찢어지는 듯한 거대한 파열음이 들렸다. 이어서 끔찍한 비명, 신음과 울음소리가 울려 퍼졌다. 참혹한 무언가가 일어났다는 사실만을 알 수 있었다. 하지만 뭘까. 그 순간을 기억하면 묘하게도 굉장히 따스하고 포근한 느낌도 함께 찾아온다. 그리고 눈앞에 빨간 꽃이 활짝 피어났다. 꽃에 어울리는 좋은 향기까지. 뭘까? 그 이미지는 뜬금없지만, 오랫동안 내 뇌리에 남았다. 그리고 이상하게도, 윤서의 얼굴이 자꾸만 아른거렸다.

아무대로 제대로 취한 모양이었다. 정신을 차리고 보니 난 병원 응급실 바닥에 토하고 있었다. 간호사들도, 응급실에 머물던 같은 과 학생들도 모두 질겁하며 내게서 떨어졌다. 주점 안으로 버스가 들이닥쳤다는 사실도 그 때 알았다. 특별히 외상은 없었다. 숙취가 문제였다.

3월 14일 저녁 8시 30분경. 학교 후문 방향 언덕길에서 마을버스의 기사가 담배를 피우려 주차를 하곤 잠깐 버스에서 내렸다고 한다. 하지만 버스의 제동장치에 문제가 생긴 것 같다. 버스는 급경사로를 따라 움직이기 시작했고,

600m 정도 내달려 교차로까지 내려온 버스는 그대로 마침 우리 영문과가 개강총회 뒤풀이를 하던 주점을 향해 돌진했다. 그런데 엎친 데 덮친 격으로 우리가 있던 그 주점에 사고 직전 정전이 일어났다. 속도가 붙은 버스는 주점 유리문을 부순 이후 주점의 사 분의 일 지점까지 밀고 들어왔다. 학생 4명이 죽고, 7명이 중경상을 입었다.

사건을 생각할 때마다 등 뒤에 서늘한 소름이 돋는다. 동시에 내가 정말 더럽게 운이 좋았구나, 하고 생각하게 된다.

3월 14일부터 한 달간 나는 시간이 날 때마다 사고가 난 주점을 찾았다. 강의가 끝나고 돌아갈 때 일부러 빙 돌아서 그곳을 거쳐 갔다. 강의 사이에 틈이 있을 때도 종종 찾아갔다. 강의가 없는 날에는 보통 아르바이트를 하지만 일부러 아르바이트 시간을 빼서 찾은 적도 있다. 주점은 업자들이 안의 물건을 다 뜯어내고 치웠는지, 지금은 그저 비어 있는 상가일 뿐이다. '출입금지'라는 띠가 둘러져 있고, '임대문의'라는 벽보가 붙어 있다. 이제는 아무도 신경 쓰지 않는 공간이 되어 버렸다. 하지만 늦은 강의가 끝나고 노을이 질 무렵에 들러 보면 그곳은 마치 작은 공동의 초입 같은 느낌을 준다. 그 입을 틀어막듯이 돌진한 마을버스를 생각하면 목덜미가 주뼛하여 나는 괜스레 뒤를 돌아서 언덕 위쪽을 확인해 보게 된다. 인정하기 싫지만 멋대로 몸이 반응해 버리는 것이다. 그럼에도 시간이 날 때마다 그곳을 기웃 거리는 이유는 가슴 한편에 뭔가 께름칙한 기분이 남아 있기 때문이다. 나는 왜 무사했던 걸까? 그런 의문이 종종 찾아왔다.

조금만 더 하면 무언가 보일 것 같다. 손끝에 작은 가시가 박혀 핀셋으로 뽑아내려고 애쓰는 기분이다. 한 번 잡히기만 하면 가시를 쏙 뽑아낼 수 있을 것 같은데 가시 끝이 작아서 좀처럼 잡히지 않는.

사고 현장 옆에는 편의점이 있었다. 현장을 서성이다 서늘한 기분이 들면 나는 편의점 안으로 들어갔다. 누구라도 좋으니 이야기를 나누고 싶었다. 다소 수다스러운 사장님은 늘 반갑게 맞이해 주었다. 대화 주제는 늘 사고가 난 주점 주인 이야기다. 어느 날 사장님은, "김 사장 부부, 참 부러워. 보험금을 엄청 뽑아냈다는데 말이야. 차라리 그 버스가 우리 가게에 들이박혔으면 얼마나 좋았을까."라고 토로하기도 했다. 미간에 잔뜩 힘이 들어간 모습이 진지했다. 물론 사장님의 말은 충분히 이해가 되었다. 대학가 뒤편의 길은 인적이 드물다. 주요 상권은 대학가 정문 앞쪽에 위치하고, 후문 언덕길은 장사가 잘 안 된다는 것이 인근 상인들의 공통된 의견이었다.

왜 그날의 기억이 나지 않는 걸까. 이 찜찜한 기분은 언제까지 계속되는 걸까. 학교생활과 아르바이트를 병행하는 바쁜 일상에 녹아들어 그런 생각도 서서히 잊혀져 갈 무렵이었다. 손끝의 가시는 생각보다 쉽게 뽑혔다. 특별히 계기가 있었던 건 아니다. 4월로 접어들수록 벚꽃을 비롯하여 잠자던 수많은 봄꽃들이 학교 곳곳에 피어났다. 덕분에 굉장히 자연스럽게 기억이 났다. 활짝 피어난 꽃. 그리고 문득문득 스치는 윤서의 얼굴. 다만 윤서는 왜 그런 행동을 했을까, 하는 새로운 의문이 생겼다.

<u>3</u>

'내리막길을 운행하던 어느 기관사는 기관차의 브레이크가 고장이 난 것을 깨닫는다. 마침 기관사는 가고 있는 선로에 인부 다섯 명이 작업을 하고 있는 것을 발견한다. 인부들은 주변이 시끄러워 기관차가 다가오는 것도 모른 채 작업에 열중하고 있었다. 다행히 다섯 명의 인부들이 작업하는 선로 앞에 갈림길이 있어 다른 쪽 선로로 기관차의 방향을 바꾸는 것이 가능했다. 그러나 그 선로에는 또 다른 인부한 명이 작업을 하고 있었다. 그 선로는 본래 기관차가 다니는 길이 아니었기에 인부는 안심한 채 작업에 열중하고 있

었다. 이 때, 기관사는 다섯 명의 목숨과 한 명의 목숨 중에 어느 쪽을 선택해야 할까?'

강의실 벽시계는 오전 10시 35분을 가리켰다. 윤서와의 약속은 11시로 잡아 두었다. 마지막 문제에 대한 의견을 몇 줄 적어 넣은 나는 손가락 사이에 낀 볼펜을 빙글빙글 돌리며 완성된 답안지를 바라보았다. 답안지가 다소 휑했지만 고민해 봐야 더 쓸 말이 없을 것 같았다.

마음이 정해지자 가차없이 탁, 책상에 펜을 내려놓고 짐을 정리했다. 나란 사람은 참 포기가 빠르구나. 그렇게 생각하며 가방을 둘러메었다.

발소리가 나지 않도록 강의실 앞쪽으로 걸어 나갔다. 내 앞에서 교수님에게 답안지를 제출한 여학생이 교수님 눈도 마주치지 못한 채 도망치듯 강의실을 후다닥 뛰쳐나갔다. 교수님은 그녀의 등 뒤에 대고 수고했어요, 나지막이 읊조렸다. 그녀에게 동지애를 느끼며 나도 답안지를 제출했다. 다만 나는 떳떳한 척 어깨를 폈다. 수고했다는 교수님의 말에 고개를 꾸벅 숙이곤 미소로 화답했다. 강의실 문을 열고 나오니 4월의 포근한 공기가 성큼 다가왔다.

윤서는 도서관 앞 벤치에 앉아 있었다. 나뭇잎 사이를 비집고 들어온 오전의 햇볕이 그녀의 몸 위에 불규칙적인 무늬를 만들었다. 윤서는 나무그늘 아래서 반짝반짝 빛났다.

하나로 질끈 묶은 머리칼, 민트색 블라우스와 스키니진이 청량하고 시원한 느낌을 주었다. 나는 그 광경을 괜스레 눈동자에 새겨 보았다.

이렇게 보면 참 예쁜데. 그녀는 남자학우들에게 인기가 상당히 많다. 하얀 피부, 큰 눈과 그와 잘 어울리는 긴 눈썹, 손대고 싶을 정도로 찰랑거리는 머리칼. 하지만 그녀는 누군가 다가가면 도깨비처럼 얼굴을 붉히고 쫓아낸다는 소문이다.

멀리서 나를 발견한 그녀는 자리에서 일어나 손을 흔들었다. 나도 손을 흔들며 그녀에게 다가갔다.

"현석아. 시험은 잘 봤니?"

윤서가 먼저 웃으며 물었다.

"철학과 수업이라고 했지, 분명?"

"철학하는 시간이라고, 철학과 1학년 전공이었어. 그럭저럭 본 거 같아. 넌? 이제 같이 듣는 전공만 남은 거야?"

응, 하고 짧게 답한 윤서는 둘이 보는 건 오랜만이네, 라고 뚫어져라 나와 눈을 맞추며 말을 이었다. 그랬던가, 하고 나는 고개를 갸웃하며 웃었다.

"오다가다 마주치면 인사 정도는 한 것 같은데."

"한 달 전 사고 이후부터 나를 피하고 있었잖아. 내가 연락해도 잘 받아 주지 않고."

나는 뭐라 할 말을 찾지 못하곤 눈동자를 이리저리 굴렸다.

작년에 대학 생활을 시작한 나는 1학년 1학기만을 마치고 휴학했다. 애매하지만 할 수 없었다. 학비는 벌어야 했으니까. 그리고 올봄에 2학년 1학기로 복학을 했다. 복학 직후에는 윤서와 종종 담소를 나눴다. 하지만 3월에 일어난 버스사고 이후에는 의도적으로 그녀를 피한 게 사실이다.

뭐라 할 말이 없어진 나는 "너야말로 작년에 갑자기 연락이 끊긴 적이 있었잖아. 그거부터 얘기해 줄래?"라고 농담조로 받아쳤다. 순간 윤서의 얼굴에 어두운 빛이 스쳤다. 나중에 들은 얘기로는 윤서는 지원이가 죽은 후에 거의 학교를 나오지 않았다고 했다. 어울리던 동기들과 연락도 잘하지 않았다고 들었다. 나는 슬그머니 화제를 돌렸다.

함께 듣는 2학년 전공인 '고급영어작문'과 '영문학개론'에 대한 이야기였다. 나는 콧잔등을 긁적이며 학교에서 뭘 배우는지 잘 모르겠다는 솔직한 감상을 이야기했다. 윤서는 작게 콧소리를 내며 웃었다.

"하긴, 넌 관심 없을지도. 1학년 때 지원이가 말해줬어. 현석이 넌 영미 스릴러문학을 좋아해서 영문과에 들어왔다고."

"대학도 그냥 점수에 맞게, 학과도 생각 없이 선택한 거야."

나는 지원이의 얼굴을 떠올렸다. 박지원. 나와 윤서와 같은 해에 입학한 학과 동기였다. 윤서와 지원이는 고등학교 때부터 알고 지내던 사이라고 했고, 우리 셋은 자주 어울리게 되었다. 아담한 키에 눈매가 살짝 처진 그녀를 볼 때마다 나는 늘 귀여운 강아지를 떠올렸다. 남자 동기들에게도 인기가 굉장히 많았던 기억이 난다. 재미없는 대학생활을 계속한 것도 절반쯤은 그녀 때문이었다.

반년 전 10월경, 학과 MT를 간 지원이는 술에 취해 숙소 산장에서 발을 헛디뎌 그대로 산비탈 아래로 굴러 떨어졌다. 즉사였다. 나는 휴학 중이었고, 어쩔 수 없는 일이었다는 것을 알면서도 내가 그 자리에 있었다면, 하고 아주 오랫동안 스스로를 탓했다. 아마 MT에 참석한 윤서는 나보다 더 큰 충격을 받았을 것이다. 더 많은 후회를 했을 것이다.

후에 경찰이 밝힌 사인은 단순한 실족사였다. 키가 작은 지원이가 발을 헛디딘다고 해도 산장의 난간 바깥쪽으로 떨어지긴 쉽지 않았다. 무엇보다 지원이 신발의 흙이 나무난간에 그대로 남아 있었다. 그녀 스스로 난간을 밟고 올라선 것만은 분명했다. 대체 무슨 일이 있었던 것일까.

지원이의 아버지는 자살을 주장했다. 지원이가 자살할 만한 이유가 무언가 있었을 것이라고 말했다. 하지만 증거 불충분으로 재수사가 이뤄지는 일은 없었다.

가족은 아빠 딱 한 명뿐이야. 생전 지원이는 그렇게 말하며 사진을 보여준 적이 있었다. 스마트폰 속 사이좋은 부녀의 모습에 나는 가슴이 따뜻해지는 것을 느꼈다. 웃을 때 가늘어지는 눈매가 닮아 있었다. 하나뿐인 가족이라니, 어떤 사정이 있던 걸까. 언젠가 그 이야기까지 들을 만큼 그녀와 가까워졌으면 좋겠다는, 그런 태평한 생각도 했다. 물론 결코 이룰 수 없는 바람이 되었지만.

윤서는 침울한 표정을 지었다. 분위기가 가라앉는 것 같아 나는 슬그머니 화제를 돌렸다.

"그때는 우리 셋이 되게 많이 어울려 다녔는데. 그렇지?"

그러자 윤서는 말은 바로 해야지, 라며 말을 가로막듯 손바닥을 들어 보였다.

"정확히는 네가 지원이를 따라다닌 거지. 나랑 지원이랑 다니는 곳마다 네가 쫓아온 거고. 넌 지원이를 좋아했으니까."

그녀는 나를 놀리듯 가볍게 미소 지으며 말했다. 나는 뭐라 답할 말을 고민하다 "좀 걸을까?"라고 말한 뒤 그녀의 대답도 듣지 않고 앞장섰다.

"어디 가는 거야?"

윤서가 뒤따라오며 물었다.

"후문 뒤쪽 언덕길 있잖아. 그 쪽으로 나가자."

윤서는 잠시 망설이더니 곧 내 뒤를 따라왔다. 한 발 앞서 걷던 나는 속도를 줄이며 점차 그녀와 보폭을 맞추었다.

하늘은 구름 한 점 없이 맑았다. 우리는 장미덩굴이 휘감긴 담장을 따라 천천히 걸었다. 붉은 장미꽃이 햇살에 빨갛게 빛났다. 이따금 불어오는 선선한 바람에 장미꽃이 천천히 흔들렸다. 걸음에 맞춰 윤서의 묶은 머리칼이 좌우로 살랑살랑 흔들렸다. 우리는 밀린 대화를 나누었다. 옛 추억을 꺼내고 서로 맞장구를 치며 웃었다. 윤서는 2년 뒤 대학을 졸업하면 영문과 대학원에 진학하고 싶다고 말했다. 공부를 더 하고 싶다고 말했다. "번역을 하게 되면 네가 좋아하는 스릴러 문학도 우리나라에 많이 소개해 줄게. 너도 네가 하고 싶은 일을 찾을 수 있을 거야." 윤서의 말에 나는 가슴이 뛰었다. 어떤 장밋빛 미래가 우리를 기다리고 있을 것만 같은 착각이 일었다. 그래서 나는 함께 걸으면서도 자꾸만 머리를 거세게 흔들었다.

담장의 끄트머리에 다가가면 학교 캠퍼스 밖으로 나갈 수 있는 작은 쪽문이 있다. 그곳을 빠져나가면 계단이 나온다. 계단 아래에는 가파른 언덕길이 쭉 뻗어 있다. 우리는 계단 위에 서서 시원하게 뻗은 언덕길을 잠시 내려다보았다. 언덕 아래 교차로까지 시선을 옮기니 사고가 났던 주점이 눈에 들어왔다.

"윤서야. 혹시 귀신버스에 대한 소문 들어 봤어?"

윤서는 모르겠다고 말했다. 나는 손가락을 뻗어서 언덕 아래를 가리켰다.

"두 달 전 새벽마다 여기 언덕 위에 아무도 타지 않은 버스가 나타났대. 그리고 저 밑에 언덕까지 쭉 내려가서 사라지기를 몇 번이나 계속했다고 하더라. 귀신이 탄 버스였던 거야. 무섭지 않니?"

나는 허공에서 손가락을 천천히 교차로 방향으로 옮기며 호들갑스럽게 어깨를 떨었다. 윤서는 피식 웃으며 참 무섭기도 하다, 라고 맞장구쳐 주었다.

"나도 처음 들은 건 사고가 난 날 저기 주점에서야. 난 4학년 테이블에 앉아 있었잖아? 누군가 이야기해 줬어."

"흐음, 그래?"

그 대화를 끝으로 잠시 침묵이 흘렀다.

갈까, 하고 내가 먼저 가볍게 입을 열었다. 계단을 내려가며 나는 윤서에게 시험에서 본 마지막 문제를 이야기했다.

"만약 네가 기관사라면 어떤 선택을 할 것 같아?"

윤서는 고개를 갸웃하곤 자리에 멈춰서 잠시 골몰히 생각에 잠겼다.

"다수가 소수를 위해서 희생할 수 있냐 없냐의 문제구나. 어려운데…… 어떤 상황에서도 다수를 살려야 한다는 의견이 맞을지도 모르겠어. 5명과 1명 사이의 선택이 아니라, 500명과 1명 사이의 선택이면 500명이 우세하니까. 그 정도 차이가 나면 목숨의 경중이 생길까? 아니, 그래도 그 인부 1명은 원래 자기 규칙을 지키고 있던 사람이잖아. 그런 성실한 사람을 죽일 수는 없는데. 글쎄, 잘 모르겠어."

윤서는 고개를 갸웃했다. 웃으니 광대뼈가 살짝 도드라졌다.

"어렵지?"

"응."

"그래도 꼭 네 의견이 듣고 싶어. 반드시 누군가 죽어야 된다면, 넌 어떻게 할래?"

나는 그녀의 눈을 똑바로 보며 말했다. 윤서는 당황한 듯 눈을 치켜떴지만, 곧 진지한 얼굴로 나를 마주했다. 순간이지만 그녀의 눈빛이 날카롭게 빛났다.

"나는 분명…… 좀 더 죽어야만 하는 사람을 향해 방향을 틀 거야. 5명이든 1명이든 좀 더 사회에 필요한 인간이 있을 테니까 죽어도 싼 사람을 향해서. 악인을 향해서. 아마 기관사 입장에서는 누가 더 나쁜 사람인지는 알 수 없을 테지만 말이야."

그녀의 이야기에 점점 표정이 싸늘해지는 것을 느낀 나는 얼른 몸을 돌려 먼저 계단을 내려갔다. 그녀는 내 뒤를 바짝 따라오며 조금은 다급하게 물었다.

"그래서 현석이 넌 뭐라고 썼는데?"

"나는 문제 자체가 잘못되었다고 썼어. 아무리 시험의 문제라고 하지만 사람의 목숨을 죽여도 된다, 죽이지 않아도 된다, 누군가가 판단할 수는 없다고. 어떠한 상황에서도 쉽게 생각해서는 안 된다고. 사람의 목숨은 그런 게 아니라고 썼지."

등 뒤에서 윤서가 쿡쿡 웃는 소리가 들렸다.

"네 답은 최하점 받겠다. 쓸 말이 없으니까 적당히 지어내서 썼다고 생각할 거야."

나는 조금은 씁쓸히 웃었다.

"할 수 없지. 진짜 내 생각이니까."

나는 그렇게 대답하며 마음을 다잡았다. 먼저 계단 끝에 다다라 평지에 내려선 나는 그녀 쪽으로 방향을 휙 돌렸다. 관성대로라면 그녀와 내가 부딪혀도 이상하지 않았다. 내가 잡아 주면 그만이다. 하지만 윤서는 온몸에 한순간 마비가 온 것처럼 우뚝 멈춰 섰다.

"미안해."

나는 윤서를 올려다보며 말했다. 이렇게 해서라도 확인하고 싶은 것이 있었다. 나는 손을 길게 뻗어 균형을 잃은 윤서의 팔을 붙들었다. 그리고 내 쪽으로 세게 잡아당겼다. 아주 천천히, 앞으로 자신에게 일어날 일을 깨달은 듯 내게 다가올수록 윤서의 얼굴이 점점 경악스럽게 일그러졌다. 나는 두려워 않고 가슴을 벌리고 그녀를 향해 양 손을 뻗었다.

이대로라면 나는 윤서를 껴안듯 받아 내게 된다.

까악! 외마디 비명이 귓가에 꽂혔다. 동시에 윤서는 손바닥을 크게 휘둘러 내 얼굴을 내리쳤다. 나는 그럼에도 윤서를 꽉 안았다. 내가 피하면 그녀가 다칠 테니까. 나는 윤서를 안은 채 그대로 바닥에 넘어졌다.

"아우, 윤서야. 아프잖아. 아무리 그래도 풀스윙으로 때리는 건 너무한 거 아니니?"

나는 실눈을 뜨고 그녀를 쳐다보았다. 생각보다 상태가 좋지 않았다. 그녀는 숨을 헐떡이며 애벌레처럼 몸을 비틀어 내게서 떨어졌다. 상체를 일으킨 그녀는 자신의 양팔을 붙들고 온몸을 오들오들 떨었다. 나는 아픔을 참으며 벌떡 일어나 그녀를 부축하려 했다.

"만지지 마!"

윤서는 날카롭게 소리 질렀다. 나는 우두커니 서서 그녀를 내려다보았다. 그녀의 얼굴과 팔에 화상처럼 열꽃이 피어나 있었다.

4

"미안해, 윤서야. 설마 이 정도일 줄은 몰랐어."

한달음에 언덕을 달려 내려간 나는 늘 들리던 편의점에서 생수를 샀다. 그길로 다시 언덕을 뛰어 올라왔다. 나는 벤치에 앉은 그녀에게 물을 건네주곤 옆의 빈 벤치에 벌러덩 드러누웠다. 그 상태로 거꾸로 고개를 젖혀 그녀의 안색을 살폈다. 숨을 몰아쉬며 땀을 뻘뻘 흘리는 나를 본 윤서는 되레 안쓰러운 표정을 지었다. 물을 한 모금 들이켠 그녀는 뚜껑을 닫은 물통을 분풀이하듯 내게 휙 던졌다. 나는 날아오는 물병을 확인하곤 재빨리 허리를 튕겨 윗몸을 일으켰다. 물병은 내 얼굴이 있던 위치에 툭, 정확히 떨어졌다.

"위험하잖아. 같은 곳을 또 공격하다니, 꽤 집요한 구석이 있구나?"

"현석아. 나 농담할 기분 아니야. 나한테 왜 그런 거야?"

쏘아붙이는 그녀의 얼굴과 목에 붉은 반점이 좁쌀무늬처럼 작게 남아 있었다. 내가 빤히 바라보자 윤서는 그게 신경 쓰였는지 조금만 있으면 피부 톤도 원래대로 돌아올 것이라 말했다.

"너야말로 언제부터 그런 거야?"

"뭐가?"

"피부, 그거."

"원래부터 그랬어."

"그럴 리 없잖아. 1학년 때 우리가 같이 지내면서 살갗이 닿은 것만 해도 수십 번이잖아."

윤서는 오해할 말 하지 말라고 작게 중얼거리더니 굳게 입을 다물었다. 시간이 흐르자 호흡도, 얼굴색도 좋아진 것 같았다. 조금은 열이 가라앉은 걸까. 벤치에서 일어난 나는 다시 한번 손가락을 뻗어 아래쪽 교차로를 가리켰다.

"개강 초에 저기 언덕 밑 주점에서 일어난 버스사고. 아무리 생각해도 난 그날의 생각이 잘 안 났어. 사고 트라우마라는 게 있긴 있나 봐."

"네가 술도 약하면서 필름이 끊길 정도로 마신 것도 문제야."

그녀의 핀잔에 나는 작게 웃었다.

나는 나도, 윤서도 잘 알고 있는 이야기를 되풀이했다. 주점에서 정전이 일어난 이야기를, 제동장치가 고장 난 버스가 주점으로 돌진한 이야기를, 4명이 죽고 7명이 중경상을 입은 이야기를.

한 번에 너무 많은 말을 쏟아 내느라 목이 아파 도중에 생수병의 남은 생수를 털어 넣듯 전부 마시고 이야기를 이었다. 윤서는 단 한 번도 내게서 눈을 떼지 않았다.

"현석아. 꼭 그 이야기 해야 되니? 나한테 한 행동 용서해 줄게. 그러니까 그만 하자. 우리 같이 점심 먹기로 약속한 거 아니었어? 나 지금 힘들단 말이야."

윤서는 마치 어린아이가 칭얼거리듯 나를 보챘다. 듣기 싫어하는 것이, 말을 돌리고 싶어 하는 것이, 이 자리를 피하고 싶어 하는 것이 명백히 느껴졌다. 나는 무시한 채 할 말을 계속했다.

"윤서야. 그날, 정전이 일어나고, 암흑 속에서 쾅, 하는 커다란 소리가 들렸어. 굉장히 끔찍한 순간이지. 그런데도 난 그날의 일을 돌이켜 보면 따뜻하고 포근한 느낌이 먼저 찾아왔어. 그리고 눈앞에 꽃이 활짝 피어났어. 코를 박고 계속 맡고 싶을 정도로 좋은 향기도 났어. 경찰에 이 이야기를 하니 나를 미친 사람 취급하더라. 돌이켜 보면 그 따스한 느낌은 버스가 주점에 충돌하기 전, 정전이 일어난 직후 느꼈던 것 같아. 누군가 나를 껴안았어. 그리고 테이블 바깥쪽으로 잡아끌었어. 나는 테이블 사이의 통로에 의자를 끼고 앉아 있었으니까 나오는 건 어렵지 않았어. 굉장한 힘이었어. 그 누군가는… 아주 필사적이었어. 주점 안쪽으로 계속 나를 잡아끌었어. 다음 순간 쾅, 하고 소리가 났지. 나는 바닥으로 넘어졌어. 나를 이끈 사람의 몸 위로. 주점 안에는 비명소리, 신음소리가 가득했고, 정전은 얼마간 계속되었어."

윤서는 처음으로 내게서 눈을 피해 한숨을 내쉬었다. 어떻게 해서든 내가 이 이야기를 결말까지 이끌고 가리란 것을 눈치챈 모양이다. 줄곧 일어서 있던 나는 윤서가 앉은 벤치로 다가가 그녀 옆에 앉았다. 윤서는 몸을 살짝 떨었다. 그럼에도 나는 물러서려 하지 않았다.

"이제는 확실히 기억 나. 얼마 뒤에 주점의 불이 켜졌어. 아수라장이었지. 곳곳에서 들리는 울음 섞인 비명에 귀가 먹먹했어. 갑작스럽게 터진 빛에 눈도 제대로 떠지지 않았어. 그 때 나는 내 옆에서 온몸을 감싸 쥔 채 안쓰러울 정도로 떨고 있는 너를 봤어. 그 때의 네 얼굴, 방금 전처럼 빨갛게 달아올라 있었어."

나는 급작스럽게 그녀의 어깨에 덥석 손을 올렸다.

"하지 마!"

그녀가 소스라치며 내 손을 피했다. 그리고 내게서 멀찍이 떨어져 앉았다.

"역시 이 정도 가벼운 터치로는 아까처럼 변하지 않는구나. 윤서 넌 알고 있어? 넌 인기가 꽤 많은데도 남자들한테 철벽을 치기로 유명해. 얼굴이 시뻘게져서 도깨비처럼 화를 낸다고."

윤서의 이마에는 눈에 보일 정도의 식은땀이 맺혀 있었다. 보고 있는 내가 다 힘들었다.

"미안해. 단순히 살짝 닿는 것만으로는 알 수 없었어. 네가 숨길 수도 있으니까. 확실하게 확인하고 싶었어."

나는 진심으로 사과했다. 그녀는 고개를 푹 숙인 채 바닥을 바라보다 입을 열었다.

"닿기만 해도 거부반응이 일어나. 손만 잡아도 그래. 처음에는 팔에 좁쌀무늬처럼 작은 반점이 올라오지만, 계속 잡고 있으면 파도가 치는 것처럼 계속 변하면서 열꽃이 펴. 그 때는 온몸이 타들어 가는 것처럼 아파. 꼭 화상을 입은 것 같아."

이상했다. 작년만 해도 윤서에겐 그런 기미가 없었다.

"언제부터 그랬니?"

내 물음에 그녀는 또다시 머뭇거리며 입을 다물었다.

해가 중천에 다다를수록 기온이 점점 올라갔다. 윤서는 앞으로도 입을 열 것 같지 않았다. 그럼에도 나는 이 이야기가 점점 끄트머리에 다다른 것을 느꼈다.

"윤서야. 3월 14일. 그 사고가 일어나고 한 달쯤 지난 후에 너의 열꽃에 대해 확실하게 기억났어. 그리고 네가 나를 구해 준 것에 대해서 감사했어. 동시에 의심하게 되었어. 이상했어. 어쩌면 그렇게 좋은 타이밍에 나를 구할 수 있었을까? 마치 버스가 들이닥치리란 걸 알고 있던 것처럼."

나는 목소리에 힘을 주어 말했다.

시간이 지날수록 내 기억 속의 어떤 파편들이 섞이며 하나의 모습으로 완성되어 갔다. 버스사고 이후 나는 두 가지가 마음에 걸렸다. 첫 번째는 4학년 선배 중 누군가가 이야기한 귀신버스에 관한 소문이다. 그 버스는 교차로까지 왔다가 사라지는 듯했다. 편의점 근처까지도 온 것이다. 언젠가 편의점 사장님에게 물어본 적이 있다.

"사장님, 혹시 귀신들린 버스에 대한 소문 아세요? 두 달 전 새벽에 잠깐 나타났다는데."

편의점 사장님의 한쪽 눈썹이 크게 치켜 올라갔다. 누가 봐도 모른다는 뜻이었다. 괜히 멋쩍은 나는 "음, 두 달 전에 뭐 이상한 일은 없었나요?" 하고 화제를 돌렸다.

"이상한 거라면 김 사장 부부지. 김 사장이 좀 이상했어. 빚내서 장사 시작했다면서 1년 동안 울상을 짓더니, 두 달 전부터는 그런 이야기도 싹 사라졌지. 더 이상 아등바등 살 필요 없다면서, 곧 장사를 접을 거라고 하더라. 나는 어디 돈 나올 구멍이라도 생겼나 싶었어."

한 번 이야기의 물꼬를 튼 사장님은 또다시 김 사장이 부럽다는 이야기를 이어 갔다. 모든 이야기가 다 김 사장으로 귀결되다니, 나는 안 되겠다고 생각하며 편의점을 나가려

했다. 그러자 사장님은 내게 두 달 전 새벽아르바이트를 하다가 그만둔 친구가 있다고 했다. 나는 그 알바생의 연락처를 받을 수 있었다. 당연히 곧장 전화를 걸었다. 야간알바를 했던 알바생은 당시의 상황에 대해 중요한 정보를 말해주었다.

'귀신 들린 버스요? 글쎄요. 그런 게 있었던가. 참, 버스하니까 떠오르는 게 있긴 하네요. 새벽에 종종 잠깐 편의점 밖 건물 골목 안에서 담배를 피우기도 하거든요. 어차피 사람도 없었으니까요. 밤하늘을 보다가 자연스레 언덕 끝을 올려다봤는데 웬 버스가 서 있었어요. 그 땐 좀 이상하다 했죠. 보통 주차를 하면 보도블록 바로 옆에다 대는데, 조금 떨어져서 비스듬하게 대더라고요. 다음번에 봤을 땐 주행차선이 아닌 반대 차선에 서 있기도 했고, 심지어 도로 한가운데에 서 있기도 했다니까요. 그때그때 버스의 위치가 조금씩 달랐어요. 편의점 안에 들어갔다가 한두 시간 후에 다시 보면 어느새 사라져 있기도 하고. 운전 못하는 기사님이 밤중에 연습이라도 하나 보다. 그렇게 생각했어요.'

며칠 전에는 같은 과 남자 동기를 만났다. 그는 3월 14일 당시 주점 안쪽의 테이블에 앉아 있었다. 다행히 다친 곳은 없었다고 했다.

"신일용 선배, 채경훈 선배, 권창진 선배, 이장선 선배.

참 안타깝다. 세상에 그런 일이, 참."

그는 인상을 팍 찌푸리고 혀를 내둘렀다. 나는 그에게 혹시 어느 선배가 말한 귀신버스에 관하여 들은 게 있냐고 물었다.

"아, 그거. 일용 선배가 말했지. 그 선배도 전해 들은 이야기라고는 했는데. 새벽에 후문 쪽 언덕길을 운전기사가 없는 마을버스가 내달렸다고. 시동도 꺼진 채로 말이야. 물론 단순한 헛소문이겠지. 잠깐만! 생각해 보니까 좀 이상하잖아? 그날 저녁 아무도 타지 않은 시동 꺼진 버스가 주점을 덮쳤잖아. 그건 어떤 예지 같은 거였을까?"

그는 이해할 수 없다는 듯 턱을 자꾸만 쓰다듬었다. 그리곤 방금 생각났다는 듯 내 안부를 물었다.

"아, 근데 넌 몸 좀 어때? 후유증 같은 건 없고? 만약에 내가 그 입구 쪽에 앉았으면 죽은 건 나였을 거 아니야. 무섭다, 무서워. 하긴, 나야 처음부터 주점 안쪽에 앉았으니까… 넌 입구 쪽 테이블에 앉았는데 상처도 없었지? 천만다행이야. 네 자리도 원래는 내 옆이었는데."

나는 말이 나온 김에 그날 뒤풀이의 자리배치에 관해 물었다. 두 번째로 마음에 걸린 것이었다.

"그날? 학년 별로 정해지기도 했지만, 아예 이름대로 지정된 자리가 있었어. 넌 개강총회에도 안 왔고, 뒤풀이에도 늦게 왔으니 몰랐겠지만."

나는 동기 녀석에게 고맙다고 말하곤 영문과 2학년 과대
표를 맡고 있는 여자 동기를 찾았다. 수업이 끝날 때까지 한
참을 기다리고서야 그녀를 만날 수 있었다.

"현석아. 오래 기다렸지? 아, 그날 뒤풀이? 장소는 윤서
가 섭외해 줬어. 도움을 참 많이 받았어. 다른 과랑 개강총
회 날짜가 겹쳐서 장소를 못 빌릴 수도 있었는데, 그 주점에
서 우리 과한테 통으로 자리를 내주겠다고 했어. 다행이라
고 생각했지. 설마 그런 일이 일어날 줄은 몰랐지만…… 자
리배치? 미리 앉을 자리를 준비해서 안내하긴 했지. 술을
잘 마시는 사람도 있고, 못 마시는 사람도 있고. 주정 부리
는 선배들한테서 신입생들을 보호하기도 좋고. 평소에 데면
데면한 사람들끼리 얘기할 명분도 만들고. 분명 그 부분도
윤서가 의견을 냈다고 했어. 학과행사 일을 많이 도와줬으
니, 그 정돈 들어줄 수 있지. 음, 생각해 보면 이상할 정도
로 빠득빠득 우기는 부분이 있었긴 하지만…… 현석아, 왜
그래? 무슨 일 있어?"

윤서는 작은 입술을 앙다물곤 무릎 위에 올려놓은 두 손을
꽉 말아 쥐었다. 그 손이 살짝 떨렸다.

"윤서야. 나한테 설명해 줄 수 있어? 그날 어떻게 나를 구

해 준 거야?"

"창밖으로 버스가 내려오는 걸 봤어. 운이 좋았어."

"그럴 리가 없잖아!"

자꾸만 웅얼웅얼 말을 돌리는 윤서에게 나는 나도 모르게 목소리를 높였다. 윤서는 움찔, 몸을 떨었다. 나는 잠시 호흡을 가다듬고 말을 이어 나갔다.

"버스가 들이닥치기 얼마 전에 주점 안의 조명은 전부 꺼졌어. 10초 정도의 시간이었어. 실제로 주점 안에 있는 학생들은 버스가 굴러 내려오는 걸 아무도 눈치채지 못했어. 아니, 눈치채지 못하게 하기 위해서 불이 꺼졌다고 생각해. 유일하게 설명할 수 있는 답은, 윤서 네가 알고 있었다는 거야. 그날, 주점 안의 불이 꺼지고 얼마 뒤에 버스가 들이닥칠 거란 걸."

"내가 그걸 어떻게 알아?"

"아마도… 주점의 사장님과 미리 약속이 되어 있었겠지. 불을 끈 건 사장님일 테고. 그렇지 않으면 설명이 되지 않으니까."

윤서는 두 손으로 얼굴을 감쌌다. 그리고 푹 꺾이듯 앞으로 허리를 숙여 무릎께에 이마를 대었다.

"전부…… 전부 알아 버린 거니?"

응, 하고 결연하게 고개를 끄덕였다. 나는 윤서에게 편의

점 사장님에게 들은 이야기를 전했다. 김 사장은 빚을 내서 주점을 시작했는데도 장사가 잘 되지 않았다. 그런데 두 달 전 굉장한 거금을 벌 수 있는 계기가 생겼다. 그리고 그즈음, 대학가 후문 근처에 귀신버스가 출몰하기 시작했다.

"후문 언덕길을 시동이 꺼진 마을버스가 달린다는 소문은 두 달 전에 처음 들리기 시작했어. 그리고 소문은 머지않아 사라졌어. 이런 이야기를 들으면 대부분 헛소문이라 생각해. 귀신이 운전하는 버스도 아니고. 하지만 그게 진짜였다면 어떨까? 버스기사는 운전석에서 아무것도 안 해. 시동을 끄고, 제동장치를 풀고 그저 내리막길에서 가속하는 버스에 몸을 맡기는 거야. 기사는 그걸 반복했어. 하지만 그 새벽에 사고는 단 한 번도 나지 않았어. 마지막 순간, 언덕길을 쭉 내려가서 교차로에 다다랐을 때 브레이크를 밟은 거야. 그 연장선상에는 분명 그 주점이 있었겠지. 기사는 시동이 꺼진 버스를 자신이 원하는 장소로, 그 주점에 부딪히게 할 방법을 연습하고 있었던 거야. 목적은 보험금이었겠지."

나는 3월 14일 이후의 일을 조사해 보았다. 경찰은 버스기사에게 고의성은 없었다고 판단했다. 주차를 한 버스가 저절로 움직였다는, 그 사실만큼은 진실로 본 것이다. 버스기사는 아직 재판을 받고 있다고 한다. 사람이 죽었지만, 가혹한 처벌은 받지 않을지도 모른다. 법원은 오히려 차량

노후에 의한 과실로 판단했다. 운수회사가 비용절감 문제로 버스를 제대로 수리하지 않은 것이 사고의 원인이라고 본 것 같다. 마지막으로 주점 주인은 2천만 원이 조금 넘는 사고보험금을 타 냈다고 한다. 애초부터 그게 목적이었던 것일까. 그러나 의문은 여전히 남는다. 자신의 가게를 박살 내고 사람을 죽게 할 정도의 액수는 아니었기 때문이다.

"아마 버스기사와 주점 사장님 사이에 모종의 거래가 있지 않았을까, 하고 생각해. 그리고 너랑도."

"응. 맞아."

윤서의 대답은 담백했다. 그녀는 버스기사와 주점 주인이 2월경부터 보험사기를 꾀하고 있었다고 말했다. 나는 어떻게 안 것인지 물었다.

"소문을 듣고 이상하다고 생각했어. 혹시나 해서 네가 한 것처럼 여기저기 물어보고 다녔어. 역시 내 생각이 맞았어."

"네가 그 사람들한테 도와 달라고 한 거야?"

"협박했어. 나를 도와주지 않으면 지금 꾸미는 일을 전부 불어 버리겠다고. 주점 사장님도, 버스 운전기사 아저씨도 모두 돈이 궁한 것 같았어. 처음에만 고민하더니 결국 나를 도와주겠다고 하더라. 설령 사람이 죽더라도 말이야. 각자 그만큼 사정이 있었는지도 모르지, 나처럼."

"너는 사고를 가장한 살인을 노렸던 거야?"

윤서는 고개를 끄덕였다.

"너는 원래 그 자리에 앉으면 안 되는 사람이었어. 네 자리는 따로 있었다고. 설마 그 사람들이 입구에서 너를 붙잡을 줄은 몰랐어. 억지로 너를 빼내면 그 사람들이 이상하다고 낌새를 챌 수도 있다고 생각했어. 난 당황했어. 네가 거기 있다는 것만으로도 머리가 어지러울 정도로……. 그 자리에 널 둘 수는 없었어. 기회는 한 번뿐이었어. 네게 온 신경을 집중했어. 움직일 수 있는 길을 계속 봐 두었어. 그리고 정전이 되자마자 네 쪽으로 달려갔어."

따스한 체온. 귓가에 울린 심장소리. 좋은 향기. 나는 또다시 그날의 포근한 느낌을 떠올렸다. 윤서는 끔찍한 공포를 짓누르며 필사적으로 나를 붙들었을 것이다. 윤서는 잠시 고개를 들고 먼 허공 어딘가를 바라보았다. 여기서 내려다보는 풍경은 진짜 넓구나. 그렇게 중얼거렸다. 학교가 언덕 위에 있으니까. 나는 의미 없이 맞장구쳤다.

"작년 말부터 어떻게 하면 그 사람들을 죽여 버릴 수 있을까 생각했어. 늘 기회를 엿보고 있었어."

이야기를 더 듣고 싶었지만, 윤서는 그 말을 끝으로 아무런 말도 하지 않았다. 입술을 굳게 다물었다. 여기가 끝이구나. 나는 직감했다.

"윤서야. 네가 말하기 싫다면 더 이상 사건에 대해 캐묻지 않을게. 네가 그들을 왜 죽이려 했는지도. 다만 난 네가 경찰에 자수해 줬으면 좋겠어. 사람을 죽였다는 것. 죽게 내버려 뒀다는 것. 그건 분명 잘못된 일이야."

문득 '쿡' 하고 윤서가 웃음을 터뜨렸다. "아이, 정말." 윤서는 다소 간드러지는 목소리로 그렇게 중얼거렸다. 무언가를 이해한 듯 작게 고개를 끄덕거렸다. 그 모습이 너무도 슬퍼 보였다.

"현석이 넌 그런 사람이었어. 그랬지, 참."

윤서는 뒤틀린 입술로 억지로 미소를 지어 보였다. 눈동자에 눈물이 그렁그렁 맺혔다. 나는 그녀의 감정이 잦아들기를 기다렸다. 그녀는 벤치에서 몸을 떼고 일어섰다. 나도 그녀를 따라 일어섰다.

"걱정하지 마, 현석아. 자수는 할 거야. 하지만 아직 안 끝났어. 한 사람, 죽이고 싶은 사람이 남았으니까."

저절로 미간에 힘이 들어가는 게 느껴졌다. 그녀 앞에서 나도 모르게 아주 무서운 표정을 짓고 말았다. 나는 얼른 그녀 쪽으로 붙어 팔을 벌리고 몸으로 그녀를 막아섰다.

"미안한데, 난 네가 더 이상 나쁜 짓을 하게 둘 수가 없어. 경찰에 신고해서라도."

"말했잖아. 자수할 거라고. 그러니까 오늘은 그만 돌아가자. 부탁이야. 한 번 몸이 이렇게 되면 아주 아프단 말이야.

조금 쉬고 싶어서 그래. 제발 날 쫓아오지 말아 줘."

"윤서야. 그래도……."

"나, 강간당했어."

윤서의 말에 순간 나의 모든 사고가 툭, 끊어지듯 사라졌다.

"지원이가 죽은 MT날, 나랑 지원이는 신일용, 권창진, 이장선, 그 세 명의 선배한테 차례차례 강간당했어. 세 명이 돌아가면서 내 몸을 구석구석… 어때? 이 정도면 그 사람들을 죽일 이유가 되니? 응?"

윤서의 눈에서 눈물 한 방울이 또르르 뺨을 타고 떨어졌다. 어떤 말이든 좋았다. 나는 그녀에게 무언가 말을 건네야 했다. 하지만 무슨 말을? 입이 떨어지지 않았다. 윤서는 나를 휙 지나쳐 갔고, 결국 나는 그녀를 보내줄 수밖에 없었다.

그날, 후문 언덕길에서 나는 윤서를 붙잡았어야 했다.

<u>6</u>

대학은 여름방학을 맞이했다. 이후에도 나는 자주 윤서의 병실에 들렀다. 날씨가 좋은 날은 환기도 시킬 겸 창문을 활

짝 열고 윤서에게 여름의 공기를 맡게 해 주었다. 넓게 펼쳐진 하늘을 바라보며 나는 윤서가 남긴 유서의 내용을 몇 번이나 떠올렸다. 그리고 후회를 반복했다. 나는 어설픈 정의를 내세우며 윤서를 몰아붙였다. 아무것도 모르는 주제에.

'현석이에게.

모든 것을 말해 줄게. 반년 전, 네가 휴학했을 때야. 우리 과는 강원도의 어느 깊은 계곡으로 MT를 갔어. 산장 건물이 한 채씩 외따로 떨어져 있는 곳이었어. 자정이 지나고, 술자리가 계속 이어질 즈음이었지. 인원통제를 하던 사람도 술자리에 어울려 누가 어디로 사라져도 모르게 되었어. 당시 3학년이었던 신일용, 권창진, 이장선, 이 세 사람은 나랑 지원이를 데리고 빈 산장으로 들어갔어. 나는 그 사람들을 경계했어. 하지만 지원이는 그들과 어울리고 싶어 했어. 지원이를 혼자 보낼 수도 없었어. 나도 지원이를 따라갔어.

처음에는 즐겁게 얘기를 나눴어. 사용하면 안 되는 산장이었기에 불도 켜지 않은 채 거의 달빛에 의지하며 술을 마셨지. 그것도 꽤 분위기가 있었어. 분위기에 취해, 술에 취해 무서운 이야기도 하고, 평소 말하지 못한 속내도 이야기한 것 같아. 그런데 얼마나 지났을까. 누군가 내 옷 안으로 손을 넣어 가슴 근처를 더듬고 있었어. 소름이 돋았어. 순간 난 그 그림자를 밀치고 재빨리 현관 쪽으로 달렸어. 흙발로 달려 멀리 도망쳤어. 그리고 어딘지도 모르는 곳에 쪼그려 앉았어. 너무 놀라서 한참 동안 울기만 했던 것 같아.

정신을 차린 건 누군가 지원이를 부르는 소리 때문이야. 나는 순간적으로 그 어둔 산장 안에 지원이를 홀로 놔두고 도망쳤다는 게 생각났어. 그곳에서 지원이는 어떤 일을 겪었을까. 아마 나보다 더 심한 일을 당했을 거야. 지원이는 그것을 견디지 못한 것 같아. 지원이는 계곡 아래로 스스로 뛰어내렸어. 난 그 이야기를 듣고 그대로 정신을 잃었어. 깨어나니 이틀이 지나 있었어.

나는 그 때 지원이가 죽은 이유를 밝혔어야만 해. 하지만 무슨 저주에 걸린 건지 모르겠어. 남자에게 닿기만 해도 온몸이 뜨거워졌어. 누군가에게 그 때 내가 당한 사실을 말하려고만 해도 숨이 턱턱 막혀 아무런 말도 나오지 않았어. 이제 내 몸은 남성에게 닿기만 해도 통증이 일어나. 좋아하는 누군가가 바로 옆에 있어도 닿을 수 없다는 게 얼마나 절망적인 것인지, 현석이 넌 모를 거야.

경찰에 신고할 수는 없었어. 신고한다고 해도 그 세 사람이 처벌을 받으리라는 확신이 들지 않았으니까. 발뺌

하면 그만일 테니까. 물론 어느 정도의 벌은 받겠지. 하지만 술에 취했다고 한다면? 초범이라고 한다면? 요즘에는 그런 것을 따지지 않고 강력한 처벌을 한다는 이야기도 들었어. 하지만 정말 그럴까? 설령 감옥에 간다고 해도 고작 몇 년만 살고 나오는 게 아니었을까?

상상하기도 싫었어. 다른 선택지는 없었어. 난 복수를 해야만 했어.

이때부터 내 고민이 시작되었어. 복수를 하고 싶다고 해도 방법이 없었으니까. 그런 내게 절호의 기회가 찾아왔어. 너는 이미 알고 있지? 3월 14일 일어난 버스충돌사고는 단순한 사고가 아니야.

버스가 주점과 충돌하는 시간은 주점 사장과 버스기사와 입을 맞췄어. 주점의 자리는 내가 배정했어. 그날, 4명이 죽고 7명이 다쳤어. 상관없는 사람만 휘말린 건 아니야. 입구 쪽부터 죽어야만 하는 사람들을 순차적으로 앉혔어. 앞쪽의 3명은 성폭행의 주범이었어. 나머지 죽은 1명과 다친 7명은 당시 신일용, 권창진, 이장선, 이 세 명이 얼마나 위험한 사람인지 잘 알고 있던 인물들이야. 그날 MT에서 상황을 알고도 자신의 일이 아니니 상관없다, 불똥이 튈까 봐 모른 척한 사람들이었어. 위험한 줄도 모르고 쫄래쫄래 따라간 우리 잘못이라고 생각한 사람들이야. 그들은 죽어도 상관없는 사람들이야. 그리고 이제 난 내가 애써 외면했던 진실을 말하려고 해. 그날 그곳에 지원이를 버리고 도망친 나 역시도 죽어야만 하는 사람이었어. 언젠가 치러야만 한 그 죗값을 이제 치를 뿐이야.

뒷일은 네게 맡길게. 경찰에 신고해 줘. 죽거나 다친 사람들에게도 가족은 있어. 그들도 진실을 알고 싶을 거야. 부탁할게.'

유서를 읽기 전, 나는 그날 언덕길에서 윤서가 내게 두 가지 거짓말을 했다는 것을 깨달았다.

윤서는 신일용, 권창진, 이장선, 이 세 사람에게 강간을 당했다고 말했다. 하지만 그것은 거짓말이었다. 경찰은 지원이의 시신을 부검했다. 그리고 지원이의 죽음을 실족사로 결론 내렸다. 지원이의 체내에 정액이 남아 있었다거나, 옷의 어딘가에 묻어 있었다거나, 그런 명확한 증거가 나오지 않은 것이다. 윤서도, 지원이도 최악의 경우까지는 가지 않았다. 나는 그 사실에 조금 안심했다. 동시에 스스로에게 큰 충격을 받았다.

최악의 경우라고? 나는 도대체 무슨 생각을 한 거지?

만약 지원이가 살아 있었고, 지원이가 세 명에게 돌아가면서 강간을 당했다면 나는 여전히 지원이를 좋아할 수 있었을까? 스스로에게 물어보았다. 그리고 차마 내면의 대답을 들을 수 없어 그 질문 자체를 지우려 애를 썼다. 솔직히 자신이 없었다. 지원이, 그리고 윤서와 마주한다는 것에 굉장한 무게감을 느꼈을 것이고, 나는 아마 도망쳤을지도 모른다.

아니, 아니다. 무게감을 느꼈다는 것 자체가 거짓말이잖아? 나는 또다시 스스로를 속이고 있었다. 솔직해지자. 나는 순간적으로 더럽혀졌다고 생각하고 말았다. 머릿속이 새하얘져 떠나는 윤서를 붙들지 못한 것도 그 때문이다.

한 사람은 목숨을 버릴 정도로, 또 한 사람은 목숨을 뺏을 정도로 굉장한 수치심을 느꼈다. 그럼에도 나는 두 사람이 성폭행을 당했단 것만으로 무의식적으로 그녀들에 대한 인식이 백팔십도 달라지고 말았다. 더 나아가 성폭행을 어디까지 당했는가, 얼마나 심하게 당했는가를 생각하며 그 정도면 괜찮다, 혹은 괜찮지 않다를 생각하고 말았다. 죄의 경중은 내가 판단할 수 있는 게 아닐 텐데. 중요한 건 그녀들이 얼마나 커다란 상처를, 지울 수 없는 상처를 받았느냐일 텐데.

온갖 정의로운 척은 다 했던 나 역시 그릇된 성의식 속에서, 남성주의적인 시각 속에서 살아가고 있던 것이다. 이래서야 신일용, 권창진, 이장선, 그 세 사람과 다를 게 없다. 이런 내가 어떻게 고고한 척 인간의 생명을 운운할 수 있단 말인가. 나는 눈을 뜨지 않는 윤서를 바라보며 끊임없이 자책했다.

지원이가 자살한 직후 윤서가 경찰에 신고를 했다면 어땠을까. 윤서는 성폭행당한 이야기를 아주 자세히 증언했어야 할 것이다. 그래서 강간을 당했느냐, 안 당했느냐. 유사 성행위가 있었느냐, 없었느냐. 구체적으로 어딜 어떻게 만졌느냐. 옷 위로 만졌느냐, 손을 넣어서 만졌느냐. 그런 질문들을 들으며 윤서는 그 어두운 산장 안으로 다시 한번 끌려들어갈 것이다. 뜨겁고 축축한 남자의 손길을, 흥분한 남자의 숨결을 다시 한번 느꼈을 것이다. 기억을 복기하며 제 상처를 스스로 후벼 파야 했을 것이다. 윤서는 그걸 견딜 수 없었겠지.

설령 윤서가 신고를 했더라도 그 선배들이 강한 처벌을 받았을지 확신할 수 없다. 심지어 누군가는 그런 곳에 따라간 것 자체가 문제라고 그녀들을 비난했을지도 모른다. 그랬다면 윤서는 더 큰 상처를 받았을 것이다. 그래서 그녀는 온몸에 열꽃을 피워 그 안으로 꽁꽁 숨는 방법을 택했다. 동시에 가해자들을 처벌했다. 하지만…….

윤서는 2월경 보험사기를 꾀하는 버스기사와 주점 사장의 계획을 눈치채고 그들을 협박했다. 사건의 중심에 자신이 있다는 식으로 말했고, 유서도 그렇게 남겼다. 하지만 이상했다. 내가 보험사기를 꾀하는 입장이라면 누군가에게 들킨 시점에서 계획을 그만두었을 것이다. 뭣보다 사건의 끝에 주점 사장님이 손에 넣은 금액은 고작 2천만 원 정도였다. 그것마저도 버스기사와 나누었을 텐데, 벌인 위험에 비해 보상이 너무 적은 느낌이다. 윤서가 과연 그들을 확실하게 부릴 수 있었을까?

윤서의 병실에 있던 두 명의 아버지를 본 직후 나는 모든 것을 이해했다. 윤서가 혼자 사건을 계획했다는 것은 거짓말이었다. 가해자들에게 분노를 느낀 사람은 윤서만이 아니다. 지원이의 아버지 역시 마찬가지였다. 그리고 그는 버스기사와 주점 사장에게 충분한 보상을 줄 수 있는 사람이었다.

지원이의 아버지는 세 사람을 한꺼번에 처리할 수 있는 방법을 고민했을 것이다. 계획을 세우고 사고를 만들어 내 줄 수 있는 버스기사와 주점의 사장을 아주 오랫동안 공들여 섭외했을 것이다. 하나뿐인 딸을 위해 모아 둔 모든 재산을 다 털어 냈을지도 모른다. 오로지 복수만을 위해서.

지원이 아버지는 윤서의 부모님에게 모든 사실을 털어놨을 것이다. 용서를 구했을 것이다. 그리고 윤서의 부모님은 모든 것을 알고도 지원이 아버지를 책망하지 않은 것 같다. 복수에 동조한 것이다. 세 사람은 기꺼이 공범이 되기를 선택했다.

윤서는 유서의 마지막에 자신을 경찰에 신고해 달라고 부탁했다. 그러나 나는 듣지 않았다. 윤서 어머니의 당부 때문이 아니었다. 윤서가 내게 왜 거짓말을 한 것인지, 어째서 이런 유서를 남긴 것인지 이유를 먼저 알아야 했다.

머지않아 답은 자연스럽게 떠올랐다. 윤서는 아마 이렇게 생각한 게 아닐까 싶다. 전현석이란 사람은 어떠한 일이 있어도 살인만큼은 옳지 않다고 말하는 사람이다. 반드시 경찰에 신고할 것이다. 그렇다면 그 이후는? 경찰은 먼저 버스기사와 주점 사장을 추궁한다. 그들은 경찰에 진실을 이야기할 것이고… 잠깐만. 나는 고개를 갸웃했다. 그들이 과연 진실을 말할까? 말하는 순간 그들이 지원이네 아버지로부터 받았을 모든 보상을 토해 내야 할 텐데… 아아, 그렇구나. 사전에 어디까지 입을 맞춘 것인지 나로선 알 수 없다. 하지만 윤서에게는 그들이 자신들이 얻은 것을 결코 손에서 놓지 않으리란 확신이 있었다.

내가 신고를 하면 사건을 계획한 이는 윤서, 버스기사, 주점 사장, 이렇게 셋이 된다. 지원이 아버지는 사건으로부터 쏙 빠지게 된다. 사건은 그렇게 마무리될 터이다.

'그날 그곳에 지원이를 버리고 도망친 나 역시도 죽어야만 하는 사람이었어.' 윤서는 유서에 그런 말을 남겼다. 자신이 혼자 뒤집어쓰려 한 것이다. 어쩌면 나를 향한 부탁은 지원이에 대한 그녀만의 속죄인지도 모른다.

나는 기관사의 선택에 관한 시험문제를 떠올렸다. 차라리 조금이라도 더 악인을 죽이고 싶다는 윤서의 마음을 이해할 수 있었다. 그래서 그녀는 스스로를 죽인 것인지도 모른다. 모든 것을 뒤집어쓰면서까지.

"윤서야. 아직 멀었니? 일어날 생각은 없는 거야?"

한참이나 여름 하늘을 바라보다 침대로 다가간 나는 노크를 하듯 병실의 간이책상을 작게 두드렸다. 통통통, 하는 맑은 소리가 병실에 울렸다. 그녀는 오늘도 대답이 없다. 이렇게 보면 그저 편안한 잠을 자고 있는 것처럼 보이는데.

결국 나는 윤서의 마지막 부탁마저도 들어줄 수 없었다. 참으로 못난 친구다. 아니, 마지막이라니, 그녀는 아직 살아 있잖아! 나는 고개를 설레설레 흔들었다. 요새는 나도 모르게 이대로 영영 눈을 뜨지 않는다면, 하는 생각을 하고 만다.

"윤서야. 언젠가 우리가 나눈 대화 기억나? 넌 영문과 대학원에 진학하고 싶다고 말했잖아. 번역을 더 많이 공부해서 내가 좋아하는 문학을 우리나라에 많이 소개해 준다고.

그런데 요즘은 이런 꿈도 꾸곤 해. 나는 이야기를 쓰는 사람이 되는 거야. 그리고 네가 내 이야기를 번역해서 세계에 소개해 주는 거야. 우리 괜찮은 콤비가 될지도 모르는데, 넌 어떻게 생각해?"

마음이 싱숭생숭해질 때마다 나는 그렇게 되는 대로 지껄여 본다. 아무런 의미 없는 말을 허공을 향해 중얼거린다. 이번 이야기는 어떨까. 윤서는 놀리듯 나를 비웃을까, 아니면 진지한 얼굴로 나를 격려해 줄까.

역시 아무런 반응이 없었다. 나는 잠시 멍하니 그녀의 손 위에 나의 손을 슬쩍 포개어 보았다. 따뜻한 체온. 그날 사고에서 나를 구해 준 그 포근함을 떠올리자 가슴 한편이 또다시 시큰거렸다. 눈물이 날 것 같아 허공을 보며 두 눈을 질끈 감았다.

"윤서야. 그래도 나는 누군가를 죽이는 건 안 된다고 생각해. 그게 설령 너 자신이라고 할지라도."

나는 그대로 손을 말아 윤서의 손가락을 꼭 잡았다. 대답은 들려오지 않았다.

"네가 깨어났으면 좋겠어. 그리고 제대로 된 죗값을 치렀으면 좋겠어. 이런 말을 해서 미안해. 나를 괜히 구했다고 생각하지? 그냥 그때 죽게 내버려 두지 그랬어."

농담조로 말할 생각이었는데 목소리가 떨렸다. 또다시 스스로에 대한 모멸감이 스멀스멀 차올랐다.

어쩌면 윤서는 나를 증오한 게 아닐까? 나의 어설픈 정의가 틀렸다고 내게도 복수를 한 게 아닐까? 자꾸만 그런 생각이 찾아왔다. 나도 모르게 깊은 한숨을 내쉬었다.

그때였다. 분명 손끝에 아주 미세한 감각이 느껴졌다. 나는 번쩍 눈을 뜨고 맞잡은 손을 보았다. 문득 그녀의 손등에 무언가 붉은 기가 도는 것이 보였다. 설마, 하는 생각이 뇌리를 스쳤다.

"윤서야. 잠깐만 실례할게."

나는 의자에서 벌떡 일어나 환자복의 소매를 휙 걷어 올렸다. 가느다란 팔목에 점점 붉은 반점이 생기는 것이 확연히 보였다. 반점은 서로 경쟁하듯 팔뚝을 지나 어깨 쪽으로 빠르게 확산되었다. 흡사 물결이 일렁이는 것처럼도 보였다.

나는 병실을 뛰쳐나가려 했다. 하지만 그럴 수 없었다. 그녀가 내 손을 붙들었다. 그 힘은 종이 한 장 들어 올리지 못할 것처럼 아주 미약했지만, 이상하게도 나는 윤서의 손을 뿌리칠 수 없었다.

윤서가 가느다랗게 눈을 떴다. 어느덧 그녀의 얼굴에는 빨간 꽃무더기가 피어 있었다. 나는 잠시 그 아름다움에 넋을 잃었다. 분명 온몸이 타들어가는 것처럼 아프다고 했는데도……

문득 그녀가 살아 있으면, 살아만 있다면 앞으로도 이 꽃을 몇 번이나 피울 것이라는 생각이 들었다. 그녀의 고통은 미뤄둔 채 나 좋을 대로, 내 멋대로 조금만 더 보고 싶다고 생각하고 말았다.

우리는 말없이 서로를 한동안 바라보았다. 문득 윤서는 작게 입술을 벌렸다. 무언가 이야기하려 하는 것 같아서 나는 서둘러 그녀의 얼굴 가까이 귓가를 가져다 대었다.

1

시체 옆에 피는 꽃

♦

　야생화마을 추리극장을 찾아 주신 여러분, 반갑습니다. 이제 잠시 뒤 연극 〈시체 옆에 피는 꽃〉이 시작됩니다. 연극 도중 취식은 삼가 주시면 감사하겠습니다. 그리고 핸드폰 전원을 꺼 주셨으면 합니다. 자, 서두르시진 마시고요. 혹시 지인들에게 못 보내 놓은 문자 한 통 있으시면 보내신 다음 천천히 끄셔도 됩니다. 연극은 관객 참여형 연극으로 약 한 시간 정도 진행될 예정입니다. 극 중간마다 저와 소통할 수 있는 시간이 있는데요. 그때마다 적극적으로 이야기를 나눠 주시면 감사하겠습니다. 핸드폰은 모두 끄셨나요?

　인사드립니다. 저는 대학로에서 1인 연극을 하고 있는 배우 박기설이라고 합니다. 대학로 정기공연이 없을 때는 고한에 와서 눌러 지내며 공연을 하곤 합니다. 실력이 그리 좋은 편은 아니라 스스로를 배우라고 소개하기 쑥스럽네요. 그래도 언젠가는 사람들 마음에 큰 감동을 주는 배우가 될 것이라고 믿고 있습니다. 나이는 얼마 정도로 보이시나요? 네에, 정확하시네요. 역시 더 어려 보이지는 않는군요. 올해로 딱 서른이 되었답니다.

오늘은 세상에, 열두 분이나 오셨습니다. 정말 감개무량합니다. 지난주 저녁에는 네 분이 오셨거든요. 그래도 공연은 늘 최선을 다하니 걱정하시지 않으셔도 됩니다. 설령 한 명이 있더라도 연극은 진행됩니다. 아시다시피 고한읍에 사시는 분은 무료로 볼 수 있는 공연입니다.

네? 아하, 왜 무료공연을 하는지 궁금하시군요? 제게 고한은 아주 특별한 곳입니다. 아버지가 유년시절을 여기서 보내셨거든요. 아버지는 몇 년 전 병으로 돌아가셨습니다. 쉰이 채 되지 않은 나이였죠. 아버지가 상당히 젊죠? 맞습니다. 아버지는 어머니와 십 대 때 사고를 쳐서 저를 낳았어요. 어머니는 얼굴도 본 적 없지만요. 자식 된 도리로서 이런 말 하긴 뭣하지만, 아버지는 꽤나 망나니 같은 사람이었습니다. 청소년기에는 소년원을 여러 번 들락날락할 정도로 온갖 범죄에 손을 댔죠. 저를 위로해 주시는 건가요? 감사합니다. 많은 분들이 그런 아버지를 둔 제가 불행했으리라 짐작합니다만, 글쎄요. 그건 어떨까요, 후후.

그런 아버지라도 유언은 남기더군요. 하고 싶은 걸 하라는 것, 그리고 대신 고한을 찾아가 달라는 것이었습니다. 실은 전 이곳에서 만나고 싶은 사람이 있습니다. 그분이 제 공연을 보러 오실 때까지 연극을 계속할 생각입니다. 직접 찾아가서 만나면 안 되냐고요? 네, 맞아요. 찾아가서 만날 수 없는 사람입니다. 저는 그 사람의 얼굴, 나이, 직업, 그 외 상당히 많은 부분을 모르거든요. 아는 거라곤 1970년대부터 아마도 최근까지 고한읍에서 살았다는 것 정도일까요. 이건 비밀인데, 사실 이제부터 할 연극은 그 사람과 관련이 있답니다. 그리고…….

이거 참. 알겠어. 그만할게.

여러분, 저기 맨 뒷줄에서 제게 인상을 쓰면서 팔을 엑스 자로 교차하는 저분. 조명 때문에 조금 어둡긴 한데 보이시나요? 네, 지금 황급히 고개를 숙이는 저분이요. 제게 더 이상 말을 하지 말라고 하시네요. 소개하겠습니다. 이 극의 스토리를 쓴 공민철 작가님이십니다. 여러분, 박수 부탁드립니다.

스토리는 고한읍에서 실제 일어난 사건을 바탕으로 쓴 것입니다. 이건 말해도 되지 않나요, 작가님? 팸플릿에도 나와 있는 내용이잖아요?

네에, 더 이상 반응이 없으시네요. 사실 작가님은 제 동갑내기 친구이기도 합니다. 워낙 게으른 작가라서 일 년에 한두 편밖에 작품을 못 써내는데요. 이번 연극은 제가 들들 볶은 덕에 제법 빠른 시간 안에 쓸 수 있었다고 합니다. 뭣보다 실제로 있던 일을 그대로 가져오기만 하면 됐으니까요.

그럼 지금부터 〈시체 옆에 피는 꽃〉을 시작하겠습니다.

야생화의 천국이라 불리는 함백산 밑에서 핀 끔찍하고도 가슴 아픈 꽃이지요. 부디 편안히 즐겨 주시길 바랍니다."

배우의 말과 함께 극장 안은 순식간에 어둠에 휩싸였다. 노인은 끔벅끔벅 눈을 감았다 떴다 반복했다. 곁에 누가 있는지, 자신이 어디쯤 있는 건지 알 수 없을 정도의 완전한 암전이었다. 노인은 차라리 눈을 감았다.

길을 지나다 아주 오래전의 유행가를 들으면 잊고 있던 시절의 기억이 돌연 튀어나오기도 한다. 의식하지도 못한 사이에 그렇게 과거 속에 빠져든다. 노인에게는 어둠이 그랬다.

노인은 어둠 속에서 종종 사십여 년 전, 삼척탄좌에서 광부로 일하던 시절을 떠올렸다. 정신을 차리면 개미굴처럼 복잡한 지하갱도의 어디쯤인지도 모를 곳에서 그저 시키는 대로 탄을 캐는 자신이 있었다. 막장 안은 굉장히 더워서 땡볕 아래 있는 것보다 더욱 숨이 차오르기도 했다. 산소가 부족해 숨도 제대로 쉴 수 없었다. 있는 힘껏 숨을 들이키고 싶지만 들이키는 만큼 석탄가루도 함께 들이킬 것이 분명했다. 석탄입자를 걸러 준다는 호흡기를 차고 있어도 대다수의 광부들은 호흡기의 효과를 믿지 않았다. 언젠가 폐병으로 삶을 마감하리라는 불안감을 가지고 있었다. 물론 그런 불안감도 나중의 일이었다. 직접적인 공포는 매일 아침 광차를 타고 깊고 깊은 탄광 안으로 한 시간 넘게 달려 들어가야 하는 것이었다. 무사히 살아 돌아올 수 있을까에 대한 의문이었다. 광부들은 언제라도 머리 위가 무너질지 모른다는 공포에 짓눌린다. 그럼에도 광부들이 그들의 삶을 영위한 것은 저마다의 빛이 있었기 때문이다.

'아빠. 오늘 하루도 무사히.' 탄광 입구에 붙어 있는 문구였다.

광부들은 온종일 어둠 속에서 지냈다. 그래서 더더욱 빛의 의미를, 소중함을 실감했다. 사십여 년 전 노인에게도 그런 사람이 있었다. 바로 아내였다. 하지만 아내는……

순간 팟, 하고 무대 가운데에 불이 들어왔다. 노인은 한순간에 과거의 상념 속에서 현재로 되돌아왔다. 어디선가 어렴풋이 아기 울음소리가 난 듯한 착각이 들었다.

어둠 속에 있던 배우는 무대 위의 조명 안으로 쑥 들어왔다. 배우의 얼굴은 심각하게 굳어 있었다. 순식간에 그의 긴장감이 전염됐다.

배우는 다른 몇 사람을 오가며 극을 이어 갔다. 헷갈리지는 않았다. 표정, 몸짓, 목소리의 미묘한 조정을 통해 전혀 다른 사람이 되었다.

노인은 점점 이야기 속으로 빠져들었다. 조사를 아주 자세히 한 티가 나는군. 솔직하게 그런 감상이 들었다. 배우가 연기하는 사건은 물론 노인도 아주 잘 알고 있었다.

자, 여러분. 사건의 진상이 조금 보이시나요?

1974년 2월 26일 저녁 7시경, 고한 시장 골목의 어느 창관 안 단칸방에서 삼십 대의 남성이 칼에 목을 찔린 채 발견됩니다. 칼은 피해자가 평소 휴대하고 다니는 것이었습니다. 피해자는 창관 사장의 지인으로 교도소에서 출소한 지 얼마 되지 않은 사람이었다고 합니다. 현장은 창부들이 휴식처로 사용하던 곳으로 사실상 누구든 출입이 가능한 공간이었죠. 몸싸움의 흔적은 특별히 없었습니다. 경찰은 창관 관계자 중 한 명으로 용의자를 특정하지만 증거도, 참고인도 없었습니다. 사건은 미궁에 빠집니다.

마음껏 생각을 말씀해 주셔도 됩니다. 손을 들어 주세요. 네, 안경을 쓰신 분. 아, 역시 그림에 주목하시는군요. 맞습니다. 당시 방 안의 화장대 거울 귀퉁이에는 립스틱으로 어떤 그림이 그려져 있었습니다. 하나의 동그라미를 네 개의 타원이 에워싼, 누구든 아아, 꽃 모양이구나, 하고 생각할 그림입니다. 누가 그렸는지 궁금하시죠? 피해자가 남긴 다잉 메시지였을까요? 그럼 피해자는 뭘 말하고자 한 걸까요?

참고로 그림을 그린 립스틱은 어느 창부의 립스틱이었다

고 합니다. 하지만 온갖 사람들의 지문이 겹쳐서 묻어 있었죠. 지금이야 하나씩 본을 뜨듯 분리해 낼 수 있는데요. 당시는 불가능했던 것 같습니다. 만약 립스틱을 사용해서 메시지를 남겼다면, 왜 하필 립스틱이었는지에 대한 의문도 문득 생기는군요.

아아, 그렇군요. 선생님 말씀대로 그림은 사건과 별개일 수도 있습니다. 그림이 그려진 시점이 사건 한참 전일 수도 있죠.

시시티브이가 없는 시대였습니다. 그리고 과학적 접근도 없는 시대였습니다. 형사들이 범인을 잡는 방법은 일단 서에 데려다가 취조를 하는 식이었죠. 자백을 받아 내는 것이 가장 확실한 방법이었습니다. 폭력이 경찰수사의 주무기가 되는 시대였다고 합니다. 용의선상에 있는 이들은 꽤 거칠게 다뤄졌을 것이라 생각됩니다. 창관 사장도 예외는 아니었는데요. 겁에 질린 그는 한 사람을 지목합니다. 사 년 전에 고한읍을 찾아와 광부 일을 하게 된 사람이었습니다.

사장은 말합니다. 피해자는 무언가 그 광부의 비밀을 알고 있는 눈치였다고요. 광부는 당시 알리바이가 있었는데요. 형사들은 그럼에도 광부를 잡아다가 취조합니다. 혹독한 취조를 견디지 못한 광부는 어떤 사실을 자백하는데요. 결국 광부는 교도소를 가게 됩니다. 다만 죄목은 살인이 아닌 아동납치였습니다.

광부는 1970년에 한 살이 채 되지 않은 남자아이를 납치해 고한읍에 숨어듭니다. 네? 당시에는 고한읍이 아니었다고요? 아아, 고한읍이 사북읍에서 분리된 건 1985년이군요. 역시 주민분이라 잘 아시는군요. 어쨌든 광부는 아버지 행세를 하며 아이를 키우기 시작합니다. 그리고 사 년이 넘도록 잡히지 않죠. 당시는 광산 산업이 한창 커질 시기였고, 탄좌는 어떻게 해서든 인력이 필요했습니다. 그의 신원이 확실하지 않아도 채용이 된 배경이지요. 삼척탄좌가 가장 활성화되었을 때는 24시간 동안 3교대로 돌렸다고 합니다. 어쩌면 근로자를 늘리기 위해서 다소 의심스러운 점도 묵인해 주었을지도 모르겠습니다. 사건과는 상관없지만 재미있지 않나요? 광부는 십일 년의 형을 받았다고 합니다.

광부가 왜 그런 일을 했는지 화가 나신다고요? 혹시 자녀가 있으신가요? 역시 그렇군요. 맞습니다. 그건 끔찍한 범죄였죠. 광부의 아내는 친구 부부에게 연대보증 사기를 당합니다. 한순간에 광부는 갚지 못할 빚더미를 끌어안게 되고, 광부의 아내는 충격으로 유산을 합니다. 그리고 얼마 뒤 그녀는 달려오는 트럭에 몸을 던집니다. 광부는 복수를 하기 위해 사기꾼의 아이를 납치한 것이었죠.

후후, 말씀대로입니다. 확실히 얘기가 딴 길로 새 버렸네요. 그래도 이 이야기는 좀 더 하겠습니다. 당시 광부가 납치한 아이는 바로 제 아버지였으니까요. 한 살 때 납치된 아버지는 이곳 고한에서 다섯 살이 될 때까지 사 년간 살아갑니다. 아버지의 성함은 박기설입니다. 광부가 아버지에게 지어 준 이름이었다고 합니다. 제 이름과 똑같죠? 사실 제 배우 이름은 가명입니다. 아버지를 기리는 의미에서 앞으로도 쭉 사용할 예정입니다.

아버지가 그 광부에 대해서 어떻게 말했냐고요? 물론 증오했습니다. 저주의 말을 퍼부었습니다. 돌아가시는 순간까지 그 사람 때문에 자기 인생이 망가졌다는 이야기를 입에 달고 사셨죠. 친부모에게 다시 돌아왔을 때는 다섯 살이었으니까요. 관계를 쌓는 가장 중요한 시기를 놓친 셈입니다. 아버지는 몇 달간 납치범한테 돌아가겠다고 난리를 쳤다고 합니다. 그런 자식을 부모는 사랑하기 곤란했겠죠. 다소의 학대도 있었다고 합니다. 청소년기에 가출을 한 아버지는 평생 친부모와 연을 끊고 삽니다. 그건 어쩌면 굉장히 자연스러운 일이었는지도 모르겠습니다.

혹시 만나고 싶은 사람이란 게 그 범인이냐고요? 후후, 이 연극의 끝에서 여러분도 알 수 있으실 겁니다. 그럼 이제 다시 사건으로 돌아가 볼까요? 납치사건은 해결되었지만, 살인사건의 범인은 잡히지 않았습니다. 이 사건은 꽤 오랫동안 사람들의 기억에서도 잊히게 되죠. 모두들 알지 못합니다. 이것은 단지 첫 번째 사건이었을 뿐이란 것을요.

연극은 배우가 연기를 한 이후 관객들과 대화를 나누는 식으로 진행되었다. 배우는 이야기 안과 밖을 자유자재로 들락날락했다. 관객들과 이야기를 하는 것 역시 극의 일부인 듯했다. 능숙하군. 노인은 생애 단 한 번도 연극을 본 적이 없지만 눈앞의 배우가 어느 정도의 실력을 가지고 있는지는 알 수 있었다.

한 달 전 노인은 구공탄시장의 어느 점포에서 무심결에 한 책자를 들춰 보았다. 읍사무소에서 매달 지역 소식을 전하기 위해 만들고 무료로 배포하는 책자였다. 그 안에 연극에 관한 내용이 실려 있었다. 배우의 이름, 연극의 제목과 줄거리를 본 노인은 온몸을 타고 전류가 찌릿 흐르는 느낌을 받았다.

박기설. 사십여 년 전 자신이 복수를 위해 납치한 아이였다.

이름이 같은 사람은 널리고 널렸다. 하지만 무엇보다 연극은 지난 사십여 년간 고한에서 일어난 사건을 소재로 삼고 있었다. 이게 우연일 수 있을까?

무언가 함정이 분명하다고 생각한 노인은 추리극장을 찾

지 않았다. 하지만 설마 이런 식으로 찾게 될 줄이야.

엉덩이를 들썩거릴 때마다 양 옆의 사내는 노인을 힘으로 억눌렀다. 노인은 잠자코 연극을 관람할 수밖에 없었다.

배우가 연기한 첫 번째 사건을 노인은 아주 잘 알고 있었다. 그때의 기억이 놀라울 정도로 선명하게 되살아났다. 방 안 가득 흩뿌려진 피. 목에 꽂힌 칼. 몸부림치듯 죽어 간 사내. 노인은 불쑥 튀어나온 기억 속 한 장면을 천천히 곱씹어 보았다.

배우는 두 번째, 세 번째 사건을 연이어 그려냈다. 노인은 오래전의 일인데도 마치 어제 일처럼 생생하게 기억이 났다.

내가 벌인 일이 바깥에선 저런 식으로 보이는구나. 그런 생각을 하자 노인은 가벼운 흥분이 일기 시작했다.

1985년 9월 3일, 고한시장의 어느 여인숙에서 일어난 일입니다. 여인숙 주인은 투숙객이 퇴실 시간이 지나도 나오지 않자 직접 방을 찾아갑니다. 문은 열려 있었습니다. 그리고 주인은 바닥에 누워 목에 칼이 꽂힌 채 죽어 있는 오십 대 남성의 시체를 발견합니다. 벽면 한구석에는 볼펜으로 그린 꽃그림이 아주 작게 남아 있었고요. 후후, 꼭 어디서 들은 적이 있는 사건 같죠?

바닥에는 노끈이 떨어져 있었는데요. 처음에 경찰은 범인이 먼저 사망자의 목을 졸라 기절시킨 뒤 칼로 마무리를 지었다고 판단합니다. 그런데 현장은 다소 이상했습니다. 먼저 몸싸움의 흔적이 없었습니다. 또 시체의 멍울인데요. 목 위쪽으로 남은 멍울은 시체가 오히려 어딘가에 매달려 있던 것을 뜻했습니다. 실제로 벽면에 고정된 옷걸이에 노끈이 묶였던 흔적이 있었죠. 자, 어떻게 된 일일까요? 네, 앞의 남자분, 말씀해 주세요.

그렇죠. 사망자가 자살한 후 누군가가 들어와서 끈을 풀고 피해자를 바닥에 눕히고 사망자의 목에 칼을 꽂아 넣는다는 거죠? 목적은요? 아아, 살인 현장처럼 보이게 하기 위해서요. 가장 그럴싸한 답이라 생각합니다. 하지만 어째서 그럴 필요가 있는 걸까요? 그것까진 모르겠다고요? 네, 저도 그렇답니다. 어쩌면 세 번째 사건에서 그 답이 나올지도 모르겠습니다.

1996년 7월 12일 새벽, 고한시장 옆을 흐르는 내천에서 삼십 대 남성의 익사체 한 구가 발견됩니다. 내천의 수위는 평소 발목 정도지만 장마 때는 상황이 다른 걸로 압니다. 어느 정도인가요? 세상에, 많으면 성인 어깨 높이까지도 물이 불어나는군요. 물살도 만만치 않게 거세지고요.

시체가 발견되기 며칠 전부터 전국적으로 폭우가 쏟아졌

다고 합니다. 안개 짙은 새벽, 점포 문을 열기 위해 마을 쪽에서 시장으로 나가던 상인은 다리 아래쪽에서 삐죽 튀어나와 있는 사람 다리를 발견합니다. 혹시나 해서 다리 밑으로 내려가니 아니나 다를까, 퇴적된 흙더미 위에 시체가 있었죠. 시체의 목에는 칼이 박혀 있었고, 진흙 위에는 꽃그림이 그려져 있었습니다. 역시 어디서 본 광경이죠? 시체는 이틀 전 실종신고된 사람이었습니다. 실종자는 유서를 남겨두었다고 합니다. 가족들은 각오를 한 상태였지만 설마 시체가 그런 모습으로 나타날 줄은 상상도 못했다고 합니다.

현장에 도착한 경찰은 시신의 상태를 살피곤 조금 의아해합니다. 피부 상태로 보아 시체는 하루 이상 물속에 있었던 게 분명한데, 칼은 한참이나 나중에 꽂힌 걸로 보였으니까요. 당시 현장을 지휘하던 수사반장은 시체 옆의 꽃그림을 발견하곤 십일 년 전인 1985년 여인숙에서 일어난 사건을 기억해 냅니다. 여러분, 두 사건의 공통점이 있다면 무엇일까요? 맞습니다. 첫 번째는 자살한 시체의 목에 누군가가 칼을 꽂아 넣은 것입니다. 두 번째는 시신 근처에 꽃을 표현한 그림이 있다는 점입니다. 경찰은 두 사건을 하나의 카테고리로 묶습니다. 사체훼손사건으로요. 그리고 공통분모를 찾아내는 과정에서 자연스럽게 다시 십일 년 전인 1974년의 사건을 되짚게 됩니다. 네? 그러면 첫 번째 사건도 범인이 같은 사람이냐는 말씀이시군요. 적어도 경찰은 동일인물로 생각합니다. 그리고 사건을 제한적으로 공표합니다. 시체 옆에 그려진 꽃그림은 어디에도 알리지 않은 상태로요. 머지않아 경찰은 자신들의 선택이 옳았다고 확신합니다. 왜냐하면 강원랜드가 영업을 시작한 2000년 이후에는 이 사체 훼손사건에 대한 몇몇 모방범죄가 일어났으니까요.

노인은 복역 중 교도소로 온 한 통의 편지를 받았다. '김대성'이라는 이름도 모르는 사람이었다. 마치 아이 같은 글씨군. 그렇게 생각하며 편지를 뜯어본 노인은 깜짝 놀랐다.
"당신은 지금 알지도 못하는 누군가의 편지를 막 읽어 내려가려는 참입니다. 당신에게 편지를 쓸까 말까 한참을 고민했습니다. 쓰고 나서도 보내야 하는지 또 한참을 고민했습니다. 하지만 가슴속에 있는 이 뜨거운 감정을 억누를 수가 없었습니다. 당신이란 사람이 미워서 참을 수 없었습니다. 당신을 아빠라 부른 옛날의 절 죽여 버리고 싶을 정도입니다. 한 가지 묻고 싶습니다. 당신은 왜 나를 유괴한 건가요?
다섯 살 때 진짜 부모를 만난 저는 영문을 알 수 없었습니다. 왜 이 사람들은 나를 껴안고 우는 거지? 왜 나는 아빠를, 당신을 만날 수 없는 거지? 저는 당신에게 돌아가고 싶다고 떼를 썼습니다. 진짜 아빠에게 가고 싶다고 울부짖었습니다. 그럴 때마다 친아빠라는 사람에게 심하게 얻어맞았습니다.

심지어 저는 말을 할 때마다 얻어맞기도 했습니다. 어렸을 때부터 본 사람들이라고는 광부 아저씨들이랑 창녀 아줌마들이 대부분이었으니까요. 그들이 쓰는 거칠고 천박한 단어를 쓸 때마다 친부모는 도깨비처럼 변해 저를 야단쳤습니다. 별로 참 많이 굶었습니다.

일 년 정도가 지난 후 저는 그 어린 나이에 깨달았습니다. 내 인생이 이렇게 불행한 것은 모두 당신이란 사람 때문이라는 것을요.

당신이 복수를 위해 저를 납치했다는 것은 다름 아닌 친부모에게 들었습니다. 그야말로 수천 번 들었습니다. 지독한 넋두리였습니다. 그리고 저는 깨달았습니다. 이게 바로 당신의 복수였군요. 저희 가족의 인생을, 제 인생을 망가뜨리는 것이요.

십 년만 버티자고 생각했습니다. 이딴 집, 중학생이 되면 바로 나가 버리겠다고 생각했습니다. 나가서 가장 먼저 할 일은 당신을 죽여 버리는 일입니다. 진심으로 하는 말입니다. 당신은 아직 감옥에 있습니다. 당장은 실행하지 못하겠지만 일 년 뒤 찾아갈 것이니 각오해 주시길 바랍니다."

편지를 받은 노인은 아이를 납치하던 순간을 떠올렸다. 당시 노인은 친구 부부의 집을 배회하며 그들이 오전 시간 가정부에게 아이를 맡겨두고 외출한다는 사실을 알게 되었다. 이런 큰 집에 살면서도 아내에게 사기를 치다니. 노인은 분노에 그대로 몸을 맡겼다. 마당에서 손바닥만 한 돌을 집어 든 노인은 초인종을 누른 후 문을 열어 준 가정부의 머리를 내려쳤다. 죽지는 않은 것 같았지만 어찌 되든 상관없었다.

노인은 당당히 현관으로 걸어 들어갔다. 거실의 아기침대 위에 그 아이가 누워 있었다. 처음부터 납치할 생각은 아니었다. 물론, 죽일 생각이었다. 가느다란 목뼈가 부러질 때까지 양손으로 있는 힘껏 목을 조를 생각이었다. 하지만 아기를 본 순간 노인은 한순간 망설였다. 아내의 목소리가 귓가에 울렸기 때문이다.

아이는 노인을 보며 방긋방긋 웃었다. 무엇이 그리 즐거운지 까르르 소리를 내지르기도 했다. 아이는 노인을 향해 손을 뻗었다. 마치 안아 달라는 듯이.

아내도, 아내 뱃속의 아이도 친구 부부 때문에 죽었다. 그들의 아이는 응당한 벌을 받아야 마땅했다. 그러나 노인은 홀린 듯 그 아이를 안아들었다. 그리고 서둘러 그 집을 빠져나왔다. 어디론가 도망쳐야 했다.

이 아이를 납치하는 것으로 조금이라도 더 고통을 주자. 죽이는 건 나중에 해도 늦지 않아. 노인은 그런 생각을 했다.

노인은 김대성에게 자신에 대한 것은 잊고 살라는 짧은 답장을 보냈다. 하지만 편지는 반송되어 다시 교도소로 돌아왔다. 주소는 원래부터 없는 곳이었다.

1985년, 출소를 한 노인은 다시 고한으로 돌아온다. 배우의 말대로 고한읍은 그즈음 사북읍에서 분리되었다. 당시 인구수가 사만 명 가까이 되었고, 고한시장의 점포 수도 이백여 개까지 늘었다고 한다. 노인에게도 그 기억이 있었다.

노인은 지난 십일 년 동안 너무도 많이 번영한 지역에 깜짝 놀랐다. 노인을 기억하는 사람도 없었다. 아니, 노인이 너무도 많이 변해 버린 탓이었다. 노인은 차라리 잘됐다고 생각했다. 다시 광부 일을 하고 싶지는 않았던 노인은 거리의 일용직 노동자로 나섰고, 수년 후 고물상을 열게 되었다. 수입 여부에 상관없이 가능하면 아주 오래도록 할 수 있는 직업이 필요했다.

노인은 머지않아 고한읍에 추리마을이 생긴다는 이야기를 들었다. 2001년 지역 탄광이 문을 닫은 이래로 여러 가지 일을 벌인 것으로 알지만, 이번에는 추리마을인가. 고한의 흥망성쇠를 지켜본 입장에서 노인은 과거만큼의 영광을 회복하기 어렵다는 것을 잘 알고 있었다. 고한시장의 불이 꺼지지 않을 정도로 사람이 넘치던 날이 되돌아올 수 있을까.

그나저나 하필 2018년이라니. 십일 년 주기로 일을 벌이는 입장에서 노인은 2018년에 추리마을이 들어선다는 것이 영 찜찜했다. 그럼에도 노인은 계획을 실행할 수밖에 없었다.

하긴, 그래서 지금 눈앞의 배우와 만난 것인지도 모른다. 노인은 참 묘한 운명이라고 생각했다. 자신이 그동안 벌인 일을 추리극장에서 연극으로 보다니, 그리고 연극의 배우가 박기설의 자식이라니. 노인은 자조적으로 쿡쿡 웃었다. 양 옆의 사내는 건조한 눈빛으로 노인을 쳐다보았다. 도망칠 생각은 없다고, 노인은 작게 말했다.

이번에 배우는 2007년의 사체 훼손 사건을 연기했다. 다시 한번 노인의 눈앞에서 그날의 광경이 되살아났다.

자, 슬슬 대단원이군요. 이번에도 앞선 극에 대해 짧게 정리를 해 보겠습니다.

지금으로부터 십여 년 전, 고한읍에는 연쇄살인마에 관한 소문이 있었습니다. 범인은 사람의 목을 찔러 살해한 후 자살인지, 타살인지 불분명하게 현장을 꾸며 놓는다고요. 여러분은 거꾸로 되었다는 걸 아시겠죠?

도박으로 전 재산을 잃은 몇몇 사람들은 그런 식으로 보이게끔 자살을 택했습니다. 최소한 가족들에게 보험금이라도

돌아갔으면 하는 마음이었겠죠. 당연히 자살자들의 계획은
실패합니다. 사건현장에 꽃그림이 없었기 때문입니다.

무엇보다 경찰은 사체훼손사건이 2007년에 일어날 것이
라 예측합니다. 범인이 강박적으로 자신이 정한 규칙을 지
키는 사람이었으니까요. 그리고 경찰의 예측은 맞아떨어집
니다.

2007년 10월 18일, 정암사에는 이틀간 덩그러니 남겨진
차량이 있었습니다. 이상하게 느낀 사찰 관리인은 경찰에
신고를 하고 경찰은 대대적으로 수색을 합니다. 그리고 인
근 숲 속에서 목에 칼이 찔린 채 죽어 있는 삼십 대 남성의
사체를 발견합니다. 경찰은 예의 사체훼손사건의 범인이라
판단합니다. 시체 곁에 꽃그림이 그려져 있었으니까요. 특
이했던 점은 자살자가 스스로 목에 칼을 꽂아 넣었다는 점
입니다. 아무래도 연쇄살인범의 소행처럼 보이게 하려던 모
양이었습니다. 하지만 사체 훼손범은 그 칼을 다시 뽑아낸
후 날을 비틀어 다시 시체의 목에 꽂아 넣습니다. 경찰은 또
다시 당했다는 것을 깨닫습니다.

이 사건은 당시 뉴스에서 꽤 크게 보도가 되었습니다. 저
희 아버지도 이 뉴스를 보고 고한에서 그런 사건이 지난 삼
십삼 년 동안 일어나고 있다는 것을 처음 아시게 됩니다.

자, 그럼 여러분. 사체 훼손범의 목적은 뭘까요? 왜 이런

일을 해 온 걸까요? 아하, 정작 살인자가 되긴 두려우니 죽은 사람한테 그런 짓을 하며 대리만족을 느낀다는 거죠? 현장에 자신만 아는 그림을 그려 놓는다는 점도 뒤틀린 과시욕이라는 거군요. 그럴듯합니다.

올해는 2018년입니다. 십일 년 주기로 사건이 반복된다면 범인은 같은 행동을 할 것이었습니다. 경찰은 함정을 팝니다. 그리고 며칠 전 범인을 검거했습니다. 경찰은 그 사실을 사건을 조사하던 공민철 작가에게 알립니다. 그리고 작가를 통해 저 역시도 그 사실을 알게 되었습니다.

저와 작가는 경찰에게 부탁했습니다. 단 한 시간만이라도 좋으니 그 사람을 이곳에 데려와 달라고요. 감사하게도 오늘이 연극의 마지막 날인 것 같습니다. 저는 드디어 이 연극을 끝낼 수 있게 되었습니다. 그리고 범인에게 한마디 해 줄 수 있을 것 같습니다.

할아버지. 아버지는 당신을 원망하고 증오했습니다. 평생에 걸쳐서요. 하지만 동시에 너무도 그리워했습니다. 돌아갈 수 없는 먼 곳을 보는 듯 당신에 대한 이야기를 했으니까요.

그러니까 이제 그만해 주세요. 그만하셔도 됩니다. 아버지는 돌아가시기 전에 제게 말씀해 주셨습니다. 1974년, 잠자던 남자의 목에 칼을 꽂아 넣은 것은 바로 자신이었다고요.

아아, 그렇구나.

이 연극 〈시체 옆에 피는 꽃〉은 사체훼손사건에 대해서 이야기하는 추리극이 아니었다. 박기설과 그의 아버지의 삶을 이야기하는 일인극이었다.

며칠 전 노인은 구공탄시장의 길바닥에서 나뒹굴던 이십 대 후반의 남성을 발견했다. 머지않아 죽을지도 모르겠군. 술을 사 주며 도박으로 전 재산을 날렸다는 흔한 이야기를 들어 주며 노인은 생각했다.

스스로 목숨을 끊으려는 사람에게는 분노와 체념이 뒤섞인 특유의 음울한 기운이 있었다. 가까운 사람의 죽음을 경험하고 자신 역시 죽으려 했던 노인은 그 기운을 단번에 알아볼 수 있었다. 이번에는 이 남자로 하면 되겠군. 노인은 사체의 목에 칼을 꽂아 넣는 상상을 했다. 두렵다든가, 흥분된다든가, 특별히 감정이 일지는 않았다. 노인에게는 그저 해야만 하는 일이었다.

청년은 여관방에서 장기투숙을 하고 있고 오늘이 그 마지막 날이라고 말했다. 투숙기간 동안 몇 번이나 강원랜드를 찾았지만 잘 풀리지 않은 모양이었다. 남은 것이라곤 담보로 얻은 빚뿐. 노인은 오늘이 고비일 것이라 생각했다.

노인은 청년이 묵고 있는 여관방을 찾았다. 문은 열려 있었고, 생각대로 청년은 욕실 수건걸이에 목을 매고 죽어 있었다. 노인은 청년의 목에 가지고 온 칼을 그대로 박아 넣으려 했다. 그때 갑자기 청년이 눈을 번쩍 뜨며 노인의 손을 비틀어 꺾었다. 등 뒤에서 몇 명의 남성이 달려들었다.

아차, 함정이구나. 노인은 분하거나 슬프진 않았다. 감이 많이 줄었다고 쓴웃음을 지었다.

1970년. 고한으로 들어가는 길은 비포장도로였고, 차량도 흔치 않았다. 가까스로 트럭을 얻어 탄 노인은 울고 보채는 아이를 어르고 달래며 고한으로 향했다. 도망치고 또 도망쳐 보자고 생각했다. 어디까지 버틸 수 있을지 알 수 없지만 버틸수록 이 아이의 부모가 고통 속에서 몸부림칠 것을 생각하니 희열이 느껴졌다. 그들을 후회하게 만들어 주고 싶었다. 아이는 경찰에 잡히기 직전의 순간에 죽이면 된다고 생각했다.

왜 나는 이 아이를 죽이지 못했을까. 왜 내 성을 딴 이름을 붙여 주고 이렇게 키우고 있는 걸까. 자신에게 꼭 달라붙어 침을 흘리며 자는 아이를 보며 노인은 늘 생각했다. 나는 왜 이 아이의 머리를 쓰다듬고 있는 걸까. 스스로도 잘 알 수 없었다.

낮에는 창부와 시장 상인들에게 아이를 맡기고 저녁에는 자신이 돌봤다. 정신을 차리고 보니 그렇게 사 년이 지나 있었다. 노인은 언젠가부터 스스로도 놀랄 정도로 자주 웃었다. 모든 아이는 다 천사라는 아내의 말이 떠올랐다. 돌이켜 보면 아이를 죽이기 위해 처음 찾아갔을 때 귓가에 들린 아내의 말은 바로 이것이었다.

기설을 납치하고 사 년간, 사정을 아는 몇몇 시장 상인들이 암묵적으로 도와줬지만 한계가 있었다. 주변 사람들을 범죄에 가담시킨다는 죄책감도 컸다. 그즈음 강산현이 찾아왔다.

사기죄로 교도소를 꽤 많이 다녀온 강산현은 역시 질이 좋지 않은 사람이었다. 노인에게 일주일을 줄 테니 경찰에 잡히기 싫으면 지금까지 모은 돈을 모두 내놓으라고 협박했다. 넌 이제 진짜 너희 아빠에게 돌아가는 거야. 기설이에게는 그렇게 말하며 웃었다. 슬슬 여기까지인가. 그렇게 생각할 즈음 사건이 터졌다.

소일거리를 하던 노인을 급하게 찾은 사람은 평소에도 기설이와 잘 놀아 주던 어느 창부였다. 무서울 정도로 심각한 얼굴이었다. 기설이가 사람을 죽였어. 발밑이 진동하는 그 감각을 노인은 지금도 잊을 수 없었다.

도대체 왜? 기설아, 왜 그런 짓을 한 거니?

자고 있는 사람의 목을 칼로 내리찍으면 아주 쉽게 죽일 수 있다는 것을 누가 알려줬는지는 알 수 없었다. 사람을 가려 뽑지 않는 광부 중에는 과거 살인을 한 사람도 몇 있었다. 머릿속에서 기설이에게 그런 걸 알려줄 만한 사람을 찾다가 이내 포기했다. 지금 중요한 것은 그것이 아니었다.

방 안에서 울고 있는 기설이를 다른 곳에 옮겨두었다고 창관 사장은 말했다. 이제 다 같이 입을 맞추면 된다고 했다. 노인은 잠시 망설이다 고개를 저었다. 이 아이는 고한시장 모두의 아이였다. 모두들 힘이 닿는 데까지 도와주겠지만 노인은 원치 않았다. 가장 서둘러야 할 일은 우선 기설이를 이곳 고한에서 벗어나게 하는 것이었다.

경찰에게 취조를 받던 노인은 사 년 전 아이를 유괴한 사실을 밝혔고 그 자리에서 체포되었다. 법정에서 본 친구 부부는 상당히 초췌한 모습이었다. 부부는 노인을 거세게 비난하며 저주의 말을 퍼부었다. 판사에게는 사형을 요구했다. 노인은 아무런 말도 하지 않았다. 허무했다. 죽은 아내는 돌아오지 못하니까.

만약 기설이를 죽였다면 완벽한 복수를 할 수 있었을까? 아내의 한을 풀어 주었을까? 피고석에서 그런 생각을 하다 문득 노인은 아주 오랜만에 아내를 떠올렸다는 것을 깨달았다. 노인의 마음속에 꽉꽉 들어차 있는 사람은 다름 아닌 기설이었다. 기설이 또한 자신에게 빚이었다는 것을 알게 된 노인은 자조적으로 웃었다.

형을 받고 교도소 생활을 하며 노인은 꿈속에서 몇 번이나 기설이를 만났다. 기설이는 아빠, 하고 달려와 노인에게 안기며 어리광을 부렸다. 눈에 익은 아주 익숙한 모습이었다. 어쩌면 기설이는 나를 위해서 살인을 한 건 아닐까? 그저 아빠를 괴롭히는 사람을 물리치고 싶었던 건 아닐까? 어느 날 새벽, 꿈에서 깨며 스치듯 든 생각이 날이 밝을수록 점점 굵은 확신으로 바뀌었다. 노인은 아침 해가 뜰 때까지 소리 죽여 눈물을 삼켰다.

같은 감방을 쓰는 죄수는 이런 말을 했다. 언젠가 살인에 대한 공소시효도 없어질 것이며 과학수사기술이 발전하여 미제로 남은 살인사건도 다시 재수사할 가능성이 높아진다는 것이었다. 죄수는 자신도 걸리는 게 많아 영 찜찜하다고 넋두리했다. 노인은 불안해졌다. 그렇다면 어떻게 해야 하는가. 노인은 먼저 시체의 목에 꽂힌 칼과 기설이가 장난삼아 그려 놓은 꽃그림을 떠올렸다.

1985년, 출소한 노인은 고한으로 되돌아왔다. 그리고 자살한 시체를 찾기 시작했다. 망설임은 없었다.

할아버지를 찾기 위해 이 연극을 시작했습니다. 꼭 하고 싶은 말이 있었습니다.

여러분. 당시 열여덟 살 아버지와 동갑내기였던 어머니는 저를 버립니다. 아버지는 저를 혼자 키우셨습니다. 다섯 살 때까지 납치범의 손에 길러진 사람입니다. 친부모에게 학대를 당한 사람입니다. 청소년기부터 가출을 해 친부모와 연을 끊고 산 사람입니다. 그런 사람 손에서 저는 어떻게 자랐을까요?

역시 불행했을 거라고요? 아니에요. 저는 가슴을 펴고 말할 수 있습니다. 저는 너무너무 즐거웠습니다. 세상에서 제일 행복했을 겁니다. 아버지는 제게 늘 말씀하셨습니다. 자신이 어렸을 때 보고 느낀 행복을 제게도 맛보게 해 주고 싶었다고요.

아버지 역시 어머니처럼 저를 버릴 수 있었습니다. 하지만 저를 키우기로 합니다. 그래서 저는 아버지를 세상에서 제일 존경합니다. 사랑하기도 하고요.

품에 안기면 한가득 풍기는 텁텁한 탄가루의 냄새, 창부들의 독한 화장 냄새, 구불구불 미로 같은 시장골목, 어딜 가든 자신을 반겨 주는 시장 사람들, 열악하고 처절한 환경이지만 그럼에도 웃음이 있는 곳. 행복한 곳. 아버지의 기억 속 고한은 그런 곳이었습니다.

저는 당신에게, 아버지를 키워 준 할아버지에게 박기설이라는 이름으로 감사를 드리고 싶습니다. 왜냐면 제 행복은 당신이 준 것이기도 하니까요.

할아버지, 할아버지는 아버지를 살인자로 만들고 싶지 않았던 거죠? 그러니까⋯⋯.

잠깐만요, 형사님들, 아직, 아직 극은 끝나지 않았어요. 잠깐만 기다려 주세요!

저를 지금 이곳에 서 있을 수 있게 해 준 사람이에요. 잠깐이면 돼요. 한 번만 안아 보게 해 주세요. 부탁드립니다.

노인은 형사들에게 얼른 가자며 재촉했다. 하지만 형사들은 노인에게서 멀찍이 떨어졌다. 더 이상 노인의 몸을 붙들지 않았다. 무대에 있던 청년은 관객석 계단을 뛰어올라 노인의 품에 안겼다. 청년은 울고 있었다. 노인 역시 가슴 안쪽에서 뜨거운 무언가가 치밀어 오르는 것을 느꼈다. 관객석에서 작게 박수가 터져 나왔다. 누군가가 훌쩍거리는 소리가 들렸다.

기설아, 하고 노인은 잘 나오지 않는 목소리로 아주 오랜만에 그 이름을 불러 보았다.

수록작품 출전

- 낯선 아들 – 계간「미스터리」2015년 가을 (49호)

- 엄마들 – 계간「미스터리」2014년 가을 (45호)

- 4월의 자살동맹 – 계간「미스터리」2014년 겨울 (46호)

- 도둑맞은 도품 – 계간「미스터리」2015년 여름 (48호)

- 가장의 자격 –「한국추리중단편선 – Black」(2015) 수록

- 사랑의 안식처 – 계간「미스터리」2017년 봄 (55호)

- 유일한 범인 – 계간「미스터리」2016년 여름 (52호)

- 꽃이 피는 순간 – 계간「미스터리」2017년 가을 (57호)

- 시체 옆에 피는 꽃 – 단편집「굿바이 마이 달링, 독거미 여인
  의 키스」(2018) 수록